"十三五"国家重点出版物出版规划项目

习近平新时代中国特色社会主义思想学习丛书

名誉总主编　王伟光
总　主　编　谢伏瞻
副总主编　王京清　蔡昉

总　策　划　赵剑英

实现新时代中国特色社会主义文艺的历史使命

张 江 主编

中国社会科学出版社
CHINA SOCIAL SCIENCES PRESS

图书在版编目（CIP）数据

实现新时代中国特色社会主义文艺的历史使命/张江主编．—北京：中国社会科学出版社，2019.3

（习近平新时代中国特色社会主义思想学习丛书）

ISBN 978-7-5203-4027-4

Ⅰ.①实… Ⅱ.①张… Ⅲ.①中国特色社会主义—文艺理论—学习参考资料 Ⅳ.①I0

中国版本图书馆CIP数据核字（2019）第016242号

出 版 人	赵剑英
项目统筹	王 茵
责任编辑	王 茵 孙 萍
特约编辑	张 潜
责任校对	李 剑
责任印制	王 超

出　　版	中国社会科学出版社
社　　址	北京鼓楼西大街甲158号
邮　　编	100720
网　　址	http://www.csspw.cn
发 行 部	010-84083685
门 市 部	010-84029450
经　　销	新华书店及其他书店

印刷装订	北京君升印刷有限公司
版　　次	2019年3月第1版
印　　次	2019年3月第1次印刷

开　　本	710×1000　1/16
印　　张	25
字　　数	270千字
定　　价	55.00元

凡购买中国社会科学出版社图书，如有质量问题请与本社营销中心联系调换
电话：010-84083683
版权所有　侵权必究

代　序

时代精神的精华
伟大实践的指南

谢伏瞻*

习近平总书记指出："马克思主义是不断发展的开放的理论，始终站在时代前沿。"① 习近平新时代中国特色社会主义思想，弘扬马克思主义与时俱进的品格，顺应时代发展，回应时代关切，科学回答了"新时代坚持和发展什么样的中国特色社会主义、怎样坚持和发展中国特色社会主义"这个重大时代课题，实现了马克思主义中国化的新飞跃，开辟了马克思主义新境界、中国特色社会主义新境界、治国理政新境界、管党治党新境界，是当代中国马克思主义、21世纪马克思主义，是时代精神的精华、伟大实践的指南。

---

*　作者为中国社会科学院院长、党组书记，学部主席团主席。
①　习近平：《在纪念马克思诞辰200周年大会上的讲话》（2018年5月4日），人民出版社2018年版，第9页。

一　科学回答时代之问、人民之问

马克思说过："问题是时代的格言，是表现时代自己内心状态的最实际的呼声。"[①] 习近平总书记也深刻指出："只有立足于时代去解决特定的时代问题，才能推动这个时代的社会进步；只有立足于时代去倾听这些特定的时代声音，才能吹响促进社会和谐的时代号角。"[②] 习近平新时代中国特色社会主义思想，科学回答时代之问、人民之问，在回答和解决时代和人民提出的重大理论和现实问题中，形成马克思主义中国化最新成果，成为夺取新时代中国特色社会主义伟大胜利的科学指南。

（一）深入分析当今时代本质和时代特征，科学回答"人类向何处去"的重大问题

习近平总书记指出："尽管我们所处的时代同马克思所处的时代相比发生了巨大而深刻的变化，但从世界社会主义500年的大视野来看，我们依然处在马克思主义所指明的历史时代。"[③] 马克思恩格斯关于资本主义基本矛盾的分析没有过时，关于资本主义必然灭亡、社会主义必然胜

[①]《马克思恩格斯全集》第1卷，人民出版社1995年版，第203页。

[②] 习近平：《问题就是时代的口号》（2006年11月24日），载习近平《之江新语》，浙江人民出版社2007年版，第235页。

[③]《习近平谈治国理政》第2卷，外文出版社2017年版，第66页。

利的历史唯物主义观点也没有过时。这是我们对马克思主义保持坚定信心、对社会主义保持必胜信念的科学根据。

虽然时代本质没有改变,但当代资本主义却呈现出新的特点。一方面,资本主义的生产力水平在当今世界依然处于领先地位,其缓和阶级矛盾、进行自我调整和体制修复的能力依然较强,转嫁转化危机的能力和空间依然存在,对世界经济政治秩序的控制力依然强势。另一方面,当前资本主义也发生了许多新变化,出现了许多新问题。正如习近平总书记指出的:"许多西方国家经济持续低迷、两极分化加剧、社会矛盾加深,说明资本主义固有的生产社会化和生产资料私人占有之间的矛盾依然存在,但表现形式、存在特点有所不同。"① 当今时代本质及其阶段性特征,形成了一系列重大的全球性问题。世界范围的贫富分化日益严重,全球经济增长动能严重不足,霸权主义和强权政治依然存在,地区热点问题此起彼伏,恐怖主义、网络安全、重大传染性疾病、气候变化等非传统安全威胁持续蔓延,威胁和影响世界和平与发展。与此同时,随着世界多极化、经济全球化、社会信息化、文化多样化深入发展,反对霸权主义和强权政治的和平力量迅速发展,全球治理体系和国际秩序变革加速推进,不合理的世界经济政治秩序愈益难以为继,人类社会进入大发展大变革大调整的重要时期,面临"百年未有之大变局"。在新的时代条件下,如何应对人类共同面临的全球性重大挑战,引领人

---

① 习近平:《在哲学社会科学工作座谈会上的讲话》(2016年5月17日),人民出版社2016年版,第14页。

类走向更加光明而不是更加黑暗的前景，成为一个必须科学回答的重大问题，这就是"人类向何处去"的重大时代课题。习近平总书记立足全人类立场，科学回答这个重大问题，提出了一系列新思想新观点，深化了对人类社会发展规律的认识，也具体回答了"世界怎么了，我们怎么办"的迫切现实问题。

（二）深入分析世界社会主义运动的新情况新特点，科学回答"社会主义向何处去"的重大问题

习近平总书记深刻指出，社会主义从产生到现在有着500多年的历史，实现了从空想到科学、从理论到实践、从一国到多国的发展。特别是十月革命的伟大胜利，使科学社会主义从理论走向实践，从理想走向现实，开辟了人类历史发展的新纪元。第二次世界大战以后，世界上出现一批社会主义国家，世界社会主义运动蓬勃发展。但是，20世纪80年代末90年代初发生的苏东剧变，使世界社会主义运动遭遇严重挫折而进入低潮。

进入21世纪，西方资本主义国家出现了严重危机，在世界上的影响力不断下降，而中国特色社会主义则取得了辉煌成就，其他国家和地区的社会主义运动和进步力量也有所发展。但是，两种制度既合作又竞争的状况将长期存在，世界社会主义的发展任重道远。在这样的背景和条件下，世界社会主义运动能否真正走出低谷并发展振兴，"东升西降"势头能否改变"资强社弱"的总体态势，成为一个必须回答的重大问题，这就是"社会主义向何处去"的重大问题。习近平总书记贯通历史、现实和未来，

科学回答这个重大问题，深化了对社会主义发展规律的认识，丰富发展了科学社会主义。新时代中国特色社会主义的发展，成为世界社会主义新发展的引领旗帜和中流砥柱。

（三）深入分析当代中国新的历史方位及其新问题，科学回答"中国向何处去"的重大问题

在世界社会主义运动面临严峻挑战、处于低潮之际，中国坚定不移地沿着中国特色社会主义道路开拓前进，经过长期努力，经济、科技、国防等方面实力进入世界前列，国际地位得到空前提升，以崭新姿态屹立于世界民族之林。中国特色社会主义进入新时代，"在中华人民共和国发展史上、中华民族发展史上具有重大意义，在世界社会主义发展史上、人类社会发展史上也具有重大意义"[①]。

中国特色社会主义进入新时代，中国日益走近世界舞台中央，影响力、感召力和引领力不断增强，使世界上相信马克思主义和社会主义的人多了起来，使两种社会制度力量对比发生了有利于马克思主义、社会主义的深刻转变。为此，西方资本主义国家不断加大对中国的渗透攻击力度，中国遭遇"和平演变""颜色革命"等风险也在不断加大。因此，新时代如何进行具有许多新的历史特点的伟大斗争，在国内解决好新时代的社会主要矛盾，在国际

---

① 习近平：《决胜全面建成小康社会　夺取新时代中国特色社会主义伟大胜利——在中国共产党第十九次全国代表大会上的报告》（2017年10月18日），人民出版社2017年版，第12页。

上维护好国家主权、安全和发展利益，推进新时代中国特色社会主义取得新胜利，实现中华民族伟大复兴，成为一个必须科学回答的重大问题，这就是"中国向何处去"的重大问题。习近平总书记立足新的历史方位，科学回答了这个重大问题，深化了对中国特色社会主义建设规律的认识，在马克思主义中国化历史进程中具有里程碑的意义。

（四）深入分析新时代中国共产党面临的风险挑战，科学回答"中国共产党向何处去"的重大问题

中国共产党是中国工人阶级的先锋队，同时是中华民族和中国人民的先锋队，不断推进伟大自我革命和伟大社会革命。中华民族迎来了从站起来、富起来到强起来的伟大飞跃，迎来了中华民族伟大复兴的光明前景。但是在长期执政、改革开放日益深入、外部环境复杂变化的新的历史条件下，党自身状况发生了广泛深刻变化，"四大考验"长期复杂，"四大危险"尖锐严峻，正如习近平总书记指出的："我们党面临的执政环境是复杂的，影响党的先进性、弱化党的纯洁性的因素也是复杂的，党内存在的思想不纯、组织不纯、作风不纯等突出问题尚未得到根本解决。"[①] 中国共产党能否经得住前所未有的风险考验，始终保持自身的先进性和纯洁性，始终走在时代前列、始终成为全国人民的主心骨、始终成为坚强领导核心，成为一个

---

① 习近平：《决胜全面建成小康社会 夺取新时代中国特色社会主义伟大胜利——在中国共产党第十九次全国代表大会上的报告》（2017年10月18日），人民出版社2017年版，第61页。

必须科学回答的重大问题，这就是"中国共产党向何处去"的重大问题。习近平总书记勇于应对风险挑战，科学回答了这个重大问题，深化了对共产党执政规律的认识，把马克思主义执政党建设推进到一个新境界。

总之，人类向何处去、社会主义向何处去、当代中国向何处去、中国共产党向何处去，这些时代之问、人民之问，这些重大理论和现实问题，集中到一点，就是"新时代坚持和发展什么样的中国特色社会主义、怎样坚持和发展中国特色社会主义"这个重大时代课题。以习近平同志为主要代表的中国共产党人从理论和实践的结合上系统回答了这个重大时代课题，创立了习近平新时代中国特色社会主义思想。这一马克思主义中国化最新成果，既是中国的也是世界的，既是中国人民的行动指南也是全人类的共同思想财富。

二 丰富的思想内涵，严整的理论体系

习近平新时代中国特色社会主义思想内涵十分丰富，涵盖改革发展稳定、内政外交国防、治党治国治军等各个领域、各个方面，构成了一个系统完整、逻辑严密、相互贯通的思想理论体系。

（一）坚持和发展新时代中国特色社会主义，是习近平新时代中国特色社会主义思想的核心要义

中国特色社会主义，是我们党紧密联系中国实际、深入探索创新取得的根本成就，是改革开放以来党的全部理

论和实践的主题。中华人民共和国成立后，以毛泽东同志为核心的第一代中央领导集体，团结带领全党全国人民开始探索适合中国国情的社会主义建设道路。改革开放以来，以邓小平同志为核心的第二代中央领导集体、以江泽民同志为核心的第三代中央领导集体、以胡锦涛同志为总书记的党中央，紧紧围绕着坚持和发展中国特色社会主义这个主题，深入分析并科学回答了"什么是社会主义、怎样建设社会主义""建设什么样的党、怎样建设党""实现什么样的发展、怎样发展"等重大问题，不断深化对中国特色社会主义建设规律的认识，创立了邓小平理论、"三个代表"重要思想、科学发展观，不断丰富中国特色社会主义理论体系。

党的十八大以来，以习近平同志为核心的党中央一以贯之地坚持这个主题，紧密结合新时代条件和新实践要求，以全新的视野，紧紧抓住并科学回答了"新时代坚持和发展什么样的中国特色社会主义、怎么坚持和发展中国特色社会主义"这一重大时代课题，创立了习近平新时代中国特色社会主义思想，深刻揭示了新时代中国特色社会主义的本质特征、发展规律和建设路径，为新时代坚持和发展中国特色社会主义提供了科学指引和基本遵循。

（二）"八个明确"是习近平新时代中国特色社会主义思想的主要内容

习近平总书记创造性地把马克思主义基本原理同当代中国具体实践有机结合起来，对新时代坚持和发展中国特色社会主义的总目标、总任务、总体布局和战略布局及发展方向、发展方式、发展动力、战略步骤、外部条件、政治保证等一系列基本问题进行了系统阐述，做出了"八个明确"的精辟概括，构成了习近平新时代中国特色社会主义思想的主要内容。其中，第一个明确从国家发展的层面上，阐明了坚持和发展中国特色社会主义的总目标、总任务和战略步骤。第二个明确从人和社会发展的层面上，阐明了新时代中国社会主要矛盾，以及通过解决这个主要矛盾促进人的全面发展、全体人民共同富裕的社会理想。第三个明确从总体布局和战略布局的层面上，阐明了新时代中国特色社会主义事业的发展方向和精神状态。第四至第七个明确分别从改革、法治、军队、外交方面，阐明了新时代坚持和发展中国特色社会主义的改革动力、法治保障、军事安全保障和外部环境保障等。第八个明确从最本质特征、最大优势和最高政治领导力量角度，阐明了新时代坚持和发展中国特色社会主义的根本政治保证。

"八个明确"涵盖了新时代坚持和发展中国特色社会主义的最核心、最重要的理论和实践问题。既包括中国特色社会主义最本质特征，又包括决定党和国家前途命运的根本力量；既包括中国大踏步赶上时代的法宝，又包括解决中国一切问题的基础和关键；既包括社会主义政治发展的必然要求，又包括中国特色社会主义的本质要求和重要保障；既包括国家和民族发展中更基本、更深沉、更持久的力量，又包括发展的根本目的；既包括中华民族永续发展的千年大计，又包括我们党治国理政的重大原则；既包括实现"两个一百年"奋斗目标的战略支撑，又包括实现中华民族伟大复兴的必然要求；既包括实现中国梦的国际环境和稳定的国际秩序，又包括我们党最鲜明的品格。这些内容逻辑上层层递进，内容上相辅相成，集中体现了习近平新时代中国特色社会主义思想的系统性、科学性、创新性。

（三）"十四个坚持"是新时代坚持和发展中国特色社会主义的基本方略

"十四个坚持"是习近平新时代中国特色社会主义思想的重要组成部分，是新时代坚持和发展中国特色社会主义的基本方略。其主要内容就是：坚持党对一切工作的领导，坚持以人民为中心，坚持全面深化改革，坚持新发展理念，坚持人民当家作主，坚持全面依法治国，坚持社会主义核心价值体系，坚持在发展中保障和改善民生，坚持人与自然和谐共生，坚持总体国家安全观，坚持党对人民军队的绝对领导，坚持"一国两制"和推进祖国统一，坚持推动构建人类命运共同体，坚持全面从严治党。

"十四个坚持"基本方略，从新时代中国特色社会主义的实践要求出发，包括中国全方位的发展要求，深化了对共产党执政规律、社会主义建设规律、人类社会发展规律的认识。体现了坚持党对一切工作的领导和坚持全面从严治党的极端重要性，紧紧扭住和高度聚焦中国共产党是当今中国最高政治领导力量。充分体现了坚持以人民为中心的根本立场和坚持全面深化改革的根本方法。包含了中国特色社会主义"五位一体"总体布局和"四个全面"战略布局的基本要求，突出了关键和特殊领域的基本要求，即坚持总体国家安全观体现了国家安全领域的基本要求，坚持党对人民军队的绝对领导体现了军队和国防建设方面的基本要求，坚持"一国两制"和推进祖国统一体现了港澳台工作方面的基本要求，坚持推动构建人类命运共同体体现了外交工作方面的基本要求。总的来看，"十四个坚持"基本方略，从行动纲领和重大对策措施的层面上，对经济、政治、法治、科技、文化、教育、民生、民族、宗教、社会、生态文明、国家安全、国防和军队、"一国两制"和祖国统一、统一战线、外交、党的建设等各方面内容做出了科学回答和战略部署，形成了具有实践性、操作性的根本要求，是实现"两个一百年"奋斗目标、实现中华民族伟大复兴中国梦的"路线图"和"方法论"，是科学的行动纲领和实践遵循。

（四）习近平新时代中国特色社会主义思想是一个严整的理论体系

习近平新时代中国特色社会主义思想坚持马克思主义基本立场、观点和方法，扎根于中国特色社会主义的生动实践，聚焦时代课题、擘画时代蓝图、演奏时代乐章，构建起系统完备、逻辑严密、内在统一的科学理论体系。它有着鲜明的人民立场和科学逻辑，蕴含着丰富的思想方法和工作方法，体现了坚持马克思主义与发展马克思主义的辩证统一，体现了把握事物发展客观规律性与发挥人的主观能动性的辩证统一，体现了立足中国国情与把握世界发展大势的辩证统一，书写了马克思主义发展新篇章。

习近平新时代中国特色社会主义思想内容极其丰富，

> 实现新时代中国特色社会主义文艺的历史使命

既是科学的理论指南,又是根本的行动纲领。"八个明确"侧重于回答新时代坚持和发展什么样的中国特色社会主义的问题,科学阐述了新时代中国特色社会主义发展中生产力与生产关系、经济基础与上层建筑、发展目标与实践进程等的辩证关系,涵盖了经济建设、政治建设、文化建设、社会建设、生态文明建设以及国防、外交、党的建设各个领域,是架构这一科学理论体系的四梁八柱。"十四个坚持"侧重于回答新时代怎么坚持和发展中国特色社会主义的问题,根据新时代的实践要求,从领导力量、发展思想、根本路径、发展理念、政治制度、治国理政、思想文化、社会民生、绿色发展、国家安全、军队建设、祖国统一、国际关系、党的建设等方面,做出深刻的理论分析和明确的政策指导,是习近平新时代中国特色社会主义思想的理论精髓和核心要义的具体展开,同党的基本理论、基本路线一起,构成党和人民事业发展的根本遵循。

总之,习近平新时代中国特色社会主义思想贯通历史、现实和未来,是扎根中国大地、反映人民意愿、顺应时代发展进步要求的科学理论体系。它坚持"实事求是,一切从实际出发","坚持问题导向","聆听时代声音",坚持以我们正在做的事情为中心,以解决人民群众最关心、最直接、最现实的利益问题为着力点,顺利推进中国特色社会主义伟大事业。它始终面向党和国家事业长远发展,形成了从全面建成小康社会到基本实现现代化、再到全面建成社会主义现代化强国的战略安排,发出了实现中华民族伟大复兴中国梦的最强音。

三 为发展马克思主义做出原创性贡献

习近平总书记指出："新中国成立以来特别是改革开放以来，中国发生了深刻变革，置身这一历史巨变之中的中国人更有资格、更有能力揭示这其中所蕴含的历史经验和发展规律，为发展马克思主义作出中国的原创性贡献。"① 习近平新时代中国特色社会主义思想，是发展创新马克思主义的典范，贯通马克思主义哲学、政治经济学、科学社会主义，体现了马克思主义基本原理与当代中国具体实际的有机结合，体现了对中华优秀传统文化、人类优秀文明成果的继承发展，赋予了马克思主义鲜明的实践特色、理论特色、民族特色、时代特色，是当代中国马克思主义、21世纪马克思主义，为丰富和发展马克思主义做出了中国的原创性贡献。

（一）赋予辩证唯物主义和历史唯物主义新内涵

习近平总书记强调，辩证唯物主义和历史唯物主义是马克思主义的世界观、方法论，是马克思主义全部理论的基石，马克思主义哲学是共产党人的看家本领，"必须不断接受马克思主义哲学智慧的滋养"②。习近平新时代中国

---

① 《习近平谈治国理政》第 2 卷，外文出版社 2017 年版，第 66 页。

② 习近平：《辩证唯物主义是中国共产党人的世界观和方法论》，《求是》2019 年第 1 期。

>> 实现新时代中国特色社会主义文艺的历史使命

特色社会主义思想，创造性地将辩证唯物主义和历史唯物主义运用于党和国家的一切工作中，丰富发展了马克思主义哲学。比如，习近平总书记强调要学习和实践人类社会发展规律的思想，提出共产主义远大理想信念是共产党人的政治灵魂、精神支柱，实现共产主义是由一个一个阶段性目标达成的历史过程，"我们现在的努力以及将来多少代人的持续努力，都是朝着最终实现共产主义这个大目标前进的"①，把共产主义远大理想同中国特色社会主义共同理想统一起来、同我们正在做的事情统一起来；强调学习和实践坚守人民立场的思想，提出始终把人民立场作为根本立场，把为人民谋幸福作为根本使命，坚持全心全意为人民服务的根本宗旨，贯彻群众路线，尊重人民主体地位和首创精神，始终保持同人民群众的血肉联系，凝聚起众志成城的磅礴力量，团结带领人民共同创造历史伟业，不断促进人的全面发展、社会全面进步；学习和实践生产力和生产关系的思想，提出生产力是推动社会进步的最活跃、最革命的要素，社会主义的根本任务是解放和发展生产力，坚持发展为第一要务，自觉通过调整生产关系激发社会生产力发展活力，自觉通过完善上层建筑适应经济基础发展要求，让中国特色社会主义更加符合规律地向前发展；强调运用社会矛盾运动学说，揭示新时代中国社会主要矛盾是人民日益增长的美好生活需要和不平衡不充分的

---

① 习近平：《关于坚持和发展中国特色社会主义的几个问题（2013年1月5日）》，载《十八大以来重要文献选编》（上），中央文献出版社2014年版，第115页。

发展之间的矛盾；强调学习掌握唯物辩证法的根本方法，丰富和发展马克思主义方法论，增强战略思维、历史思维、辩证思维、创新思维、法治思维、底线思维能力，等等。这些新思想新观点新方法，在新的时代条件下赋予了辩证唯物主义和历史唯物主义基本原理和方法论新的时代内涵，光大了马克思主义哲学的实践性品格，将马克思主义哲学的创造性运用提升到一个新的境界，为中国人民认识世界、改造世界提供了强大的精神力量，发挥了改造世界的真理伟力。

（二）谱写马克思主义政治经济学新篇章

习近平总书记指出："学好马克思主义政治经济学基本原理和方法论，有利于我们掌握科学的经济分析方法，认识经济运动过程，把握经济社会发展规律，提高驾驭社会主义市场经济能力，更好回答中国经济发展的理论和实践问题。"[①] 习近平总书记立足中国国情和发展实践，深入研究世界经济和中国经济面临的新情况新问题，把马克思主义政治经济学基本原理同新时代中国经济社会发展实际相结合，提炼和总结中国经济发展实践的规律性成果，把实践经验上升为系统化的经济学理论，形成习近平新时代中国特色社会主义经济思想。比如，提出坚持发展为了人民的马克思主义政治经济学的根本立场，坚持以人民为中

---

① 习近平：《不断开拓当代中国马克思主义政治经济学新境界》（2015年11月23日），载习近平《论坚持全面深化改革》，中央文献出版社2018年版，第187页。

心的发展思想，坚定不移走共同富裕道路，推进全民共享、全面共享、共建共享和渐进共享，最终实现全体人民共同富裕，发展了马克思主义关于社会主义生产本质和目的的理论；创造性提出并贯彻创新、协调、绿色、开放、共享的新发展理念，集中反映了我们党对中国经济社会发展规律认识的深化，创新了马克思主义发展观；坚持和完善中国社会主义基本经济制度和分配制度，提出毫不动摇巩固和发展公有制经济，毫不动摇鼓励、支持、引导非公有制经济的发展，完善按劳分配为主体、多种分配方式并存的分配制度，使改革发展成果更多更公平惠及全体人民，实现效率和公平有机统一，发展了马克思主义所有制理论和分配理论；提出完善社会主义市场经济体制，使市场在资源配置中起决定性作用，更好发挥政府作用，实现了我们党对中国特色社会主义建设规律认识的新突破，标志着社会主义市场经济发展进入了一个新阶段；着眼于中国经济由高速增长阶段转向高质量发展阶段的深刻变化，提出积极适应、把握、引领经济发展新常态，坚持质量第一、效益优先，以供给侧结构性改革为主线，推动经济发展质量变革、效率变革、动力变革，建设现代化经济体系，发展了社会主义经济建设理论；站在全面建成小康社会、实现中华民族伟大复兴中国梦的战略高度，把脱贫攻坚摆到治国理政突出位置，提出精准扶贫、精准脱贫等重要思想，推动中国减贫事业取得巨大成就，对世界减贫做出了重大贡献；坚持对外开放基本国策，提出发展更高层次的开放型经济，积极参与全球经济治理，推进"一带一路"建设，深化了社会主义对外开放理论，等等。这一系列新思想新理念新论断，创造性地坚持和发展马克思主义政治经济学基本原理和方法论，实现了中国特色社会主义政治经济学学术体系、话语体系、方法论体系的创新发展，书写了当代中国社会主义政治经济学、21世纪马克思主义政治经济学的最新篇章，打破国际经济学领域许多被奉为教条的西方经济学的理论、概念、方法和话语，为发展马克思主义政治经济学做出重大贡献。

（三）开辟科学社会主义新境界

习近平总书记指出："科学社会主义基本原则不能丢，丢了就不是社会主义。"[①] 对科学社会主义的理论思考、经验总结，对坚持和发展中国特色社会主义的担当和探索，贯穿习近平新时代中国特色社会主义思想形成和发展的全过程。习近平新时代中国特色社会主义思想贯穿科学社会主义基本原则，推进理论创新、实践创新、制度创新、文化创新以及各方面创新，提出一系列关于科学社会主义的新思想。比如，把科学社会主义基本原则同中国具体实际、历史文化传统、时代要求紧密结合起来，提出"中国特色社会主义是社会主义而不是其他什么主义"[②]，是科学社会主义理论逻辑和中国社会发展历史逻辑的辩证统一，是根植于中国大地、反映中国人民意愿、适应中国和时代

---

① 习近平：《关于坚持和发展中国特色社会主义的几个问题（2013年1月5日）》，载《十八大以来重要文献选编》（上），中央文献出版社2014年版，第109页。

② 同上。

> 实现新时代中国特色社会主义文艺的历史使命

发展进步要求的科学社会主义；明确中国特色社会主义事业总体布局是"五位一体"、战略布局是"四个全面"，强调坚定"四个自信"，明确全面深化改革是坚持和发展中国特色社会主义的根本动力等，丰富发展了马克思主义关于社会主义全面发展的认识；将科学社会主义基本原则运用于解决当代中国实践问题，创造性地提出中国特色社会主义进入新时代、建设社会主义现代化强国的思想，丰富发展了社会主义发展阶段理论；创造性地提出坚持和完善中国特色社会主义制度、不断推进国家治理体系和治理能力现代化的思想，创建了科学社会主义关于国家治理体系和治理能力现代化的崭新理论，丰富发展了马克思主义国家学说和社会治理学说；站在人类历史发展进程的高度，正确把握国际形势的深刻变化，顺应和平、发展、合作、共赢的时代潮流，高瞻远瞩地提出构建人类命运共同体的重大思想，建设持久和平、普遍安全、共同繁荣、开放包容、清洁美丽的世界，丰富发展了马克思主义关于未来社会发展的理论；创造性地提出中国特色社会主义最本质的特征和中国特色社会主义制度的最大优势是中国共产党的领导，党是最高政治领导力量，新时代党的建设总要求、新时代党的组织路线，突出政治建设在党的建设中的重要地位，持之以恒全面从严治党等重大思想，科学地解答了马克思主义执政党长期执政面临的一系列重大问题，深化了对共产党执政规律的认识，丰富发展了马克思主义政党建设理论，等等。这些重大理论观点，是习近平总书记总结世界社会主义 500 多年历史，科学社会主义 170 多年历史，特别是中华人民共和国近 70 年社会主义建设正反经验得出的重要结论,回答了在 21 世纪如何坚持和发展科学社会主义等重大理论和实践问题,丰富和发展了科学社会主义基本原理,彰显了科学社会主义的鲜活生命力,使社会主义的伟大旗帜始终在中国大地上高高飘扬,把科学社会主义推向一个新的发展阶段。

实践没有止境,理论创新也没有止境。习近平总书记指出:"世界每时每刻都在发生变化,中国也每时每刻都在发生变化,我们必须在理论上跟上时代,不断认识规律,不断推进理论创新、实践创新、制度创新、文化创新以及其他各方面创新。"① 今天,时代变化和中国发展的广度和深度远远超出了马克思主义经典作家当时的想象,这就要求我们坚持用马克思主义观察时代、解读时代、引领时代,用鲜活丰富的当代中国实践来推动马克思主义发展,以更加宽阔的眼界审视马克思主义在当代发展的现实基础和实践需要,继续发展 21 世纪马克思主义,不断开辟马克思主义发展新境界,使马克思主义放射出更加灿烂的真理光芒。

四 坚持用习近平新时代中国特色社会主义思想统领哲学社会科学工作

习近平总书记指出:"坚持以马克思主义为指导,是

---

① 习近平:《决胜全面建成小康社会 夺取新时代中国特色社会主义伟大胜利——在中国共产党第十九次全国代表大会上的报告》(2017 年 10 月 18 日),人民出版社 2017 年版,第 26 页。

当代中国哲学社会科学区别于其他哲学社会科学的根本标志，必须旗帜鲜明加以坚持。"① 不坚持以马克思主义为指导，哲学社会科学就会失去灵魂、迷失方向，最终也不能发挥应有作用。习近平新时代中国特色社会主义思想是闪耀真理光辉、凝结时代精华的当代中国马克思主义，是新时代哲学社会科学的最高成果。坚持习近平新时代中国特色社会主义思想，就是真正坚持和发展马克思主义。用习近平新时代中国特色社会主义思想武装头脑、指导实践、推动工作，是做好一切工作的重要前提。坚持以习近平新时代中国特色社会主义思想为统领，中国哲学社会科学就有了定盘星和主心骨，就能保证哲学社会科学研究坚持正确的政治方向、学术导向和价值取向，就能与时代同步伐、与人民齐奋进，实现哲学社会科学的大繁荣大发展。

（一）学懂弄通做实习近平新时代中国特色社会主义思想

学习宣传贯彻习近平新时代中国特色社会主义思想是哲学社会科学界头等政治任务和理论任务。担负起新时代赋予的构建中国特色哲学社会科学崇高使命，必须做到：一要学懂，深入学习领会这一思想蕴含的核心要义、丰富内涵、重大意义，深刻领悟这一思想对丰富发展马克思主义理论宝库做出的原创性贡献，深刻把握这一思想对哲学社会科学工作的指导意义；二要弄通，学习贯穿习近平新

---

① 习近平：《在哲学社会科学工作座谈会上的讲话》（2016年5月17日），人民出版社2016年版，第8页。

时代中国特色社会主义思想的立场观点方法，既要知其然又要知其所以然，体会习近平总书记为什么这么讲，站在什么样的高度来讲；三要落实，全面贯彻习近平总书记在哲学社会科学工作座谈会上的重要讲话和致中国社会科学院建院40周年、中国社会科学院中国历史研究院成立贺信精神，把习近平新时代中国特色社会主义思想落实到哲学社会科学各个领域、各个方面，切实贯穿到学术研究、课堂教学、成果评价、人才培养等各个环节，促进党的创新理论与各个学科、概念、范畴之间的融通，使党的重大理论创新成果真正融入哲学社会科学中去，推出系统性与学理性并重、说理透彻与文风活泼兼备的高水平研究成果，书写研究阐释当代中国马克思主义、21世纪马克思主义的学术经典，为推进马克思主义中国化时代化大众化做出新贡献。

（二）坚持以研究回答新时代重大理论和现实问题为主攻方向

问题是时代的声音。习近平总书记反复强调："当代中国的伟大社会变革，不是简单延续我国历史文化的母版，不是简单套用马克思主义经典作家设想的模板，不是其他国家社会主义实践的再版，也不是国外现代化发展的翻版，不可能找到现成的教科书。"① 建设具有中国特色、中国风格、中国气派的哲学社会科学，必须立足中国实

---

① 习近平：《在哲学社会科学工作座谈会上的讲话》（2016年5月17日），人民出版社2016年版，第21页。

际，以我们正在做的事情为中心，坚持问题导向，始终着眼党和国家工作大局，聚焦新时代重大理论和现实问题，聚焦人民群众关注的热点和难点问题，聚焦党中央关心的战略和策略问题，特别是习近平总书记提出的一系列重大问题，例如，如何巩固马克思主义在意识形态领域的指导地位，培育和践行社会主义核心价值观，巩固全党全国各族人民团结奋斗的共同思想基础；如何贯彻落实新发展理念、加快推进供给侧结构性改革、转变经济发展方式、提高发展质量和效益；如何更好保障和改善民生、促进社会公平正义；如何提高改革决策水平、推进国家治理体系和治理能力现代化；如何加快建设社会主义文化强国、增强文化软实力、提高中国在国际上的话语权；如何不断提高党的领导水平和执政水平、增强拒腐防变和抵御风险能力等，在研究这些问题上大有作为，推出更多对中央决策有重要参考价值、对事业发展有重要推动作用的优秀成果，揭示中国社会发展、人类社会发展的大逻辑大趋势，为实现中华民族伟大复兴的中国梦提供智力支持。

（三）加快构建中国特色哲学社会科学学科体系、学术体系、话语体系

哲学社会科学的特色、风格、气派，是发展到一定阶段的产物，是成熟的标志，是实力的象征，也是自信的体现。构建中国特色哲学社会科学，是新时代繁荣发展中国哲学社会科学事业的崇高使命，是广大哲学社会科学工作者的神圣职责。哲学社会科学界要以高度的政治自觉和学术自觉，以强烈的责任感、紧迫感和担当精神，在加快构建"三大体系"上有过硬的举措、实质性进展和更大作为。要按照习近平总书记在哲学社会科学工作座谈会上的重要讲话中提出的指示要求,按照立足中国、借鉴国外,挖掘历史、把握当代,关怀人类、面向未来的思路,体现继承性、民族性,体现原创性、时代性,体现系统性、专业性,构建中国哲学社会科学学科体系、学术体系、话语体系,形成全方位、全领域、全要素的哲学社会科学体系,为建设具有中国特色、中国风格、中国气派的哲学社会科学奠定基础,增强中国哲学社会科学研究的国际影响力,提升国家的文化软实力,让世界知道"学术中的中国""理论中的中国""哲学社会科学中的中国"。

(四)弘扬理论联系实际的马克思主义学风

繁荣发展中国哲学社会科学,必须解决好学风问题,加强学风建设。习近平总书记指出:"理论一旦脱离了实践,就会成为僵化的教条,失去活力和生命力。"[①] 哲学社会科学工作者要理论联系实际,大力弘扬崇尚精品、严谨治学、注重诚信、讲求责任的优良学风,营造风清气正、互学互鉴、积极向上的学术生态;要树立良好学术道德,自觉遵守学术规范,讲究博学、审问、慎思、明辨、笃行,崇尚"士以弘道"的价值追求,真正把做人、做事、做学问统一起来;要有"板凳要坐十年冷,文章不写一句空"的执着坚守,耐得住寂寞,经得起诱惑,守得住底

---

① 习近平:《辩证唯物主义是中国共产党人的世界观和方法论》,《求是》2019年第1期。

线，立志做大学问、做真学问；要把社会责任放在首位，严肃对待学术研究的社会效果，自觉践行社会主义核心价值观，做真善美的追求者和传播者，以深厚的学识修养赢得尊重，以高尚的人格魅力引领风气，在为祖国、为人民立德立言中成就自我、实现价值，成为先进思想的倡导者、学术研究的开拓者、社会风尚的引领者、中国共产党执政的坚定支持者。

（五）坚持和加强党对哲学社会科学的全面领导

哲学社会科学事业是党和人民的重要事业，哲学社会科学战线是党和人民的重要战线。加强和改善党对哲学社会科学工作的全面领导，是出高质量成果、高水平人才，加快构建"三大体系"的根本政治保证。要树牢"四个意识"，坚定"四个自信"，坚决做到"两个维护"，坚定不移地在思想上政治上行动上同以习近平同志为核心的党中央保持高度一致，坚定不移地维护习近平总书记在党中央和全党的核心地位，坚定不移地维护党中央权威和集中统一领导，确保哲学社会科学始终围绕中心，服务大局；要加强政治领导和工作指导，尊重哲学社会科学发展规律，提高领导哲学社会科学工作本领，一手抓繁荣发展、一手抓引导管理；要认真贯彻党的知识分子政策，尊重劳动、尊重知识、尊重人才、尊重创造，做到政治上充分信任、思想上主动引导、工作上创造条件、生活上关心照顾，多为他们办实事、做好事、解难事；要切实贯彻百花齐放、百家争鸣方针，开展平等、健康、活泼和充分说理的学术争鸣，提倡不同学术观点、不同风格学派相互切磋、平等讨论；要正确区分学术问题和政治问题，不要把一般的学术问题当成政治问题，也不要把政治问题当作一般的学术问题，既反对打着学术研究旗号从事违背学术道德、违反宪法法律的假学术行为，也反对把学术问题和政治问题混淆起来、用解决政治问题的办法对待学术问题的简单化做法。

"群才属休明，乘运共跃鳞。"中国特色社会主义进入新时代，也是哲学社会科学繁荣发展的时代，是哲学社会科学工作者大有可为的时代。广大哲学社会科学工作者，要坚持以习近平新时代中国特色社会主义思想为指导，发愤图强，奋力拼搏，书写新时代哲学社会科学发展新篇章，为实现"两个一百年"奋斗目标、实现中华民族伟大复兴的中国梦做出新的更大贡献。

出版前言

党的十八大以来，以习近平同志为主要代表的中国共产党人，顺应时代发展，站在党和国家事业发展全局的高度，围绕坚持和发展中国特色社会主义，从理论和实践结合上系统回答了新时代坚持和发展什么样的中国特色社会主义、怎样坚持和发展中国特色社会主义这个重大时代课题，创立了习近平新时代中国特色社会主义思想。习近平新时代中国特色社会主义思想，内容丰富、思想深刻，涉及生产力和生产关系、经济基础和上层建筑各个环节，涵盖经济建设、政治建设、文化建设、社会建设、生态文明建设、党的建设以及国防和军队建设、外交工作等领域，形成了系统完整、逻辑严密的科学理论体系。习近平新时代中国特色社会主义思想是对马克思列宁主义、毛泽东思想、邓小平理论、"三个代表"重要思想、科学发展观的继承和发展，是马克思主义中国化的最新成果，是当代中国马克思主义、21世纪马克思主义，是全党全国人民为实现"两个一百年"奋斗目标和中华民族伟大复兴而奋斗的行动指南。深入学习、刻苦钻研、科学阐释习近平新时代中国特色社会主义思想是新时代赋予中国哲学社会科学工作者的崇高使命与责任担当。

2015年年底，为了深入学习贯彻落实习近平总书记系列重要讲话精神和治国理政新理念新思想新战略，中国社会科学出版社赵剑英社长开始策划组织《习近平总书记系列重要讲话精神和治国理政新理念新思想新战略学习丛书》的编写出版工作。中国社会科学院党组以强烈的政治意识、大局意识、核心意识、看齐意识，高度重视这一工作，按照中央的相关部署和要求，组织优秀精干的科研力量对习近平总书记系列重要讲话精神和治国理政新理念新思想新战略进行集中学习、深入研究、科学阐释，开展该丛书的撰写工作。

2016年7月，经全国哲学社会科学工作办公室批准，《习近平总书记系列重要讲话精神和治国理政新理念新思想新战略学习丛书》的写作出版，被确立为国家社会科学基金十八大以来党中央治国理政新理念新思想新战略研究专项工程项目之一，由时任中国社会科学院院长、党组书记王伟光同志担任首席专家。国家社会科学基金十八大以来党中央治国理政新理念新思想新战略研究专项工程项目于2016年4月设立，包括政治、经济、文化、军事等13个重点研究方向。本课题是专项工程项目中唯一跨学科、多视角、全领域的研究课题，涉及除军事学科之外12个研究方向，相应成立了12个子课题组。

党的十九大召开之前，作为向十九大献礼的项目，课题组完成了第一批书稿，并报中央宣传部审批。党的十九大召开之后，课题组根据习近平总书记最新重要讲话和党的十九大精神，根据中宣部的审读意见，对书稿进行了多次修改完善，并将丛书名确立为《习近平新时代中国特色社会主义思想学习丛书》。

中国社会科学院院长、党组书记谢伏瞻同志对本课题的研究和丛书的写作、修改做出明确指示，并为之作序。王伟光同志作为课题组首席专家，主持制定总课题和各子课题研究的基本框架、要求和实施方案。中国社会科学院副院长、党组副书记王京清同志一直关心本丛书的研究和写作，对出版工作予以指导。中国社会科学院副院长蔡昉同志具体负责课题研究和写作的组织协调与指导。中国社会科学院科研局局长马援等同志，在项目申报、经费管理等方面给予了有力支持。中国社会科学出版社作为项目责任单位，在本丛书总策划，党委书记、社长赵剑英同志的领导下，以高度的政治担当意识和责任意识，协助院党组和课题组专家认真、严谨地做好课题研究管理、项目运行和编辑出版等工作。中国社会科学出版社总编辑助理王茵同志、重大项目出版中心主任助理孙萍同志，对项目管理、运行付出了诸多辛劳。

在三年多的时间里，课题组近一百位专家学者系统深入学习习近平同志在不同历史时期所发表的重要讲话和著述，深入研究、精心写作，召开了几十次的理论研讨会、专家审稿会，对书稿进行多次修改，力图系统阐释习近平新时代中国特色社会主义思想的时代背景、理论渊源、实践基础、主题主线、主要观点和核心要义，努力从总体上把握习近平新时代中国特色社会主义思想内在的理论逻辑和精神实质，全面呈现其当代中国马克思主义、21世纪马克思主义的理论形态及其伟大的理论和实践意义，最终形成了总共约300万字的《习近平新时代中国特色社会主义思想学习丛书》，共 12 册。

  （1）《开辟当代马克思主义哲学新境界》
  （2）《深入推进新时代党的建设新的伟大工程》
  （3）《坚持以人民为中心的新发展理念》
  （4）《构建新时代中国特色社会主义政治经济学》
  （5）《全面依法治国　建设法治中国》
  （6）《建设新时代社会主义文化强国》
  （7）《实现新时代中国特色社会主义文艺的历史使命》
  （8）《生态文明建设的理论构建与实践探索》
  （9）《走中国特色社会主义乡村振兴道路》
  （10）《习近平新时代中国特色社会主义外交思想研究》
  （11）《习近平新时代治国理政的历史观》
  （12）《全面从严治党永远在路上》

  习近平新时代中国特色社会主义思想博大精深、内涵十分丰富，我们虽已付出最大努力，但由于水平有限，学习体悟尚不够深入，研究阐释定有不少疏漏之处，敬请广大读者提出宝贵的指导意见，以期我们进一步修改完善。

  最后，衷心感谢所有参与本丛书写作和出版工作的专家学者、各级领导以及编辑、校对、印制等工作人员。

《习近平新时代中国特色社会主义思想学习丛书》课题组
首席专家　王伟光

中国社会科学出版社

2019 年 3 月

目　　录

导论 ………………………………………………（1）

第一章　文艺是时代前进的号角 ………………（12）
一　文艺是时代的随行物 …………………（13）
二　文艺与世道人心 ………………………（23）
三　文艺为时代鼓与呼 ……………………（35）
四　文艺书写和助推中国梦 ………………（42）

第二章　坚持以人民为中心的创作导向 …………（51）
一　文艺的"人民性"释义 …………………（53）
二　人民是文艺的"剧中人" ………………（60）
三　文艺热爱人民 …………………………（75）
四　人民需要文艺 …………………………（82）
五　人民是文艺的鉴赏家和评判者 ………（87）

第三章　作家艺术家应该成为时代风气的先觉者、先行者、先倡者 ……………………………（95）
一　作家艺术家要做到启智慧之先河 ……（97）
二　作家艺术家要敢于发时代之先声 ……（107）

三 作家艺术家要实现开社会之先风 …………… (117)

第四章 打造精品，勇攀高峰 ………………………… (127)
　　一 精品是思想性、艺术性、观赏性有机统一的
　　　 优秀作品 ………………………………………… (128)
　　二 精品力作才能成就文艺高峰 …………………… (140)
　　三 把最好的精神食粮奉献给人民 ………………… (148)
　　四 创作新时代中国特色社会主义
　　　 文艺经典 ………………………………………… (156)

第五章 文艺要弘扬中国精神 ………………………… (166)
　　一 弘扬社会主义核心价值观 ……………………… (168)
　　二 讲好中国故事 …………………………………… (179)
　　三 结合时代精神融会传统资源 …………………… (189)

第六章 文艺不能当市场的奴隶 ……………………… (201)
　　一 市场是当代文艺的基本处境 …………………… (201)
　　二 文艺发展与市场关系密切 ……………………… (211)
　　三 文艺不能被市场牵着鼻子走 …………………… (220)
　　四 社会主义文艺要把社会效益放在首位 ………… (230)

第七章 弘扬讲话主旋律，凝聚网络正能量 ………… (239)
　　一 习近平总书记文艺讲话与网络文学
　　　 基本问题 ………………………………………… (240)
　　二 深入领会讲话精神，深化网络文艺改革 ……… (253)
　　三 繁荣新媒体文艺，唱响网上主旋律 …………… (266)

第八章　重塑文艺批评精神 (276)
一　文艺批评对于文艺发展的重要作用 (277)
二　值得当前文艺批评家反思的主要问题 (281)
三　运用"四个观点"评判和鉴赏作品 (286)
四　文艺批评家应该坚持的品行 (297)

第九章　建构新时代中国文论话语体系 (304)
一　坚持马克思主义文艺理论的指导地位 (305)
二　坚守文论话语体系的中国立场 (317)
三　建构文论话语体系的基本思路 (330)

参考文献 (347)

索引 (357)

后记 (361)

导 论

2017年10月18日，习近平总书记在党的十九大开幕式上作了题为"决胜全面建成小康社会 夺取新时代中国特色社会主义伟大胜利"的报告，全面总结了五年来党和国家发生的历史性变革，作出了中国特色社会主义进入了新时代、我国社会主要矛盾已经转化为人民日益增长的美好生活需要和不平衡不充分的发展之间的矛盾等重大政治论断，确立了新时代中国特色社会主义思想。在报告中，习近平总书记以"坚定文化自信，推动社会主义文化繁荣兴盛"为主题，从牢牢掌握意识形态工作领导权、培育和践行社会主义核心价值观、加强思想道德建设、繁荣发展社会主义文艺、推动文化事业和文化产业发展五个方面对文艺工作者在新的历史定位中提出了新的要求。习近平总书记强调发展新时代中国特色社会主义文化，深刻阐释了文化自信决定文艺发展，文艺繁荣影响民族复兴的逻辑关系。自党的十八大以来，习近平总书记就文艺工作发表了一系列重要讲话，其有关文艺问题的重要论述构成新时代中国特色社会主义思想的重要组成部分，是繁荣发展中国特色社会主义文艺、不断铸就中华文化新辉煌的理论纲领和行动指南。

2014年10月15日,习近平总书记在北京主持召开了文艺工作座谈会并发表了重要讲话,本次文艺工作座谈会讲话共阐述了五个方面的问题,分别是实现中华民族伟大复兴需要中华文化繁荣兴盛、创作无愧于时代的优秀作品、坚持以人民为中心的创作导向、中国精神是社会主义文艺的灵魂、加强和改进党对文艺工作的领导。这五个方面环环相扣,层层递进,涵盖文艺创作与文艺工作的主要问题,为文艺理论研究提供了基本参照。讲话发表以后,引发了理论界和文艺界的广泛讨论,讲话提出的基本思想也已成为文艺工作者创作、创造、创新的理论指南。这次文艺讲话的重要意义正如中共中央宣传部组织编写的《习近平总书记在文艺工作座谈会上的重要讲话学习读本》"前言"中所说:"讲话科学分析了文艺领域面临的新形势、新情况、新问题,创造性地回答了事关文艺繁荣发展的一系列带有根本性、方向性的重大问题,定方向、立纲领,点问题、提神气,体现了党对文艺工作的新思想、新判断、新要求,对在新的历史条件下开创文艺工作新局面作出了全面部署。讲话……是当代中国文艺实践的理论总结和思想升华,具有鲜明的时代特征和思想光芒,是指导文艺工作和文化建设的纲领性文献,对推进社会主义文艺大发展大繁荣具有重要意义。"[①]

[①] 中共中央宣传部编:《习近平总书记在文艺工作座谈会上的重要讲话学习读本》,学习出版社2015年版,"前言"。

导 论

2015年10月3日，中共中央颁布了《关于繁荣发展社会主义文艺的意见》，在认真落实文艺工作座谈会重要讲话精神的基础上，结合文艺工作的新实际，吸收文艺发展的新成果，进一步从做好文艺工作的重大意义和指导思想、坚持以人民为中心的创作导向、让中国精神成为社会主义文艺的灵魂、创作无愧于时代的优秀作品、建设德艺双馨的文艺队伍、加强和改进党对文艺工作的领导六个方面对文艺工作作出了战略性、纲领性部署，为当前我国文艺繁荣发展指明了方向，规划了方案，其现实意义和历史意义，不言自明。

2016年5月17日，习近平总书记召开了哲学社会科学工作座谈会，就哲学社会科学工作与专家学者一起"分析形势、沟通思想、凝聚共识、谋划未来"[①]。在讲话中，习近平总书记强调坚持和发展中国特色社会主义，必须高度重视哲学社会科学，必须坚持马克思主义在我国哲学社会科学的指导地位，必须加快构建中国特色哲学社会科学，必须加强和改进党对哲学社会科学的领导，使中国哲学社会科学真正屹立于世界哲学社会科学之林。习近平总书记洞察哲学社会科学的发展态势，一针见血地指出新形势下我国"哲学社会科学发展战略还不十分明确，学科体系、学术体系、话语体系建设水平总体不高，学术原创能力还不强"，"人才队伍整体素

---

① 习近平：《在哲学社会科学工作座谈会上的讲话》，人民出版社2016年版，第1—2页。

质亟待提高"① 等问题，对此习近平总书记进一步提出"要按照立足中国、借鉴国外，挖掘历史、把握当代，关怀人类、面向未来的思路，着力构建中国特色哲学社会科学，在指导思想、学科体系、学术体系、话语体系等方面充分体现中国特色、中国风格、中国气派"②，这不仅为我国哲学社会科学的发展确立了目标、指明了道路，也为建构具有中国特色的社会主义文艺理论学科体系、学术体系、话语体系提供了基本遵循和建构思路。

2016年11月30日，习近平总书记在中国文联十大、中国作协九大开幕式上作了讲话，该讲话是继文艺工作座谈会讲话之后，又一个针对文艺工作的重要讲话。讲话肯定了2014年文艺工作座谈会讲话之后我国文艺工作所取得的重要成就，同时针对文艺工作的具体问题，围绕实现中华民族伟大复兴，提出了四点希望。一是"希望大家坚定文化自信，用文艺振奋民族精神"。这是自2016年7月1日在庆祝中国共产党成立95周年大会上提出"文化自信"之后，③习近平总书记对文化自信作出的最为完整详细的论述。二是"希望大家坚持服务人民，用积极的文艺歌颂人民"。习近平总书记从艺术创作入手，对文艺反映人民、典型人物塑造、艺术再现、写出新史诗、判断素材、阅读生活等内容进行了详细的分析

---

① 习近平：《在哲学社会科学工作座谈会上的讲话》，人民出版社2016年版，第7页。

② 同上书，第15页。

③ 参见习近平《在庆祝中国共产党成立95周年大会上的讲话》，人民出版社2016年版。

说明。三是"希望大家勇于创新创造，用精湛的艺术推动文化创新发展"。关于这一点，习近平总书记围绕创作生产优秀作品，对文艺创新的意义、创新的方法、需要克服的问题等，进行了论述。四是"希望大家坚守艺术理想，用高尚的文艺引领社会风尚"。这一部分是从文艺的铸魂作用说起，对创作者的态度、德艺修养的提高、责任和担当的意义等进行了重点论述。除了这四点希望之外，习近平总书记还在这次讲话中重点论述了文艺在人才培养、改进党对文艺的领导、文艺高峰的到来等方面的问题。①

可以说，关于文艺问题，连续四年如此密集地由党的最高领导人发表"讲话"、中央颁布"意见"，在过去是没有的，这充分体现了以习近平同志为核心的党中央对文艺工作的高度重视，同时也反映出文艺工作在实现民族伟大复兴中国梦、实现两个一百年奋斗目标的伟大征程中的重要价值与作用。在系列讲话中，习近平总书记将文艺的发展置于实现中华民族伟大复兴中国梦的历史任务中去，从全局和战略高度深刻阐明了时代发展对文艺工作的新要求，回答了事关我国文艺事业长远发展的重大问题，揭示了社会主义文艺的发展规律，创造性地丰富和发展了马克思主义文艺观和社会主义文艺理论，形成了完整的、科学的思想体系。这不仅为文艺工作者从事文艺工作提供了基本遵循，为当代中国文艺理论话

---

① 参见习近平《在中国文联十大、中国作协九大开幕式上的讲话》，人民出版社2016年版。

语体系的建构提供了新的方案，也为世界各民族的文化对话和交流提供了思考。

习近平总书记是一个有文学情结而又懂得文学的人，在他的文章或讲话中提到的作家有几百人，所引用过的诗词文章不计其数。他热爱文学，在陕北插队的时候，走30里路只为去另一位知青那里借歌德的《浮士德》来读；他善于与作家交朋友，在河北正定工作时结识了作家贾大山，贾大山过世后，还专门写了悼念文章；他和路遥十分熟悉，当年一起住过窑洞，做过深入的交流；他对世界各国的许多文学经典烂熟于心，多次出访都能以文艺拉近同各国人民的友谊与感情。文学的作用无他，但能在长期的陶冶下，让人心正、身修、德明，如《大学》所言："心正而后身修，身修而后家齐，家齐而后国治，国治而后天下平。"习近平总书记懂得文学，懂得文学对个人修养与精神提升的重要价值，懂得文学与国运兴衰难以分割的紧密联系，懂得文学在民族伟大复兴大业中的重要作用。

因此，习近平总书记有关文艺的讲话并非案头之作，而是对当下文艺现实问题的有的放矢。正如习近平总书记所讲，文艺应该"感国运之变化、立时代之潮头、发时代之先声"，然而今天，我们的文艺还存在这样那样的问题，还不能适应新时代中国特色社会主义的大好局面。文艺没有了生命力，"在市场经济大潮中迷失方向"，"在为什么人的问题上发生偏差"，"存在着有数量缺质量、有'高原'缺'高峰'的现象，存在着抄袭模仿、千篇一律的问题，存在着机械化生产、快餐式消费的问题"。① 可以说，文艺创作在今天逃避崇高、虚无历史、拒写现实、颠覆传统、解构美好的现象十分严重。创作者心情浮躁、精神贫弱、价值缺失、魂无定所，盲目个性化的写作现象十分严重。心中没有人民，笔下没有乾坤，既丧失艺术追求，也谈不上审美情趣；既忘记责任担当，也缺乏艺术理想的现象十分严重。当前文艺最突出的问题是"浮躁"，创作成为发财的手段，批评成了致富的工具，这是问题的一个方面。从另一个方面讲，文艺上的浮躁折射出了社会的浮躁、思想的虚空和精神上的自甘堕落。虽然今天我们处于"日益走近世界舞台中央、不断为人类作出更大贡献的时代"②，"我们比历史上任何时期都更接近、更有信心和能力实现中华民族伟大复兴的目标"③，然而在难得的历史条件与际遇面前，本该有所作为的文艺却哑然失声，无所适从，丧失了应有的提神聚气作用，忘记了本来的使命和责任。习近平总书记有关文艺的讲话，正是对以上诸种文艺乱象及其存在问题的有感而发，四次讲话都十分强调文艺在当代人民生活中的重要地位，为我们今后从事文艺工作提供了思想指南。

首先，文艺要引领一个时代的风气。回顾世界历史，

---

① 习近平：《在文艺工作座谈会上的讲话》，人民出版社2015年版，第9页。

② 习近平：《决胜全面建成小康社会 夺取新时代中国特色社会主义伟大胜利——在中国共产党第十九次全国代表大会上的报告》（2017年10月18日），人民出版社2017年版，第11页。

③ 同上书，第15页。

实现新时代中国特色社会主义文艺的历史使命

不论是欧洲的文艺复兴运动,还是我国先秦时期的百家争鸣,或是近代的新文化运动,这些激动人心的时代,都与文艺息息相关,都深受文艺的启迪与影响。而今天我们步入新的时代,也需要新的思想引领,也需要新的文艺先行。其次,文艺要发挥凝聚人心的作用。"如果没有共同的核心价值观,一个民族、一个国家就会魂无定所、行无依归。"① 习近平总书记认为,改革开放以来,社会上出现种种问题的病根就在于一些人价值观的缺失,因此他希望通过文艺来铸造灵魂,"使社会主义核心价值观内化为人们的精神追求、外化为人们的自觉行动"②。另外,爱国主义精神的弘扬、中华美学精神的传承、真善美的追求,这些也要在文艺的春风化雨、润物无声中得以实现。最后,人民需要文艺。"社会主义文艺,从本质上讲,就是人民的文艺"③,坚持"以人民为中心的创作导向"就是要深入生活、扎根人民,时刻关注人民的需求和利益。经过长期努力,中国特色社会主义进入了新时代,社会主要矛盾发生转变,要"满足人民过上美好生活的新期待,必须提供丰富的精神食粮"④。因此,习近平总书记要求广大文艺工作者"要跟上

---

① 习近平:《在文艺工作座谈会上的讲话》,人民出版社2015年版,第22页。

② 同上书,第23页。

③ 同上书,第13页。

④ 习近平:《决胜全面建成小康社会 夺取新时代中国特色社会主义伟大胜利——在中国共产党第十九次全国代表大会上的报告》(2017年10月18日),人民出版社2017年版,第43—44页。

时代发展，把握人民需求"①，"把最好的精神食粮奉献给人民"②，"把满足人民精神文化需求作为文艺和文艺工作的出发点和落脚点"③。

此外，文艺还将在实现中华民族伟大复兴的伟大征程中发挥作用。"文化兴国运兴，文化强民族强。没有高度的文化自信，没有文化的繁荣兴盛，就没有中华民族伟大复兴。"④ 今天我们正处于决胜全面建成小康社会、进而全面建设社会主义现代化强国、实现中华民族伟大复兴的关键时期，这不仅需要强大的物质力量，也需要强大的精神支撑，"举精神之旗、立精神支柱、建精神家园，都离不开文艺"⑤。今天的中国已经成为世界第二大经济体，经济发展起来之后，民族形象的塑造、核心价值观的引领、民族精神的凝聚、中华文化新辉煌的创造等已显得非常必要。加之2008年发生世界性的经济危机以来，西方各国的经济发展徘徊不前，持续低迷，而中国特色社会主义制度所表现出的各种优越性，引起了世界各国的关注。习近平总书记十分重视文艺在构建以合作共赢为核心的新型国

---

① 习近平：《在文艺工作座谈会上的讲话》，人民出版社2015年版，第14页。

② 同上书，第7页。

③ 同上书，第13—14页。

④ 习近平：《决胜全面建成小康社会　夺取新时代中国特色社会主义伟大胜利——在中国共产党第十九次全国代表大会上的报告》（2017年10月18日），人民出版社2017年版，第40—41页。

⑤ 习近平：《在文艺工作座谈会上的讲话》，人民出版社2015年版，第6页。

际关系方面的桥梁与纽带作用,他希望"文艺工作者要讲好中国故事、传播好中国声音、阐发中国精神、展现中国风貌,让外国民众通过欣赏中国作家艺术家的作品来深化对中国的认识、增进对中国的了解"①,以文艺的方式"展现真实、立体、全面的中国"②,把中国经验推介出去,"为人类对更好社会制度的探索提供中国方案"③。当然,文艺自身也可以作为一种"中国方案"推介出去,为世界人民提供文化精神食粮。关于这一点,习近平总书记在中国文联十大、中国作协九大开幕式上的讲话中说得十分清楚:"让中华文化同各国人民创造的多彩文化一道,为人类提供正确精神指引。"④全球化时代,一个民族的文化实力已成为赢得世界人民尊重的重要力量。因此,在新的历史形势下,深入研究和探讨习近平总书记关于文艺的重要论述的精神价值、突出特征以及所体现出来的文艺认识,不仅能够进一步推动我国文艺事业的繁荣发展,同时还将为建立新时代中国特色社会主义文艺体系作出贡献。

  本书所重点探讨的文艺与时代的关系、文艺与人民的

---

  ① 习近平:《在文艺工作座谈会上的讲话》,人民出版社2015年版,第15页。

  ② 习近平:《决胜全面建成小康社会 夺取新时代中国特色社会主义伟大胜利——在中国共产党第十九次全国代表大会上的报告》(2017年10月18日),人民出版社2017年版,第44页。

  ③ 习近平:《在庆祝中国共产党成立95周年大会上的讲话》,人民出版社2016年版,第14页。

  ④ 习近平:《在中国文联十大、中国作协九大开幕式上的讲话》,人民出版社2016年版,第16页。

关系、创作者的素养、文艺精品的创造、中国精神的弘扬、文艺与市场的关系、新媒体文艺创作、文艺批评重塑、当代文论话语体系建构等内容，都是习近平总书记在讲话中反复强调与论述的主题，也是当下我国文艺工作需要突出解决和应对的问题。研究和澄清这些问题，对于完整认识习近平总书记关于文艺的重要论述所具有的重要价值和意义，对于改变人们在文艺作用方面的糊涂认识，改进创作风气，提振文艺精神，消解错误思潮，引导正面批评，推动文艺消费等方面必将产生很好的作用。同时，本书从文艺的本质论、创作论、作品论、功能论、批评论等不同角度对习近平总书记关于文艺的重要论述所进行的这些梳理与研究，也将对新时代中国特色社会主义文艺理论的学科体系、学术体系、话语体系建构，以及推动中国马克思主义文艺理论的中国化、时代化、民族化发展提供准备和思路，为世界文艺理论舞台上的"中国声音""中国贡献"作出我们的努力。当然，本书主要是我们学习习近平总书记关于文艺问题系列重要讲话的认识和体会，研究得还比较粗浅，还不能完全呈现仍在发展中的习近平总书记关于文艺的重要论述的整体风貌，有些认识甚至还有这样那样的问题和不足，希望学界同仁多多批评指正。

第一章

文艺是时代前进的号角

习近平总书记关于文艺的系列重要讲话,深刻阐明了文艺和文艺工作的重要使命,科学地回答了关于繁荣发展社会主义文艺的一系列重大问题,是指导当前文艺工作和文艺建设的纲领性文献,更是推动建设新时代中国特色社会主义文艺理论话语体系的行动指南。尤其值得注意的是,在《在文艺工作座谈会上的讲话》中开宗明义地指出"文艺事业是党和人民的重要事业,文艺战线是党和人民的重要战线",继而将文艺和文艺工作置于国家和世界发展的大势中予以审视,并从"实现'两个一百年'奋斗目标、实现中华民族伟大复兴的中国梦"这一新的时代高度上提出"文艺是时代前进的号角,最能代表一个时代的风貌,最能引领一个时代的风气"[①],突出强调了文艺的使命责任及其与时代国运的密切关联。随后,在《在中国文联十大、中国作协九大开幕式上的讲话》中同样将文艺与时代精神并论,指出"反映时代是文艺工作者的使命",并

---

① 习近平:《在文艺工作座谈会上的讲话》,人民出版社2015年版,第5页。

呼吁"广大文艺工作者要把握时代脉搏，承担时代使命，聆听时代声音，勇于回答时代课题"。① 在党的十九大报告中，习近平总书记再次指出，繁荣发展社会主义文艺必须"善于聆听时代声音"，真正进行"无愧于时代的文艺创造"。② 应该说，习近平总书记关于文艺与时代关系的理论论述，不仅将"文艺之责"是"时代前进的号角"这一文艺的突出地位予以明确，更在新的历史起点上从文艺自身规律和精神属性出发，将文艺的功能以及文艺对社会的积极作用更加积极主动地提了出来。对文艺的历史使命感、社会责任感、时代担当精神的高度评价和认定，也将党和国家对文艺功能的认识提升到一个新的理论高度，既给广大文艺工作者以巨大的鼓舞，又赋予文艺重如泰山的时代责任和历史使命。为此，深入总结与研讨习近平总书记关于文艺的重要论述，首先便要对文艺的时代责任及其与时代国运之关联予以深入探讨。

一　文艺是时代的随行物

古往今来，文学艺术作为人的一种活动，可谓随时代而行，是时代的必然反映和产物。法国著名哲学家丹纳在《艺术哲学》中阐明艺术品的本质及产生时开宗明义地指

---

① 习近平：《在中国文联十大、中国作协九大开幕式上的讲话》，人民出版社2016年版，第7页。

② 习近平：《决胜全面建成小康社会　夺取新时代中国特色社会主义伟大胜利——在中国共产党第十九次全国代表大会上的报告》（2017年10月18日），人民出版社2017年版，第26、43页。

出:"艺术品的产生取决于时代精神和周围的风俗。"① 因作家受时代生活的影响,其生命体验、情感觉悟、艺术灵感,总是与时代的总体精神相伴而行、因时催生。文艺与时代社会生活的关联,马克思在论著中也多次提到,他在对法国作家与文学进行批评时便指出:"对社会状况的批判性论述决不仅仅在法国的'社会主义'作家本身那里能够找到,而且在每一个文学领域特别是小说文学和回忆文学的作家那里也能够找到。"② 为此,要理解一个艺术家、一部文学作品,便不得不考虑其所属时代的精神风俗的总体,同理,经典永恒的文艺作品作为时代的历史结晶,也无不是时代生活的典型反映和艺术印证,并让人从中感受到作家艺术家脚踩大地、观照现实的精神情怀。

(一) 文艺反映现实生活

"文学与生活的关系问题,是文学的核心问题。文学因为生活而存在,没有生活,就没有文学。"③ 文学艺术的时代性、永久性、经典性,很大程度上就在于其对时代生活的记录和描写,换句话说,时代的社会生活是一切种类的文学艺术的源泉。马克思、恩格斯在其著作中反复提及文艺对生活的反映,正如在《德意志意识形态》中提到的

---

① [法]丹纳:《艺术哲学》,傅雷译,江苏文艺出版社2012年版,第68页。
② 《马克思恩格斯全集》第42卷,人民出版社1979年版,第300页。
③ 张江等:《文学,请回归生活》,《人民日报》2014年2月28日第24版。

"不是意识决定生活,而是生活决定意识"①,为此,文艺反映现实生活,是文学艺术的基本规律之一。列宁在《列夫·托尔斯泰是俄国革命的镜子》中指出:"如果我们看到的是一位真正伟大的艺术家,那么他在自己的作品中至少会反映出革命的某些本质的方面。"②毛泽东同志在《在延安文艺座谈会上的讲话》中也提到,"作为观念形态的文艺作品,都是一定的社会生活在人类头脑中的反映的产物","人民生活中本来存在着文学艺术原料的矿藏,这是自然形态的东西,是粗糙的东西,但也是最生动、最丰富、最基本的东西;在这点上说,它们使一切文学艺术相形见绌,它们是一切文学艺术的取之不尽、用之不竭的唯一的源泉",而且"文艺作品中反映出来的生活"也比"普通的实际生活更高,更强烈,更有集中性,更典型,更理想,因此就更带普遍性"。③对文艺反映时代和现实生活这一职责的强调,在习近平总书记近年来关于文艺的系列讲话中更是摆在了突出位置。在《在文艺工作座谈会上的讲话》中,习近平总书记说,"文艺是世界语言,谈文艺,其实就是谈社会、谈人生,最容易相互理解、沟通心灵",原因之一便在于"文艺深深融入人民生活,事业和生活、顺境和逆境、梦想和期望、爱和恨、存在和死亡,

---

① [德]马克思、恩格斯:《德意志意识形态》,载《马克思恩格斯选集》第1卷,人民出版社1995年版,第73页。

② [苏联]列宁:《列夫·托尔斯泰是俄国革命的镜子》,载《列宁全集》第17卷,人民出版社1988年版,第181页。

③ 毛泽东:《在延安文艺座谈会上的讲话》,载《毛泽东选集》第3卷,人民出版社1991年版,第860—861页。

人类生活的一切方面，都可以在文艺作品中找到启迪"①。正因此，文艺作为"时代前进的号角"才最能代表一个时代的生活风貌，才与民族思想的解放和发展紧紧联系在一起。

　　文艺反映生活，但并非机械地反映生活。在《在中国文联十大、中国作协九大开幕式上的讲话》中，习近平总书记指出，"关在象牙塔里不会有持久的文艺灵感和创作激情"，而"生活中不可能只有昂扬没有沉郁、只有幸福没有不幸、只有喜剧没有悲剧。生活和理想之间总是有落差的，现实生活中总是有这样那样不如人意的地方"，为此，广大文艺工作者要"对生活素材进行判断，弘扬正能量，用文艺的力量温暖人、鼓舞人、启迪人，引导人们提升思想认识、文化修养、审美水准、道德水平，激励人们永葆积极向上的乐观心态和进取精神"。② 文艺作为时代的随行物，反映生活、介入现实，通过文艺作品生动形象地见证并描绘时代的总体精神风貌，深刻地提炼、表达和展现现实生活，可谓马克思主义文艺理论者一脉相承的重要理论基石。

　　刘勰《文心雕龙·时序》有云："故知文变染乎世情，兴废系乎时序，原始以要终，虽百世可知也。"③ 这正是对

---

　　① 习近平：《在文艺工作座谈会上的讲话》，人民出版社2015年版，第8页。
　　② 习近平：《在中国文联十大、中国作协九大开幕式上的讲话》，人民出版社2016年版，第11—14页。
　　③ （南朝梁）刘勰：《文心雕龙》，王志彬译注，中华书局2012年版，第511页。

文学与时运盛衰辩证关系的强调，对文学与政治教化、时代生活、学术风气密切关联的强调。习近平总书记就文艺与时运的重要关联也多次进行阐述，提出"因时而兴，乘势而变，随时代而行，文艺与时代同频共振"的重要意义，并指出："在人类发展的每一个重大历史关头，文艺都能发时代之先声、开社会之先风、启智慧之先河，成为时代变迁和社会变革的先导。离开火热的社会实践，在恢宏的时代主旋律之外茕茕孑立、喃喃自语，只能被时代淘汰。"①

文艺对现实的反映，在各个时代的经典文艺作品中，都能得到清晰印证。莎士比亚的悲剧《哈姆雷特》之所以成为经典，古今传颂，其中一大原因就在于刻画出哈姆雷特这一文艺复兴时期人文主义者的典型，反映出作品所处时代的总体生活与精神风貌。巴尔扎克的《人间喜剧》包括90多部长、中、短篇小说，被称为"社会百科全书"，其中仅"风俗研究"就包括"私人生活场景""外省生活场景""巴黎生活场景""政治生活场景""军旅生活场景"和"乡村生活场景"六个部分，涉及社会生活的方方面面。恩格斯认为《人间喜剧》是一部伟大的作品，因为作者提供了一部法国"社会"特别是巴黎"上流社会"的卓越的现实主义历史。中国现代文学的奠基人鲁迅，被称为中华"民族魂"，其《狂人日记》《阿Q正传》以及《呐喊》《彷徨》都产生过巨大的社会影响，无论是对封

---

① 习近平：《在中国文联十大、中国作协九大开幕式上的讲话》，人民出版社2016年版，第7—8页。

建制度和封建思想"吃人"主题的病根剖解，还是对"五四"时代启蒙思想精神的张扬，都在反映生活、揭露时代病灶与病症中成为时代变迁和变革的先导，承担起了时代的责任。中国当代各个时期最优秀的文艺作品，"三红一创"，以及《平凡的世界》《红高粱》《白鹿原》《秦腔》等，同样体现了文艺"关注生活、贴近现实"这一现实主义文学创作的法则。① 应该说，无论是莎士比亚、巴尔扎克，还是鲁迅及中国当代各个时期最优秀的代表性作家，都是在深入生活、认识社会形形色色的面孔后通过文艺作品反映出来，并站立于历史制高点，身体力行地通过现实主义的文艺创作发出了时代的呐喊。

"时代是思想之母，实践是理论之源。"② 一个时代的文艺作品，只有与时代发展同向同步，及时反映新时代的深刻变迁，深刻描画新时代的多维风貌，才能真正发挥价值导向作用。离开了火热的社会实践、离开了现实社会生活，一切文艺活动都将是无源之水、无本之木。任何文艺活动，都是一代人思想情感和精神风貌的形象刻画，也都不可避免地烙刻着时代生活内涵及其现实精神特征。正所谓"时运交移，质文代变"。文艺作为时代的记录，既记录着人们的生产生活，也记录着时代国运的沉浮与盛衰，体现了文艺的现实主义美学精神及其人文情怀。

---

① 张江等：《现实主义的坚守和发展》，《人民日报》2016年2月5日第24版。

② 习近平：《决胜全面建成小康社会 夺取新时代中国特色社会主义伟大胜利——在中国共产党第十九次全国代表大会上的报告》（2017年10月18日），人民出版社2017年版，第26页。

（二）文艺代表时代风貌和气象

一个时代有一个时代的文艺，一个时代有一个时代的精神。文艺作为时代风貌与精神气象的触角，最能通过审美的艺术形式，把握时代的精神脉搏，让人敏锐发觉时代的本质。为此，文艺在贴近时代生活、反映时代风貌上，有着不可替代的独特作用。关于文艺与时代气象，习近平总书记反复指出："任何一个时代的经典文艺作品，都是那个时代社会生活和精神的写照，都具有那个时代的烙印和特征。任何一个时代的文艺，只有同国家和民族紧紧维系、休戚与共，才能发出振聋发聩的声音。"① 这一重要论断，不仅生动把握了文艺与时代的密切关联，还深刻揭示出文艺在展现时代精神、推动时代进步中所具有的独特作用和重要意义。

文艺是一个时代精神风貌的形象体现，具有鲜明的时代特征和文化内涵，"没有人能够脱离时代。手法再高明的作家、艺术家，也无法抹除掉自己创作中的时代底色"②。为此，不同时代的文艺作品也真实地记录着特定时期作家艺术家内心的精神世界，并间接映衬出社会的现实和时代历史的变化。古今中外，优秀的文艺作品也突出地反映时代特色和时代进步的主流，并在与时

---

① 习近平：《在中国文联十大、中国作协九大开幕式上的讲话》，人民出版社2016年版，第7页。
② 张江等：《文艺要与时代同频共振》，《人民日报》2015年4月17日第15版。

实现新时代中国特色社会主义文艺的历史使命

俱进中引领时代风尚、塑造时代风貌、矫正时代的社会风气。

远古的图腾活动和巫术礼仪，包括遥远的神话、传说等，均反映和代表着原始先民们对宇宙世界最初的认知和想象。至今流传最多的如女娲补天、盘古开天辟地、后羿射日等，那些所谓的"女娲""盘古""后羿"作为中华远古时代先民的文化观念，究竟代表着怎样的历史符码与文化基因，又承载着怎样的人类原始风貌呢？这些问题便可从流传至今的文艺作品中寻找到历史的遗迹和答案。

> 女娲，古神女而帝者，人面蛇身，一日中七十变。（《山海经·大荒西经》）
>
> 往古之时，四极废，九州裂，天不兼覆，地不周载……女娲炼五色石以补苍天，断鳌足以立四极。（《淮南鸿列·览冥训》）

相关文献在远古诗歌、出土文献、雕塑器皿等诸多形式中均有记载和表现，这些文学艺术作品不仅保留着完整的先民关于神话传说的原始观念和想象，代表着远古祖先的艺术造诣，还同样在文明的延续中保存着远古祖先的时代社会风貌和气象，仍然有着强劲的生命力。同样有意味的是，从华夏原始艺术中，还同样可以追寻先民们生产、生活的场景，由此管窥那个时代的风貌气象。《吴越春秋·勾践外传》中《弹歌》曰：

> 断竹，续竹；
> 飞土，逐肉！

这一相传为黄帝时代的歌谣，同样给我们展现出一幅原始先民狩猎的场景，短短八个字不仅精练含蓄地将先民英勇豪迈的历史风貌展现出来，更让后人从中窥探到原始先民的生命气象。的确，文艺作为时代的触角，最能敏锐地捕捉和反映一个时代的风貌气象。今天学界，仍有所谓"盛唐之音""盛唐气象"的说法，正是就文艺风格而言。因南朝至初唐诗风绮靡，缺乏雄浑之气，中晚唐诗歌又偏于柔弱，缺乏雄壮之气，唯有代表"盛唐"之李白、杜甫诗歌"如金鹉擘海，香象渡河"，显示出雄壮阔大的诗风气象，这也间接隐现出诗风背后所折射出的政治社会风貌。

习近平总书记在关于文艺的系列讲话中曾反复强调，民族的复兴需要强大的精神力量和先进文化作为支撑，而文艺作为时代前进的号角，最能代表这种先进文化。在我国文艺、文化发展史上，包括文学在内的文化发展同样是与中华民族的国运发展水乳交融的。尤其是在特殊时期，文艺扮演着社会变革的先锋，不仅开创了一个个文艺新局面，还为启蒙和引导国人挣脱封建枷锁、改造社会提供了强大的思想武器，对民族社会进步发展起着积极的推动作用。如被称为"诗史"的唐代大诗人杜甫的"三吏""三别"、被称为时代镜子的《红楼梦》，再如鲁迅的《狂人日记》、茅盾的《子夜》、王蒙的《组织部来了个年轻人》、刘心武的《班主任》等一大批优秀文艺作品，均可谓时代精神的触角，敏锐地反映了时代生活的甘苦体验，有思想、有深度，警醒世人、烛照未来。文艺常被视为时代的风向标和温度计，尤其是这些时代标志性作品，更是召唤时代前进的号角。当然，这种标志性成果，既与作家艺术家拥抱时代和生活的深度与密度有关，还与作家艺术家的思想高度、精神境界分不开。这就需要文艺更加贴近生活，既"从微观的生活细部去把握时代"，又努力从宏观的视角去"了解社会的结构变动，了解人际关系的变化，了解城乡历史的变迁，了解时代精神主潮的涌动，了解具有典型意义的人物和事件，了解历史脉动必然的走向"，[①]在这样的基础上创作的优秀作品，才能真正"引领时代风尚、鼓舞人民前进、推动社会进步"[②]。

"文运同国运相牵，文脉同国脉相连。"时代与现实生活为文艺提供了无尽的矿藏，要让作品反映时代风貌并成为引领时代号角和凝心聚力的时代鼓手，就不仅要看它们究竟能将某一时代、某一民族的精神追求表现到什么程度，还需要作家自觉发扬"文以载道"的传统，深入生活和体察现实民情，并在作品中充满激昂向上的强劲力量，充满对家国情怀及民族命运的关切，为鼓舞大众精神起到时代号角的作用。只有这样才能真正发挥文艺的号角之力，真正体现时代的民俗风貌，捕捉时代生活的主潮及其

---

① 张炯:《牢记文学艺术的真谛——学习习近平总书记在文艺座谈会上的重要讲话》,《文艺研究》2014年第11期。

② 《中共中央关于繁荣发展社会主义文艺的意见》,人民出版社2015年版,第2页。

时代本质，进而创作出既有生活底蕴又有艺术高度的优秀作品，为时代的繁荣、发展与进步发出高亢激越、催人奋进的乐符。中国特色社会主义进入新时代，也一定有中国特色社会主义文艺来展现新时代精神。作为社会主义文化强国的重要标志，文艺承载并标志着新时代的精神高度、人文向度。因此，广大文艺工作者应该牢记嘱托，自觉担负起新时代中国特色社会主义赋予的新的文艺使命，奋力谱写新时代中国特色社会主义文艺新篇章。

二　文艺与世道人心

"文人之笔，劝善惩恶"，文艺作为人的精神活动的产物，必然关乎精神世界的建构，因而直接关系世道人心。习近平总书记也指出，"文艺要塑造人心"，"文艺创作的目的是引导人们找到思想的源泉、力量的源泉、快乐的源泉"，"用理性之光、正义之光、善良之光照亮生活"，"让人们看到美好、看到希望、看到梦想就在前方"。[①] 文艺作为不同国家和民族相互了解和沟通的方式，最容易相互理解、沟通心灵，因而也易于引发读者共鸣。从某种意义上看，这正是文艺关涉世道人心的维度。因文艺所编制的故事情节和塑造的人物形象总是凝聚着某种人类共通的精神特质，这种通约性引发了不同民族与国家的相似性体认，有着相似的精神感染力。谈及某部经典作品，人们常

---

① 习近平：《在中国文联十大、中国作协九大开幕式上的讲话》，人民出版社2016年版，第14—15页。

常也会说，它既是个人的，又是社会的；既是民族的，又是世界的。个中缘由则体现在文艺情感与价值的多元性上：一方面，文学作为个体经验的美学表达，是个体情感的艺术伸张；另一方面，文学作为社会产物，又通过语言文字和故事情节传递出超越个体与文字的精神力量，影响着社会大众。尤其是优秀的文学作品，更广泛深入地表现日常生活，表现各民族的底层，更深入地揭示社会的结构矛盾与人性复杂，通过文学真正呈现被不同民族与肤色、不同地域与文化的人类全体广泛接受的人性的善与恶，进而表达出一种超越本土力量的积极向上的思想主题。

（一）审美的享受

习近平总书记指出："文艺是铸造灵魂的工程，文艺工作者是灵魂的工程师。好的文艺作品就应该像蓝天上的阳光、春季里的清风一样，能够启迪思想、温润心灵、陶冶人生，能够扫除颓废萎靡之风。"[①] 为此，充分发挥文艺的精神引领作用，通过优秀的文艺作品，给人以积极、健康、向上的精神指引，传递向真、向善、向美的价值观，积极引导人们培育正确的审美观和道德判断力，进而激发人民为实现美好理想、过上更好生活而奋斗的积极性、主动性、创造性，应该成为当下文艺工作者的不懈追求。

文艺的性质决定了它必须将反映时代精神作为神圣使命，为此，文艺作品就应该以民族独特的思想、情感、审

[①] 习近平：《在文艺工作座谈会上的讲话》，人民出版社2015年版，第23页。

美去书写属于这个时代的主题。现实与历史给文艺工作者提供了想象的空间和无穷的素材,但文学艺术家"审美"的视野绝不能表现为历史的"虚无",而是应将"历史的真实"与"艺术的真实"统一起来,真正在艺术的想象与灵感再现中兼顾史实,将才胆识力结合起来,做到既有史才,又有史识。只有尊重正确的历史观,并遵循文学艺术规律,才能真正创作出既能体现中华文化精髓、反映中国人审美追求、传播当代中国价值观念,又符合世界进步潮流的优秀作品,给予人审美的享受。

中国特色社会主义进入新时代,与此同时,不仅新时代社会主要矛盾发生了变化,新时代的中国人的精神状态也发生了变化。一方面,物质得到极大提升后在对美好生活的向往中,人们的审美趣味逐渐向"短平快"滑落;另一方面,区域之间物质水平与精神文化发展的不平衡、不充分问题又会导致群体与个体之间的矛盾冲突、心灵冲突、价值冲突。"娱乐至上"便是当前文艺现象中普遍存在的问题,即"嬉"与"笑"的"历史戏说"和"生活秀"大行其道。人们的日常审美生活、观看的影视戏剧,乃至阅读的网络文学作品,均在"笑"的哲学与"轻"的时代中引向了轻浮与浅薄的一面,严重影响到社会主义主流价值观的塑造。正所谓笑有笑的哲学,这种笑在文艺中就"必须具备思想和艺术的含量,禁得起审美的考量"[①]。古今中外,其实有大量优秀的文艺作品在戏谑与笑声中发

---

① 张江等:《别让笑声滑向低俗》,《人民日报》2014年11月7日第24版。

出了令人警醒的呐喊、批判与沉思。欧·亨利的《麦琪的礼物》、莫泊桑的《项链》、张天翼的《华威先生》等，都在幽默与反讽中浸透着对时代和制度的鞭挞与反思。在当代中国，同样有大量文艺作品通过"笑"与时代问题的结合，直面时代病症。如代表"新写实主义"的王朔的"顽主"系列小说，从《千万别把我当人》《玩的就是心跳》到《一点正经没有》《我是你爸爸》等，在嬉戏与轻佻的姿态中实则浸透着当代知识分子的忧患意识和批评精神。

为此，如何在当下娱乐化的语境中充分发挥文艺的美刺功能，通过文艺舒缓压力，进而助效于社会人心，真正给予人审美的享受，将成为新的时代语境中文艺的新使命。作为一种艺术的表达，"如何笑，笑什么"就不仅是艺术技巧问题，还是一个取向和品位问题。对于广大文艺工作者而言，应该时刻坚守文艺工作者的良知和担当，不能无原则地迎合和屈就市场，而是要时刻坚守文艺的审美理想、保持文艺的独立价值，把社会主义核心价值观生动活泼、活灵活现地体现在文艺创作之中，通过生动形象、鲜活感人的故事弘扬主旋律，引导人民树立和坚持正确的历史观、民族观、国家观、文化观，增强骨气和底气。[①]

文艺是铸造灵魂的工程，通过文艺熏陶、实践养成，能使社会主流价值观内化为人们的"精神追求"再外化到"自觉行动"中，尤其是优秀文艺作品更能在"春风化雨、

---

① 参见中共中央宣传部编《习近平总书记在文艺工作座谈会上的重要讲话学习读本》，学习出版社2015年版，第26页。

润物无声"中增强国人的骨气、底气和民族自豪感。因文艺作品蕴含的思想、内涵、精神、情感对大众产生了直接或间接的影响，所以，文艺作品在肯定和赞扬、反对和否定中也栩栩如生地影响着世道人心的道德建构。为此，充分发挥文学艺术的塑魂铸魂作用，就热切需要文艺作品与时代切合，承担社会教化使命、发挥价值导向作用，在与时代同呼吸共命运中成为民族精神的火把，成为具有思想穿透力和审美洞察力的旷世经典。

求真、求善、求美，是文艺永恒的价值。习近平总书记指出："艺术的最高境界就是让人动心，让人们的灵魂经受洗礼，让人们发现自然的美、生活的美、心灵的美。"① 古今中外的许多文艺作品，如英国浪漫主义作家华兹华斯的《抒情歌谣集》、雪莱的《解放了的普罗米修斯》，还有中国古代脍炙人口的唐诗宋词，包括现代作家徐志摩的《再别康桥》、朱自清的散文《荷塘月色》，乃至当代作家余秋雨的《文化苦旅》等，都通过优美灵动的字句给人精神的洗礼和审美的享受。这种文艺传递出的真善美，也更容易给人向善向美的价值取向，进而对生活充满希望。

文艺的审美愉悦功能使得文艺作品很容易引发受众的自我体认。人们在欣赏文艺作品的过程中，其思想情感、精神追求、道德理念、行为方式也不可避免地受到潜移默化的启示和引导。基于此，积极发挥文艺的这种净化、滋

---

① 习近平：《在文艺工作座谈会上的讲话》，人民出版社2015年版，第24页。

养、美育作用：一方面让人们的心灵受到照耀、精神得到充实，思维冲破羁绊、境界得到提升；另一方面则以此鼓励人们以辛勤、诚实、创造性的劳动开创更加美好的生活，不断丰富人们的精神世界，增强人们的精神力量，增强人们的文化自信，让优秀的文艺作品成为人们安顿精神的栖息地，成为滋养民族精神成长的清泉和沃土。通过文艺的熏陶、滋养和引导，彰显信仰之美、崇高之美，坚定人们对美好生活的憧憬和信心。

总而言之，培养高尚的道德情操和审美品位，以高尚的审美境界，去发现美、描绘美、塑造美，从美的事物中找到美，以文化人、以美育人，用优秀作品引领人们追求崇高、向往美好，并在文艺作品中得到精神的愉悦、审美的享受、灵魂的洗礼，是文艺助力世道人心建设的应有使命。

（二）思想的启迪

改造人的精神世界，首推文艺。早在"五四"时期，面对形形色色的社会思潮，梁启超便积极推动与夸饰小说的社会功能，强调小说"新民"的作用，并在1902年《论小说与群治之关系》一文中呼吁："欲新一国之民，不可不先新一国之小说。故欲新道德，必新小说；欲新宗教，必新小说；欲新政治，必新小说；欲新风尚，必新小说；欲新学艺，必新小说；乃至欲新人心、欲新人格，必新小说。何以故？小说有不可思议之力支配人道故。"[①] 胡

---

① 饮冰（梁启超）：《论小说与群治之关系》，《新小说》1902年第1期。

适在《文学改良刍议》中也就文学之"思想"进行了阐发："思想之在文学，犹脑筋之在人身。人不能思想，则虽面目姣好，虽能笑啼感觉，亦何足取哉。文学亦犹是耳。"① 鲁迅在《摩罗诗力说》中也反复强调文章"虽缕判条分，理密不如学术，而人生诚理，直笼其辞句中，使闻其声者，灵府朗然，与人生即会"，凸显文学在"启人生之閟机"与"直语其事实法则"之特殊思想功用②，尔后更直语："文艺是国民精神所发的火光，同时也是引导国民精神的前途的灯火。"③ 尽管周作人极力提倡文章的"神思""感兴"及"美致"之"非实用"功能，但同样强调文学艺术与民族盛衰兴废的关系，彰显文章在"阐释时代精神"上的思想使命，其文有曰："夫文章者，国民精神之所寄也。精神而盛，文章固即以发皇，精神而衰，文章亦足以补救。固文章虽非实用，而有远功者也……文章或革，思想得舒，国民精神进于美大，此未来之翼也。"④ 可见，文学通过对民族精神、国民灵魂的潜移默化

---

① 胡适：《文学改良刍议》，载北京大学等《文学运动史料选》第1册，上海教育出版社1979年版，第13页。

② 鲁迅：《摩罗诗力说》，载张丹、王忍之编《辛亥革命前十年间时论选集》第3卷，生活·读书·新知三联书店1977年版，第237页。

③ 鲁迅：《论睁了眼看》，《语丝》周刊第38期，1925年8月30日。

④ 周作人：《论文章之意义暨其使命因及中国近时论文之失》，载张丹、王忍之编《辛亥革命前十年间时论选集》第3卷，生活·读书·新知三联书店1977年版，第330页。

的思想启迪，对民族改良与振兴起到十分重要的作用。

习近平总书记在文艺系列讲话中反复强调"文艺是铸造灵魂的工程，文艺工作者是灵魂的工程师"，在实现中华民族伟大复兴的进程中让人们在潜移默化中感悟人生，增强明辨是非、善恶、美丑的能力，更让人们看到光明和希望，对生活充满信心。"要用有筋骨、有道德、有温度的作品，鼓舞人们在黑暗面前不气馁、在困难面前不低头，用理性之光、正义之光、善良之光照亮生活。对人民深恶痛绝的消极腐败现象和丑恶现象，应该坚持用光明驱散黑暗、用真善美战胜假恶丑，让人们看到美好、看到希望、看到梦想就在前方。"① 这些论断，无疑均是突出和强调文艺在灵魂深处启迪人、促进人、完善人的积极功效，强调文艺塑魂铸魂之思想功能。

或许，文学这种"新民""立人"与"塑魂"的思想功能在过往历史阶段中都扮演过重要角色。梁启超的"小说界革命"满含激情地呼喊文艺"新民"的社会功能，鲁迅的《狂人日记》在表现"礼教吃人"的同时更在"从来如此，便对么"的质疑中体现了怀疑一切的"五四"时代精神，并在批判中疗救着国民的精神病态。1933年被称为"子夜年"，也正在于茅盾的《子夜》通过入情入理的精微解析，对社会矛盾以及民族资产阶级伪善凶残的弱点予以透视，并在中国社会关系和阶级关系的复杂表现中为时代进步带去了希望。这种通过文艺给予人积极、健康、

---

① 习近平：《在中国文联十大、中国作协九大开幕式上的讲话》，人民出版社2016年版，第14—15页。

向上的精神指引，激发人们为美好生活而奋斗的主动性、创造性，正是文艺作为"国民精神火光""重铸民族灵魂"的思想要义所在。

尽管如上这种文学"新民""立人"与"塑魂"的启蒙之精神在当下语境中已发生变化，但文学作为民族精神之火光不会改变，并进一步转化成为社会凝心聚力、砥砺共识、舒缓矛盾等方方面面代表新的时代精神的思想灯火。

习近平总书记在文艺讲话中便从"举精神之旗、立精神之柱、建精神家园"三个维度对文艺弘扬中华精神、凝聚中国力量予以深刻阐发，并号召广大文艺工作者要积极主动地担负起崇高的历史使命，用更多大气磅礴、激荡人心的文艺作品去描绘时代的波澜壮阔，记录历史的狂飙突进，热忱讴歌祖国发展、社会进步、人民伟业。当下中国正处于一个风云巨变的时代语境中，国际国内形势复杂，尤其是网络舆论更加激荡、分化着世道人心。在这种文化巨变中，通过文艺促成人的灵魂深处的变革，或许是文学在新的时代条件下急需承载的舒缓和引导功能。因此，通过优秀文艺作品以情感人，以德化人，移风易俗，使人心归复其正，体现和传达人民的忧乐，陶冶和凝聚人民的心气，促进社会向上的情绪，传递真善美的正能量，应该是今天文学实现"立人"的思想之光、精神之火。

中国正经历着我国历史上最为广泛而深刻的社会变革，面对已经到来的新时代中国特色社会主义壮丽图景，广大文艺工作者应感国运之变化、立时代之潮头、领风气之先声，深度揭示新时代火热生活变革背后的思想情感和精神历程，创造出更多更好对国家民族有深刻把握的优秀作品，使其成为这个新时代的象征形式的艺术杰作，并成为新时代人民群众欣赏艺术的精品动力，充分满足当下广大人民群众精神文化的多极需求，勇于担负起引领中国精神、传播中国力量的重要职责，并使其成为凝心聚力、开启新风、引领方向的强大思想力量，开启新时代的精神之灯与思想之火。

（三）心灵的震撼

自古以来，中华民族就有着文以载道、文以化人的"诗教"传统，所谓"采诗观风"，即重视文艺反映和观察世风人情，借以引导人心的重要方法。因此，文艺也常常被视为正人心、厚风俗、树新风的重要途径。《毛诗序》有言："《关雎》，后妃之德也，风之始也，所以风天下而正夫妇也。故用之乡人焉，用之邦国焉。风，风也，教也；风以动之，教以化之"，"治世之音安以乐，其政和；乱世之音怨以怒，其政乖；亡国之音哀以思，其民困。故正得失，动天地，感鬼神，莫近于诗。先王以是经夫妇，成孝敬，厚人伦，美教化，移风俗"。[①]可见，诗对于道德风尚、社会风气的教化、个体心灵的泄导，有着十分重要的功效。每个历史时期，文艺都会成为世风人心的映射，而国运民风也可从文艺作品中映射出来，优秀的经典文艺作品也大体是那种"惊天地、泣鬼神"的作品，因为这种文艺作品往往负载着最为鲜明的时代状况以及精神动力。

---

① 《毛诗序》，载郭绍虞主编《中国历代文论选》，上海古籍出版社2007年版，第63页。

一本小说、一篇散文、一首诗歌、一部电影、一台歌剧，甚至一幕小品，都可能激荡内心、震撼灵魂，并对人产生潜移默化的效果。优秀文艺作品也往往反映着一个国家、一个民族的文化水平，并往往深深触及人的灵魂、引起人们思想的共鸣和心灵的震撼。抗战时期出现的大量凝聚民族精神的歌曲，如《义勇军进行曲》《黄河大合唱》《大刀进行曲》等，都可谓铸造民族魂魄的经典，至今刚劲有力，震撼、感染国人。20世纪70年代末刘心武的《班主任》以及卢新华的《伤痕》，一经发表立即引发社会轰动，在当代文学史上具有特殊意义和地位，其原因正在于开拓性地突破了现实题材和文艺清规戒律的禁区，成为反思"文化大革命"和新时期社会主义人道主义文学思潮的先导，并深深触动着尘封数载的灵魂。这种文艺经典，正需要作家充分发挥个体的生命体验和精神感悟，用心用情去捕捉时代变化的气息。"伤痕文学"题材作品众多，但唯有数量不多的几部成为文学史上的经典，被反复提及和征引。同样，20世纪80年代还有许多优秀文学作品，如蒋子龙的《乔厂长上任记》、茹志鹃的《剪辑错了的故事》、路遥的《人生》、张洁的《爱，是不能忘记的》、戴厚英的《人啊，人》等，均被后人传颂，其重要原因均在于这些文艺作品深刻地描写了时代的思想激荡，且善于发言、敢于发声，率先发出了时代的呼声，并在思想的激荡与心灵的震颤中为时代改革与社会进步预示了方向。

在中国文学史上，除了以上这些当代文学作品，还有许许多多的文艺体裁和形式，在高度的民族关怀中发出呐喊，不仅给人惊天动地般的心灵震撼，还体现了强烈的爱国主义精神。抗金名将岳飞《满江红》中的"怒发冲冠，凭栏处、潇潇雨歇。抬望眼、仰天长啸，壮怀激烈"，不仅写出了满腔忠义的愤发豪情，更是在曲折回荡、铿然金声中令人肝胆沥沥，感人至深。龚自珍在《己亥杂诗》中同样激情呼唤"九州生气恃风雷，万马齐喑究可哀。我劝天公重抖擞，不拘一格降人才"，在风雷激荡中既深刻揭露了封建社会的黑暗危机，更发出了强烈改革的呼喊，同样令人热血沸腾。

当然，并非所有文艺作品都能"敢为天下先"，但只要有正能量、有感染力，能够温润人心、启迪心智，都能成为优秀的文艺作品。这便需要作家艺术家摆脱时代羁绊和世俗偏见，以公正、理性、良知为内在驱动，方可真正立于变革、激荡和发展的时代浪尖，发出响亮的呼声，召唤和倡导人们共同奋斗、推动时代前进，真正使得文艺成为鼓舞人民、震撼人心的强大精神力量。

总体而言，充分发挥文艺的塑魂铸魂作用，通过文艺作品潜移默化地滋养人心、启迪智慧、引导世风，其功用不可替代。据此，文艺作品和文艺工作者应肩负起这一引领民族精神的重任：一方面，要有正确进步的世界观、人生观、价值观，摆脱历史的局限和现实的束缚，跳出个人际遇的小格局，站在更高的基点，以更宽阔的视野审视和分析现实，分析辨别新事物、新动态，抓住本质、把握主流、预见未来，引领社会进步；另一方面，则需要有书写时代、引领社会的责任感，忠实履行反映时代面貌的天然职责，切实肩负起引领人民积极向上的文化担当。只有如此，文艺作品才能真正引领时代新风，成为联系自我、他人与社会的情感纽带,并在"正风厚俗""情感净化"中发挥"文以化成"的积极作用。通过文艺建设精神家园,使其成为凝聚人心、开启新风、引领方向的强大精神力量,文艺有着不可推卸的时代使命;而予人审美的享受、思想的启迪、心灵的震撼,文艺同样有着不可替代的作用。

三 文艺为时代鼓与呼

"号角"是引领之力、激励之声、聚力之气,为此,文艺绝非单纯的无病呻吟、自娱自乐,而应成为鼓舞人心的精神力量。文艺反映现实生活,也绝不仅仅是对社会生活的简单描摹和呈现,而要在幽微处发现美善、在阴影中探寻光明,敢于介入时代历史的洪流,为民族发展、人民安康、时代进步热切呼唤,在鼓与呼中表现对现实社会的发展进步与国家命运的关切忧怀,产生引领和推动作用。

(一)文艺体现和推动时代的进步

文艺是推动人类历史文明进步的重要力量。从世界的大范围出发对文艺推动人类历史文明进步作用的深刻把握,也是习近平总书记在文艺地位作用方面的重要理论建树。在关于文艺的系列讲话中,习近平总书记提到,"人类社会每一次跃进,人类文明每一次升华,无不伴随着文化的历史性进步","古往今来,中华民族之所以在世界有地位、有影响,不是靠穷兵黩武,不是靠对外扩张,而是靠中华文化的强大感召力和吸引力",而且"人类文明是由世界各国各民族共同创造的"。① 的确，文化伴随人类的生产、生活和劳动实践，凝聚了人类在不同时期不同历史阶段关于社会与人生的思考。艺术生产与物质生产发展的"不平衡关系"也引起了马克思的重视，并由此分析了"文化"在其中的重要作用。② 卡西尔也提出了以人类文化为依据的人的定义，认为人的突出特征就是"人的劳作"，并由此规定了人性的圆周，语言、神话、宗教、艺术、科学、历史则构成了圆周的各个扇面，而归根结底人的所有劳作均是在历史文化和社会条件下生成的。③ 因此，可以说人类历史就是一部文化史，也是在人的劳作下不断创造、创新、发展的历史，在其中，文艺作品更占据着重要地位。

正是基于此，习近平总书记在《在文艺工作座谈会上的讲话》中便从古希腊、俄罗斯、法国、英国、德国、美国、印度再到中国，如数家珍地列举和阐明了世界各民族人民创造的文明成果和文艺作品，并指出这些世界文化和文艺瑰宝不仅是民族生存和发展的重要力量，还是加强各国交流与合作的重要桥梁。因为这些不同年代和国籍的作家艺术家及其文艺精品，不仅在横向上代表了各个社会阶段的灿烂文化，还从纵面立体地呈现了人类历史车轮和先

---

① 习近平：《在文艺工作座谈会上的讲话》，人民出版社2015年版，第2—3页。
② 参见［德］马克思《〈政治经济学批判〉导言》，载《马克思恩格斯选集》第2卷，人民出版社1995年版，第28—30页。
③ 参见［德］恩斯特·卡西尔《人论》，甘阳译，上海译文出版社1986年版，第87—88页。

进文化滚滚向前的牵引力。这些人类创造的文明成果不仅有力地代表和推动了时代社会的进程,还成为全人类共同享有的精神文化财富。这也时刻激励着广大文艺工作者以及世界各国各族人民在珍惜人类文明成果的同时,不断创造和发展新的文化,为实现更加美好的未来而奋斗。文艺作为世界性语言和跨文化交往的重要媒介,在世界各国各族人民友好往来与对话中,还有着独特的功能,即通过文艺文化形式加强各国各民族之间的团结合作,以德化人、以文化人,这也是体现中国文化和中华民族精神的题中之意。

具体到文艺作品上,仅就20世纪中国文学而言,一部20世纪中国文学史,便形象地反映出20世纪中国历史文化的走向。从《呐喊》《彷徨》到《家》《春》《秋》再到《小二黑结婚》,从"三红一创"到《千万不要忘记》再到《红高粱》,一个时代的文学作品反映了那个时代的风云变幻,而各个时代的代表性文艺作品则不仅体现了那个时代的精神气候,还在一定程度上推动着社会的进步与发展,并为时代前进吹响了激昂的号角。

(二)立时代潮头和发时代新声

"为天地立心,为生民立命,为往圣继绝学,为万世开太平"可谓是中国知识分子历来崇尚的准则。同样,在历朝历代的优秀文艺作品中,也充分凸显了这种勇立时代潮头、敢发时代新声的思想品质。

"五四"新文学的"诗界革命""小说界革命"以及"白话文运动",在"反对文言,提倡白话,反对旧文学,

实现新时代中国特色社会主义文艺的历史使命

提倡新文学"的文学革命运动中对封建主义及其文学形式进行了深入批判，发出了新的时代声响，并成为民族思想解放运动的引擎。在这种启蒙与救亡的呼吁中，一批批文学青年也积极投身其中，为追求科学民主、救民族于水火撰写出了一系列文艺精品，彰显了民族精神。正如曹禺在《曹禺选集·后记》中谈到创作《雷雨》《日出》时所指出的："那个时候，我是想要反抗的。因陷于旧社会的昏暗、腐恶，我不甘模棱地活下去，所以才拿起笔。《雷雨》是我第一声呻吟，或许是一声呼喊。在《日出》中，我想求得一线希望，一线光明。"[①] 同样，当中华民族处于水深火热之时，诸如《松花江上》等许多以抗战爱国为主题的革命歌曲均可谓高昂激越、铿锵有力、催人奋进，激昂的旋律振奋人心、振奋国人。在这些文艺工作者身上，流淌着崇高无私的家国情怀，他们的卓越才华、艺术担当，也成为民族精神的脊梁，彪炳史册。

在改革开放初期，为摆脱十年内乱的假恶丑，"伤痕文学""反思文学""改革文学""寻根文学"等相继登场，不仅涌现出像《班主任》《剪辑错了的故事》《乔厂长上任记》及《小鲍庄》等一系列优秀的小说，还有《于无声处》《报春花》等话剧引发社会广泛关注并产生热烈反响。这些作品不仅在反思历史教训的时代潮头上引发了各界的争议和讨论，更在突破时代藩篱与历史桎梏的创新精神上实现了历史的跨越，深刻体现了文艺引领时代风气的重要作用。

---

① 《曹禺选集》，人民文学出版社1978年版，第425页。

当前,"在全面建成小康社会决胜阶段、中国特色社会主义进入新时代"的时代语境中,一切有社会责任感和使命感的作家艺术家,在新时代面前绝不会无动于衷,而必然直面时代潮流、审视改革大势、把握社会规律,尤其是聚焦新时代进行的"伟大斗争,伟大工程,伟大事业,伟大梦想"[①],倾力打造出体现新时代特色、展现新时代风貌的优秀文艺精品,努力做时代风气的先行者。习近平总书记在系列讲话中,曾反复提及"立时代潮头、发思想先声"的积极意义。这不仅是对文学艺术的具体要求,还同样是对整个哲学社会科学的总体期望。立时代之潮头、通古今之变化、发思想之先声,充分发挥和实现文艺自身的载道功能,让优秀文艺作品鼓舞人、激励人,并在高亢激越、催人奋进的时代新声中使当前社会主义文艺成为新时代的号角。

(三)记录和书写人民的伟大实践

伟大的事业需要伟大的精神,有了精神的引领和助推,才能聚集起全社会的力量去成就震古烁今的伟大事业。习近平总书记在文艺工作座谈会上指出,广大文艺工作者要深入生活、扎根人民,努力创作出有筋骨、有道德、有温度的文艺作品,要积极书写人民伟大实践,记录时代进步要求,鼓舞全国各民族人民朝气蓬勃

---

① 习近平:《决胜全面建成小康社会 夺取新时代中国特色社会主义伟大胜利——在中国共产党第十九次全国代表大会上的报告》(2017年10月18日),人民出版社2017年版,第17页。

地迈向未来。这也正是对广大作家艺术家,应该积极主动地投身时代洪流,记录和书写当前时代的民族史诗的吁求。

中华民族历史源远流长,而自老庄孔孟、屈骚李杜、苏辛关曹,到鲁郭茅巴老曹,历朝历代的文艺大师留下了浩如烟海的文艺精品,并在浩浩长歌中记录着中华民族的伟大实践,也为世界文明贡献了属于中华民族的史诗。作为民族精神的集体记忆,这些文艺作品既展现了作家艺术家对时代历史的担当,还赓续并重铸了中华民族的精神气脉和价值追求。

当下,中国正进行着人类历史上最宏大的实践创新。新时代文艺急需直面业已转化的社会主要矛盾,急需回应业已形成的文艺文化现象,在史诗般的新时代写出新时代的史诗,实现中华民族伟大复兴时代的文艺使命,增强民族奋进的文化自信,为建设社会主义现代化强国鼓与呼。习近平总书记指出:"改革开放近40年来,我们党领导人民所进行的奋斗,推动我国社会发生了全方位变革,这在中华民族发展史上是前所未有的,在人类发展史上也是绝无仅有的。面对这种史诗般的变化,我们有责任写出中华民族新史诗。"[①] 新时代、新征程、新使命,在党的十九大报告中,习近平总书记再次强调:"要繁荣文艺创作,坚持思想精深、艺术精湛、制作精良相统一,加强现实题材创作,不断推出讴歌党、讴歌祖国、讴歌人民、讴歌英雄

---

① 习近平:《在中国文联十大、中国作协九大开幕式上的讲话》,人民出版社2016年版,第13页。

的精品力作。"① 这不仅为推动社会主义文艺由"高原"向"高峰"迈进阐明了理论导向,还为繁荣发展新时代中国特色社会主义文艺提供了遵循。讴歌伟大的时代潮流、书写民族的史诗,这首先要求作家艺术家要有直面现实的勇气,要有激浊扬清的担当,要敢于站在时代思想的高处,真正立志为时代、为人民放歌。作家在书写时代征程的过程中,一方面,要抓住现实生活的细节处和典型处,从最真实的生活出发,从平凡中发现伟大,从质朴中发现崇高,从而深刻提炼生活、生动表达生活、全景展现生活;另一方面,也要有化丑为美的能力,既要在温情慰藉中予人精神之抚慰,更要在犀利剖解中予人思想之启迪,用更多大气磅礴、激荡人心的文艺作品去描绘时代的波澜壮阔,记录历史的狂飙突进,讴歌祖国的巨大发展。

总之,当代中国正经历我国历史上最为广泛而深刻的社会变革,也正进行着人类历史上最为宏大而独特的实践创新,这种伟大实践也给文艺带来了广阔空间。通过文艺作品去"写出时代的欢乐与忧伤、困顿和振奋、渴望和豪情","写出党领导人民奋斗前行的伟大精神",② 是我们当前社会主义文艺发展的必然要求,也是文艺书写和记录人民伟大实践的切实召唤,更是广大作家艺术家走出狭

---

① 习近平:《决胜全面建成小康社会 夺取新时代中国特色社会主义伟大胜利——在中国共产党第十九次全国代表大会上的报告》(2017年10月18日),人民出版社2017年版,第43页。

② 张江等:《写出时代的史诗》,《人民日报》2014年10月31日第24版。

隘，抛弃名利，实现艺术理想和人生理想、个人价值和社会价值有机统一的愿景。

四　文艺书写和助推中国梦

在"决胜全面建成小康社会"实现"中华民族伟大复兴中国梦"的火热实践中，同样需要用文艺去热情讴歌全国各族人民寻梦、追梦、圆梦的奋斗征程和英雄气概，用文艺去奏响时代之声、爱国之声、人民之声。为此，凝聚精神力量、铸造梦想工程，坚定民族自信、助推中华民族伟大复兴中国梦，同样需要高度重视和充分发挥文艺的时代功能。习近平总书记在系列讲话中也对文艺弘扬中华精神、凝聚中国力量、书写中国梦的独特作用予以了深刻阐发，并号召广大文艺工作者要牢牢植根于中国特色社会主义新时代这一沃土之中，积极主动地担负起崇高的历史使命，为实现中华民族伟大复兴的中国梦铸就精神之鼎。

（一）实现伟大梦想，需要文艺凝心聚力

习近平总书记在党的十九大报告中指出，"使命呼唤担当，使命引领未来。我们要不负人民重托、无愧历史选择，在新时代中国特色社会主义的伟大实践中"去"激励全体中华儿女不断奋进，凝聚起同心共筑中国梦的磅礴力量"。[1]

---

[1] 习近平：《决胜全面建成小康社会　夺取新时代中国特色社会主义伟大胜利——在中国共产党第十九次全国代表大会上的报告》（2017年10月18日），人民出版社2017年版，第17页。

这就需要广大作家艺术家以饱满的热情、生动的笔触、优美的旋律、感人的形象，去聆听时代声响、创作出新时代的文艺精品，在振兴时代文艺的同时，凝聚起同心共筑中国梦的磅礴力量。

"梦想是文学的原初动力，也是文学的内在特质。"[①]除反映现实外，文艺总是与个体和社会的美好愿景分不开的，许多的文学作品更是深刻反映了作家对于美好生活的无限梦想和追求。这种梦想与追求在古典文学作品中，更多地反映在某些虚拟性尤其是神话类题材作品中。陶渊明的《桃花源记》便是通过虚拟一个宁静祥和的世外桃源，描绘了一个安居乐业的生活图景，表现了诗人对于和平生活的无限向往。与这种将理想寄托于"乌托邦式"的精神田园不同，近代以来的文学，随着时代精神的变化，在"革命式"的鼓与呼中其表现形式发生了一定的变化，但通过文艺作品去表达和追逐生活与理想的梦想并未改变。郭沫若的诗歌《天狗》中，通过"我是一条天狗呀／我把月来吞了，我把日来吞了／我把一切的星球来吞了／我把全宇宙来吞了"这一"天狗"形象传达出与天地并生的无法遏制的自我激情，更表现出"五四"一代摧毁枷锁、获得彻底解放以及对自由世界的无限畅想。

用理想的光芒烛照现实，通过文艺的力量改造国民，实现民族解放的梦想。左翼文学、革命文学、抗战文学，如田间的《给战斗者》、沙汀的《在其香居茶馆里》、老

[①] 张江等：《文学书写中国梦》，《人民日报》2014年11月28日第24版。

舍的《四世同堂》等，均是将现实社会生活同革命理想精神结合起来，不仅成为时代鼓与呼的精神力量，成为艺术家精神世界构筑的梦想园地，还成为引领文艺发展的某种潮流。

在全面进入小康社会以及中华民族伟大复兴的宏伟进程中，我们同样有着自己的时代梦想，而书写中华民族伟大复兴的中国梦，则是当代作家艺术家的崇高使命和应尽职责。当前，"面对社会思想观念和价值取向日趋活跃、主流和非主流同时并存、社会思潮纷纭激荡的新形势"①，同样需要广大作家艺术家以自己独特的文学话语方式，通过优美的语言、诗意的笔调、丰满的形象、动人的情节，在潜移默化的艺术表达中传递温情、放飞梦想，"巩固全党全国各族人民团结奋斗的共同思想基础"，以实现文学艺术在现时代的独特价值。

文艺事业是一项给人以价值引导、精神引领和审美启迪的工作，唯有心有大美方可流淌出美的旋律，这不仅需要作家艺术家在具备过硬的业务水平外，还要具备高尚的思想道德水平。这样，除创作出技艺精湛、受人喜爱的作品外，其品格艺德也会受到人民的欢迎，真正成为一位既有高尚人格魅力，又有精湛艺术魅力的从艺典范，赢得广大人民的爱戴和尊重。

简言之，伟大的时代，需要伟大的梦想；伟大的梦想，需要文艺振兴抒怀、凝心聚力。文艺是铸造梦想的工

---

① 习近平：《在哲学社会科学工作座谈会上的讲话》，人民出版社2016年版，第6页。

程，民族复兴迫切呼唤文艺振兴。今天的中国文艺，需要力戒浮躁，力求创新，力争把最好的精神食粮奉献给人民。潜心创作，精益求精，文艺书写文学梦、书写中国梦，用充满诗意魅力的艺术象征形式去展现伟大事业、塑造伟大精神、努力攀登艺术高峰，也应该成为文艺界的自觉行动，并成为新时代中国文艺家进行艺术表达的核心。

（二）实现伟大梦想，需要文艺坚定自信

在实现中华民族伟大复兴中国梦的宏伟征程中，还需要用文艺振奋民族精神、坚定自信。习近平总书记指出，"实现中华民族伟大复兴，必须坚定中国特色社会主义道路自信、理论自信、制度自信、文化自信"，而文艺和文艺工作者则要"善于从中华文化宝库中萃取精华、汲取能量，保持对自身文化理想、文化价值的高度信心，保持对自身文化生命力、创造力的高度信心，使自己的作品成为激励中国人民和中华民族不断前行的精神力量"。①

文艺与民族发展紧紧联系在一起，中华民族精神不仅体现在历朝历代人民奋发拼搏、英勇前进的生产生活中，还反映在千百年来民族土壤催生的一切优秀文艺作品以及作家艺术家的创造活动中。习近平总书记在《在文艺工作座谈会上的讲话》中便指出："从老子、孔子、庄子、孟子、屈原、王羲之、李白、杜甫、苏轼、辛弃疾、关汉卿、曹雪芹，到'鲁郭茅巴老曹'（鲁迅、郭沫若、茅盾、

---

① 习近平：《在中国文联十大、中国作协九大开幕式上的讲话》，人民出版社2016年版，第6页。

巴金、老舍、曹禺)，到聂耳、冼星海、梅兰芳、齐白石、徐悲鸿，从诗经、楚辞到汉赋、唐诗、宋词、元曲以及明清小说，从《格萨尔王传》、《玛纳斯》到《江格尔》史诗，从五四时期新文化运动、新中国成立到改革开放的今天，产生了灿若星辰的文艺大师，留下了浩如烟海的文艺精品，不仅为中华民族提供了丰厚滋养，而且为世界文明贡献了华彩篇章。"① 这些各个历史时期留下的不朽作品，既是中华民族文艺创造力的辉煌见证，也是民族文化自信、理论自信、道路自信的坚实保证，我们应该为此感到无比自豪、无比自信。

"文学是砥砺精神的事业。文学作品追求以精神的力量征服人、感染人、塑造人，首先要求作家在内心深处对本民族的文化高度认同，建立强烈的文化自信。"② 文化自信关乎文学自强，而文学自强也需要文化自信。当代文学中，许多作家以文艺的形式书写"特区建设""香港回归""澳门回归"以及"嫦娥奔月"载人航天事业等，并在酣畅淋漓的诗意描绘中既塑造了当代中国的形象，还在内心充溢中彰显着文化自信。"有文化自信才有文学创新"，中国文学就应该去积极描绘伟大的改革实践和波澜壮阔的改革成就。因此，文艺要努力继承中华民族的优良传统，萃取精华、汲取能量、推陈出新，努力创作出同我

---

① 习近平:《在文艺工作座谈会上的讲话》，人民出版社2015年版，第4页。

② 张江等:《文化自信与文学发展》，《人民日报》2016年10月4日第8版。

们这个文明古国、我们这个蓬勃发展的国家相匹配的优秀作品，保持对自身文艺与文化价值的高度自信，使文艺成为激励中国人民和中华民族不断前行的力量。

坚定文艺与文化自信，通过文艺振奋民族精神，是事关国运兴衰与民族精神独立的重要问题。为此，讴歌奋斗人生，刻画最美人物，让当下英雄与正面典型事迹在文艺作品中得到传扬，通过文艺承担时代使命、聆听时代声音、回答时代课题、凝聚中国力量，在当前民族复兴的进程中有着重要意义。习近平总书记就曾指出，"祖国是人民最坚实的依靠，英雄是民族最闪亮的坐标"，文艺应该"用生动的文学语言和光彩夺目的艺术形象，装点祖国的秀美河山，描绘中华民族的卓越风华，激发每一个中国人的民族自豪感和国家荣誉感"。[①] 在当前新形势新要求下，通过文艺作品去积极描写属于我们这个时代的英雄人物和正面典型，引导人民树立正确的历史观、民族观、国家观、文化观，进而抒写改革开放和社会主义现代化建设的蓬勃实践，抒写多彩的中国、进步的中国、团结的中国，由此必将激励全国各族人民朝气蓬勃、信心百倍地迈向未来。

（三）实现伟大梦想，需要文艺提供动力

文艺是彰显中华文化软实力的重要载体，为中华民族伟大复兴提供丰富的精神文化滋养和支撑。作为国家形象

---

① 习近平：《在中国文联十大、中国作协九大开幕式上的讲话》，人民出版社2016年版，第8页。

建构的名片，中国文学还需推出更多的文艺精品，以更加辉煌的成绩走向世界，为中华民族伟大复兴中国梦提供更为强大的精神动力。

习近平总书记指出："我们比历史上任何时期都更接近中华民族伟大复兴的目标，比历史上任何时期都更有信心、有能力实现这个目标。而实现这个目标，必须高度重视和充分发挥文艺和文艺工作者的重要作用。"[①] 与此同时，"没有先进文化的积极引领，没有人民精神世界的极大丰富，没有民族精神力量的不断增强，一个国家、一个民族不可能屹立于世界民族之林"[②]。可见，文化在民族生存与发展中均扮演着极其重要的角色。文化是民族记忆、历史传承乃至精神积淀的重要符号，中华民族五千多年的文明史，无论是战争还是和平，无论是民族独立还是反抗侵略，中华文明从未中断，其重要原因就在于文化的血脉相承。因此，中华民族伟大复兴需要文化复兴，需要文化的繁荣昌盛提供滋养、支撑和力量。文艺是文化圆周上的重要一弧，也是先进文化的重要代表，中华文化的发源与绵延，很大程度上与历朝历代的文艺大家及其遗留的文艺精品血肉相连。实现中华民族伟大复兴需要中华文化繁荣兴盛，其题中之意便是要求文艺的振兴、繁荣和发展，要求文艺为民族伟大复兴之大业提供精神滋养，通过华美篇章为中华文化铸魂。通过文艺昌盛带动文化繁荣，进而在

---

① 习近平：《在文艺工作座谈会上的讲话》，人民出版社2015年版，第2页。

② 同上书，第5页。

世界文化的广阔舞台上给世界呈现一个文明、开放、精彩的中国形象,真正为人类社会进步发展和世界文明提供精神文化滋养、发挥大国作用。

当然,实现中华民族伟大复兴,归根结底还需要千千万万中国人民的精诚合作。在此过程中,"通过文艺所传达的是非判断、价值取舍、情感倾向等"持续发挥精神性引领①,将无数个体有机会聚凝合,充分激发出广大人民群众为实现民族复兴中国梦的奋斗激情,文学艺术责无旁贷。文艺是时代的晴雨表,一个伟大时代的来临,也往往以文艺为发端。可以期待,文艺创作的黄金时代离我们不会遥远,而文艺工作者们通过不断超越自我、不断攀登高峰,也必将打造出更多更好的无愧于时代的高峰和精品,为实现中华民族伟大复兴中国梦提供强大的价值引导力、文化凝聚力和精神推动力。

总而言之,习近平总书记关于文艺的重要论述是马克思主义文艺理论中国化的最新成果,是对改革开放四十年来我国文艺发展经验的概括和提升,不仅系统阐述了新形势下党的文艺工作观,还科学回答了繁荣发展社会主义文艺的系列重大问题。在习近平总书记关于文艺的系列讲话中,尤其将"文艺是时代前进的号角"这一文艺的时代责任和历史使命摆在了突出地位,并提出了许多新表述、新观点和新论断,话语铿锵、观点鲜明,显示了党和国家对文艺和文艺工作者在实现中华民族伟大复兴中国梦这一宏

---

① 张江等:《文艺是民族精神的引擎》,《人民日报》2015年3月31日第14版。

> 实现新时代中国特色社会主义文艺的历史使命

伟征程中所起作用的高度重视。对文艺时代精神及其价值担当的评价和认定,也赋予了文艺重如泰山的时代责任和历史使命,这不仅为今后更好地繁荣发展社会主义文艺提出了明确有力的纲领性要求,还进一步明确了文艺工作者肩负的时代使命和光荣职责,更为新时代中国特色社会主义文艺事业的发展提出了新的更高的要求和期待。

第二章

坚持以人民为中心的创作导向

　　习近平总书记关于文艺问题的系列讲话，集中阐述了新形势下社会主义文艺发展繁荣、发展方向和发展道路的问题，其讲话高度重视文艺的人民性问题，社会主义文艺的党性和人民性问题，作家和人民的关系问题，提出文艺要坚持"以人民为中心的创作导向"。习近平总书记在文艺工作座谈会上的讲话、在哲学社会科学工作座谈会上的讲话、在中国文联十大和中国作协九大开幕式上的讲话以及在党的十九大报告中的重要讲话，作为党的文艺精神的纲领性文献，被视为新形势下中国当代文艺发展道路的指南，是马克思主义文艺理论的当代发展和理论创新，是对中国特色社会主义文艺理论的丰富和提升。习近平总书记在系列重要讲话中指出："伟大事业需要伟大精神。实现这个伟大事业，文艺的作用不可替代，文艺工作者大有可为。"① 实现文艺繁荣发展，需要广大文艺工作者牢固树立

---

　　① 习近平：《在文艺工作座谈会上的讲话》，人民出版社2015年版，第6页。

实现新时代中国特色社会主义文艺的历史使命

马克思主义文艺观,始终坚持以人民为中心的创作导向,在建设社会主义文化强国中创作出无愧于我们这个伟大民族、伟大时代的优秀作品。习近平总书记在党的十九大报告中强调,中国共产党人要始终"不忘初心,牢记使命"。所谓不忘初心,就是把为人民谋幸福放在心中,永远把人民对美好生活的向往作为奋斗目标,始终坚持以人民为中心的基本方略。习近平总书记在党的十九大报告中再次强调,要在坚持以人民为中心的创作导向中,繁荣发展社会主义文艺。

  文艺是时代前进的号角,最能代表一个时代的风貌,最能引领一个时代的风气。人类发展史表明,没有先进文化的积极引领,没有人民精神世界的极大丰富,没有民族精神力量的不断增强,一个国家、一个民族不可能屹立于世界民族之林。在全球文艺思潮相互激荡和文艺力量的博弈中,只有真正做到以人民为中心,书写人民的喜怒哀乐和精神追求,不断满足人民对美好精神文化生活的需要,以中国特色社会主义文化抚慰身心,主流文艺才能发挥最大限度的正能量。在当前日益复杂的历史文化语境下,习近平总书记关于文艺的系列讲话不仅明确了社会主义文艺的人民性本质,阐述了文艺与人民的内在关系,重申了文艺创作的人民取向,重新定位了文艺发展的人民坐标,还发展了马克思主义文艺理论关于文艺的人民性内涵,并在政策引导层面作出制度性安排。2015年中共中央先后出台《关于繁荣发展社会主义文艺的意见》《关于全国性文艺评奖制度改革的意见》等一系列繁荣文艺发展、促进文艺勇攀高峰的政策,在坚持以人民为中心的创作导向方面提出具体要求,从而为当代中国主流文艺发展指明了道路。

一 文艺的"人民性"释义

文艺的性质是文艺的根本问题,直接关乎文艺的发展方向和功能的发挥。毛泽东同志在《在延安文艺座谈会上的讲话》中指出:"为什么人的问题,是一个根本的问题,原则的问题。"[①] 这一论断切中了文艺的本质,是一切文艺创作思想和创作活动的总开关。在中国共产党的文艺政策中,文艺历来是为人民的。当代文艺要反映人民心声,就要坚持为人民服务、为社会主义服务这个根本方向。习近平总书记指出:"社会主义文艺,从本质上讲,就是人民的文艺。"[②] 由此指明了社会主义文艺发展的方向。所谓人民的文艺,就是以人民为本位的文艺,它表现为始终坚持以人民为中心的创作导向,以满足人民精神文化需求为文艺和文艺工作的出发点和落脚点,把人民作为文艺表现的主体,把人民作为文艺审美的鉴赏家和评判者,把为人民服务作为文艺工作者的天职。

(一)"人民"概念是历史的、流动的

"人民"的概念在不同的国家及其不同的历史时期,

---

① 毛泽东:《在延安文艺座谈会上的讲话》,载《毛泽东选集》第3卷,人民出版社1991年版,第857页。

② 习近平:《在文艺工作座谈会上的讲话》,人民出版社2015年版,第13页。

有着不同的内涵。汉语文化中的"人民"概念是中华民族在历史发展中建构的,"人"和"民"原本有着不同的语义内涵,"人民"作为合成词出现是较晚近的事情,有着迥异于此前的革命性意味,但其素朴的民本思想一直是中华民族的文化根基和基本价值诉求。在文艺发展史上,"人民"的概念从来不是现成的、僵化的,而是历史的、流动的,是一个在历史演变中不断生成的概念,它有着意识形态意味和现实性价值诉求,即使在社会主义文艺中也非现成性的固定所指。在外国文学语境中,文艺的"人民"概念,较早地被俄罗斯文艺批评家别林斯基、杜勃罗留波夫等人所使用,意在表征一种积极进步的文艺观。具体来说,别林斯基是在"最基本的民众或阶层"的意义上使用"人民"概念,与之相对应的概念是"有教养的上层阶级",他认为真实性和人民不可分割,人民表现最充分的地方,也是生活真实性最充分的地方,文学要以"理想意义或浪漫主义的方式彰显人民的高尚的伟大或诗意"。在他看来,"'人民',总是意味着民众,一个国家最低的、最基本的阶层"。其所谓"人民性"是以对现实生活的忠实描写为判断标准,他认为凡是忠实于现实生活的描写,就必然是人民的,是有人民性的。因而,他反对那种对人民性的"伪浪漫主义"式的庸俗化理解,似乎"在有教养的人中间不能找到一点儿类似人民性的影子",幻想真正的人民性只隐藏在农民衣服下面和烟熏的茅屋里,"纯粹俄国的人民性只能从以粗糙的下层社会生活为其内容的作品中找到似的"。究其意味,别林斯基之所以提出人民性问题,要求文学要表现"人民的意识""人民的精神"

"人民的使命",旨在把文学的人民性与对专制制度和农奴制度进行批判的现实主义相关联。①

人类迈入现代社会以来,"人民"的概念由政治话语而至日常词汇被广泛使用。虽然如此,但"人民"的概念始终有着特定的阶级内容,不是指公民意义上的全体国人,也非单纯的某一种社会成分,而是一个集合体、联盟体,主要指那些推动特定历史阶段社会进步的基本阶层及其同盟力量。在中国共产党的话语体系中,"人民"是推动社会历史进步的力量,它往往被视为有价值意味的集合概念,主要指称社会主义事业建设的主体。1942年,毛泽东同志在《在延安文艺座谈会上的讲话》中指出:"什么是人民大众呢?最广大的人民,占全人口百分之九十以上的人民,是工人、农民、兵士和城市小资产阶级。所以我们的文艺,第一是为工人的,这是领导革命的阶级。第二是为农民的,他们是革命中最广大最坚决的同盟军。第三是为武装起来了的工人农民即八路军、新四军和其他人民武装队伍的,这是革命战争的主力。第四是为城市小资产阶级劳动群众和知识分子的,他们也是革命的同盟者,他们是能够长期地和我们合作的。这四种人,就是中华民族的最大部分,就是最广大的人民大众。"② 在此,毛泽东同志通过对人民内涵的分析强调"最广大""占全人口

---

① 参见《别林斯基选集》,满涛译,人民文学出版社1958年版,第368—370页。

② 毛泽东:《在延安文艺座谈会上的讲话》,载《毛泽东选集》第3卷,人民出版社1991年版,第855—856页。

实现新时代中国特色社会主义文艺的历史使命

百分之九十以上""最大部分",着重突出了人民的"广大性";通过强调"同盟军""同盟者"突出了其他阶层与基本阶层的联盟关系,"人民"的概念进一步丰富。邓小平同志指出,"我们的文艺属于人民","人民是文艺工作者的母亲"。江泽民同志要求广大文艺工作者"在人民的历史创造中进行艺术的创造,在人民的进步中造就艺术的进步"。胡锦涛同志强调:"只有把人民放在心中最高位置,永远同人民在一起,坚持以人民为中心的创作导向,艺术之树才能常青。"习近平总书记在党的十九大报告中指出:"人民是历史的创造者,是决定党和国家前途命运的根本力量。必须坚持人民主体地位,坚持立党为公、执政为民,践行全心全意为人民服务的根本宗旨,把党的群众路线贯彻到治国理政全部活动之中,把人民对美好生活的向往作为奋斗目标,依靠人民创造历史伟业。"[①]在这些系列论述中,"人民"作为历史的主体主要是在一种集合性意义上使用。

不仅如此,习近平总书记在遵循集合性"人民"概念的基础上,进一步强调了基于个体意义上的"人民"概念,认为"人民不是抽象的符号,而是一个一个具体的人,有血有肉,有情感,有爱恨,有梦想,也有内心的冲突和挣扎"[②],彰显了"人民"概念内涵的历史性进步和

[①] 习近平:《决胜全面建成小康社会 夺取新时代中国特色社会主义伟大胜利——在中国共产党第十九次全国代表大会上的报告》(2017年10月18日),人民出版社2017年版,第21页。

[②] 习近平:《在文艺工作座谈会上的讲话》,人民出版社2015年版,第17页。

丰富。其中对人的个体性价值的凸显，是对"人民"概念认知的深化，是对当代文艺发展规律的深刻把握，是对文艺要书写"具体的人"的情感、价值和诉求的内在要求，是对每一个人都有人生出彩机会的艺术肯定。它体现了对中华民族伟大历史复兴中个人的尊重，突出强调当代文艺既要把关注文学表现哪些人及其个体性感受作为批评要点，也要把关注如何表现及其立场作为批评标准，这才是"人民的"批评，以及对文艺创作中现实主义精神的张扬！说到底，这是在依法治国语境下，对迈入现代国家的每一个体意义上公民权利的尊重，它丰富了现实条件下，以包含公民的"权利"和"平等"为主要语义的现代意义上的"人民"概念，它有别于市场经济条件下的消费者概念，仍具有一种政治性意味。从而使"人民"概念扎根于中国现代化历史进程，高度契合于中华民族的伟大复兴，在共建共享中肯定了每一个人的历史主体价值。因而，"人民"的概念不再是远离大地、脱离具体的抽象的理论体系上的纽结，而是深植泥土、结合现实的一种具体呈现。由于"人民"是现实的本质所在，拥有人民性特质的人才更接近现实的个人，有着不可忽视的个性；因而"人民"的存在就不再是一个抽象符号，这使"人民"既有集合性底色，又凸显具体的个体性存在。

（二）"人民性"是马克思主义文艺理论的核心范畴

文艺的"人民性"是马克思主义文艺理论的核心范畴，在马克思主义文论看来，文艺是一种审美的意识形态。马克思指出，"人民历来就是什么样的作者'够资格'

和什么样的作者'不够资格'的唯一判断者"①。作为马克思主义的继承者,列宁明确指出:"艺术属于人民。它必须深深扎根于广大劳动群众中间。它必须为群众所了解和爱好。它必须从群众的感情、思想和愿望方面把他们团结起来并使他们得到提高。它必须唤醒群众中的艺术家并使之发展……我们必须经常把工农放在眼前。我们必须学会为他们打算,为他们管理。即使在艺术和文化的范围内也是如此。"②列宁阐述的几个"必须",构成了社会主义文艺发展的基本纲领和艺术为劳动人民服务的全部内容。在他看来,艺术只有在人民群众中打下坚实的基础,成为人民群众文化生活的一部分,才能实实在在地属于人民。千百年来人类共同创造的文化财富必须由全体人民来享用、传承和发展,包括工人、农民、进步知识分子在内的人民大众才是这些文化和文明成果的真正主人,他明确提出"社会主义的写作要为千千万万劳动人民服务"③的主张。作为早期西方马克思主义代表人物之一的葛兰西,基于当时意大利知识分子严重脱离人民的现实,在1930年年底发表的《关于"民族—人民的"概念》一文中提出"民族—人民的"文学概念,认为"无论是文学的人民性,还是本国创作的'人民的'文学,现在确确实实是不存在的;因为'作家'缺少同'人民'一致的世界观,换句话

---

① 《马克思恩格斯全集》第 1 卷,人民出版社 1956 年版,第 90 页。

② 中国社会科学院文学研究所文艺理论研究室编:《列宁论文学与艺术》,人民文学出版社 1983 年版,第 435 页。

③ 同上书,第 71 页。

说，作家既未想人民之所想，喜人民之所喜，也没有肩负起'民族教育者'的使命，他们从前不曾、现在也没有给自己提出体验人民的情感……从而培育人民的思想情感的任务"[1]。由此葛兰西特别强调指出："至关重要的是，新文学需要把自己的根扎在实实在在的人民文化的沃土之中；人民文化有着自己的风格、自己的倾向和诚然是落后的、传统的道德与精神世界。"[2] 人民的新文学一定要反映人民的文化诉求，即便是面对人民文化中的落后元素。他渴求在意大利艺术家中找到人民教育家，高度重视文学对人民的"革命意识"的培养，认为只有通过"民族—人民的"文学的教育，才能培育出新的人民、新的文化。

在马克思主义文艺理论中国化过程中，文艺的人民性是其基本立场。从毛泽东同志倡导"工农兵文艺"开启的延安文艺道路，到新的历史时期习近平总书记对"人民"内涵的个体性张扬，都体现了鲜明的人民性诉求，并带有时代性特征。从党的十八大以来新发展理念的各要素来看，习近平总书记治国理政的新思想新理念新战略充分体现了以人民为中心的价值取向，始终把人民视为历史进步的真正动力，把群众当作真正的英雄，他号召艺术家"把人民作为文艺表现的主体"，文艺要为人民鼓与呼，在党的十九大报告中进一步强调了这种信念。没有人民，社会

---

[1] ［意］葛兰西：《关于"民族—人民的"概念》，载《葛兰西论文学》，吕同六译，人民文学出版社1983年版，第47页。

[2] ［意］葛兰西：《文学批评的原则》，载《葛兰西论文学》，吕同六译，人民文学出版社1983年版，第17—18页。

主义文艺就失去了灵魂；没有人民，社会主义文艺发展就失去了根本遵循。

二　人民是文艺的"剧中人"

习近平总书记在关于文艺的系列讲话中指出："人民既是历史的创造者、也是历史的见证者，既是历史的'剧中人'、也是历史的'剧作者'。"① 马克思主义文论认为，文艺活动作为人的精神性的生产活动，也是人的本质力量的对象化，人的本质力量的一部分通过文学艺术的创造和欣赏使之展现和外化出来，具体的鲜活的人是文艺的出发点、枢纽点和归宿点，文艺是作为主体的人的能动的创造，文艺是塑造"丰富的人""完整的人"的重要途径。人民不仅创造了文艺，还是文艺的"剧中人"。因此，马克思主义文论高度重视文艺的人民性问题，党的十九大报告进一步提出"加强现实题材创作，不断推出讴歌党、讴歌祖国、讴歌人民、讴歌英雄的精品力作"② 的要求。

（一）人民是推动社会历史进步的主体

在马克思主义文论看来，文艺与人民的关系问题是社会主义文艺的根本问题，是社会主义文艺人民性的重要体

---

① 习近平：《在文艺工作座谈会上的讲话》，人民出版社2015年版，第13页。

② 习近平：《决胜全面建成小康社会　夺取新时代中国特色社会主义伟大胜利——在中国共产党第十九次全国代表大会上的报告》（2017年10月18日），人民出版社2017年版，第43页。

现。文艺为人民服务是社会主义文艺的根本诉求，是社会主义文艺活动的核心价值观。马克思主义理论认为，人民不仅创造了巨大的物质文明，同样创造了高度发达的精神文明，人民是推动社会历史进步的主体力量。习近平总书记的系列重要讲话以其鲜明的人民性立场，要求必须把人民放在心中、放在首位，使人民获得认识和表现的优先位置，获得真正的历史性主体地位。广大文艺工作者要坚持以人民为中心的创作导向，高扬人民的历史主体意识，把艺术理想融入党和人民的事业之中，做到胸中有大义、心里有人民、肩头有责任、笔下有乾坤，推出更多反映时代呼声、展现人民奋斗、振奋民族精神、陶冶高尚情操的优秀作品，为人民昭示更美好的前景，为民族描绘更光明的未来。

"人民是历史的创造者，是时代的雕塑者。"[①] 文艺起源于人的劳动，美肇端于人的生产实践。就文化的始源性含义而言，无论是作为观念形态的价值理念、道德情操，还是作为艺术形式的音乐舞蹈、书法绘画、诗词歌赋，都源自人民大众的生活和生产实践。人民大众不仅创造着文化，也不断传承发展着文化，并为文化所规范。高尔基指出："人民不仅是创造一切物质价值的力量，人民也是精神价值的唯一的永不枯竭的源泉，无论就时间，就美还是就创造天才来说，人民总是第一个哲学家和诗人：他们创作了一切伟大的诗歌、大地上的一切悲剧和悲剧中最宏伟

---

① 习近平：《在中国文联十大、中国作协九大开幕式上的讲话》，人民出版社2016年版，第10页。

的悲剧——世界文化的历史。"① 在文艺实践中，人民群众的创造和审美需要不断推动着文艺的发展，不断地为文艺活动提供内在动力和目的。数千年来，中华文化之所以能够一脉相承，靠的是一代又一代中华儿女薪火相传、接力推进。文艺创作如果脱离了人民，在价值上偏离人民的根本利益和审美需求，其在内容上不仅会被人民所唾弃，还会在艺术形式上走向僵化以至于死亡。人民是推动历史进步的主体，同样是文艺创作活动的主体，因此，当代作家艺术家要"虚心向人民学习，向生活学习，从人民的伟大实践和丰富多彩的生活中汲取营养，不断进行生活和艺术的积累，不断进行美的发现和美的创造"②。正是人民在实践中创造了艺术，并在美的创造中推动了艺术的进步。古往今来，专业作家、文学大师的艺术创造，都是建立在人民群众的伟大创造基础上的。再优秀的文艺家，说到底，也都是大众创造的改造者、加工者和提升者。文艺应该高扬人民大众的历史主体身份，然而在文艺实践中，我们的某些文艺生产的是虚假苍白的主体，历史真正的主体——人民大众，仅仅成了"围观"与"喝彩"的道具，从而背离了社会主义文学的本质。在风云际会而又泥沙俱下的现实中，有学者指出，不追风赶潮，以生活为沃土，以民众为根本，扎根于斯，寄情于斯，向"小人物"要"大作

---

① ［苏联］高尔基：《个人的毁灭》，载《论文学·续集》，冰夷等译，人民文学出版社1979年版，第54页。

② 习近平：《在文艺工作座谈会上的讲话》，人民出版社2015年版，第17页。

品"。在波澜壮阔的时代洪流中，恰恰是亿万人民生活中的点点滴滴汇聚了沧桑剧变。文学，应该是民众的文学。[①] 如果说历史是个大舞台，人民就是这个舞台的真正主角，社会主义文艺不能背离这个根本。坚持以人民为中心的创作导向，就是要以情感和情怀为底蕴，让千千万万的普通大众从幕后走到台前，站立在舞台的中央——成为文艺的"剧中人"。把人民作为历史主体、文艺创作的源头活水，文艺家就不能热衷于写"一己悲欢、杯水风波"，而要为人民抒怀、抒情，塑造出富有时代精神的人民形象。天是世界的天，地是中国的地，只有眼睛向着人类最先进的方面注目，同时真诚地直面当下中国人的生存现实、社会发展，才能真正为人类提供中国经验，当代文艺才能为世界贡献特殊的声响和色彩。

（二）人民是文艺创作的源头活水

习近平总书记在系列重要讲话中强调："人民是文艺创作的源头活水。"[②] 文艺创作能否出优秀作品，取决于是否使创作扎根人民，从人民的生活中汲取力量。文艺发展史表明，任何一部伟大作品，无不体现着人民的情怀，彰显着人民性。创作出人民的文艺，最根本、最关键、最牢靠的办法就是扎根人民、扎根生活。艺术家只有眼睛向下，

---

① 参见张江等《文学是民众的文学》，《人民日报》2014年3月14日第24版。

② 习近平：《在文艺工作座谈会上的讲话》，人民出版社2015年版，第15页。

对多彩的现实生活有丰富的积累、深切的体验，领悟生活的本质、吃透生活的底蕴，才能创造出深刻的情节和动人的形象，其作品才能激荡人心。文艺创作一定要有坚实的根基，有根才能立得住、站得久。作家一定要把根扎在人民的生活中，赵树理的《小二黑结婚》《李有才板话》等作品所体现出的从人民大众中来、到人民大众中去的创作追求，被认为是践行毛泽东同志文艺思想的典范。如果一个作家的精神状态、心理意识、思想感情，一时一刻也没有离开人民的基本利益诉求，在创作中自始至终坚持人类文明与社会进步的理想，而非追名逐利地以趋利避害之心态选择写什么怎么写，就一定是一个有人民性、有良心的作家。

　　作家的根不在舞台上，而在民众中，作家要深入生活，在寂寞的长期坚守中"十年磨一剑"，而不是频繁地亮相媒体。"作家离地面越近，离泥土越近，离百姓越近，他的创作就越容易找到力量的源泉。世间万象，纷繁驳杂，尤其是我们身处的时代，丰富性、复杂性超越既往，作家怎么选择，目光投向哪里，志趣寄托在哪里，很大程度上也就决定了作家的品位和作品的质地。"[①] 只有把心沉在人民中、沉在文学里，创作接地气，作品才能是独特的，优秀的。20世纪80年代的一些佳作，如王蒙的《布礼》、张洁的《沉重的翅膀》、路遥的《人生》、铁凝的《哦，香雪》、王安忆的《本次列车终点》以及舒婷的

[①] 张江等：《文学的筋骨和民族的脊梁》，《人民日报》2014年12月30日第23版。

《致橡树》等，之所以感动和教育了整整一代人，极大地启发和丰富了人们对生活的认识，对改革开放发挥了巨大作用，其中的关键是作家从人民的生活出发，真诚地描写了他们对于生活的理解，他们对生活包括历史满怀真诚，这使他们与生活保持高度"同步性"，与时代共甘苦，触及时代的痛点。柳青的《创业史》之所以成为当代文学史上的经典，与其扎根人民，把自己变成一个农民，一个农村基层干部，一个与人民同呼吸共命运的作家，而不是一个搜寻写作材料的人，一个旁观者，一个局外人不无关联。他是去写土地和人民的，这种真诚让他把自己变成了土地和人民的儿子，成为他所描写的群体中的一员，彻底打通写他人与写自己的界限，把生活的感受与激情、欣喜与困惑、烦恼与欢乐等，内在地化合为感觉的放达、情感的宣泄，使《创业史》成为人民的文学，全书充盈着对土地和人民的深厚情感。路遥的《平凡的世界》之所以成功并广受赞誉，与其"人民是我们的母亲，生活是艺术的源泉"创作理念密切相关。可以说，一切优秀作品无不体现了扎根人民的创作经验，在艺术史上留名的徐悲鸿的《愚公移山》、蒋兆和的《流民图》、刘文西的《黄河纤夫》，以及词作家阎肃的《红梅赞》《敢问路在何方》等，都是深深扎根人民生活的艺术结晶。人民是一切文学艺术取之不尽、用之不竭的创作源泉，这已成为文艺发展的一条规律。何谓文艺创作的源头活水？大而言之，生生不息的中华文明传承、中国人民争取民族解放斗争和奋起抵抗外辱的历程、改革开放的伟大实践，都是文艺创作的源头活水，也是中国精神得以形成和传扬的永恒滋养。具体地

>> 实现新时代中国特色社会主义文艺的历史使命

说,中华民族五千多年的文明进步,近代以来中国人民争取民族独立、人民解放的浴血斗争,中国共产党领导人民进行革命、建设、改革的伟大历程,古老中国的深刻变化和13亿多中国人民极为丰富的生产生活,都是当代民族文艺创作的土壤、素材和优秀文艺生长的条件,其中流淌着的是以爱国主义、开放创新为核心的中国精神。这种精神要求文艺工作者不仅在创作上追求卓越,还要在思想道德上追求高尚,身体力行地践行社会主义核心价值观。作为涵养当代艺术的土壤,文艺只有植根现实生活、紧随时代潮流,才能做到繁荣发展;当代艺术只有顺应人民意愿、反映人民关切,才能充满活力。艺术家在创作中,不能以自己的个人感受代替人民的感受,要虚心向人民学习、向生活学习,从人民的伟大实践和丰富多彩的生活中汲取营养,不断进行生活和艺术的积累,从中发现美和创造美,把人民的冷暖、人民的幸福放在心中,把人民的喜怒哀乐倾注在笔端,用文艺讴歌不断奋斗的人生,刻画最美的人物,坚定人们对美好生活的憧憬和信心。

人民是蕴含文学艺术原料的矿藏,人民生活是一切文学艺术取之不尽、用之不竭的创作源泉。党的十九大报告指出,"必须坚持以人民为中心的创作导向,在深入生活、扎根人民中进行无愧于时代的文艺创造"[1]。一个时代有一个时代之文学,伟大的作品之所以与它们所处的时代密不

---

[1] 习近平:《决胜全面建成小康社会 夺取新时代中国特色社会主义伟大胜利——在中国共产党第十九次全国代表大会上的报告》(2017年10月18日),人民出版社2017年版,第43页。

可分，就在于它们反映了时代的现实，抓住了时代的问题，问题源自人民的生活。毛泽东同志在《在延安文艺座谈会上的讲话》中指出，人民生活是文艺唯一的源泉，而非源泉之一。① 习近平总书记在系列讲话中更是强调"人民是文艺创作的源头活水，一旦离开人民，文艺就会变成无根的浮萍、无病的呻吟、无魂的躯壳"②。就艺术美的生成而言，人民的伟大实践和丰富多彩的生活是真正美的事物的蕴含，是审美活动最重要的对象。美作为对象在人民的生活中，在人民的伟大实践中。这种美的对象是整体性的，是活生生的，是人民生活本身。"史诗是人民创造的，不论多么宏大的创作，多么高的立意追求，都必须从最真实的生活出发，从平凡中发现伟大，从质朴中发现崇高，从而深刻提炼生活、生动表达生活、全景展现生活。"③ 正是人民对艺术和美的追求与审美境界的提高，促使中国当代文艺创造出无数的审美形象，以艺术精品的不断涌现勇攀艺术高峰。社会主义文艺的人民性追求，使文艺创作与人民的生活紧密结合，文艺道路越走越宽，艺术表现方式愈加多样化，艺术风格和创作流派的发展更加自由，而迎来发展的"黄金时代"，文艺创作的积极性和创造性被不断激发，在满足日益增长的审美需要中增强了人民的文化

---

① 参见毛泽东《在延安文艺座谈会上的讲话》，载《毛泽东选集》第3卷，人民出版社1991年版，第860页。

② 习近平：《在文艺工作座谈会上的讲话》，人民出版社2015年版，第15页。

③ 习近平：《在中国文联十大、中国作协九大开幕式上的讲话》，人民出版社2016年版，第13页。

自信，在社会文明程度提高中文艺越来越发挥强有力的引导作用。当前，"13亿多人民正上演着波澜壮阔的活剧，国家蓬勃发展，家庭酸甜苦辣，百姓欢乐忧伤，构成了气象万千的生活景象，充满着感人肺腑的故事，洋溢着激昂跳动的乐章，展现出色彩斑斓的画面"①。虽然时代为作家、艺术家提供了丰沛的营养和鲜活的体验，但与之相匹配的文艺精品、文艺大师和文艺大家并不多见。究其根本，在于是否树立以人民为中心的工作导向和创作导向，在思想观念上是否把人民当作文艺的"剧中人"，坚信人民是文艺创作的源头活水。文学来源于生活不等于文学就是生活，"文学的要义，恰恰就是通过对世俗生活的介入和观照，最终使人类获取精神的成长。一切进入文学中的世俗生活，只有作为精神表达的物质载体出现，它才具备了文学的正当性与合法性"②。坚持人民是文艺的源头，不是照抄照搬人民的日常生活，从生活到文艺的中间过程，凝聚着文艺家的智慧和才思，体现着文艺的规律和奥妙，遵循着生活的逻辑和艺术的真实，时时刻刻考验着文艺家的艺术表达能力和哲思境界的追求。在根本上，伟大的作品一定是对个体、民族、国家命运基于人民性的最深刻把握。当代文艺高地的形成离不开人民，仰之弥高的艺术精品更是艺术家的呕心之作，艺术创作的个性化追求与人民

---

① 习近平：《在中国文联十大、中国作协九大开幕式上的讲话》，人民出版社2016年版，第11页。

② 张江等：《文学遭遇低俗》，《人民日报》2014年5月30日第24版。

生活的厚重是水乳交融、相互依托的，正是人民托起了当代艺术的繁荣之基。

以人民作为文艺创作的源泉，在于激励艺术创新。文艺的一切创新，归根到底都直接或间接来源于人民。只有人民丰富多彩的实践才能激发源源不断的文艺创新、层出不穷的优秀作品、群峰并起的名家大师。艺术的想象离不开坚实的大地，文艺创作方法有一百条、一千条，但最根本、最关键、最牢靠的办法是扎根于人民、扎根于生活，紧紧抓住这个时代。如何抓住时代？著名作家歌德强调真正的艺术家必须坚持自己的独立自主性，有对时代的深刻思考和艺术追求。因而，真正的艺术家不是时代和市场的应声虫，不尾随时代的潮流，更不会充当时代风尚的爬虫，而应当引导时代潮流。真正的艺术家不能也不会附和读者或观众的欲求，成为感官欲望和市场的奴隶。艺术家的使命是通过作品使读者或观众提高思想境界和审美品位，以艺术精品抵御"三俗"之风的蔓延。就像鲁迅扎根时代，洞悉辛亥革命前后底层民众的处境和心情，以其悲悯的情怀和超越性的精神塑造出祥林嫂、闰土、阿Q、孔乙己等"哀其不幸、怒其不争"的典型人物形象，深刻揭示了时代的精神众生相。可见，时代精神蕴含于民众的生活，象牙塔里不会有持久的文艺灵感和创作激情。文艺扎根于人民，在根本上不是抹杀艺术的个性，而是为艺术的生成植根培土；在文艺活动中强调人民的主体地位，并非否定专门人才特别是文艺大家、文艺大师的作用和贡献。文艺的创造创新离不开专门的文艺人才，人才强，文艺才能强，一个文艺人才辈出的时代，一定是文化兴盛的时代。随着现代文化市场体系的建立健全,即使市场条件下的文艺创作,也不能丧失对艺术的卓越性追求,在艺术创新和审美品位上只能是读者或观众仰视艺术家,而绝不能是艺术家迎合读者或观众,更不能屈从于市场的平庸。

(三)文艺要积极反映人民心声

文艺服务人民,积极反映人民心声,必须俯下身子融入人民火热的生活。作为人类灵魂的工程师,艺术家不能做生活的旁观者,要始终怀着强烈的忧民、爱民、为民、惠民之心,走进生活深处,倾听人民的呼声,反映人民的诉求,真切地体悟人民的冷暖与悲欢离合,吃透生活的酸甜苦辣,一同感受人民的喜怒哀乐,才能创作出生动的情节和动人的形象,其作品才能感染人、打动人。倡导文艺歌颂人民,就是激励艺术家走进生活深处,使作品的灵魂与人民的关切相交融,与民族集体无意识的深层积淀相交融,通过鲜活的人物形象展示时代精神和社会风貌,积极反映人民的心声。艺术家只有融入人民火热的生活,与人民的情感和诉求相一致,才能使自己的作品变得厚重和深刻。"一切有抱负、有追求的文艺工作者都应该追随人民脚步,走出方寸天地,阅尽大千世界,让自己的心永远随着人民的心而跳动。"① 带着泥土的气息和人间温情的作品才是沉甸甸的。说到底,一切创作技巧和手段最终都是为内容服务,为了更鲜明、更独特、更透彻地说人说事说理。习近平总书记指出,"虽然创作不

---

① 习近平:《在中国文联十大、中国作协九大开幕式上的讲话》,人民出版社2016年版,第11页。

能没有艺术素养和技巧,但最终决定作品分量的是创作者的态度。具体来说,就是创作者以什么样的态度去把握创作对象、提炼创作主题,同时又以什么样的态度把作品展现给社会、呈现给人民"①。也就是说,跟"素养""技巧"相比,在决定作品分量的时候,"态度"和"立场"更紧要,因此文艺家融入生活不仅要"身入"更要"情入""心入",文艺要塑造人心,创作者首先要塑造自己,只有感同身受于人民的冷暖,才能在创作中自觉显现人民的情感和立场。说到底,文艺创作不是文字、身体、行为的游戏,而是承载着崇高的精神内涵和文化意义,是为国家、为民族和人民代言和建构文化形象,为社会担当道义和"良知",为人民营造心灵栖居的精神家园。

文艺只有真正扎根于人民,把人民作为"剧中人",塑造鲜明的人物形象,才能在润物细无声中教导人、引导人。列宁认为托尔斯泰作品的艺术感染力就在于具有"这样充沛的感情,这样的热情,这样有说服力,这样的新鲜、诚恳并有这样'追根究底'要找出群众灾难的真实原因的大无畏精神"②。这种大无畏的精神源自托尔斯泰扎根于人民火热的生活,从每一个文字中都流淌着人民的心声。为此,列宁指出文艺作品要发挥好教育和情感激励作用,应具备一定的条件,主要表现为:一是文学和艺术作品既要对社

---

① 习近平:《在中国文联十大、中国作协九大开幕式上的讲话》,人民出版社2016年版,第17—18页。

② [苏联]列宁:《列宁论文学与艺术》,人民文学出版社1983年版,第218页。

会生活作出具有广度和深度的反映，也要有作者强烈的主观因素和主体意识；二是文学和艺术作品必须真实地反映生活，真实性是现实主义的重要条件；三是在文学和艺术作品中，丰富的思想内容与相应完美的艺术形式应达到不可分割的统一。这种理解丰富了马克思、恩格斯的"典型环境中的典型人物"的艺术观念，文艺作品不仅要体现人与人，人与集团、阶级之间的一般关系，更要反映出千家万户的不同命运，以及作为社会个体的各自独特的性格和具体特征。这样，才能防止文艺作品出现公式化、概念化、说教化和庸俗化的倾向，才会真正有说服力，达到教导人、引导人的目的。只有在作品中融入真挚的情感，才会达到感染人、鼓舞人的效果。这是典型人物的社会价值，文艺作品中典型人物所达到的高度，就是文艺作品的高度，也是时代的艺术高度。"只有创作出典型人物，文艺作品才能有吸引力、感染力、生命力。"[①] 塑造"典型人物"，要求文艺家要以高于生活的标准来提炼生活，在作品中灌注理想和信念，这种典型化创作是艺术家的一种能力。只有用博大的胸怀去拥抱时代、深邃的目光去观察现实、真诚的感情去体验生活、艺术的灵感去捕捉人间之美，才能够创作出伟大的精品。对此，习近平总书记指出："对文艺来讲，思想和价值观念是灵魂，一切表现形式都是表达一定思想和价值观念的载体。离开了一定思想和价值观念，再丰富多样的表现形式也是苍白无力的。文艺的性质决定了

---

① 习近平：《在中国文联十大、中国作协九大开幕式上的讲话》，人民出版社2016年版，第12页。

它必须以反映时代精神为神圣使命。"① 以典型人物的塑造来反映人民的心声，是社会主义文艺的使命担当和艺术追求，通过塑造当代英雄形象，回应人民所创造的波澜壮阔的时代，必然使文艺家融入人民火热生活成为自觉。

这是一个风云际会的时代，也是一个英雄辈出的时代。中华民族在人类的历史长河中涌现出了无数的英雄，中国文学也贡献了无数的英雄形象，当代作家所塑造的英雄人物更是丰富了文学人物画廊，这些英雄人物无论是军人、工人、农民还是知识分子，无不肩负着时代的使命，高扬着民族的精神。作为时代的产物，文艺随着民族兴衰、国运沉浮，其发展愈益受到时代的深刻影响。任何一个时代的文艺，只有同国家和民族紧紧维系、休戚与共，真正把人民作为文艺的主人公，才能切合时代的鼓点，发出振聋发聩的声音。实现中华民族伟大复兴，是一场震古烁今的伟大事业，需要坚忍不拔的伟大精神，也需要振奋人心的伟大作品，人民火热的生活是文艺创作最广阔的时代舞台。当今中国，正处在大踏步赶上现代化潮流并站在世界发展前列的历史时期，正处于为人类文明进步作出重要贡献的伟大时代。这里有取之不尽用之不竭的丰富素材，有最能体现中国人民创造智慧和文化精神的中国元素，有无数体现时代精神的人民英雄、感动时代的人物。忠实记录、深刻反映、艺术再现这个恢宏时代的巨大变迁，为人民提供最好的精神食粮，积极反映人民的心声，

---

① 习近平：《在中国文联十大、中国作协九大开幕式上的讲话》，人民出版社2016年版，第8页。

> 实现新时代中国特色社会主义文艺的历史使命

既是文艺工作的中心任务,也是创作优秀作品的根本条件。人民是文艺的"剧中人",在波澜壮阔的时代,向广大文艺工作者发出的深情召唤,希望大家要融入人民火热的生活之中,塑造一系列无愧于时代的英雄群像,使他们成为时代的洪钟大吕。那种认为文艺是少数人把玩、少数人享用,只把人民作为历史背景的观点,同社会主义文艺观背道而驰。在文艺发展上,我们一定要明白"为了谁、依靠谁、谁是作品的主人公",牢固树立群众观点,充分尊重人民群众的主体地位和首创精神,紧紧依靠人民群众——文艺的"剧中人",积极反映人民的心声,依靠全社会的共同努力,铸就时代的文艺高峰。文艺实践表明,唯有表现人民伟大历史实践的作品才能张扬时代精神,使文艺发挥最大的正能量,进而增强做中国人的底气和骨气。人民是文艺的"剧中人",就是把人民在创造历史、创造生活中体现出来的审美情感、审美情趣作为文艺创作的主要内容,使文艺永远同人民在一起,在扎根于人民中成长为参天大树。中国特色社会主义文艺,就是在根本上书写和记录亿万人民实践的文艺。艺术离不开人民,真正的文艺精品、艺术经典之作,无不与时代和人民息息相关,象牙塔里出不了文艺精品。只有真正扎根于人民的生活,文艺才能真正生动活泼起来,回顾文艺史上那些彪炳千秋的文艺经典,无不闪耀着人民性的光辉,传达着人民的情感,在根本上反映着人民的心声。因此,习近平总书记希望文艺家心里装着人民,用积极的文艺歌颂人民,把人民作为文艺的主人公;勇于创新创造,用精湛的艺术推动文化创新发展,在根本上彰显社会主义文艺的人民本位论。他明确反对那种"以为人民不懂得文艺,以为大众是'下里巴人',以为面向群众创作不上档次"的观点。① 在平凡的时代,艺术家要写出作为"剧中人"的人民对美好生活的追求和意气风发的精神状态,以及为民族伟大复兴作出的努力。事实上,艺术只有通俗易懂、接地气,为人民群众喜闻乐见,在不断创新中贴合时代需求,切近不断变化的审美风尚,才能被人民群众所广泛接受。只有融入人民火热的生活,艺术才会自觉地表达和反映广大人民群众的情感和意志、愿望和呼声,在精品创作中生长出创造性的力量和文化自信的根荄,在价值引导中肩负起提高全民族文化素质的使命。

三 文艺热爱人民

对艺术家来讲,"文艺热爱人民"不是一句口号,要有深刻的理性认识和具体的实践行动,要自觉坚守人民性立场。对一个艺术家来讲,读懂社会、读透社会,决定着艺术创作的视野广度、精神力度、思想深度。习近平总书记指出:"对人民,要爱得真挚、爱得彻底、爱得持久,就要深深懂得人民是历史创造者的道理,深入群众、深入生活,诚心诚意做人民的小学生。"② 在文艺创作中只有拆

---

① 习近平:《在中国文联十大、中国作协九大开幕式上的讲话》,人民出版社2016年版,第11页。

② 习近平:《在文艺工作座谈会上的讲话》,人民出版社2015年版,第18页。

除"心"的围墙，全身心地融入人民生活中，其作品才能彰显对人民深沉的爱。

（一）文艺要为人民放歌

文艺想要与时代同频共振，文艺家就要做自己时代最敏锐的发现者和感知者，同时要千方百计地寻找与时代相契合的话语和艺术表达方式，以艺术精品高扬时代精神。文艺热爱人民，不仅要在融入火热生活中反映人民的心声，更要基于人民性立场为人民抒情，抒写人民的追求和战胜困难的希望，让人感受到生活的温暖和光明，以向善向上的价值引领社会风尚。人民立场是马克思主义政党的根本政治立场，人民是历史进步的真正动力，群众是真正的英雄，人民利益是我们党一切工作的根本出发点和落脚点。社会主义文艺的本质是人民的文艺，文艺热爱人民，靠的是优秀作品及其主流社会价值诉求，表现为基于人民立场对社会道义的弘扬和道德理想的守护。所谓警示社会、砭恶扬善、温暖人心、悲悯情怀，以此激发社会正能量，鼓舞人民为"中国梦"的实现努力奋斗，这样的艺术家才会得到人民的喜爱。在文艺创作和文化生产中，创作主体揣着什么样的感情，对谁有感情，决定着文艺创作的命运和情感的指向。"我们的文学艺术都是为人民大众的"[1]，早在1942年毛泽东同志《在延安文艺座谈会上的讲话》就指出，"为什么人

---

[1] 毛泽东：《在延安文艺座谈会上的讲话》，载《毛泽东选集》第3卷，人民出版社1991年版，第863页。

的问题，是一个根本的问题，原则的问题"[①]。社会主义文艺的本质决定文艺要热爱人民，"文艺工作者要想有成就，就必须自觉与人民同呼吸、共命运、心连心，欢乐着人民的欢乐，忧患着人民的忧患，做人民的孺子牛"[②]。事实上，唯有把人民装在心上，其作品才能流露出忧国忧民的情怀。如作家贾大山，多年来深深扎根于基层，扎根于人民的生活，其作品洋溢着人民性，在日常化的细节描写中折射世情百态与社会万象，以幽默的情趣表达臧否。这种以群众喜闻乐见的方式，反映人民心声与时代情绪的文学，是人民所需要和喜欢的。对作家而言，了解时代的风尚，把握社会的脉搏，倾听人民的心声，是最紧要的。只有把人民的思考、情感甚至困惑真实表现出来，才能和他们心心相印，成为朋友。只有满怀深情地深入人民中，才能在写作中把握当下社会生活的脉搏。只有始终坚持把人民当作创作主体，才能在写作中汲取创作的灵感和源泉。

文艺不仅是欣赏和娱乐，而且应给人感奋和动力。自觉坚守文艺的人民性立场，艺术家才能以强烈的现实主义精神与浪漫主义情怀去观照人民的生活、命运、情感，表达人民的心愿、心情、心声，才能创作出人民性的文艺作品，弘扬文艺爱人民的艺术追求，才能充分发挥文艺鼓舞

---

① 毛泽东：《在延安文艺座谈会上的讲话》，载《毛泽东选集》第3卷，人民出版社1991年版，第857页。
② 习近平：《在文艺工作座谈会上的讲话》，人民出版社2015年版，第18页。

人民的作用。文艺爱人民，不能缺失对艺术的卓越性追求，以卓越的艺术表达能力捕捉人间之美，自觉坚守艺术理想，"把崇高的价值、美好的情感融入自己的作品，引导人们向高尚的道德聚拢，不让廉价的笑声、无底线的娱乐、无节操的垃圾淹没我们的生活"①。习近平总书记强调只有用博大的胸怀去拥抱时代、深邃的目光去观察现实、真诚的情感去体验生活并发现、创造生活中的美，才能够创作出伟大的作品，不断满足人民日益增长的精神文化需求。关注现实、关注改革，贴近生活、贴近人民，为民族复兴的伟大事业歌吟，为国家的改革开放和繁荣昌盛喝彩，是当代知识分子不可推卸的责任，更是当代文艺家的神圣使命。

文艺热爱人民是一种价值诉求，体现为文艺坚持人民性立场，为人民抒写，为人民抒情，为人民抒怀，发出时代的先声，讴歌光明美善，驱散黑暗丑恶，让人们看到美好、看到希望、看到梦想就在前方。当前中华民族正处在伟大复兴的历史拐点，需要文艺传达时代心声，需要艺术家为人民放歌，需要文艺为国家文化"软实力"的提升提供力量支撑。作为时代的表征，伟大的时代呼唤无愧于伟大民族、伟大时代的优秀作品。在文化思潮相互激荡中，只有那些能为广大人民所认可并产生广泛影响力的优秀作品，才能构成一个国家和民族的文化软实力。习近平总书记要求广大文艺工作者牢记，创作是自己的中心任务，作品是

---

① 习近平：《在中国文联十大、中国作协九大开幕式上的讲话》，人民出版社2016年版，第17页。

自己的立身之本，当代文艺要以创作优秀作品为中心环节，要静下心来、精益求精搞创作，把最好的精神食粮奉献给人民，以精品力作体现文艺爱人民的本质。优秀作品不是抽象空洞的，它有着人民的情怀，涌动着民族的家国爱恨，既立足于现代，又有历史底蕴和文化返乡的眷顾。

（二）文艺要提升人民的审美品位和境界

文艺热爱人民，为人民放歌，要以人民的文化需求为中心，把满足人民群众不断提高、发展的审美欣赏和审美需要作为创作的根本目标，以艺术精品提升人民的审美品位和境界，为社会的进步提供价值指向。"经典通过主题内蕴、人物塑造、情感建构、意境营造、语言修辞等，容纳了深刻流动的心灵世界和鲜活丰满的本真生命，包含了历史、文化、人性的内涵，具有思想的穿透力、审美的洞察力、形式的创造力"①，经典滋润人的灵魂，表征着一个民族的文化创造力。坚持以人民为中心的创作导向，就要为人民搭建多样化的文艺舞台，促进各种文艺的融合与交流，在各种文艺发展的良性互动中，增强社会主义文艺的价值引导，增强包容、纠正和抵御"三俗"之风的能力。文艺发展既需要坚实有力的主流文艺引领，又要尊重和包容差异化的艺术探索，为各种健康有益的文艺提供生长空间，这样才能形成富有生机的多元化文艺竞争格局，不断健全当代文艺生态。这是社会主义文化强国走向开放包

---

① 习近平：《在中国文联十大、中国作协九大开幕式上的讲话》，人民出版社2016年版，第18页。

>> 实现新时代中国特色社会主义文艺的历史使命

容,树立和表达民族文化自尊、文化自信的前提,"没有高度的文化自信,没有文化的繁荣兴盛,就没有中华民族的伟大复兴"① 事实上,彰显人民性的社会主义文艺的繁荣,是支撑当代中国人文化自信的重要力量。从根本上讲,人民是文艺的创造者和承载者,只有真正站在人民的立场上,广大的艺术家和文艺工作者才不会在市场经济大潮中迷失方向,从而以积极向上的价值观引领社会风尚。文艺热爱人民就要把人民作为表现主体的观念内化于心、行诸笔端,以充沛的激情、生动的笔触、优美的旋律、感人的形象,深切地反映人民的生存状态和精神追求,创作出为人民喜闻乐见的优秀作品,以每个人都有人生出彩的机会为信念,以先进人物为榜样,来坚定人民对美好生活的憧憬和信心,其作品才能经受住人民的检验。倡导人民作为文艺的鉴赏家和评判者,就是在根本上体现了文艺对人民的爱。因此,文艺热爱人民需要以艺术精品不断提升人民的审美品位,不断满足与物质富裕和技术进步相适应的人民的精神文化需求,反映人民的审美情感和审美追求,提升人民的审美情趣,高扬人民的审美理想和审美境界。有了人民作为鉴赏家的艺术依托,社会主流文化价值观的培育和践行才会落地有声。在当代文艺创作中,只有把艺术家和人民大众的情感内在地关联起来,才能摆脱那种沉湎于"小我"的狭隘格局与喃喃自语的小情趣,彰显

---

① 习近平:《决胜全面建成小康社会 夺取新时代中国特色社会主义伟大胜利》(2017年10月18日),人民出版社2017年版,第41页。

"大我"的家国情怀和民族的使命担当。鲁迅之所以能够成为中国现代最伟大的文学家、思想家，创作出民族文学的经典化作品，主要缘自其内心深处那种"横眉冷对千夫指，俯首甘为孺子牛"的真切情感，这种真挚的情感经由他的笔端流露出他发自内心的对人民的爱。

文艺创作的活力和激情源自对人民爱得真挚、爱得彻底、爱得持久，真正懂得人民是历史的创造者。文艺爱人民，就要不断提升人民的审美品位和艺术素养，提高全民族的文化素养，为培育社会主义核心价值观烘托氛围。习近平总书记指出："一切轰动当时、传之后世的文艺作品，反映的都是时代要求和人民心声。我国久传不息的名篇佳作都充满着对人民命运的悲悯、对人民悲欢的关切，以精湛的艺术彰显了深厚的人民情怀。"[1] 当前条件下，文艺的繁荣发展是实现社会公平、文化公平的必要手段。在社会治理中，文化公平是涵养、实现社会公平规则、建构平等公共空间的路径，享有文化公平是人格完善和有尊严的象征。如果文艺成为少数人的专权，把绝大多数群众挡在文化门外，最终将会使文艺丧失地气，逐渐变成文艺沙漠。人民对文艺的需要和有效参与为当代文艺发展提供了不可或缺的源泉和动力，既能及时填补因文化总量不足、产品结构性短缺引发的文艺缺口，又能有效利用民间的文化资源和创作力量，提升文艺内容和审美形式的供给能力。文艺爱人民就要俯下身，向大众敞开自己，这不但有利于激

---

[1] 习近平：《在文艺工作座谈会上的讲话》，人民出版社2015年版，第16页。

发文艺创造的活力，还有利于在全社会建构保护文艺发展的社会氛围和机制，使人民大众真正成为文艺发展的重要力量，使所有参与者都能在文艺活动中获得满足感和幸福感。

四 人民需要文艺

作为推动社会进步的主体力量，人民不仅需要物质上的满足，更要有精神上的追求，文化艺术的滋润。党的十九大对我国社会主要矛盾变化作出重大调整，指出我国社会主要矛盾已经转化为人民日益增长的美好生活需要和不平衡不充分的发展之间的矛盾。"满足人民过上美好生活的新期待，必须提供丰富的精神食粮。"[①] 在人民文化素质和艺术素养不断提高的当下，人民的文化意识和文化权益不断高涨，人民不仅能欣赏文艺，更能创造文艺。正如列宁讲过的，艺术是属于人民的。它必须在广大劳动群众的底层有其最深厚的根基，并唤起这些群众的艺术感觉。今天，人民需要文艺，也是全面建成小康社会的应有之义。

（一）文艺要在时代发展中满足人民的需要

随着时代的发展，人们对文化和文艺作用的认识越来越全面。文化包括文艺之于人类自身的发展是一种精神上

---

① 习近平：《决胜全面建成小康社会 夺取新时代中国特色社会主义伟大胜利——在中国共产党第十九次全国代表大会上的报告》（2017年10月18日），人民出版社2017年版，第44页。

的需求，普遍需求，甚至是一生相伴的需求。恩格斯曾说过："文化上的每一个进步，都是迈向自由的一步。"① 著名哲学家康德甚至把审美视为自由的象征。人民的需求是多方面的，不仅有物质需求，更有精神审美需求。究其根本性而言，人与动物的最大区别是人有精神需求，这是一种超越生理层次的高级需求，是人的社会性和文明进步的表征，人们需要通过文艺来启蒙心智、认识社会、获得思想上的教益，在奔忙的现代更需要通过文艺愉悦身心、陶冶性情，获得精神的满足和心灵的依靠，以安顿焦躁的灵魂。在全面建成小康社会的征程中，不断富裕起来的中国人民对精神文化生活的需求时时刻刻都存在。如果没有精神文化上的充盈，小康社会就是片面的，就不能说有真正幸福的生活和美好的人生。随着人民生活水平不断提高，居民消费结构的升级，人民大众对包括文艺作品在内的文化消费的质量、品位和艺术品格以及审美风格的要求，更高更多样化了。文学、戏剧、电影、电视、音乐、舞蹈、美术、摄影、书法、曲艺、杂技等文艺各领域，无论是高雅的文艺创作还是流行的大众文艺，都要跟上时代发展、把握人民需求，以充沛的激情、生动的笔触、优美的旋律、感人的形象创作生产出人民喜闻乐见的优秀作品，在不断满足差异化的多层次的消费需求中使人民的精神文化生活不断迈上新台阶。人民的审美需求愈丰富多彩，对文艺发展的要求就越高，就愈能展示具有时代特征的精神风貌。

---

① 《马克思恩格斯选集》第3卷，人民出版社1995年版，第456页。

马克思指出:"人的需要的丰富性,从而生产的某种新的方式和生产的某种新的对象在社会主义的前提下具有何等的意义:人的本质力量的新的显现和人的存在的新的充实。"① 正是基于文艺需求与人的本质力量的相互生成,文艺才能引导人类社会不断迈向全面自由发展的境界。

(二)文艺发展要体现对人民文化权益的尊重

党的十九大报告指出:"人民美好生活需要日益广泛,不仅对物质文化生活提出了更高要求,而且在民主、法治、公平、正义、安全、环境等方面的要求日益增长。"② 人民对精神文化的权益要求日益高涨,人民需要文艺,文艺不断见证社会发展的历史性进步,从而彰显了对人民文化权益的保障。文化艺术是人人参与创造、人人得以享有的公共品,这是社会主义文艺的本质要求。改革开放四十年来,人民对文化的需求、艺术的要求愈加热烈而迫切。人民的权利意识空前高涨,参与文化事务、自主表达文化意识、积极进行文艺创作的愿望越来越强烈,更在心理上有着丰富多样的差异化精神需求。为满足这种需求就必须生产出更多高质量的文化产品,而生产出丰富多样的文化产品,就要充分激发全社会每一个人的文化创造活力。党的十八大报告指出,发扬学术民主、艺术民主,为人民提供广阔

---

① [德]马克思:《1844年经济学哲学手稿》,刘丕坤译,人民出版社1979年版,第85页。

② 习近平:《决胜全面建成小康社会 夺取新时代中国特色社会主义伟大胜利——在中国共产党第十九次全国代表大会上的报告》(2017年10月18日),人民出版社2017年版,第11页。

文化舞台，让一切文化创造源泉充分涌流，开创全民族文化创造活力持续迸发、社会文化生活更加丰富多彩、人民基本文化权益得到保障的文化发展新格局，从而促使社会主义文艺繁荣发展，进一步提升人的素质，促进人的自由全面发展。改革开放以来，随着中国经济的崛起，文艺创作取得举世瞩目的成绩，极大地繁荣了文艺市场，无论是新闻出版、影视剧生产、动画卡通的制作，还是舞台表演艺术、美术雕塑创作、杂技、民间艺术，以及网络文学和手机文学等新业态和新形态，都极大地丰富了人民的文艺生活。随着市场化程度的提高，越来越多差异化、多样化的作品满足了大众日益提升的精神文化需求，在市场竞争中涌现出了一些既有口碑又有票房与点击率的文艺精品。但是，不能忽视文艺市场出现的低俗、庸俗甚至恶俗的产品，一些从业者误读、扭曲市场，片面理解文艺的属性，单纯追求感官刺激。在文艺创作方面，存在着有数量缺质量、有"高原"缺"高峰"的现象，存在着抄袭模仿、千篇一律的同质化问题，存在着机械化生产、快餐式消费的问题。这些问题败坏了人民的审美品位，不断侵蚀人民的艺术情怀，降低人民的艺术欣赏水准。

  人民需要能够感动心灵的艺术，因此文艺创作不能缺失灵魂，尤其要把鲜活的人作为艺术表现的中心，可以说只有人的灵魂才有资格通过艺术实现美学的完满呈现。说到底，文艺创作并非个人的喃喃自语或无病呻吟，而是要创造和传播一种社会化的人类情感，因而艺术创作和创造以个性化的审美表达融入普遍性的社会情感结构，从而成为人类文明发展的重要环节和维度。可见，人民需要文艺，满足的是其对社会化情感的渴望，故而文艺不能是被动式的无效或低效供给，而应充分尊重人的文艺需求意愿，发挥人民的主体能动性。通过艺术的激发和召唤，使人民真正参与到文化发展中，不断融入文化服务的各环节，由此政府才能准确把握公民的处境和需求，作出公平、合理的政策安排。更重要的是，公众的表达和参与能够促进政府在回应公民需求时，提高政策的公平性；有助于在文化服务供给者之间展开竞争，从而提高服务供给质量，更好地满足人民的文艺需求，不断丰富人民对美好文化生活的需要。

（三）文艺要为文明互鉴发挥桥梁和沟通作用

"古往今来，世界各民族无一例外受到其在各个历史发展阶段上产生的文艺精品和文艺巨匠的深刻影响。"[①]全球化语境下，文艺精品越来越成为世界各国文化交流的重要载体，文艺越来越发挥着桥梁和沟通作用。随着中国全面崛起，世界都在关注中国，中国正在不断靠近世界舞台中心。人民需要文艺，还表现在文明互鉴视野下，文艺是最好的文化交流方式，是中华文化"走出去"的最佳载体。就国家层面来讲，近年来的一系列重大外事活动都可以看到中国文艺的影子，如2016年G20杭州峰会的文艺演出《最忆是杭州》，就被境外媒体称为"天堂佳音"，向世界展示了中国文化的魅力，让人们更多地关注中国作

---

① 习近平：《在中国文联十大、中国作协九大开幕式上的讲话》，人民出版社2016年版，第6页。

为文明大国的文化厚度,极好地树立了中国的文化形象,发挥了"文化桥梁"的作用,有力地推动了习近平总书记倡导的"人类命运共同体"意识的传播。另外,在各种文化年、文化周等民间文化交流活动中,更是活跃着中国文艺的身影,有力地发挥着民心相通的弥合作用。一部小说,一篇散文,一首诗,一幅画,一张照片,一部电影,一部电视剧,一曲音乐,都能给外国人了解中国提供一个独特的视角,都能在讲述中国故事中以各自的魅力去吸引人、感染人、打动人。在海外深受欢迎的京剧、民乐、杂技、手工艺品、书法、国画等都是我国文化的瑰宝,都是外国人了解中国的重要途径。因此,习近平总书记要求"文艺工作者要讲好中国故事、传播好中国声音、阐发中国精神、展现中国风貌,让外国民众通过欣赏中国作家艺术家的作品来深化对中国的认识、增进对中国的了解。要向世界宣传推介我国优秀文化艺术,让国外民众在审美过程中感受魅力,加深对中华文化的认识和理解"[①]。在全球化视野下,文艺尤其是文艺精品为世界人民所共享,有利于建构人类命运共同体意识。

五 人民是文艺的鉴赏家和评判者

在改革开放波澜壮阔的时代,全民族的文化意识和审美能力不断提升,人民已不再是毫无审美鉴赏力的"下里

---

① 习近平:《在文艺工作座谈会上的讲话》,人民出版社2015年版,第15页。

巴人"，而完全有能力成为文艺的鉴赏家和评判者。

（一）优秀文艺作品要经得起人民的检验

衡量一个时代的文艺成就要看作品，优秀作品是衡量一个时代文艺成就高低的标杆。作品价值的高低不是由市场效益来决定的，而要由人民来评判，它显现于人民的笑声、哭声、掌声，甚至是静默于心的鸦雀无声。文艺家要敢于把自己的作品交由人民评鉴，以人民的评价为尺度，以人民是否满意为标准。只有真正尊重人民的鉴赏与批评，才能创作出经得起历史淘洗的传世之作。例如徐沛东的一系列歌曲，《篱笆墙的影子》《我热恋的故乡》《亚洲雄风》《爱我中华》《得民心者得天下》《辣妹子》《大地飞歌》等，受到人民群众的广泛喜爱，经受住了人民的检验。当今时代，人民对文艺风格和品位的要求不断提高，把人民视为文艺作品价值高低的评判者，是对人民作为文艺审美的鉴赏家地位的尊重，是当今时代人民艺术素养不断提高的确证。在历史发展中，"人民"的概念和内涵早已发生剧变，其知识结构、文化素质、艺术素养、审美品位和精神追求早非昔日可比。今天的人民是一个高扬社会主义文化理想的社会主体，他们不仅需要美的艺术享受，而且能够创造美，更能对美的高下作出价值评判。"随着人民生活水平不断提高，人民对包括文艺作品在内的文化产品的质量、品位、风味等的要求也更高了。"[①] 在文艺活

[①] 习近平：《在文艺工作座谈会上的讲话》，人民出版社2015年版，第14页。

动中，接受者从来不是被动的消极的，而是积极参与作品的价值生成，是艺术作品价值实现的重要一环，尤其在文艺经典化过程中更是不可或缺。事实上，来自文艺活动的接受方面的审美选择和艺术评价，是文艺作品发挥审美功能的最重要构成因素。这就意味着人民不仅是文艺作品的消费者，或是文艺发挥陶冶作用的教育对象，更是文艺价值的评判主体。习近平总书记指出："艺术的最高境界就是让人动心，让人们的灵魂经受洗礼，让人们发现自然的美、生活的美、心灵的美。……我们要通过文艺作品传递真善美，传递向上向善的价值观，引导人们增强道德判断力和道德荣誉感，向往和追求讲道德、尊道德、守道德的生活。"① 这样的艺术追求和人民大众的精神诉求相一致，是今日人民大众文化生活的应然状态。可见，人民作为文艺作品评判者的地位至关重要，是民族文学经典化和当代艺术高峰形成的重要力量之一。

文艺高峰需要文艺作品的质量和创新来实现，需要以文艺精品和文艺经典的不断涌现来支撑。习近平总书记指出，一部好的作品，应该是经得起人民评价、专家评价、市场检验的作品，对于批评家来讲，要自觉运用历史的、人民的、艺术的、美学的观点评判和鉴赏作品，才有助于推动文艺不断迈向艺术高峰。今天，人民的审美鉴赏力和审美品位有了很大提高，人民的审美观在当代文艺发展中的地位越来越凸显。随着人民群众主体意识的增强，就越

---

① 习近平：《在文艺工作座谈会上的讲话》，人民出版社2015年版，第24—25页。

发要求高质量的文艺作品，好的文艺作品就像蓝天白云、春日清风一样，能够启迪思想、温润心灵、陶冶人生，能够扫除颓废萎靡之风。

正如市场经济条件下，没有消费就没有生产一样，在文艺发展中没有艺术消费、艺术鉴赏就没有艺术创作，鉴赏与评判是艺术作品完成的重要环节。充分尊重人民作为评判者的主体地位，有利于文艺创作者把人民放在心上，在创作上愈加精益求精，从而夯实以人民为中心的创作导向。只有把最好的精神食粮奉献给人民，才会在人民群众中形成口碑，无形中增加艺术的品牌效应，在扩大社会影响力实现社会效益的同时，也会收获品牌带来的经济效益。"娱乐至死"是对人民群众精神生活的亵渎，"三俗"文艺的流行是市场被扭曲的征兆。市场经济条件下，文艺发展离不开健全的现代文化市场体系，但文艺的特殊性要求把社会效益放在首位，好的作品应是社会效益和经济效益的统一。在社会主义市场经济条件下，许多文化产品要通过市场实现价值，当然不能不考虑经济效益。然而，同社会效益相比，经济效益处于第二位，当两个效益、两种价值发生矛盾时，经济效益要服从社会效益，市场价值要服从社会价值。优秀的文艺作品，最好既能在思想上、艺术上取得成功，又能在市场上受到欢迎。要坚守文艺的审美理想、保持文艺的独立价值，合理设置反映市场接受程度的发行量、收视率、点击率、票房收入等量化指标，既不能忽视和否定这些指标，也不能把这些指标绝对化，被市场牵着鼻子走。因此，习近平总书记号召广大文艺工作者把创作生产优秀作品作为文艺工作的中心环节，努力创作生产出更多传播当代中国价值观念，体现中华文化精神，反映中国人审美追求，思想性、艺术性、观赏性有机统一的优秀作品，形成"龙文百斛鼎，笔力可独扛"之势。

（二）文艺评判要以"人民性"为尺度

评判标准是人们在文艺活动特别是艺术鉴赏中共同遵循的尺度与原则。人民作为评判主体对文艺评判的标准是"人民性"，即以人民的审美价值观为视角，以传递真善美为根本原则，以引导人民不断向上向善为基本价值追求。"人民性"是古今中外一切优秀文艺的优良传统，其在当代有着更加特殊的意味，不仅为人民代言或彰显人民意识、人民情怀，还要把传统文艺忽视的人民真正地主体化，成为文艺的"剧中人"，成为真正的文艺主体。文艺作品是否有"人民性"，既在于写什么——是否把人民群众的生活实践活动作为事件发展的积极背景，把人民作为"剧中人"；更在于怎么写——人民群众在历史进程中被描写为消极的存在，还是革命性、决定性的力量，把人民视为推动历史进步的主体。"文艺根本价值的实现方式，就是回到人民、回馈人民。回到人民，就是文艺作品不能满足于只在小圈子内流传；回馈人民，就是要通过创作，给予人民大众高品质的精神滋养。作家艺术家服务人民的最好方式，不是别的，就是拿出人民大众喜欢的好作品。"[①]

---

① 张江等：《在人民的创造中实现文艺的创造》，《人民日报》2015年9月11日第24版。

好作品的标准是"人民性"尺度，人民的文学应体现国家和民族主流的文学追求和审美精神，以及彰显社会主流文化价值观。这其中当然也要包括描写底层的缺陷和弱点，描写缺陷和弱点不是为了批判人民，而是要着重批判形成这些缺陷和弱点的传统、环境及其个体心性，把社会批判和启蒙人民结合起来，激发出人民作为历史主体、实践主体和价值主体的自觉，促使人民追求更加美好的生活，使艺术成为人生的一个向度。因此，揭示、批判底层的问题与"陷落"，若与教育人民群众、促使人民精神的自觉结合起来，就是文艺人民性的题中应有之义；而把底层人民描写成消极的群体，颓废的群体，或者表现底层人民生活在效果上只是激起读者的轻蔑或怜悯，看不到底层劳动者作为国家支柱积极促进社会进步，那就不是站在人民的立场，只是以精英意识的道德优势看待民众，把精英与大众对立起来，从而与文艺的人民性相背离。倡导人民作为鉴赏家和评判者，有利于当代文艺坚持正确的发展方向。正是有了人民作为鉴赏家的艺术依托，社会主流文化价值观的培育和践行才会落地有声。因此，习近平总书记提出"人民是艺术作品的评判者"命题，既是对当前文艺发展的期望，对当代艺术不断勇攀高峰的期许，更是对人民艺术家不断创作艺术精品的期待。在文艺创作中以人民为中心，人民是文艺之心，是生活之心，这是一个人民、生活、文艺三者统一的需为之努力的境界。正确地找到和恰当地表现这个文艺之心和生活之心，文艺才能实现自身价值，才能在人民性中实现审美性，文艺的审美价值、艺术价值在"人民性"中才会落地生根。把人民作为艺术作品的鉴赏家、评判者，这在马克思主义文艺理论史上具有创新性价值，极大地提高了对艺术创作的美学要求。把人民作为文艺作品的评判者，既是对人民作为鉴赏家的艺术审美能力的肯定，对人民在文艺审美活动中主体地位的尊重；也是对文艺创作者追求"人民性"的积极引导，是对艺术家创作目标和价值取向的提升，对当代艺术经典化的努力方向的指引。究其根本，"公众的艺术评价最终总是对的，批评家的任务只是使这个'最终'尽快到来"①。以"人民性"评价标准来健全文艺生态和调适文艺发展格局，是党的文艺事业的必然要求，它体现了党性和人民性的统一，在根本上呼应了中国共产党全心全意为人民服务的宗旨，高扬了人民的主体地位，体现了"人民至上"的执政理念。在社会主义文艺发展中，人民是当代艺术审美标准的掌握者，人民对当代艺术发展有着相当分量的话语权。

"以人民为中心的创作导向"是社会主义文艺的根本立场，它高度契合了我们党的初心，体现了我们党全心全意为人民服务的宗旨。所谓以人民为中心，就是要明确发展为了谁、发展依靠谁、发展成果由谁享有，把实现好、维护好、发展好最广大人民的根本利益作为发展的根本立场。离开了以人民为中心，发展就失去了价值准则。中华人民共和国成立以来，毛泽东同志关于人民性的文艺思想在社会主义意识形态"纯化运动"中发挥了指导作用，在

---

① ［英］梅内尔：《审美价值的本性》，刘敏译，商务印书馆2001年版，第11页。

>> 实现新时代中国特色社会主义文艺的历史使命

文艺的曲折发展中成就了"十七年"时期社会主义文艺的繁荣,凸显了文艺的"人民性"追求和崇高的文艺风格。从文艺发展史上看,毛泽东同志的《在延安文艺座谈会上的讲话》开启了人民文艺的新纪元,创造性地建构了中国文艺乃至文化发展的"延安道路",直接推动"为人民大众书写"成为革命文艺和社会主义文艺的基本指导原则。习近平总书记关于文艺的系列讲话,是在新的历史条件下对毛泽东同志《在延安文艺座谈会上的讲话》精神的继承和发展,是中国当代文艺思想史上的纲领性文献。习近平总书记号召广大文艺家始终坚持以人民为中心的创作导向和工作导向,把满足人民的精神文化需求作为文艺和文艺工作的出发点和落脚点,创新性地丰富了"人民"的内涵,推动了马克思主义文论的发展。在习近平总书记关于文艺的重要论述中把"人民"高高举起,体现了对党的十八大以来中央领导集体提出的"人民群众对于美好生活的向往和追求就是我们党的奋斗目标"的积极践行,是对中国共产党长期坚持文艺"二为"方针的提炼升华,是从根本上对以人民为本位的马克思主义文艺观的新发展。"纵观中国文艺的发展历史,可以得出一条基本经验,什么时候文艺与人民切近,歌哭与共,戮力同心,它就拥有无限活力和勃勃生机;什么时候远离了人民,沦为小圈子的游戏,它就落入寂寥和枯索。"[1] 社会主义文艺的天空始终飘扬着人民的旗帜!

---

[1] 张江等:《坚持以人民为中心的创作导向》,《人民日报》2015年11月3日第14版。

第三章

作家艺术家应该成为时代风气的先觉者、先行者、先倡者

习近平总书记在《在文艺工作座谈会上的讲话》中指出,实现中华民族伟大复兴需要中华文化繁荣兴盛。① 在党的十九大报告中,习近平总书记再次强调:"文化是一个国家、一个民族的灵魂。文化兴国运兴,文化强民族强。没有高度的文化自信,没有文化的繁荣兴盛,就没有中华民族伟大复兴。"② 艺术的特性就在于它能够率先把握时代的风气,建设人的精神家园。艺术与时代风气的紧密关系,决定了艺术的地位与性质。在党的十九大报告中,习近平总书记指出,中国特色社会主义进入了新时代。这个"新时代",是对中国发展的新的历史定位。这一历史定位带来了一个关系全局的历史性变化,即"我国社会主要矛盾已经转化为人民日益增长的美好生活需要和不平衡

---

① 参见习近平《在文艺工作座谈会上的讲话》,人民出版社2015年版,第2页。

② 习近平:《决胜全面建成小康社会 夺取新时代中国特色社会主义伟大胜利——在中国共产党第十九次全国代表大会上的报告》(2017年10月18日),人民出版社2017年版,第40—41页。

>> 实现新时代中国特色社会主义文艺的历史使命

不充分的发展之间的矛盾"①。面临这样一个变革的时代、全新的时代,艺术对时代风气、时代精神的把握,要求文艺创作者的高度自觉。可以说,中华文化的繁荣兴盛,离不开文艺的繁荣兴盛。而文艺的繁荣兴盛,离不开文艺创作者的活动。作为文艺创作的主体,作家艺术家既是整个文艺活动的起点,也是文艺活动的关键环节。同样,在文艺理论的领域中,作者问题也是一个最基本的阿基米德点。如何理解作家艺术家,取决于如何理解作家艺术家在艺术活动中的地位、功能以及意义。

从广义上说,艺术创作是一类特殊的主体活动,不同于日常广泛的人类实践。艺术家作为创作主体,需将自己的本真经验融入各种类型的艺术作品之中,而艺术家又总是从时代环境中源源不断地取得艺术经验。因此,艺术家的认识既不可能,也无须脱离其现实生活语境。根据马克思主义的经典观点,艺术创作的关键在于反映现实,塑造典型。从艺术作品的角度来说,这是指作品言之有物,触及时代精神的根本,反映了一个国家、一个民族的优秀文化。而从作家论的角度来说,这是指创作主体须立足于文艺创作的宗旨,认清新时期文艺创作所面临的新问题,把握好创作活动的诸要素。习近平总书记极其重视作者问题,鲜明地指出:"作家艺术家应该

---

① 习近平:《决胜全面建成小康社会 夺取新时代中国特色社会主义伟大胜利——在中国共产党第十九次全国代表大会上的报告》(2017年10月18日),人民出版社2017年版,第11页。

成为时代风气的先觉者、先行者、先倡者。"① 新时代有了新风气,这就开辟了论述作家问题的全新视域。面对伟大的新时代,文艺何为,路在何方,是当代中国文艺必须回答的问题。文艺与时代的关系,涉及文艺的本质规律问题。落实到作家论上,作家艺术家与时代风气的关系,就凸显为核心问题:"文变染乎世情,兴废系乎时序",时代决定了文艺的命运。

一 作家艺术家要做到启智慧之先河

(一) 当代语境中的"作者"问题

作者问题堪称文艺理论领域中的阿基米德点。通常所谓文艺活动,无非就是围绕作者、作品(世界)、读者这几个关键要素而产生的关系和互动。艾布拉姆斯曾在《镜与灯:浪漫主义文论及批评传统》中提出了一个著名的分析框架,即"四要素说"。② 这个分析框架展示了文学理论或批评理论的不同倾向或立场,是侧重不同的要素而形成的,同时也提供了一种历史视角,展示了理论重心的变迁。仅就作者问题而论,西方文论经历了形式主义、新批评、结构主义/解构主义直至接受美学或读者反映论的洗礼,形成了从作者中心、文本中心到读者中心的立场变

---

① 习近平:《在文艺工作座谈会上的讲话》,人民出版社2015年版,第6页。

② [美] M. H. 艾布拉姆斯:《镜与灯:浪漫主义文论及批评传统》,郦稚牛等译,北京大学出版社2004年版,第5页。

迁。① 可以说，"文学研究中争议最大的一点，就是给予作者何种地位的问题"②。关键在于，作者在文艺活动中究竟扮演一个怎样的角色？作者在文本解释中是否具有相应的权威？从文论史的角度看，作者的权威有一个逐步削弱乃至丧失的过程。

简言之，作者问题的出现与现代主体的自我确证及遭受批判的历史进程息息相关。在古典思想中，人仅仅是一个有限的存在：人服从自然目的论的支配，在万物秩序中有稳固的一席之地。随着现代思想兴起，自然目的论被打破，人不再是朝向一个高于自身目的的存在，相反，人自己为自己创造目的。人为自己立法，也为自然立法。古典思想与现代思想的断裂导致了对艺术活动理解的彻底转变。诗不再被理解为一种模仿或复制，而是被理解为主体创造力的产物。对艺术的理解相应地从"模仿""再现"转向了"表现"。艺术作品表达了创作主体的思想情感，是创作主体心绪的流溢。然而，诗既不是科学也不是道德，既不服从科学规律，也不服从道德实践的规则。诗所表达的东西远比前两者自由得多，并且获得了一种与理性、与社会对峙的"浪漫"意义。浪漫主义带来了天才和更多的灵感，这意味着创作者服从的不是理性认知，而是情绪感受，服从甚至自己都并未认识到的神秘的、无意识的灵感。浪漫主义作家往往大量地借鉴幻觉、梦境等来帮

---

① 参见张江《作者能不能死》，《哲学研究》2016年第5期。
② ［法］安托万·孔帕尼翁：《理论的幽灵：文学与常识》，吴泓缈等译，南京大学出版社2011年版，第39页。

第三章 作家艺术家应该成为时代风气的先觉者、先行者、先倡者

助他们创作。因此，作品不再被单纯地理解为作家精心结撰的产物，而是天才灵感的无意识产品。

上述思路结晶为两个紧密结合的观点。其一是主体地位的上升。根据艾布拉姆斯的说法，亚里士多德在《诗学》当中并没有赋予诗人比较特殊的地位。在"模仿说"的框架下，就一首诗而言，模仿对象、欣赏者等要素都发挥了决定性作用，但唯独诗人的能力、情感及愿望等因素对文本的影响没有得到额外的观照。相反，到了浪漫主义文论时期，尤其在以华兹华斯为肇始的英国浪漫主义诗论传统中，诗人成为创造艺术作品，制定判断标准的首要因素。[①]这种对比清晰地表明主体转向在文论史上的重要影响。

其二，作者对文本的控制被大大削弱。乍看起来，这个观点似乎与第一个观点完全相悖。既然主体的地位上升，作者的力量难道不是应该日益增强吗？实际上，作者权威的丧失，正是浪漫主义兴起的重要后果之一。浪漫主义解释学的核心观点在于，理解一个文本或作品的标准并不源自其作者的意图。既然作者的创作源自灵感，那么读者就有充分的理由可以试图去理解作者自己甚至也未曾想到过的东西。当然，这个观点已经预示了后来普遍解释学的通行原则，即"我们必须比作者理解他自己更好地理解作者"[②]。

---

① 参见［美］M. H. 艾布拉姆斯《镜与灯：浪漫主义文论及批评传统》，郦稚牛等译，北京大学出版社2004年版，第20页。

② ［德］伽达默尔：《真理与方法》（上卷），洪汉鼎译，上海译文出版社2004年版，第249页。

>> 实现新时代中国特色社会主义文艺的历史使命

上述观念投射到文论史上，便表现为形式主义、结构主义、解构主义对作者地位的轮番冲击：以作者的意图为标准，体现的不仅是文本解释的独断，也是权力话语的横行，意识形态的禁锢。唯有将打破作者意图作为解释的标准，文本才能真正地获得解放。但是，有一个关键问题却无法避而不谈：如果文本的解释没有任何标准，仅仅放任能指无限增殖，那么，文本如何能明晰地表达思想？面对一个具体作品时，理解难道不也总是依循着某些标准吗？诚然，作品是复杂的意义织体，但强调作者意图作为解释标准之一的重要性，并不是要视解读文本为索隐游戏，而恰恰是设立指引，帮助读者更好地进入作品。同时，只有如其所是地理解了作者的意图之后，才能够对文本作出恰当评价。

看来，作者问题的确涉及非常复杂的思想交锋，焦点是"相对主义"。相对主义在此是指释义缺乏客观标准，陷入无休止的主观解释的状态。换句话说，相对主义导致了"强制阐释"[①]。这也是当下作者理论的危机所在。要克服作者危机，须重新强调和规定作者的地位和功能，深入阐释作者要素的内涵。习近平总书记指出："文艺作品不是神秘灵感的产物，它的艺术性、思想性、价值取向总是通过文学家、艺术家对历史、时代、社会、生活、人物等方方面面的把握来体现。"[②] 这段话为本章探讨的作家论问

---

① 张江：《作者能不能死》，《哲学研究》2016 年第 5 期。
② 习近平：《在中国文联十大、中国作协九大开幕式上的讲话》，人民出版社 2016 年版，第 22 页。

题提供了基本的方向。要做到深入生活、扎根人民，进行无愧于时代的文艺创造，文学家、艺术家的时代责任就在于成为时代风气的"先觉者""先行者"及"先倡者"。

（二）论"先觉者"的含义

何谓"先觉者"？从字面意义上说，先觉者就是能够率先感知时代风气、把握时代脉搏的人。如果用先觉者形容作家艺术家，就是指他们应当具有感知时代风气、创造艺术精品的能力。综观中华民族星河灿烂的文学史，先秦经典、楚辞汉赋、唐诗宋词元曲、明清小说等文艺经典无不反映了其时代的社会生活和精神生活，无不同国家和民族发展紧紧相连。习近平总书记将此历史规律总结为："古今中外，文艺无不遵循这样一条规律：因时而兴，乘势而变，随时代而行，与时代同频共振。"[①] 这就是说，作家艺术家总是受所处时代生活的全方位滋养，受新时代新实践的启发。作家艺术家处于任何时代，皆须服从艺术创造的规律。作为一个个体，他的全部生命体验和精神感悟，可以说是因时代而催生，因时代而孕育的。

不过，作家艺术家虽然受限于他的时代，但文艺作品的永恒价值却总是超越时代的。今天人们面对《诗经》，虽然已经占有了充分的文献资料，掌握其基本的历史语境，但仍然会直观地感受到文学强大的穿透力，千载之下同样能够产生深深的情感共鸣。张江教授指出："我们承

[①] 习近平：《在中国文联十大、中国作协九大开幕式上的讲话》，人民出版社2016年版，第7页。

认，一些经典文艺作品能够穿越时空，具有永恒的价值。这种永恒价值的形成，不是因为作品脱离了自身所处的时代，恰恰相反，优秀的文艺作品，总是首先扎根自己的时代，然后才能为不同时代的人们所欣赏，从而具有永恒性。这一事实，可以从古今中外的许多经典那里得到印证。"① 可以说，这种扎根时代且为同代人与后来人所欣赏的价值，就是文学永恒的价值。作家要创造出这样的文艺作品，不仅要有敏锐善感的心灵，还要有"智慧"。

宽泛地说，"智慧"一词往往指人所具有的最高级的综合能力，关乎人的判断能力、发明创造能力、记忆理解能力等。尤其在中文语境中，智慧并不与智力的含义完全相等同。一个人智商很高，能够进行很复杂的运算，完成常人所不能完成的任务，人们可以形容他是聪明的、卓越的。若一个人头脑清楚，条理分明，且洞察世情，游刃有余，人们才形容他是智慧的。这就是说，智慧不仅关乎一个人理论上的修养，也关乎一个人实践上的练达，尤其与一个人对社会、对历史的认识息息相关。更进一步说，人们形容一个人有智慧，也就是说这个人具有某种特殊的世界观。因此，作家艺术家的智慧，是一种相对特殊的智慧。无论哪个时代，作家艺术家都必须通过艺术形式来表达自身的感知。借维柯的话来说，作家艺术家的智慧是一种诗性智慧。作家既不是预言家或算命先生，有未卜先知的本领，也不是科学工作者，能够通过数据分析来进行预

---

① 张江等：《文艺要与时代同频共振》，《人民日报》2015年4月17日第15版。

测。作家艺术家的先知先觉来源于对现实生活的观察,也源自长期修养所形成的敏锐的判断力和想象力。而作家艺术家的过人之处则在于能够通过艺术形式,遵从艺术创作的规律,把这种感知传递给人们,创造出喜闻乐见的艺术精品。生活中这样的例子层出不穷:尽管普通人经常也会有许多细微的观察和敏锐的感受,但直到看到某个艺术家的作品或读到某个作家的文字时,方才有深深的共鸣,被艺术家的智慧所打动。

从这个角度来说,中华民族恢宏灿烂的文学史,可以说是作家艺术家诗性智慧的一个宏大的合集。这种诗性智慧反映了中国人民的精神生活和精神世界的深邃动人。作为中华民族文艺创造力的代表,无数文学家艺术家在历史发展的长河中留下了不朽的作品。这种诗性智慧创造了具体的文艺作品,在实践中也结晶为艺术创造的规律。

(三) 做感知时代、引领风气的"先知"

作家艺术家作为智慧的先觉者,担负着相应的历史使命。世界上任何国家任何民族,其文明的进步,历史的变革,皆与文化的发展紧密相连。文艺在文化的发展中又总是起决定性作用。当代文艺的发展也面临着同样的语境。中国社会正面临着急剧的现代转型,迎来了中华民族发展的一个关键时期。中国要走向何处去,中华民族的文化必须要对此问题作出回答。文艺作为民族文化中最为敏锐的部分,面临着同样的挑战。作家艺术家要创作出优秀的艺术作品,必须对文艺的地位和作用形成清晰的、正确的认识。

首先,作家艺术家作为创作主体,要认清文艺创作的基本规律,做引领时代风气的"先知"。创作主体自觉地把握时代风气、时代精神,为"先行""先倡"奠定基础。每个创作主体都有其局限性,主要是指个体的现实生活语境。任何个体都不可能脱离其时代环境而存在。根据马克思的看法,一个社会的生产力和生产关系的发展水平,决定了其上层建筑的具体内涵。这是文化价值的土壤。但是,我们也要以辩证的目光来看待这个土壤:它并非一成不变,而是处于不断地发展和进步之中。如果能够把握住这种变化,反映在创作之中,可以说便抓住了时代的脉搏。白居易的"文章合为时而著,歌诗合为事而作",就深刻地点明了创作主体对时代精神的感发。

抓不抓得住时代精神,关键要看创作主体是否能够塑造出"典型环境中的典型人物"①。典型人物可以说就是"人民"。习近平总书记的《在文艺工作座谈会上的讲话》中特别谈到,"人民"并不是抽象的符号,而是一个个具体的、有血有肉的人。② 人民的冷暖、幸福、喜怒哀乐,都是具体而真实的。换言之,时代精神直接反映在人民的具体生活之中。习近平总书记又指出:"文艺创作方法有一百条、一千条,但最根本的方法是扎根人民。"③ 王愿坚、柳青、贾大山等作家之所以写出了栩栩如生的人物,

---

① [德]恩格斯:《致玛·哈克奈斯》(1888年4月初),载《马克思恩格斯选集》第4卷,人民出版社1995年版,第683页。
② 参见习近平《在文艺工作座谈会上的讲话》,人民出版社2015年版,第17页。
③ 习近平:《在中国文联十大、中国作协九大开幕式上的讲话》,人民出版社2016年版,第11页。

第三章 作家艺术家应该成为时代风气的先觉者、先行者、先倡者

是因为长期浸淫在人民的生活之中。在《在中国文联十大、中国作协九大开幕式上的讲话》中，习近平总书记进一步阐发了作家艺术家创造"典型人物"的重大意义："典型人物所达到的高度，就是文艺作品的高度，也是时代的艺术高度。只有创作出典型人物，文艺作品才能有吸引力、感染力、生命力。广大文艺工作者要始终把人民的冷暖和幸福放在心中，把人民的喜怒哀乐倾注在自己的笔端，讴歌奋斗人生，刻画最美人物。"[①]

因此，典型环境和典型人物并非指对创作对象抽象的、模式化的呈现，而是指创作对象能够如实地、艺术地反映当前时代的风貌。换言之，创作典型形象并非喊喊口号，亦非追逐潮流。当处于肤浅浮躁之中时，创作主体并不愿意真正去观照现实，去思考现实，挖掘出现实之中值得批判的一面，去伪存真地肯定其积极的一面。相反，创作主体随波逐流，目的是满足当下的感官刺激。创作主体除了无谓的滥情之外，根本无法洞悉到时代的需要。而真正的时代需要，不仅仅是情感的需要，也是一种智性的需要。作家艺术家理解了这一点，才称得上时代风气的"先知"。

其次，创作主体对民族精神、时代精神的自觉和把握，归根结底是要认识到文艺的历史使命。伟大的艺术家明白自己的历史使命，明白文学是时代精神和民族精神的表达，以严肃的精神进行创作活动。众所周知，柳青为了创作《创业史》，落户皇甫村整整十四年。柳青这种自觉

---

① 习近平:《在中国文联十大、中国作协九大开幕式上的讲话》，人民出版社2016年版，第12页。

地"去作家化",是为了更好地成为现实生活的介入者,更好地汲取活生生的艺术经验。柳青生于贫穷的陕北地区,成长又恰逢战乱年代。但他自学英语和俄语,阅读了许多外国名著,抗战时期便开始发表文艺作品。在解放区期间,他深入了解生活,写出了《种谷记》和《铜墙铁壁》。[①] 中华人民共和国成立之后,柳青立志要超越自我,创造出能够流传下去的经典作品,便有了落户乡村的经历。这就是我们今天所看到的柳青:一方面,他已经完全把自己变成了一个农民,深入当地的生活世界,从生活习惯到衣着语言,无不融入当地生活。另一方面,他始终是一个敏锐的艺术家,并没有被农村的局限所束缚,反而广泛地了解了整个世界的文学创作。柳青的经历可以说是从艺术走向生活,又从生活升华到艺术的一个创作典范。这种追寻智慧的历程将"先觉者"的内涵表现得淋漓尽致。

柳青深刻地认识到,文艺家的历史使命感,源自当前时代、当代社会中的历史经验。如果没有这种贴近生活、贴近时代的经验,艺术形式不过是僵死的套路。从普遍意义上说,任何艺术形式与其所要处理的题材之间,都有一种不容易克服的"距离"感。换言之,在作家的专业圈子和时代处境之间,难免会产生鸿沟。今天文艺界也在反复讨论,为何很多作品,看起来在写时代,写现实生活,但却无法打动人?为何号召艺术走入生活,艺术贴近生活,最终成为一句空洞的口号?实际上,要真正弥合上述的距

---

① 参见洪子诚《中国当代文学史》,北京大学出版社1999年版,第100页。

第三章 作家艺术家应该成为时代风气的先觉者、先行者、先倡者

离和鸿沟,唯有从作家主体的修养出发,从作家主体生活出发。作者毕竟是整个创作链条上最初的,也可以说是最重要的环节。柳青的成功之处,或者说,柳青经验里值得当代反复学习的地方,便在于他从具体的、自身的实践出发,进行了极好的尝试。他的例子深刻地展现了,一个专业的作家艺术家,如何彻底地打通和弥合专家圈子与现实生活之间的界限,能够使得个人的内在体验与时代精神交织在一起,铸就文艺经典。张江教授对柳青的创作智慧做了很好的总结:"柳青对生活的了解和把握超出一般,是生活成就了柳青的创作。"① 这个"超出一般",就是指柳青身上所具有的诗性智慧。唯其是"诗性"的,才以艺术形式来表达;唯其是"智慧"的,才使艺术形式与其创作内容相统一,才创作出了真正的艺术精品。

二 作家艺术家要敢于发时代之先声

(一)论"先行者"含义

作家艺术家作为先觉者,能够感知时代风气的变化,具有把握时代内容的诗性智慧。与之相应,作家艺术家要在艺术实践上去落实这种感知,用艺术实践及艺术作品去表达这种智慧。正因为作家艺术家远比普通人敏感,比一般公众更早地感悟到时代风气,所以才能够以艺术实践来率先表达这种感知。习近平总书记认为:"走入生活、贴

---

① 张江等:《柳青的意义》,《人民日报》2015年8月14日第24版。

近人民，是艺术创作的基本态度；以高于生活的标准来提炼生活，是艺术创作的基本能力。文艺工作者既要有这样的态度，也要有这样的能力。"① 要具备这样的态度，对于作家艺术家来说不是一件容易的事情。上述柳青的事迹就是一个很好的例子。具体说来，"提炼生活"是指艺术创作要遵循自身的规律："文艺反映社会，不是通过概念对社会进行抽象，而是通过文字、颜色、声音、情感、情节、画面、图像等进行艺术再现。"② 态度和能力相结合，作家艺术家才能够将自己对时代风气的感知，落实到具体行动上。因此，作家艺术家觉知时代风气，因时而感，因势而行，启于自身的艺术创作。同时，作家艺术家的艺术创作活动，对时代格局、社会生活皆有巨大影响。总之，作家艺术家又是时代风气的"先行者"。

首先，从个体方面来说，作家艺术家要立志突破前人的影响，具备自我革新的勇气。《体验与诗》开篇有一段话，可谓道尽了作家艺术家创作伊始便无法逃避的状况："任何一个时代的作家的劳作，都受着以前各个时代的制约；先前的范例在起作用；各民族的各不相同的天才人物、各种方向的对立以及才能的多样性都在起作用；从某种意义上讲，在任何一个时代里，诗艺的全部成果都摆在眼前。"③ 任何一个时代的作家，首先要面对继承和发扬之

---

① 习近平：《在中国文联十大、中国作协九大开幕式上的讲话》，人民出版社2016年版，第12页。
② 同上。
③ ［德］狄尔泰：《体验与诗》，胡其鼎译，生活·读书·新知三联书店2003年版，第3页。

前时代诗艺的卓越之处。同样,任何一位伟大的作家,都不可能对前人亦步亦趋。

当代作家陈忠实就是自我革新、自我突破的典型。陈忠实的《白鹿原》,以其精湛的语言艺术及厚重的历史触角,成为当代文学史的经典作品。他的关中家乡"白鹿原",正如柳青的皇甫村、莫言的高密东北乡一样,是一辈子扎根的创作家园。批评家们谈到陈忠实时,往往都特别强调他寻找其独特语言的艰难历程。作家形成自己的话语方式,获得既符合个性,又区别于众生喧哗的独创性,可谓一个艰难漫长的寻找过程。关键在于,这种寻找的背后,是自我的不断革新,是对文学史传统的不断借鉴和挑战:"'寻找属于自己的句子',说到底就是作家对独创性的追求。这里遇到的一个问题是,如何处理学习借鉴与独创性追求二者之间的关系。追求独创性不是要放弃学习借鉴。陈忠实对中外其他作家也有学习借鉴,但他的学习借鉴是以剥离和超越为跟进的。换言之,学习和借鉴是为了开拓视野,在更丰富的可能性上去寻找独创性;剥离和超越则是为了挣脱他人的经验,向自我回归。"①

这里的关键词是"剥离"。"剥离"有双重含义,既指作家拥抱引起自身共鸣、启发自己创作的文学作品,又指与这种影响力艰难地保持距离,成全自身的创作个性。陈忠实曾广泛地借鉴了西方文学中诸多大师的话语方式和结

---

① 张江等:《中国作家应该建立起真正有理想价值和美学意义的文学家园——从陈忠实的创作谈起》,《文汇报》2016年9月2日第10版。

构方式，例如海明威、福克纳、马尔克斯等人。同时，他也对现当代文学史上的前辈佳作，例如《创业史》《活动变人形》《古船》等作品有过非常深入的研究，学习长篇小说写作的经验和技巧。剥离既是学习过程，又同时是自我改造的过程，可谓欢乐与痛苦兼具。就文学史经验来说，陈忠实作为一个有着极强自我意识的作家，不可避免地、一而再再而三地遭遇了"影响的焦虑"，付出了常人无法想象的巨大代价。换言之，如果没有过人的胆识、非凡的勇气，很难想象一个作家能够从大师辈出的文学史传统中脱颖而出，形成自己独特的艺术风格。

其次，从社会层面上来说，作家艺术家又要有勇气超越自身的时代。王国维提出著名命题"一个时代有一个时代之文学"，既强调了艺术风格的时代特征，又表明了作家艺术家不可避免地要受到其生活时代的局限。作家艺术家的自我革新，在社会层面上就表现为打破时代语境的局限。当然，我们已经论述过，扎根时代、把握时代与打破时代、超越时代并不相冲突。相反，作家艺术家对自身时代的超越，往往显得比较超前，代表了时代前进的方向，因此经常以激进的形式表现出来。

众所周知，中国近代史上最重要的变革便是由作家艺术家所引导的。新文化运动可谓是作家艺术家从社会层面上革新自我、革新时代的一次创举。新文化运动也是作家艺术家作为时代风气先行者登上历史舞台，用自身艺术实践引领了时代风气的典型。1916年创刊的《新青年》杂志，团结起了当时一批先进的知识青年，成为新时代的急先锋，意欲从思想文化上给旧时代以痛击。尤其在1917

年，《新青年》号召"文学革命"，要求废除文言文，提倡白话文，创作新文学。正是在这股革命浪潮下，鲁迅于《新青年》上发表了中国现代文学史上第一篇白话文小说《狂人日记》。在这篇国人耳熟能详的小说中，鲁迅猛烈地批判了封建道德，指出封建礼教的背后是残酷的"吃人"。从文学史角度来说，鲁迅作为旧文学的革命者和新文学的缔造者之一，完成了对旧文学的颠覆，为中国现代文学开辟了新天地。而从社会发展的角度来说，鲁迅作为一名勇敢的先行者，以文学实践揭穿了旧时代的黑暗，引领了新时代的风气，带来了思想解放和社会进步发展。《狂人日记》本身也成为现代文学史上的经典传世之作，直到今天仍然被广泛地研究和阅读，其艺术水准达到了很高的境界。因此，作家艺术家要成为先行者，不仅要有突破自我的勇气，也要有突破时代的勇气。当然，突破自我是个人层面，突破时代是社会层面，这两个层面实际上又须臾不可分割。作家艺术家创作行动中个体性与社会性的统一，根本的落脚点就在于作家的主体修养。

（二）创作者的主体修养

一言以蔽之，在作家的主体修养层面上，"勇气"不能和"智慧"相脱离。有"勇气"无"智慧"，作品容易成为空泛的口号，虽然在当时发挥了一定的社会影响力，但超越不了时代，在文学史中难觅一席之地。而光有"智慧"无"勇气"，这种所谓"智慧"也就变成了抖小机灵，创作便容易随波逐流，虽然可能因一时受到市场的欢迎而流行，但最终无法沉淀为文学艺术的精品。常言道

"养兵千日用兵一时",形象生动地说明了作家艺术家主体修养与创作行动的关系。尤其在社会急剧转型、思想大活跃、观念大碰撞、文化大发展的时期,作家的主体修养更具有重要意义。这种自我修为实则是先行者的必要前提:"古人讲,'凡作传世之文者,必先有可以传世之心'。打造文艺精品,发挥文艺功能,首先是作家艺术家要提高自身修养。文艺家的知识水准、胸襟境界、人生高度,直接决定了作品的艺术浓度和思想厚度。自己没有这样的本事和高度,却企图去引领别人,这是不可能做到的。"①

一个作家之所以成为先行者,敢于以自身的艺术实践去引领时代,与其主体方面所具有的厚重修养不可割裂。谈及作家主体修养这个问题,其内涵固然十分丰富,但"胆""识"二字可谓其中的核心。就此而言,清代著名文艺理论家叶燮已经系统性地把握了"胆、识"问题,将之视为作家创作不可缺少的主体修养。叶燮所著《原诗》分内外两篇,考辨诗之源头,具有严密的逻辑和完整的诗学理论体系。② 这个体系以宇宙本体"气"作为核心,统摄万物;"气"又分为审美客体("在物者")与审美主体("在我者")。审美客体包括理、事、情三者的统一,用以刻画事物客观意义上的存在、发生以及情状。审美主体则指诗人所具备的主体条件,叶燮称为"胸襟",具体包

---

① 张江等:《文艺家何以先觉、先行、先倡》,《人民日报》2015年5月1日第8版。
② 参见蔡镇楚《中国古代文学批评史》,岳麓书社1999年版,第440页。

第三章 作家艺术家应该成为时代风气的先觉者、先行者、先倡者

括"才、胆、识、力"四要素。叶燮打破了传统诗论"感物言志"的模式,认为审美主体与审美客体有机结合,才能够生成文章。

通常认为,"识"在四者中最为重要。"识"是指作家的取舍、判断、眼光、觉知、感悟等,非有此等见识而不能认识客观事物,亦不能认识历史。作家首先是一个先觉者,尤其觉知所处时代的风气。在这个意义上,我们可以把叶燮所谓"识",理解为前面所说的"智慧",既是对艺术规律的认识,也是对时代风气的把握。作家有了"识",才有"胆"。人们往往胆识并举,用以形容一个人智勇双全的状态。智慧和勇气之间既是递进关系,也是相互依存关系。没有勇气,作家无法突破寻获智慧的屏障。作家作为"先觉者"在诗性智慧上有所得,才能在艺术实践上加以发挥。只有突破"影响的焦虑",突破时代语境、时代精神的局限,才能有勇气激发与凭附。叶燮也总结了四者的关系:"大凡人无才,则心思不出;无胆,则笔墨畏缩;无识,则不能取舍;无力,则不能自成一家。"[①] 敏泽强调,在叶燮看来,胆、识是可以后天锻炼而出的。[②] "才""力"所涉及的是天赋及独创性,而"胆""识"所涉及的则更多的是社会性的内容。相比之下,"胆""识"更起决定性的作用。这就表明了作者的勇气源自具体的社会历史实践。

---

① (清)叶燮等:《原诗·一瓢诗话·说诗晬语》,人民文学出版社1979年版,第16页。

② 参见敏泽《中国文学理论批评史》,人民文学出版社1981年版,第885页。

(三) 应直面和书写人民的伟大实践

就作家艺术家的主体修养而论，天赋才能固然重要，但起决定性作用的还是在社会历史中历练而获得的认识与勇气。习近平总书记在《在文艺工作座谈会上的讲话》中特别指出："能不能搞出优秀作品，最根本的决定于是否能为人民抒写、为人民抒情、为人民抒怀。一切轰动当时、传之后世的文艺作品，反映的都是时代要求和人民心声。"① 这一点无论古今中外皆然。中华民族历来有"诗史"传统，文学既是优秀的艺术作品，也是对人民实践的记录、反映。从《诗经》中大量反映广大劳动人民的诗歌，例如《七月》《采薇》等，到杜甫等伟大诗人歌颂劳动人民的继往开来的佳作，乃至明清小说中对世相人情的描绘和揭露，中国文学的脉络充分地表明了以人民为中心的现实主义取向。同样在西方，吁求进步的现实主义文学，也往往如此。恩格斯曾在论述德国文学时写道："德国人开始发现，近十年来，在小说的性质方面发生了一个彻底的革命，先前在这类著作中充当主人公的是国王和王子，现在却是穷人和受轻视的阶级了，而构成小说内容的，则是这些人的生活和命运、欢乐和痛苦。"②

显然，作家艺术家直面和书写人民的伟大实践，需要

---

① 习近平：《在文艺工作座谈会上的讲话》，人民出版社2015年版，第16页。

② ［德］恩格斯：《大陆上的运动》，载《马克思恩格斯全集》第1卷，人民出版社1956年版，第594页。

第三章　作家艺术家应该成为时代风气的先觉者、先行者、先倡者

相当的勇气。提出"勇气"或"胆识",不是空洞的口号,而是有具体的、实践的时空内涵。2016年是作家赵树理110周年诞辰。赵树理作为文学史上著名的"山药蛋派"代表作家,其小说以大众化、通俗化为标志,立足于农民的生活,写农民感兴趣的问题,非常有代表性。赵树理生长在北方农村,又是响应毛泽东同志《在延安文艺座谈会上的讲话》而走上了文学创作道路的。他对于人民伟大实践的直面和书写,具有两个代表性的方面。其一,赵树理的自觉追求体现的是一种长时段的情感。这种情感用他自己的话来讲,就是要和农民成为一家人,而不是当客人。而形成这种"家人"情感的关键,在于"久"。从赵树理的文学生涯来看,他1943年就以《小二黑结婚》成名,奠定了他在文学界的地位。中华人民共和国成立之后,他于1949年随单位进京,1965年又举家回迁山西老家,这16年他大部分时间都在晋东南农村生活。这种对农村生活的"深入",有着最具体、最直观的实践经验。其二,赵树理深入生活,还体现于农村事务的介入程度。他不仅仅是带着体验生活、收集创作素材的目的与农民生活在一起,而是真切地把自己当作农民的一员,利用自己的识见和能力,寻找帮助农民摆脱贫困的途径。尤其在危难的年代中,赵树理也将自己与农民的利益与处境紧密相连,是积极的参与者和呼吁者,而不是旁观者。至少从这两个方面来说,赵树理具备了很多人不具有的勇气。这种勇气的基础,是他对农民长时间的强烈情感,也是他对自身生活方式的选择。张江教授概括了赵树理这两方面的代表性:"某种程度上说,作家、艺术家永远在追赶生活,

因为生活在不停地延展、更新。当然，一些优秀的创作者有可能凭借自己的预判走到生活的前面，但是，这种预判也是建立在对现有生活的深刻把握基础上的。赵树理出身农民，他对农村、农民的熟悉程度远远超越一般作家，但是即便如此，赵树理还是要长期深入到农村，与农民摸爬滚打在一起。可以说，他笔下那些鲜活的农民形象、那些生动的语言，都是在农村的土地上熏出来的。这一点，值得当下的作家、艺术家永远铭记。"[1]

总之，赵树理认识到人民群众的伟大实践才是历史发展的真正动力。他的"人民"并不是抽象的概念总体，而是一个个与他共处在同一个生活世界中形形色色的个体。习近平总书记就何为"人民"的问题，在《在文艺工作座谈会上的讲话》中做了非常深入和明确的论述："人民不是抽象的符号，而是一个一个具体的人，有血有肉，有情感，有爱恨，有梦想，也有内心的冲突和挣扎。"[2] 人民不是抽象的集合或象征，而是活生生的历史创造者。人民群众的生活和命运，构成了历史进步的动力。作家艺术家从现实生活中汲取创作的素材，就是要认识到书写人民的伟大实践是自身的社会历史责任。习近平总书记引用了马克思的观点，指出："马克思说：'人民历来就是作家"够资格"和"不够资格"的唯一判断者。'以为人民不懂得文

---

[1] 张江等：《什么是深入生活——从赵树理的小说说起》，《文汇报》2016年5月21日第4版。

[2] 习近平：《在文艺工作座谈会上的讲话》，人民出版社2015年版，第17页。

艺，以为大众是'下里巴人'，以为面向群众创作不上档次，这些观念都是不正确的。"[①] 作家艺术家的创作有血有肉，源自认识历史的进步力量，而进一步将这种认识和准备，在思想境界上提升到社会责任、历史任务的层面，才可谓赋予了艺术实践以筋骨。作家艺术家只有将自己的主体修养提升到了这一境界，才有勇气发出时代的声音。在此意义上，勇气与责任是不可分割的，两者的统一才确定了作家的社会功能与历史地位。

三　作家艺术家要实现开社会之先风

（一）应具有高度的社会责任感

作家艺术家不仅是先觉者，也是先行者，这从智慧和勇气方面规定了作家艺术家的角色。实际上，无论是智慧（识），还是勇气（胆），都是从主体性层面对作者角色的建构。智慧、勇气皆出于作者的"自我"。智慧是自我的认识和感悟，勇气则源于自我的行动。但智慧和勇气，皆离不开作者的责任。所谓"责任"，涉及自我与社会中"他者"的关系。如果没有社会责任，任何个体都不是一个真正的个体：个性与社会性的关系，恰恰形成于个体的社会化过程中。而在文学活动中，作者主要面对着两个他者。第一个他者是作者的自我；第二个他者是读者群体。作者与自我处于一种内在的对话关系中。

[①] 习近平：《在中国文联十大、中国作协九大开幕式上的讲话》，人民出版社2016年版，第10—11页。

作者与读者的关系则是一种外在的关系。从读者的角度来说，他通过阅读作品与作者发生关系。而从作者的角度而言，他通过作品向读者传播自己的思想情感。从作者论的角度来说，"先倡者"就是指作者对读者负有一种社会责任，这既涉及作者的创作取向，也涉及文艺在社会层面上所起的倡导作用。

首先来看作者的创作取向问题。作者的创作取向就是作者的社会责任问题，表现为作者与社会的具体关系。习近平总书记在论述作者与社会的关系时，将社会比作一本大书："读懂社会、读透社会，决定着艺术创作的视野广度、精神力度、思想深度。广大文艺工作者要努力上好社会这所大学校，读好社会这本大书，创作出既有生活底蕴又有艺术高度的优秀作品。"[①] 所谓读懂、读透社会这本大书，是指作家艺术家从丰富的生活素材中提炼出真知灼见，体现出个体与社会的关系，培养出高度的社会责任感。这种社会责任感是作家艺术家创作优秀文艺作品的必要前提，是作家艺术家"胆、识"的最终落脚点。如果没有社会责任感，作家艺术家的艺术追求就有走向"为艺术而艺术"的危险。众所周知，纯粹就艺术创新和艺术追求而论，"为艺术而艺术"的作家同样具有极高的"胆、识"。但是，没有用社会的"责任"来统一两者，艺术的境界就降低到了消遣和娱乐的层面。因此，一个作者的自身修为并不与艺术技巧的追求脱节。一个作者坚持什么，

---

① 习近平：《在中国文联十大、中国作协九大开幕式上的讲话》，人民出版社2016年版，第13页。

第三章　作家艺术家应该成为时代风气的先觉者、先行者、先倡者

倡导什么，都会直接反映在他的创作之中。作家艺术家的个体修为与创作活动本身合二为一了。

其次，作者与社会的关系还进一步地反映在文艺对社会的倡导、引导作用上。习近平总书记在《在文艺工作座谈会上的讲话》中指出，文艺在培育和弘扬社会主义核心价值观方面具有独特的作用。① 这个作用最鲜明地体现在现代化进程中文艺疗治当代人价值观缺失的方面。因为，"文艺是铸造灵魂的工程，文艺工作者是灵魂的工程师"②。这个定位，明确地指出了作家艺术家的先倡者功能。尤其在《在中国文联十大、中国作协九大开幕式上的讲话》中，习近平总书记就作家艺术家的倡导作用提出了三个要求。其一，作家艺术家"要遵循言为士则、行为世范，牢记文化责任和社会担当，正确把握艺术个性和社会道德的关系，始终把社会效益放在首位，严肃认真考虑作品的社会效果"③。其二，作家艺术家"要珍惜自己的社会形象，在市场经济大潮面前耐得住寂寞、稳得住心神……"④ 其三，作家艺术家"要以深厚的文化修养、高尚的人格魅力、文质兼美的作品赢得尊重，成为先进文化的践行者、社会风尚的引领者，在为祖国、为人民立德立言中成就自

---

① 参见习近平《在文艺工作座谈会上的讲话》，人民出版社2015年版，第22页。

② 同上书，第23页。

③ 习近平：《在中国文联十大、中国作协九大开幕式上的讲话》，人民出版社2016年版，第19页。

④ 同上。

我、实现价值"①。总之，这三个要求，也是作家艺术家作为"先倡者"之具体历史内涵的三个要点，阐明了作家艺术家应当如何理解与社会的关系，如何从总体上把握好文艺与社会的关系。

（二）要倡导文艺创作的价值导向

作家艺术家作为时代风气的先倡者，究竟要倡导什么？习近平总书记在《在文艺工作座谈会上的讲话》中明确指出："文艺是给人以价值引导、精神引领、审美启迪的，艺术家自身的思想水平、业务水平、道德水平是根本。"② 这段论述清楚地定义了艺术的功能或功用，也指出了作家艺术家扮演的角色。作家艺术家的创作责任感就是社会责任感。这种责任感要求作家艺术家自身具有极高的思想境界、业务素养以及道德修为。这就是说，艺术家的创作必须具有鲜明的价值导向。《在文艺工作座谈会上的讲话》旗帜鲜明地提出了三种价值导向。第一，文艺创作要以社会主义核心价值观为核心，尤其是其中的爱国主义，更应当成为作家艺术家创作的价值导向。第二，文艺创作要追求真善美。真善美不仅是文艺的永恒价值，也是作家艺术家应当极力追求的道德境界。第三，文艺创作不仅要有当代生活的底蕴，而且要继承文化传统的血脉。同

---

① 习近平：《在中国文联十大、中国作协九大开幕式上的讲话》，人民出版社2016年版，第19—20页。

② 习近平：《在文艺工作座谈会上的讲话》，人民出版社2015年版，第11—12页。

第三章 作家艺术家应该成为时代风气的先觉者、先行者、先倡者

时，创作主体应当更多地看到中西之间的互通，古今之间的交融。正如钱锺书先生所言："东海西海，心理攸同；南学北学，道术未裂。"①

文艺创作的价值导向问题，与文艺的社会功用问题一脉相承。在中国文学批评史上，对文艺社会功用的言说，形成了一个源远流长的深厚传统。这个传统始自孔子著名的"兴观群怨"说。② "兴"意为比兴，既是创作手法，也指诗抒发感情，以情动人。"观"指诗歌能够反映社会现实的变迁，不仅能观风俗盛衰，而且能够考见政治的得失。"群"是指诗歌的沟通、交往功能。"怨"则是指讽谏怨刺，是古代诗歌特有的政治功用。孔子以这四项功能来概括《诗经》的社会功用，后世也将之推演为文学批评的普遍标准。从作者论的角度来看，这种规定也要求作者在创作活动中遵循同样的批评标准。例如，古代文论中"圣人作文"命题，便从作者论的角度探讨了"创作者的神圣性"问题。圣人之为作者，"作文"是化成天下，垂范后世。这里的"文"不仅是文辞之文，也提升到了人文世界的秩序层面了。因此，圣人作文的价值导向便是"道"了。这一作者论传统在古代文论中影响极大，从《易传·系辞》到《文心雕龙·原道》，都强调圣人与文人的合一，从而规范了文艺创作的价值取向。习近平总书记特别提到韩愈，生动地阐明了这一传统："韩愈的文章

---

① 钱锺书：《谈艺录》，中华书局1984年版，第1页。
② 参见顾易生、蒋凡《中国文学批评通史·先秦两汉卷》，上海古籍出版社1996年版，第81页。

起来了，凭什么呢？就是'道'，就是文以载道。我们要通过文艺作品传递真善美，传递向上向善的价值观，引导人们增强道德判断力和道德荣誉感，向往和追求讲道德、尊道德、守道德的生活。只要中华民族一代接着一代追求真善美的道德境界，我们的民族就永远健康向上、永远充满希望。"[1]

当然，文艺创作的价值导向不仅仅关系艺术作品所表现的内容，也同样关系艺术作品的形式，关涉艺术创作的规律问题。这一点也是马克思主义文艺理论的经典论题。马克思在《致斐迪南·拉萨尔》的信中，提出了著名的"莎士比亚化"与"席勒式"问题。马克思认为，"席勒式"是拉萨尔创作中存在的一个问题，即把作品视为实现思想观念的手段，从而使得作品中的人物变成了某种抽象的道德观念的化身，成为"时代精神的单纯的传声筒"[2]。相反，"莎士比亚化"则是指马克思所倡导的现实主义创作手法。这种现实主义手法是从现实生活出发，而不是从抽象的观念出发，通过生动的情节描写，鲜明的性格刻画，来反映社会生活，具有相当高的艺术水准。"莎士比亚化"也就意味着文艺创作活动要兼顾思想观念的传达与艺术创作的特殊规律，达到内容与形式的高度统一。这既是文学批评的标准，也是创作的方法论。归根结底，作家

---

[1] 习近平：《在文艺工作座谈会上的讲话》，人民出版社2015年版，第24—25页。

[2] ［德］马克思：《致斐·拉萨尔》（1859年4月19日），载《马克思恩格斯选集》第4卷，人民出版社1995年版，第555页。

第三章 作家艺术家应该成为时代风气的先觉者、先行者、先倡者

的社会责任感及价值导向，与艺术创作的规律并不是冲突的，而是和谐统一的关系。

正因为对艺术创作有着高度的体悟，习近平总书记特别强调："虽然创作不能没有艺术素养和技巧，但最终决定作品分量的是创作者的态度。"① 态度与技巧，在创作活动中实际又是不可区分的。张江教授辩证地阐明了这个问题："文艺创作当然包含一定的技巧，但是，就创作行为本身而言，我更愿意将它理解成这样一种行为：创作是一种输出和发散，它所生成的每个文字、镜头、音符、线条等，都携带着创作者个人的气质、内蕴、品格。某种程度上说，文艺创作比拼的，不是谁的手法更高超，而是谁的底蕴更深厚。其中，学养、涵养、修养，正是作家艺术家个人底蕴的重要构成。"②

（三）要提倡创作个性与社会道德的和谐统一

始自轴心时代的思想家如孔子或柏拉图，已经提出了作家的社会责任问题。这一论题引发了文艺是否存在着普遍标准，文艺家应当按照何种标准来创作的讨论。趣味问题并非简单的个人喜好问题。康德虽然坚持"趣味无争辩"，但是他仍然强调趣味的社会功用，强调趣味及审美判断的公共性。作家的社会责任感不是外在于、依附于其

---

① 习近平：《在中国文联十大、中国作协九大开幕式上的讲话》，人民出版社2016年版，第17页。
② 张江等：《自身修为也是创作的源头活水》，《人民日报》2015年5月19日第14版。

艺术活动的，而毋宁说与整个艺术活动难舍难分。创作本身便是作家个人底蕴的输出和发散。换言之，作家艺术家作为时代风气的先倡者，必须要避免做时代精神单纯的传声筒，而首先要尊重艺术创作的规律，发挥自己的智慧和勇气，做到自身创作个性与社会道德的和谐统一。但是，艺术家天赋才能不同，创作个性迥异，是否能，又如何能与社会道德和谐统一呢？

在通常的理解中，艺术家的个性与社会性始终存在着某种对立。自卢梭开启了浪漫主义思潮以来，个体与社会的裂隙便成为一个普遍论题。卢梭认为人性的形成是受理性长期压抑的结果。理性文明的形成，要以克服人性的自然状态为代价。这样一来，社会本质上是对自然人性的压抑。而人既然生活在社会之中，就不可避免地产生了生存情绪。人一方面是理性的人，另一方面又是非理性的人。卢卡奇便认为，这种论述框架使得艺术被理解为审美救赎的手段，进一步扩大了个体化与社会化之间的对峙。[1] 因此，受卢梭思想影响的西方传统主体哲学，将艺术家的自我理解为"理性的他者"。理性的他者意味着审美经验的丰盈与反动，诸如浪漫派的梦幻、疯狂、狂欢及放纵现象，也就意味着非理性对日常理性规范的彻底消解。[2] 更进一步说，创作主体的自我与日常主体的自我完全对峙。

---

[1] 参见［匈牙利］卢卡奇《历史与阶级意识》，杜章智等译，商务印书馆2014年版，第218、248页。

[2] 参见［德］哈贝马斯《现代性的哲学话语》，曹卫东译，译林出版社2004年版，第359页。

第三章 作家艺术家应该成为时代风气的先觉者、先行者、先倡者

虽然，这种解释框架能在一定程度上有效地阐明艺术家创作时的种种出神、灵感充沛的状态，但却始终无法有效阐明艺术家的个性究竟如何能够与社会道德和谐统一。

实际上，问题恰恰在于作家"个性"和"社会性"的关系始终未能真正挑明。对作家而言，塑造自我的关键仍然是深入日常生活。习近平总书记阐明了这两者的关系："文艺要塑造人心，创作者首先要塑造自己。养德和修艺是分不开的。德不优者不能怀远，才不大者不能博见。广大文艺工作者要把崇德尚艺作为一生的功课，把为人、做事、从艺统一起来，加强思想积累、知识储备、艺术训练，提高学养、涵养、修养，努力追求真才学、好德行、高品位，做到德艺双馨。"[①] 这就是说，所谓"德"有着具体和贴切的内涵，指作家在日常生活中"为人""做事""从艺"等实践活动中所形成的个体底蕴，更具体地说，可以概括为"学养""涵养"及"修养"。这些个人底蕴又必然展现在日常生活中，表现为"真才学""好德行""高品位"，滋养着、支撑着日常生活的合理化。只有从养德修艺与日常生活相统一的层面出发，作家的创作个性与社会道德才谈得上和谐统一，因为这种统一由内而外，源自作家个体性与社会性相统一的自我。

总之，习近平总书记提出作家艺术家应该成为先觉者、先行者、先倡者这一命题，阐明了作家论的规范内涵，克服了当代相对主义、虚无主义思潮带来的"作者之

---

① 习近平：《在中国文联十大、中国作协九大开幕式上的讲话》，人民出版社2016年版，第18页。

死"的危机。先觉、先行、先倡分别对应于作家的智慧、勇气以及责任。往大了说，这涉及中国文学主体性的建立，包含了认知、实践以及社会公共性的维度。更具体地说，这三者铺设了作者论的基本框架。随着我国的发展进入了新时代，时代风气有了新变化，产生了新的社会实践，形成了新时代中国特色社会主义思想。在八个"明确"、十四个基本方略的指导下，中华民族为了实现伟大梦想，实践着伟大事业。文学便是中华民族的伟大事业之一。作家艺术家则是文学这一伟大事业的创作主体。因此，作家要以诗性智慧来认识时代风气，把握时代精神，这是作家论的基本起点。作家的具体实践最需要的是勇气。勇气不仅是主体蓬勃向上的状态，更是持久的德性及思想境界。作家的智慧和勇气必然要统一于高度的社会责任感。如果作者不具备相应的社会责任感，智慧和勇气将无所凭附，创作个性与社会道德将陷入对峙、对抗的状态。从"德""艺"在日常生活层面上统一的角度出发，创作个性与社会道德之间才能和谐。总之，上述三个层面既处于论述上环环相扣的递进关系，又并列构成了作家主体修养的各个环节，不可偏废。

第四章

打造精品，勇攀高峰

　　文艺活动的各个环节围绕作品有序展开，作家的创作、读者的欣赏都离不开作品，从一定程度上讲，作品是文艺活动的中心。笼统地讲，精品就是优秀作品，创作精品已成为一个作家、一个时代文艺创作的最高追求。就当下文艺的发展而言，创作文艺精品、弘扬社会主义核心价值观，也是繁荣新时代中国特色社会主义文艺的根本要求。但文艺精品创作是一个系统性、综合性工程，不仅涉及社会生活、作家艺术家、读者等文艺活动宏观要素，而且更需要从微观层面对作品思想内容、艺术形式乃至制作包装等文本构成因素作出全新的思考与安排，并使上述各要素做到和谐运作、有机统一。因此，只有彻底明确文艺精品的内涵、功能、创作过程，特别是结合当下火热的社会实践作出新的阐释，才能切实有效地指导社会主义文艺实践。习近平总书记十分重视文艺精品创作，近年来在《在文艺工作座谈会上的讲话》《在中国文联十大、中国作协九大开幕式上的讲话》等重要讲话中多次阐释文艺精品问题，指出打造精品对于实现中华民族伟大复兴的中国梦具有重要意义，为当前精品文艺的创作与繁荣指明了方向。

一 精品是思想性、艺术性、观赏性有机统一的优秀作品

任何时代都提倡创作文艺精品,社会主义时期更是呼唤文艺精品。新时代社会主义文艺精品应该在弘扬正能量的前提下,做到思想精深、艺术精湛、制作精良,将思想性、艺术性和观赏性有机统一起来,引领时代风气之先。"只要有正能量、有感染力,能够温润心灵、启迪心智,传得开、留得下,为人民群众所喜爱,这就是优秀作品。"① 能量正、创作精、留得住是新时代社会主义文艺精品的根本特征。

(一) 用文艺的力量温暖人、鼓舞人、启迪人

任何民族、任何时代的优秀作品必须有正确的价值取向,指导人民更好地生活和理解生活。无产阶级革命导师一向重视作品的思想倾向。在革命斗争年代,恩格斯在写给敏·考茨基的信中就明确指出,无产阶级文艺应该注意塑造工人阶级的新人形象,表露鲜明的思想倾向,"来打破关于这些关系(主要指现实关系——引者注)的流行的传统幻想,动摇资产阶级世界的乐观主义,不可避免地引起对于现存事物的永恒性

---

① 习近平:《在文艺工作座谈会上的讲话》,人民出版社 2015 年版,第 7—8 页。

第四章 打造精品，勇攀高峰

的怀疑"①。毛泽东同志强调在革命战争年代文艺应成为"团结人民、教育人民、打击敌人、消灭敌人的有力的武器，帮助人民同心同德地和敌人作斗争"②。在革命建设时期，邓小平同志则明确指出："我们的文艺，应当在描写和培养社会主义新人方面付出更大的努力，取得更丰硕的成果。"③习近平总书记发展了上述理论，在改革开放、如火如荼的社会主义建设中，文艺精品应该保持正能量，旗帜鲜明地维护社会主义核心价值观，做到有筋骨、有道德、有温度，"鼓舞人们在黑暗面前不气馁、在困难面前不低头，用理性之光、正义之光、善良之光照亮生活"④。正能量的核心内涵就是有筋骨、有道德、有温度，这是对新时代社会主义文艺精品创作内容提出的最基本要求。

所谓有筋骨，是指文艺作品具有昂扬的精神力量，表现出崇高的理想信念和浩然正气，并用这种凛然正气感染人民，培养人民正确的世界观和人生观，挺起民族和国家的脊梁。有筋骨的作品一般具有刚健、豪放的风格，最符

---

① ［德］恩格斯：《致敏·考茨基》（1885年11月26日），载《马克思恩格斯选集》第4卷，人民出版社1995年版，第673页。

② 毛泽东：《在延安文艺座谈会上的讲话》，载《毛泽东选集》第3卷，人民出版社1991年版，第848页。

③ 邓小平：《在中国文学艺术工作者第四次代表大会上的祝词》，载《邓小平文选》第2卷，人民出版社1994年版，第209页。

④ 习近平：《在中国文联十大、中国作协九大开幕式上的讲话》，人民出版社2016年版，第14页。

合崇高是时代主旋律的社会主义文艺发展根本要求，最能彰显信仰之美、崇高之美，最能使人警醒起来，感奋起来，达到以优秀的作品鼓舞人的功效。毛泽东同志在《新民主主义论》中曾说："鲁迅的骨头是最硬的。他没有丝毫的奴颜和媚骨，这是殖民地半殖民地人民最可宝贵的性格。鲁迅是在文化战线上，代表全民族的大多数，向着敌人冲锋陷阵的最正确、最坚决、最忠实、最热忱的空前的民族英雄。鲁迅的方向，就是中华民族新文化的方向。"①鲁迅就是最有骨气之人，其作品不仅显示了作家这一人格，而且通过反映严峻现实问题鼓舞人民产生变革现实的战斗激情，《狂人日记》《为了忘却的纪念》《中国人失掉自信力了吗?》等就具有这种品质。评书《杨家将》《岳飞传》、小说《沉重的翅膀》《乔厂长上任记》、电视剧《松花江上》《寻路》等各类文艺作品都起到了上述鼓舞人心的作用。当然，有筋骨主要是作品的一种气象与风度，与题材选择和表现技巧运用关系不大。"筋骨与题材无关，大江东去、金戈铁马的宏大叙事可以成就筋骨，表现草木之微、花开花落的小叙事也可以筋骨毕现。筋骨也与风格手法无关，豪放硬朗可有筋骨，婉约细腻也可有筋骨。关键是作品在精神上能不能站起来、立得住，能不能给人启迪和力量。"②

---

① 毛泽东:《新民主主义论》，载《毛泽东选集》第2卷，人民出版社1991年版，第698页。

② 张江等:《文学的筋骨和民族的脊梁》，《人民日报》2014年12月30日第23版。

所谓有道德，是指文艺作品通过人物形象、情节和场景表现作者对社会人生的"善"意评价，展现高尚的价值追求，传达积极向上的人生理想、健康的生活情趣，激发人们树立正确的道德观和价值观，达到"经夫妇，成孝敬，厚人伦，美教化，移风俗"①的功能。在此意义上，有道德就代表作品传达了正能量。文艺创作肯定自由书写，但不能触动一些基本的道德准则，更不能触犯"道德底线"；否则，就成了"负能量"的载体。新时代社会主义文艺精品的道德诉求体现在两个方面。宏观方面就是弘扬社会主义核心价值观，包括国家层面的富强、民主、文明、和谐，社会层面的自由、平等、公正、法治，公民基本规范层面的爱国、敬业、诚信、友善。微观方面就是倡导积极健康的生活理念，维护和巩固和谐的人际关系，包括对追求自由美好爱情的褒扬，对朋友之间真挚友谊的维护，对恪守诚实守信行为的赞美，对履行尊老爱幼准则的肯定，以及对乡情、亲情的珍惜等。"茅盾文学奖"获奖作品《平凡的世界》就很好地阐释了社会主义文艺精品的道德内涵，这里既有宏观层面有关社会主义政治路线斗争的叙述，也有微观层面不同人生价值追求的书写。前者体现在田福堂、田福军兄弟的仕途升迁、官场沉浮，后者则通过孙少安、孙少平的爱情追求加以展示。在阴差阳错、悲欢离合的故事中凝结着作家对新时期城乡社会问题的多重思考，并对各主要人物进行道德考量，使读者受到了深

---

① 《毛诗序》，载郭绍虞等选编《中国历代文论选》一卷本，上海古籍出版社1996年版，第30页。

>> 实现新时代中国特色社会主义文艺的历史使命

刻的人生理想教育。

所谓有温度，是指文艺精品应该"贴近现实，贴近生活，贴近群众"①，"接地气"地反映人民群众的生活，表现人民日常生活中的各种情愫，并用作品蕴含的热情和温度提升社会生活的温度，用作品特有的情感净化功能抚慰读者的心灵，使读者的精神境界得到提升，使作品的潜在教化功能得以实现。作品的温度产生于作家对生活的热爱，源于作家对人民的深情，作家唯有饱蘸情感去书写生活才能赢得人民的同情共感，才能产生共鸣。一部文艺精品，应该以其特有的温度温暖人心、关心人民。"朱门酒肉臭，路有冻死骨""安得广厦千万间，大庇天下寒士俱欢颜""横眉冷对千夫指，俯首甘为孺子牛"等无一不体现了这种温度，这就是对人民深深的爱。考量作品的温度，对古代文艺作品来说，就是作品中蕴含的"人民性"成分及其表现；对当前文艺作品来说，就是其贴近现实、关心人民生活的程度。20世纪90年代初，电视剧《渴望》轰动一时，曾创下万人空巷的收视效果，根本原因就在于其剧情贴近人民的实际生活，用人间真情感动观众，有温度、暖人心。

创作精品必须协调处理有筋骨、有道德、有温度三者的关系，力争做到三者有机统一。其中，有道德是前提，有温度是基础，有筋骨是最高要求。有道德决定作品价值指向，一部作品若颠倒黑白、是非不明或没有任何价值判

---

① 党的十六大以来，党中央提出的一项指导宣传和文艺工作的中央方针、政策。

断,有温度、有筋骨便成为奢谈。《白毛女》的成功很大程度上缘于其"旧社会把人变成鬼,新社会把鬼变成人"的新社会道德诉求。有温度决定作品与生活、人民的距离和关系,一部作品若不贴近生活、不关心人民、缺少人文关怀,便失去了被接受的可能。"文化大革命"期间所创"样板戏"的当下失势则多与其"不近人情"有关。有筋骨决定作品的思想高度和社会担当,一部作品若无刚健思想,便如人失去脊梁,不能挺拔直立,更会失去社会影响。"三红一创,青山保林"尽管还存在创作不够精细、技巧不够圆熟等这样那样的不足,但正是凭借作品的刚健品质和主人公的英雄事迹赢得了不朽名声。因此,在一部作品的创作过程中仅有其一,而无其二,便难以成为精品;唯有三者水乳交融,才可能完成精品创作。

(二)以艺术的形式反映生活的本质

在弘扬正能量基础上,精品创作还需要在文本构成方面下大功夫,精心创作,精益求精。那么社会主义文艺精品"精"在何处?"精品之所以'精',就在于其思想精深、艺术精湛、制作精良。"① 可谓一语中的。早在1859年,恩格斯在《致斐·拉萨尔》的信中就指出评论作品应该从美学与历史相统一的视角加以展开,并认为优秀的作品应该是精深内容与完美形式的有机结合。"您不无根据地认为德国戏剧具有的较大的思想深度和意识到的历史内

---

① 习近平:《在文艺工作座谈会上的讲话》,人民出版社2015年版,第10页。

容，同莎士比亚剧作的情节的生动性和丰富性的完美的融合，大概只有在将来才能达到，而且也许根本不是由德国人来达到的。无论如何，我认为这种融合正是戏剧的未来。"① 20世纪40年代，毛泽东同志也指出，"我们的要求则是政治和艺术的统一，内容和形式的统一，革命的政治内容和尽可能完美的艺术形式的统一"②。革命导师一致认为优秀作品必须做到内容与形式的完美统一。习近平总书记则结合当前视觉文化转向特别是媒介技术发展的实际，又指出文艺制作本身对于精品创作的重要性，"制作精良"应是创作精品的必要条件。三"精"理论贵在精深、精湛、精良，从文本特质视角指出了文艺精品的"精制"性。

所谓思想精深，是指作品具有较高的思想性和深刻的洞察力，具有强烈的问题意识和反思精神。思想精深体现在作品能够站在一定高度揭示社会发展的本质规律和真相，能够运用理想烛照生活，体现出对人生价值的积极追寻。欣赏文艺精品，人们在获得一定历史知识的同时，还能受到思想启迪，领悟人生哲理。"只有用博大的胸怀去拥抱时代、深邃的目光去观察现实、真诚的感情去体验生活、艺术的灵感去捕捉人间之美，才能够创作出

---

① [德]恩格斯：《致斐·拉萨尔》（1859年5月18日），载《马克思恩格斯选集》第4卷，人民出版社1995年版，第557—558页。

② 毛泽东：《在延安文艺座谈会上的讲话》，载《毛泽东选集》第3卷，人民出版社1991年版，第869—870页。

伟大的作品。"① 陈忠实做到了这一点，其《白鹿原》扎根现实，通过白、鹿两家长达半个多世纪的家族恩怨叙述，揭示了传统儒家文化与现代文明的融合与冲突，提出了新旧伦理冲突中价值重建的问题，引人深思。

所谓艺术精湛，是指作品具有较高的艺术性和审美价值，把故事写好、讲述精彩。艺术精湛体现在作家能够按照审美规律、运用审美方式或塑造栩栩如生的人物形象，或创造韵味无穷的意境，或构思蕴含哲理的审美意象，并寄希望以审美理想烛照生活，使人们在感受形象、获得美感的同时，潜移默化地提升思想境界。"文艺反映社会，不是通过概念对社会进行抽象，而是通过文字、颜色、声音、情感、情节、画面、图像等进行艺术再现。"② 艺术家运用各种创作技巧将生活哲理形象地呈现在人民面前，吸引读者、观众乐在其中地欣赏作品。精品电视剧《长征大会师》不仅以宏阔的视野反映了红军长征的历史事实，塑造了毛泽东同志、周恩来同志等一批无产阶级革命领袖的光辉形象，更重要的是其视角新颖、构思精巧。作品下移视点，通过老军医钟凤山一家（女儿秀霞、秀云；儿子立功、立德、立言）在这一特殊历史时期的悲欢离合见证长征中的复杂斗争，肯定中央英明决策，歌颂广大红军战士不畏牺牲的革命精神。全剧结构紧凑，故事生动，形象感人，具有强烈的艺术感染力，达到了艺术精湛的高标准、

---

① 习近平：《在中国文联十大、中国作协九大开幕式上的讲话》，人民出版社2016年版，第17页。

② 同上书，第12页。

高要求。

所谓制作精良，主要是就文艺作品发行与传播而言。制作精良意味着艺术家以严肃的态度、按照严格的艺术标准创作作品，特别是作品完成过程中的技术处理，包括作品纸张选择、封面设计、色彩处理，乃至发行、传播渠道的选控、消费心理的调查与预测等。在当前消费语境中，后者已是作品创作不可缺少的一个环节。尤其是对于绘画雕塑摄影等造型艺术、音乐舞蹈小品等表演艺术而言，后期制作至关重要，甚至起着决定性作用。从一定程度上讲，离开光与影的配合，就没有杨丽萍《两棵树》的成功；若无宣纸及工匠裱糊，就没有那些流芳青史的书法精品。

（三）要叫得响、传得开、留得住

精品文艺不仅具有突出的思想成就、艺术特色，还要"叫得响、传得开、留得住"[1]，具有较高的观赏性。

关于社会主义文艺价值属性，人们最早关注的是其思想性和艺术性。恩格斯早在1859年写给斐迪南·拉萨尔的信中便提道，"您看，我是从美学观点和史学观点，以非常高的、即最高的标准来衡量您的作品的，而且我必须这样做才能提出一些反对意见"[2]。恩格斯认为文艺作品最

---

[1] 习近平：《在中国文联十大、中国作协九大开幕式上的讲话》，人民出版社2016年版，第18页。

[2] ［德］恩格斯：《致斐·拉萨尔》（1859年5月18日），载《马克思恩格斯选集》第4卷，人民出版社1995年版，第561页。

第四章 打造精品，勇攀高峰

主要的价值在于审美和认识。1942年，毛泽东同志又指出文艺批评有两个标准：政治标准和艺术标准，最高要求是"革命的政治内容和尽可能完美的艺术形式的统一"。1979年，邓小平同志在第四次文代会祝词中强调，在迈向四个现代化的征程中，文艺作品可以挖掘多种题材，采用多种表现手法，形式可以更为丰富多样，但"作品的思想成就和艺术成就，应当由人民来评定"[①]。自此，文艺作品的价值属性及评判标准基本确定为"思想性"和"艺术性"两个方面，并长期影响文艺活动。据考证，思想性、艺术性、观赏性三种价值并列提出可追溯到1987年，最早由时任电影局局长的滕进贤在《中国电影：一九八七》中提出。他认为在1987年电影领域出现了一批思想性、艺术性、观赏性比较统一的好作品。[②] 其后，"三性统一"标准便在电影、电视、舞蹈、戏剧等艺术门类的批评中逐渐流行开来。进入21世纪，文艺作品"三性统一"标准提法得到中央领导层的认可，并进入各类中央文件，成为党和政府文艺政策的重要组成部分。习近平总书记号召"努力创作生产更多传播当代中国价值观念、体现中华文化精神、反映中国人审美追求，思想性、艺术性、观赏性有机统一的优秀作品，形成'龙文百斛鼎，笔力可独

[①] 邓小平：《在中国文学艺术工作者第四次代表大会上的祝词》，载《邓小平文选》第2卷，人民出版社1994年版，第212页。

[②] 参见李小贝《"观赏性"：新时代文艺工作的新要求》，《湖南社会科学》2015年第3期。

扛'之势"①，其对"三性统一"标准的内涵与功能的论述最为深刻、最为辩证。

习近平总书记关于文艺精品"三性统一"重要论述的精髓体现在以下方面：（1）品位至上。文艺精品要有较高品位，思想精深、艺术精湛，给人以真善美的熏陶，给人以心灵的慰藉，给人以人生的启迪，能够培养积极向上的理想信念。（2）重视作品的观赏性和市场价值。在一个市场经济时代，在文艺作品的一般商品属性得以确认之后，观赏性便成为谈论文艺价值属性不能绕过的问题。作品只有被接受、欣赏，其蕴含的社会意义才能得以挖掘，其社会价值才能实现；相应地，才能获得可观的经济效益。当然，不能为了迎合大众趣味，创作媚俗之作，以获得市场占有率。习近平总书记讲得清楚，通俗不是低俗，欲望不代表希望，文艺活动更不能沾满铜臭气，沦为市场的奴隶。（3）"三性统一"是当前文艺精品必须具备的品格。消费时代的文艺精品不能仅仅满足于内容深刻、形式精美，而且应该被人民所喜爱、接受，真正满足人民日益增长的美好生活需要，并实现其自身的流通价值。当然，这需要处理好以下两个问题。一方面，文艺创作不必刻意回避市场，仿佛与市场沾边，就会影响其成为精品的可能。在市场经济时代，将文艺创作完全隔离市场并不现实。另一方面，观赏性和占有市场并不是评判作品是否为精品的首要条件，被大众一时喜爱、占有当下市场的也许并不是

---

① 习近平：《在文艺工作座谈会上的讲话》，人民出版社2015年版，第7页。

精品，只有经过时间淘洗，精品品质才能得到确认。"既然是文艺精品，就不能只是拥有当下的市场，而一定是也要拥有未来的市场。只有当下的市场而没有未来的市场，是不可能成为文艺精品的。"① 新时代社会主义文艺精品应该接地气、雅俗共赏，具有人民喜闻乐见的形式和较高的艺术感染力，应该在市场竞争中，锻造文艺精品。

"优秀的文艺作品，最好是既能在思想上、艺术上取得成功，又能在市场上受到欢迎。"② 习近平总书记这一认识辩证地阐释了"三性统一"标准的重要性，为当前精品文艺发展指明了方向。中华人民共和国成立以来，受计划经济影响，判断文艺作品价值高低的标尺只有两个方面：思想成就和艺术成就。因为，在那个政治大于一切的年代，文艺不需要市场，只需按计划批量生产，由国家统配发行。直至"拨乱反正"后的20世纪80年代中期，这一状况依旧没得到真正改变。其后，随着改革开放进一步深化，市场经济迅速发展，文化市场得到了进一步繁荣，书店、影院、出版社、影业公司、文化公司、签约作家大量涌现，文艺产品逐步推向市场。20世纪80年代末90年代初，在市场经济催生下，文艺作品的观赏性被提上日程，其作用被放大和凸显，"观赏性"及由此带来的经济效益成为评判作品价值的重要标准。进入21世纪，随着市场

---

① 张晶：《文艺精品与市场》，《人民日报》2010年6月29日第24版。

② 习近平：《在文艺工作座谈会上的讲话》，人民出版社2015年版，第20页。

功能的放大，文化产业快速发展，文艺商品属性日渐突出，而其特有的精神文化属性渐趋弱化，文艺逐渐沦为一般日用消费品。欲望写作、包装推销、快餐消费等迎合市场的做法占据上风，精品创作、精心阅读被挤出主流。在这一文化语境中，习近平总书记提出的"三性统一"标准至关重要，刹住了文艺创作的不良之风。

二 精品力作才能成就文艺高峰

创作文艺精品既是文艺工作者的使命所在，也是时代发展的根本要求。当前文艺发展呼唤精品，最根本的原因有两个方面。第一，这是由当前文艺发展的现状决定的。当前文艺发展还存在诸多不足，需要从根本上扭转这一不良现象，让精品文艺指引创作航向。第二，这是由文艺的特殊功能决定的。文艺在介入社会生活，特别是在弘扬社会主义核心价值观方面具有重要作用，尤其不能忽视文艺精品的特殊功能。

（一）当前文艺创作，存在有"高原"缺"高峰"现象

马克思主义理论一贯反对脱离实际的理论空想，主张立足现实发现问题、寻求解决问题的理论方案。早在1845年，马克思在与恩格斯合写的《德意志意识形态》一文中就指出："我们的出发点是从事实际活动的人，而且从他们的现实生活过程中我们还可以描绘出这一生活过程在意

识形态上的反射和反响的发展。"① 习近平总书记深刻指出："中国特色社会主义进入新时代，我国社会主要矛盾已经转化为人民日益增长的美好生活需要和不平衡不充分的发展之间的矛盾。"② 在文艺领域，人民日益增长的美好生活需求就是有丰富的文艺精品可供阅读与欣赏。这意味着文艺领域内的主要矛盾已转变为人民对精品的大量需要与当下优秀作品不足的矛盾，需要创作精品满足人民的期待与需要，改善上述不平衡关系。为此，习近平总书记指示"满足人民过上美好生活的新期待，必须提供丰富的精神食粮"③，并提出"创作无愧于时代的优秀作品"的理论主张。基于对文艺发展现状的调查研究和深入思考，习近平总书记深刻地分析了当前文艺发展问题的症结所在：缺少有深度的文艺精品，有"高原"缺"高峰"。

具体来说，就创作现象而言，存在虚假繁荣。当前文艺受市场经济影响，从创作到消费的各个环节商业气息日渐浓重，甚至有些不能自持，在市场经济大潮中迷失了方向，更有甚者，忘记了"为人民服务，为社会主义服务"的根本宗旨，沦为市场的奴隶。文艺创作尽管题材广阔，文艺创作队伍空前壮大，文艺创作、传播、消费迅速、便捷，一片"繁荣"景象，但深入剖析却会发现"繁荣"的

---

① ［德］马克思、恩格斯：《德意志意识形态》，载《马克思恩格斯选集》第1卷，人民出版社1995年版，第73页。

② 习近平：《决胜全面建成小康社会 夺取新时代中国特色社会主义伟大胜利——在中国共产党第十九次全国代表大会上的报告》（2017年10月18日），人民出版社2017年版，第11页。

③ 同上书，第43—44页。

背后缺少文艺精品。三种不良现象尤其值得重视。第一，有量无质，有"高原"无"高峰"；第二，模式化、雷同化严重，缺少创新之作；第三，应时即景、媚俗之作大量涌现。

而究其实质，最大的问题在于思想深度欠缺。文艺是一种精神食粮，主要满足人们的精神文化追求，提升读者的思想品质和审美素质。但在市场冲击下，作家艺术家精品意识淡化，使得很多文艺作品沦为一般商品，其本身潜在的认识价值、教育价值和审美价值逐渐弱化，甚至消失。这主要包括六种情况。（1）消解崇高，篡改经典，虚无历史。当前各种"戏说"类、穿越类作品无视历史，甚至肆意篡改历史，造成作品严重失真。（2）是非颠倒，价值观念模糊。当前文坛存在不少无价值判断的"中性"作品，甚至还不同程度地存在着恶意渲染社会阴暗面的情况。（3）宣扬低级趣味，媚俗、低俗之作时有出现。目前人民大众审美文化水平还不是很高，急需通过精品文艺提高其文化素质和审美水平，但不少艺术家却迎合读者的低俗需要，创作满足其感官刺激的低俗产品。（4）粗制滥造毫无思想内容的"文化垃圾"。文艺创作不仅需要充分发挥艺术想象力，需要虚构，需要进行精心构思，使其具有绚烂多彩的形式，而且更需要在保持华美形式的同时，以感人的形象、深刻的主题震撼人们，使其思考人生、反思历史。但当前不少作品粗制滥造、胡乱编写，毫无思想价值可言。（5）言之无物、包装奢华。文艺作品需要精心打造，应该有精美形式，但不能形式大于内容，而应做到形式与内容有机统一。现在的不少大手笔影视剧作已显露出形式大于内容的不良创作苗头。(6)"自我表现"、无病呻吟,所谓"为艺术而艺术"。不可否认,文艺具有自我表现功能,可以抒发甚至宣泄内心的情感;但艺术家只有将自我与社会融为一体,抒写来自生活的感悟与认识,并将这种情感赋予一定可感的形式,才具有艺术感染力。纯粹的自我陶醉、沉湎于内心而不能自拔的"无病呻吟"不会具有普遍社会意义。作家艺术家唯有胸怀"摛文必在纬军国,负重必在任栋梁,穷则独善以垂文,达则奉时以骋绩"①的志气,文艺才能发挥其特有的社会作用。

因此,当前急需精品力作的涌现,来改变文艺创作有"高原"无"高峰"的不良状况。

(二)文艺繁荣发展,最根本的是要创作生产出优秀作品

习近平总书记深刻指出:"推动文艺繁荣发展,最根本的是要创作生产出无愧于我们这个伟大民族、伟大时代的优秀作品。"②我国现处在社会主义初级阶段,正在进行的社会主义建设是一场前所未有、轰轰烈烈的社会改革;同时,这一改革也是一场实现中华民族伟大复兴、铸就中国梦的社会主义文化运动。在这场文化运动中,精品文艺对于作家安身立命、中国精神凝聚与传承、中华优秀文化

---

① (南朝梁)刘勰:《文心雕龙·程器》,王志彬译注,中华书局2012年版,第567页。

② 习近平:《在文艺工作座谈会上的讲话》,人民出版社2015年版,第7页。

海外传播、时代精神引领等具有不可替代的作用。

第一，文艺精品是作家立身之本。"创作是自己的中心任务，作品是自己的立身之本。"[1] 在这里，习近平总书记明确指出，创作作品是作家生命活动的中心，是作家安身立命之本。一个艺术家只有将生活体验浓缩于作品，传之于后世，才能产生一定的社会影响。因此，作品贵精不贵多。真正给其带来良好声誉的是作品质量，是文艺精品，而不是作品的数量及包装。唐代诗人张若虚作品并不多，只有《春江花月夜》等几首诗歌，但并不影响其在文学史上的地位。在现代欧美文学史上，司汤达以其《红与黑》、贝克特以其《等待戈多》、勃朗特姐妹以其《简·爱》《呼啸山庄》等赢得了世界声誉。上述作家的作品数量并不算多，甚至有些偏少，但这丝毫没有影响其贡献与文学史地位，反而因其少有的精深思想、精湛艺术成为文学大家。因此，当代作家应以文学大家为榜样创作精品，为人民大众提供营养丰富的精神食粮。

第二，文艺精品不仅能够显示一个国家文化创造的能力和水平，而且还是凝聚和传承精神文化的重要载体。一个国家文化创造力的高低不仅体现在为世界贡献了多少物质财富，更在于为推动社会向前发展提供了多少精神力量和支持。文艺作为凝聚传承文化的一种重要媒介和方式，其功用不仅仅在于忠实地记录一个国家、一个地区文化的发展、演进历程，更在于通过形象方式显示了该地域人们

---

[1] 习近平：《在文艺工作座谈会上的讲话》，人民出版社2015年版，第7页。

对宇宙人生的深刻思考，成为精神文化的重要构成部分。"古往今来，世界各民族无一例外受到其在各个历史发展阶段上产生的文艺精品和文艺巨匠的深刻影响。中华民族精神，既体现在中国人民的奋斗历程和奋斗业绩中，体现在中国人民的精神生活和精神世界中，也反映在几千年来中华民族产生的一切优秀作品中，反映在我国一切文学家、艺术家的杰出创造活动中。"① 在凝聚和传承精神文化的过程中，精品文艺因其思想精深、艺术精湛起着不可替代的作用。翻开历史，我们可以清楚地发现，西方理性文化的开创与传播离不开古希腊艺术的推波助澜，莎士比亚剧作更是成为文艺复兴时期所倡导的反对愚昧和解放人性主张的"名片"。同样，先秦散文、唐诗、宋词、元曲及明清小说也极大地构建和传播了中华文化。以屈原为例，《离骚》中"长太息以掩涕兮，哀民生之多艰"凝聚传承了古代"民本"思想，"路漫漫其修远兮，吾将上下而求索""亦余心之所善兮，虽九死其犹未悔"则概括了中华民族"求真向善"的坚毅品质，它们都是"中国精神"的重要组成部分。而"五四"时期鲁迅、郭沫若等人的文学创作则揭开了提倡科学与民主、反对封建与愚昧的新文化的重要一页，"新文化运动"的"新"在很大程度上就是通过新文学活动得以展示与传播的。当前，我国正步入新时代中国特色社会主义全面建设新征程，文化建设不仅是社会主义伟大事业重要组成部分，而且还

---

① 习近平：《在中国文联十大、中国作协九大开幕式上的讲话》，人民出版社2016年版，第6—7页。

是实现文化自信所涉及的重要方面。轰轰烈烈的社会实践呼唤文艺精品。

第三，文艺精品是传播中国精神，使其走向世界的重要桥梁和工具。在日常生活中，人们对于相同的事物大致会产生较为一致的感受，即使不同时代、不同民族的人面对相同的事物也会产生类似的感受。在进行文艺欣赏时，这种现象尤为突出。阅读《罗密欧与朱丽叶》《牡丹亭》，中外读者都会被其中真挚的爱情故事所感染；聆听《命运交响曲》《春江花月夜》，不同民族的听众都感悟到了其中所蕴含的深刻的人生哲理。"文艺也是不同国家和民族相互了解和沟通的最好方式。……就是因为文艺是世界语言，谈文艺，其实就是谈社会、谈人生，最容易相互理解、沟通心灵。"[①] 在这一意义上讲，文艺是实现不同国家、不同民族人与人之间对话交流的重要方式，也是传播文明与文化的重要载体。精品文艺因其思想精深、艺术精湛、制作精良，文化传播、交流作用尤其突出。通过《哈姆雷特》，我们了解了文艺复兴时期英国的社会心态；通过《浮士德》，我们把握了坚毅进取的德国精神。同理，西方人也通过海外京剧会演等了解了中国传统文化；通过阅读鲁迅、茅盾、柳青、路遥等名家的作品了解了中国社会复杂的现代化进程及民众心态。精品文艺不仅是文化标签，是构筑大国形象的重要载体，而且在传播华夏文化、宣传"中国形象"方面能够起到积极作用。中央文件明确

---

① 习近平：《在文艺工作座谈会上的讲话》，人民出版社2015年版，第8页。

指出，在繁荣文艺发展过程中，要"充分利用国内和国际、政府和民间多种对外交流渠道和活动平台，把文艺走出去纳入人文交流机制，向世界推介我国优秀文艺作品"①。文化"走出"国门并不是目的，而且还要"走进"国外社会生活，文艺可以通过接地气、潜移默化的方式让国外人民熟悉并接受中国文化，使中国文化真正走向世界，在"一带一路"建设中发挥应有作用。这也正是习近平总书记多次强调"吸引、引导、启迪人们必须有好的作品，推动中华文化走出去也必须有好的作品"②的意义所在。

第四，精品涌现是时代文艺繁荣的标志。一个时代文艺的繁荣不在于表面如何热闹，而在于能否出现深刻揭示时代关系的扛鼎之作；一个时代文艺昌盛不在于作品数量如何丰富，而在于能否涌现具有一定规模的精品力作。因为它们都是那个时代社会生活和精神的写照，代表着文艺反映生活的高度和深度。不可否认，"拨乱反正"的20世纪80年代初期，文艺创作花样翻新，具有繁荣景象，但离开揭示时代问题的《班主任》《人生》《沉重的翅膀》等，就不能称其为"繁荣"。毋庸置疑，文艺复兴时期各艺术门类都创作了丰富多样的文艺作品，可谓"百花齐放"，但剥离莎士比亚的"四大悲剧"、拉伯雷的《巨人

---

① 《中共中央关于繁荣发展社会主义文艺的意见》，人民出版社2015年版，第14页。

② 习近平：《在文艺工作座谈会上的讲话》，人民出版社2015年版，第7页。

传》等反对黑暗中世纪、提倡个性解放、具有强烈人文关怀的艺术创作,就会减弱"复兴"的光辉。因此,时代文艺的繁荣离不开精品。在当前宽松的文化环境中,多出深刻反映现实问题的精品才能推动时代文艺繁荣。

三 把最好的精神食粮奉献给人民

《中国文艺工作者职业道德公约》第三条明确规定:"坚守艺术理想和艺术良知,追求高尚的道德情操。诚实守信、勤奋敬业,深入生活、刻苦学习,锐意创新、精益求精,不断锤炼艺术品格,勇攀艺术高峰。"[①] 这一号召和规定对于文艺精品创作非常具有指导意义。文艺精品创作离不开良好的文艺环境和政策保障,但更重要的是艺术家本人应坚守艺术理想、志存高远,扎根生活、厚积薄发,不断进行艺术探索,力求精益求精,最终使作品达到思想精深、艺术精湛、制作精良的根本要求。

(一)坚守艺术理想,志存高远

1. 坚持正确创作理念,为人民创作精品。艺术理想、创作理念是一个艺术家艺术观念的重要组成部分,需要艺术家对为何创作、如何创作等作出明确回答。社会主义文艺坚持"二为"方向,要求艺术家必须树立为人民服务的创作理念,"把艺术理想融入党和人民事业之中,做到胸

---

① 《中国文艺工作者职业道德公约》,《人民日报》2012年3月3日第4版。

中有大义、心里有人民、肩头有责任、笔下有乾坤，推出更多反映时代呼声、展现人民奋斗、振奋民族精神、陶冶高尚情操的优秀作品"①。这是社会主义文艺精品创作的前提。这意味着艺术家必须做到如下要求：第一，坚持文艺源于人民、服务人民的理想信念。作家只有热爱文艺、热爱人民，扎根人民生活，才能为人民书写，为人民抒怀。习近平总书记在《在文艺工作座谈会上的讲话》中提到柳青创作《创业史》蹲点农村十四年的经历，也在不同场合多次提到河北作家贾大山扎根基层农村，为人民书写直至去世的事迹，号召作家向他们学习，创作无愧于时代的文艺精品。"写作，就是面对生活发言。当生活在作家那里变得陌生时，作家发言的能力也就丧失了。柳青的经验告诉我们，一个作家、一个艺术家的艺术成就，是与对生活掘进的深入程度成正比的。"② 第二，加强自身修为，提高思想道德水平。"太上立德，其次立言"③，一个作家要想创作文艺精品，自己首先必须是一个道德高尚的人，将自己的德操融入作品化为动人的形象感染大众。为此，作家应该守稳心中理想，要有胸怀、情怀和"铁肩担道义"的社会责任感，始终怀有艺术良知。河北省作协主席关仁山结合创作体会说道："现实有丑恶，但作家人格不能丑恶；

---

① 习近平：《在中国文联十大、中国作协九大开幕式上的讲话》，人民出版社2016年版，第5页。

② 张江等：《柳青的意义》，《人民日报》2015年8月14日第24版。

③ （南朝梁）刘勰：《文心雕龙·诸子》，王志彬译注，中华书局2012年版，第199页。

人性有疾患，但作家内心不能阴暗，要有强大的爱心，要热爱脚下的土地，热爱土地上劳动的人们。"① 这一认识对艺术家创作精品很有指导意义。第三，加强专业学习，提高艺术修养。"操千曲而后晓声，观千剑而后识器"②，艺术家必须视野开阔，广收并蓄，自觉学习和吸收传统艺术理论，借鉴西方当代文艺创作观念，并通过各种艺术实践加以消化、融通，不断提高学养、涵养和修养，切实提高艺术创作水平。

2. 力戒浮躁，志存高远。"夫君子之行，静以修身，俭以养德。非淡泊无以明志，非宁静无以致远。"③ 就创作态度而言，艺术家应该保持虚静心态，精心打磨作品，为其成为精品打下良好基础。

第一，力戒浮躁，求真务实。习近平总书记指出，当前制约精品创作的最大问题是浮躁心态。在市场经济影响下，很多艺术家为市场利益所驱动，其作品不仅缺少精心打造，而且粗制滥造时有出现。"浮躁"是创作精品的大敌。有了浮躁的心态、浮躁的情绪，往往不能平心静气，精益求精。平静的心态，不仅有利于文艺工作者修身养性，提高思想道德水平，而且能使艺术家淡泊名利，扎根

---

① 张江等：《写出时代的史诗》，《人民日报》2014年10月31日第24版。

② （南朝梁）刘勰：《文心雕龙·知音》，王志彬译注，中华书局2012年版，第554页。

③ （三国）诸葛亮：《诫子书》，载（宋）李昉等《太平御览》第4卷，河北教育出版社2000年版，第802页。

生活，积累素材。"水停以鉴，火静而朗"①，平静的心态有利于艺术家认清生活本质、把握历史发展规律，更好地反映生活；"陶钧文思，贵在虚静"②，平静的心态还有利于艺术家展开想象、精心构思，艺术化地表现生活。要戒除浮躁，必须提倡求真务实、脚踏实地、勤于实践的实干精神。"力戒浮躁，还要大力倡导实干精神，大兴求真务实之风。"③ 对文艺工作者来说，这不仅意味着甘守清贫、耐住寂寞、不求名利；还意味着伏下身子、扎根生活、孤独探索。

第二，志存高远，献身艺术。"取法于上，仅得为中；取法于中，故为其下"④，艺术志向决定作品境界。在文艺创作活动中，"志存高远"体现在以下三点。（1）敬畏艺术。敬畏艺术的严肃性、规律性、不易性，把艺术视为一项神圣的事业，不是生活名利的敲门砖，更不是文字游戏。因此，文艺创作必须将生活之真、道义之善和形象之美有机结合，需要精心思考，有感而发，待时而动，切莫随意为之。（2）探索艺术。艺术家把艺术视为一门独特技艺，探求其门类特征、创作规律及审美价值。就文学而言，它以文字形式反映生活，并且这是唯一的媒介与载

---

① （南朝梁）刘勰：《文心雕龙·养气》，王志彬译注，中华书局2012年版，第476页。

② 同上书，第320页。

③ 习近平：《做人做事要力戒浮躁》，《浙江日报》2006年2月27日第1版。

④ （唐）李世民：《帝范》，载《景印文渊阁四库全书》第696册，台湾商务印书馆，第617页。

体，文字的抽象性、概括性决定了文学形象存在的"间接性"。"意翻空而易奇，言征实而难巧"①，这也使得准确选择字词变得非常重要。贾岛"推敲"、齐己"一字之师"的故事即来自这种孜孜不倦的探索精神。（3）献身艺术。艺术家把艺术当作安身立命的方式，视为知己与伴侣，与其对话、交流，同呼吸、共命运。唯有达到如此高度，才能不骄不躁，心平气和地对待艺术；才能不抛不弃，始终如一地对待艺术；才能如胶似漆，如琢如磨地精心创作艺术。当前有些作家自视甚高，任意为之，殊不知"善游者溺，善骑者堕，各以其所好，反自为祸"②，如果不能志存高远，只知玩弄技巧，结果只能如此。

（二）文艺魅力无不是内在充实的显现

"内在充实"是指作品主题丰厚深刻，具有振聋发聩的影响力。文艺精品充实、深刻的思想来自艺术家对生活的精心提炼，是厚积薄发的结晶。创作思想精深的作品，最重要的是作家要有源于一定知识积累的对社会生活的深刻观察与思考，有一双发现"美的眼睛"，善于从普通社会生活中提取创作素材，进行艺术加工，升华作品主题。"史诗是人民创造的，不论多么宏大的创作，多么高的立意追求，都必须从最真实的生活出发，从平凡中发现伟

---

① （南朝梁）刘勰：《文心雕龙·神思》，王志彬译注，中华书局2012年版，第322页。

② （西汉）刘安：《原道训》，载顾迁译注《淮南子》，中华书局2009年版，第19页。

大,从质朴中发现崇高,从而深刻提炼生活、生动表达生活、全景展现生活。"① 鲁迅早年留学日本,在中日文化对比中对中国现实进行了认真反思,决定弃医从文进行思想启蒙。其作品立足普通生活中一人一事进行构思,简约但不简单,小中见大地揭示了严肃、深刻的社会问题。《阿Q正传》通过小人物阿Q短暂的一生揭示了"国民劣根性"——精神胜利法的危害,《孔乙己》通过没落秀才孔乙己的悲惨遭遇对封建科举制度进行了辛辣嘲讽,《药》则通过华小栓用"人血馒头"治病一事对辛亥革命的不彻底性进行了批判。鲁迅作品之所以能留名青史都在于其批判思想的深刻与尖锐,都基于其对中国社会现实的清醒认识和深入思考。同样,茅盾的《子夜》深刻反映了旧中国半殖民地社会民族资产阶级的软弱性及其革命的局限性,陈忠实的《白鹿原》则通过家族恩怨展现了中国近代以来社会历史的复杂变迁,其深刻见解同样来自丰富的生活积累和体验。

(三)不断进行美的发现和美的创造

精品要有精湛的艺术处理。创作文艺精品,必须遵照艺术规律行事,完成文本从无到有的生成。整体而言,这一艺术处理过程包括:精心选择文本类型与体裁等,为凝练而成的思想寻找最为恰切的存在形式;反复思考文本语言表达、形象塑造、意蕴传达及其相互关系,合理构划文

---

① 习近平:《在中国文联十大、中国作协九大开幕式上的讲话》,人民出版社2016年版,第13页。

本结构；仔细斟酌人物形象塑造、意境渲染和审美意象的选择，完成文本审美形象构思；还需要按照叙事、抒情不同类型作品的特殊创作要求进行谋划，直至形成完美而独特的艺术风格与风貌。而就一部分作品的创作进程来说，从语词声音，词语意义，文本描写的世界，文本的布局、结构，到作品形成的整体格调与审美追求，都需要做到精益求精。当然，对于不同体裁的作品来说，艺术精湛的标准也不尽相同。诗歌在于独特意象的选择与审美意境的创构，小说在于典型环境中的典型人物的塑造，散文在于"形散神凝"的高超处理，而剧本则追求矛盾冲突的集中化处理和个性化语言的创造性运用。同时，文体是否规范、形象是否鲜明、情感是否健康等也是评判作品艺术精湛与否的重要参考标准。

真正做到艺术精湛，一方面，需要艺术家积极吸收传统审美思想，注意借鉴当代西方审美理论，在融会贯通中将两者有机结合起来。另一方面，注重艺术探索，将创新精神融会于创作实践过程中，反复摸索，直至成功。京剧表演艺术大师梅兰芳就做到了这一点，在《霸王别姬》《贵妃醉酒》等剧作演出中，其借鉴中国古典审美思想，巧用意境"虚实相生"理论将眼神、手指、甩袖等程式化动作与其丰富的意指内容结合起来，反复体会，精心表演，准确地表现虞姬、贵妃等人物内心的复杂情绪与感受，达到了出神入化的境地，可谓艺术精湛。

（四）最终决定作品分量的是创作者的态度

思想精深、艺术精湛和制作精良是创作艺术精品的必要条件，缺一不可。若仅有深刻的思想，却无形象鲜明的艺术表达，那是思想说教，还不是艺术。同样，若只有华丽的艺术形式，却无深刻的思想内容，那是华而不实的形式主义。而若只有精良制作，却无深刻内容及艺术表现，那是恶意炒作。"对文艺来讲，思想和价值观念是灵魂，一切表现形式都是表达一定思想和价值观念的载体。离开了一定思想和价值观念，再丰富多样的表现形式也是苍白无力的。"① 进一步讲，若对生活没有精深的思考，甚至不可能产生华美的语言形式。当代学者梁鸿谈了自己的创作体会，"对世界和现实'没有新的态度'，很难产生'新的词语'，更无法呈现一个'新的世界'。文学中的现实并非只是客观现实，也不只是思想深度，它是一部作品最深层的动力，隐秘地参与并决定作品的语言修辞和故事纹理"②。就此而言，虽然创作不能没有艺术素养和技巧，但最终决定作品分量的是艺术家的态度及对生活的深入反思。

另外，精品创作还需要艺术家贯彻创新意识。在这里，"新"与"精"关系密切，既指新的发现带来的精深思想，也指独特技巧的运用带来的精湛艺术。文艺创新既不是徒有其表的外在包装，也不是轰轰烈烈的促销造势，其核心在于促成精深思想、精湛艺术及独特艺术风格的形成。"'创新'并不仅仅是形式、技巧的创新，更重要的是

---

① 习近平：《在中国文联十大、中国作协九大开幕式上的讲话》，人民出版社2016年版，第8页。

② 梁鸿：《勘察世情发新语》，《人民日报》2016年12月2日第24版。

作家艺术家面对新的世界图景与新的文化格局,以其独特的眼光提出新的思想命题,并以新的艺术形式创造新的艺术境界。"①

四 创作新时代中国特色社会主义文艺经典

文艺作品经过漫长的历史选择和淘洗("经典化"过程),成为文艺经典。文艺经典具有思想深刻、艺术精湛、创新性强等特征,并且永不过时。当代文艺精品要想成为现代经典,作家艺术家必须坚持现实主义创作精神,扎根现实,凝聚时代精神,反映时代气象;同时,注意增强艺术表现力,塑造典型形象。

(一)经典是具有思想的穿透力、审美的洞察力、形式的创造力、不会过时的作品

卡尔维诺在《为什么读经典》中曾对文学经典做过十四种解释:"经典是那些你经常听人家说'我正在重读'而不是'我正在读'的书。""经典作品是一些产生某些特殊影响的书,它们要么本身以难忘的方式给我们的想象力打下印记,要么乔装成个人或集体的无意识隐藏在深层记忆中。""一部经典作品是一本每次重读都像初读那样带来发现的书。""一部经典作品是一本即使我们初读也好像

---

① 张江等:《文艺是民族精神的引擎》,《人民日报》2015年3月31日第14版。

在重温的书。"① 总之，文学经典具有思想内容丰富而深刻、创新强、影响大、流传长等特征。刘象愚在研究大量西方文学经典的基础上，指出经典作品包含一种可称为"经典性（canonicity）"的品质，其大致包括"内涵的丰富性""实质的创造性""时空的跨越性"和"可读的无限性"等特质。② 卡尔维诺和刘象愚准确地概括了文学经典的本质特征，深刻指出经典的形成经历了漫长的"经典化"过程，经受住了时间的考验。"经典之所以能够成为经典，其中必然含有隽永的美、永恒的情、浩荡的气。经典通过主题内蕴、人物塑造、情感建构、意境营造、语言修辞等，容纳了深刻流动的心灵世界和鲜活丰满的本真生命，包含了历史、文化、人性的内涵，具有思想的穿透力、审美的洞察力、形式的创造力，因此才能成为不会过时的作品。"③ 习近平总书记对于经典的阐释不仅与上述观点具有异曲同工之妙，而且深化、丰富了经典内涵。他深刻指出文艺经典具有广泛影响、不会过时的外在特征，其根本原因在于内容深刻、丰富及其他各方面的综合创新性。同时，这一深刻认识也为辩证阐释精品与经典的关系提供了理论指导。就内在品质而言，经典作品一定是文艺精品；否则，它不会思想精深、艺术精湛，不能称其为经

---

① ［意］卡尔维诺：《为什么读经典》，黄灿然、李桂蜜译，译林出版社2006年版，第1—10页。

② 参见刘象愚《〈文学理论〉总序二》，载［美］勒内·韦勒克《文学理论》，刘象愚等译，江苏教育出版社2005年版，第6页。

③ 习近平：《在中国文联十大、中国作协九大开幕式上的讲话》，人民出版社2016年版，第18页。

典。而就外在诉求来说，文艺精品首先必须活在当下，但一定不能只活在当下，必须以其深厚内容和创新品质赢得可读的无限性；否则，无法成为文学史经典。这一深刻认识对当前文艺精品创作的启发价值在于：艺术家扎根当下生活、厚积薄发、以人民喜闻乐见的形式创作反映时代主题的创新力作，是实现从精品到经典跃升的根本途径。

（二）一个时代的经典文艺作品，都是那个时代社会生活和精神的写照

关于"经典"范畴的使用，我们经常有一些模糊认识。这主要表现为：第一，经典是神圣的、神秘的，高邈不可即的，只有前人才能创造经典。当代创作切近现实，没有经过时间的检验与淘洗，无法判断其是否"经典"。"我们有一种错觉，仿佛一说'经典'，就是指古代人或者至少是前代人的作品。也许时间可以造就经典，但经典不是个时间概念，而是品质的概念，当代文学同样可以'经典'起来。"[①] 第二，经典具有跨时空品质，是留待后人阅读的。因此，创传世之作，可以不考虑当代人的生活，可以天马行空反映一些所谓"普世"问题。这一认识极其错误，背离了文学是现实生活能动反映的根本道理。"幻想同代人不阅读、不接受的作品后代人会接受，这本身就是非常乌托邦的。当代作家所表现的经验以及对世界的认识，是当代人更能理解还是后代人更能理解？当然是当代

---

① 张江等：《捍卫文学经典》，《人民日报》2014年5月16日第24版。

人更能理解当代作家所表达的生活和经验，更能够产生共鸣。从这个角度来说，当代人对一个时代经典的命名显然比后代人更重要。"① 上述两种认识危害极大，不仅混淆视听，而且给当前文艺精品创作带来消极影响。前者使部分艺术家放弃艺术理想，放任自流，降低作品品质；而后者则导致部分艺术家脱离现实，创作所谓"高蹈"或"唯美"之作。

事实上，经典都是对其产生时代情绪和精神的凝聚，都是那个时代社会生活和精神的写照，没有脱离时代的经典。经典首先是当代经典。翻开文学史，可以清楚地看到，《离骚》《天问》等首先是作为楚臣的屈原忠君爱国、至死不悔的精神追求，然后才是"上下求索"执着追求的普遍性教育意义。鲁迅的"国民性"批判虽然具有普遍意义，但其主要针对清末民初的社会现实和思想启蒙语境。《保卫黄河》中抗日救亡的呼声是1940年前后典型时代情绪的张扬。莎士比亚"四大悲剧"更是文艺复兴精神的形象抒写，以此掀起了反抗黑暗中世纪的热潮。同样，在中国当代文学的发展中，刘心武的"伤痕"意识、蒋子龙的"改革"精神、路遥的"平凡人生"叙事、贾平凹的"浮躁"情绪书写等也都浓缩着时代的影子。当代作家艺术家能够创作经典之作，当代精品也能成为现代经典。虽然这一"现代经典"不等同于文学史经典，更应突出其可接受性及广泛影响。因此，唯有根植现实，通过典型形象凝聚时代精神

---

① 张江等：《捍卫文学经典》，《人民日报》2014年5月16日第24版。

的文艺精品才容易达到上述效果，成为时代的史诗。

（三）扎根生活，凝神聚气，创作现代经典

习近平总书记在党的十九大报告中明确要求，在建设新时代中国特色社会主义伟大事业的革命征程中，文艺领域需要"加强现实题材创作，不断推出讴歌党、讴歌祖国、讴歌人民、讴歌英雄的精品力作"[①]。这一指示指明了创作现代经典的航向。现代经典不是神来之笔，不是模仿之作。它需要艺术家积极投身实践，以"干预生活"的姿态回应现实，以妙笔生花的才能艺术地呈现现实，书写当代中国人的奋斗与追求，凝聚中国精神，为中华民族伟大复兴的"中国梦"放歌。

第一，坚持现实主义创作精神。当前文艺创作没有达到理想高度，很大程度在于偏离现实主义创作态度。"去历史化"创作不尊重历史事实，穿越、玄幻创作不尊重生活真实，游戏、娱乐创作不严肃对待生活事实，低俗媚俗之作躲避崇高、不揭示社会真相与历史发展规律。改变上述繁而不荣、多而不精的创作现象，需要呼唤现实主义精神。现实主义创作不仅在方法上强调立足现实、反映现实，而且在艺术构思上突出再现性、客观性，在表现手法选择上强调写实性；现实主义创作不仅重视细节真实，而且重视"典型环境中的典型人物"的塑造。这是一种永不

---

① 习近平：《决胜全面建成小康社会 夺取新时代中国特色社会主义伟大胜利——在中国共产党第十九次全国代表大会上的报告》（2017年10月18日），人民出版社2017年版，第43页。

过时的创作方法。在现实主义看来，无论是取材历史还是当前生活，艺术家都要有一种现实关怀，有一种问题意识，都要直面人生。凌力创作的小说《少年天子》取材历史，描写少年福临感情生活及登基后力排众议的系列改革，但其创作于20世纪80年代初期，是对当时社会改革开放中矛盾问题的深入反思。清朝始建如何以开放的眼光进行满汉结合，与80年代初中国如何借鉴西方成功的经验何其相似。赵树理的作品都取材于现实中发展着的农村生活，其成功就在于以高度的担当和责任感直面生活，不回避生活中出现的问题，如实地揭示解放区新旧思想的矛盾与斗争。扎根生活，踩稳脚下的土地，细心关注土地上发生的一切，定会有所发现。

　　需要注意的是，坚持现实主义精神并不排斥浪漫主义情怀。"文艺创作的目的是引导人们找到思想的源泉、力量的源泉、快乐的源泉。清泉永远比淤泥更值得拥有，光明永远比黑暗更值得歌颂。广大文艺工作者要提高阅读生活的能力，善于在幽微处发现美善、在阴影中看取光明。"[①]因此，在具体创作中，艺术家应该将现实精神和浪漫情怀有机结合起来，注意塑造正面人物，赞颂英雄形象，以其在平凡岗位上作出的不平凡的事迹鼓舞人民，向人民昭示美好的生活前景，描绘民族发展的美好未来，激励大家为实现各自的"梦想"而奋斗。

　　第二，努力提高作品的艺术表现力和感染力。制约

---

① 习近平：《在中国文联十大、中国作协九大开幕式上的讲话》，人民出版社2016年版，第14页。

当前文艺经典涌现的另一个重要因素就是作品的艺术表现力和感染力较差，难以唤起读者的兴趣和观众的欣赏欲望，难以产生广泛的社会影响。这主要有两种情况。一是同质化、模式化、类型化创作盛行。作品取材"反腐"或关注"底层生活"，意在传播社会正能量，本身有其积极意义。但由于千人一面、万人一声，看其开头、知其结尾，不能引起读者兴趣，其效果和影响可想而知。二是琐碎化、离奇化的情节呈现。为了让读者感觉真实，事无巨细、照搬生活；为了吸引读者目光，夸张化地虚构生活。有些作品虽然部分地达到了目的，但总体让人感觉并不"真实"。突破上述"瓶颈"的根本途径在于作家提高艺术修为，以"典型化"方式塑造典型人物。作品主要人物既性格突出、个性鲜明，又能反映生活中某类人的特点，具有典型意义。为了突出其典型性，作品既强调细节真实，又注意将其放在典型环境中加以塑造，凸显社会发展的某些本质规律。如此处理，既能避免"席勒式"创作，又不至于重蹈"琐碎的个人化描写"，有利于典型形象的塑造。"典型人物所达到的高度，就是文艺作品的高度，也是时代的艺术高度。只有创作出典型人物，文艺作品才能有吸引力、感染力、生命力。"① 这一深刻认识为现代经典创作指明了方向。当然，提高作品艺术表现力和感染力需要综合创新。就如蜜蜂酿蜜，既不同于蚂蚁碌碌无为、食而不化，也不同

---

① 习近平：《在中国文联十大、中国作协九大开幕式上的讲话》，人民出版社2016年版，第12页。

于蜘蛛慵懒散漫、自以为是,"蜜蜂则采取一种中间的道路,它从花园和田野里面的花采集材料,但是用它自己的一种力量来改变和消化这种材料"①。

改革开放四十年来,火热的现实变革带动了文艺创作,产生了大批现代文艺经典。《平凡的世界》《沉重的翅膀》《白鹿原》《尘埃落定》《秦腔》等"茅盾文学奖"获奖作品即是这批经典的代表,它们取材现实,主题鲜明,传播了正能量和社会主义核心价值观念。暑期寒假热播、令人百看不厌的《西游记》(1986年版)、《喜羊羊与灰太狼》等以神话、动画等人民喜闻乐见的艺术形式告诉人们人生的意义与价值;革命战争史诗巨作《解放》《延安颂》等都以恢宏视野展现了中华人民共和国成立过程中的艰难历程,它们就是精品中的"精品",堪称现代经典。

党的十八大以来,广大文艺工作者牢记使命,积极投身社会实践,倾情服务人民,倾心创作精品,热情讴歌全国各族人民追梦圆梦的顽强奋斗,弘扬崇高理想和英雄气概,在文学、电影、电视、音乐、舞蹈、绘画、综艺等领域涌现出了大批精品力作,取得了突出成就。电影《百团大战》、电视剧《北平无战事》《海棠依旧》等都传播了正向能量,具有温暖人心的功效。2016年6月29日,庆祝中国共产党成立95周年音乐会《信念永恒》在人民大会堂上演,这台综合音乐会创编人员以宣扬理想信念为核心,气势恢宏,艺术精湛,制作精美,

---

① [英]培根:《新工具》,许宝骙译,商务印书馆1984年版,第92页。

达到了精品高度。G20峰会文艺演出《最忆是杭州》，让博大精深、兼容并蓄的中国文化与为全球经济复苏和发展贡献智慧的中国方案，共同铭刻在世界的记忆中，是宣传大国形象、展示文化自信的精品力作。此外，还有"纪念红军长征胜利80周年优秀电视剧展播"中的《长征大会师》《淬火成钢》、央视栏目《中国诗词大会》《朗读者》等都具有思想精深、艺术精湛、制作精良的精品特质。它们是近年来文艺领域筑就中华民族伟大复兴中国梦的经典之作。面对火热的社会实践，作家艺术家既要脚踏实地，心系人民；又要坚守艺术理想，精益求精。相信精品创作繁荣指日可待，精品力作成为现代经典不是梦想。

一直以来，马克思主义文艺理论十分重视文艺精品问题。早在1859年，恩格斯就提出了文艺精品应该具有"较大的思想深度和意识到的历史内容，同莎士比亚剧作的情节的生动性和丰富性的完美的融合"[①] 的本质属性。1942年，毛泽东同志在《在延安文艺座谈会上的讲话》中辩证分析了"普及与提高"的关系，指出"普及"是当时的主要工作，"提高"的方向是创作精品、"锦上添花"。习近平总书记关于文艺精品创作的重要论述是对经典马克思主义理论的继承、丰富和发展。习近平总书记指出当前文艺精品应以弘扬社会主义核心价值观为主导，在

---

① ［德］恩格斯：《致斐·拉萨尔》（1859年5月18日），载《马克思恩格斯选集》第4卷，人民出版社1995年版，第557—558页。

保持思想性、艺术性相统一的前提下，具有较大观赏性，做到"三性"有机协和，以适应市场经济中文艺发展的需要。同时，他审时度势地提出，在新形势下，文艺发展的关键是"提高"整体水平，创作精品，改变有"高原"无"高峰"的不良状况，以精品引领时代文艺发展。而在消费语境中创作精品，作家艺术家更须力戒浮躁，志存高远，保持精品意识，追求作品思想精深、艺术精湛、制作精良的高端品质及完美融合。习近平总书记对于精品与经典关系也有深刻阐释，他指出经典首先是时代精品，新时代中国特色社会主义伟大事业为精品文艺创作提供了丰富的素材，现代经典创作繁荣不再遥远。习近平总书记对文艺精品本质、功能及创作的阐释系统而又深刻，是新时代中国特色马克思主义文艺理论发展的新成果，对于指导和繁荣当前文艺创作具有十分重要的意义。

第五章

文艺要弘扬中国精神

"中国精神"是习近平总书记系列讲话中经常使用的一个概念。2013年3月,习近平总书记在十二届全国人大一次会议闭幕式上的讲话中曾经讲到,实现中国梦必须走中国道路,弘扬中国精神,凝聚中国力量。2014年10月在文艺工作座谈会上发表讲话时,"中国精神"也是使用频率很高的几个关键词之一。在这篇重要文献中,习近平总书记第一次明确地把中国精神的弘扬与文艺问题联系了起来,要求广大文艺工作者要通过自己的作品"讲好中国故事、传播好中国声音、阐发中国精神、展现中国风貌"[①]。2016年11月30日在中国文联十大、中国作协九大开幕式上发表讲话时,习近平总书记强调广大文艺工作者要"坚定不移用中国人独特的思想、情感、审美去创作属于这个时代、又有鲜明中国风格的优秀作品"[②]。在党的

[①] 习近平:《在文艺工作座谈会上的讲话》,人民出版社2015年版,第15页。

[②] 习近平:《在中国文联十大、中国作协九大开幕式上的讲话》,人民出版社2016年版,第8页。

十九大报告中，习近平总书记再次强调要"更好构筑中国精神、中国价值、中国力量，为人民提供精神指引"①。

习近平总书记在系列讲话中所讲的"中国精神"，既包含当代中国人的外在精神风貌、内在心灵境界，以及能够凝聚社会共识的核心价值观等时代内涵，也包括中华民族几千年积淀下来的具有鲜明民族特色的道德理想、人生信念、哲学智慧、美学精神、艺术传统等历史内涵。而习近平总书记关于文艺与中国精神关系的有关论述，则涉及用文艺作品提升当代中国人的精神境界；以优秀传统文化为给养提高中国当代文艺的精神内涵；通过弘扬中国精神凝聚中国力量，鼓舞全国各族人民朝气蓬勃迈向未来；通过文艺创作推广中国形象，让国际社会更好地了解中国等内容。

"用文艺弘扬中国精神，凝聚中国力量"实际上是以习近平同志为核心的党中央在新的历史条件下赋予文艺工作者的光荣历史使命。习近平总书记在文艺工作座谈会上的重要讲话把弘扬中国精神、传播中国价值、凝聚中国力量当成文艺工作者的神圣职责，号召广大文艺工作者努力"让中国精神成为社会主义文艺的灵魂"。2015年9月11日中共中央政治局会议审议通过的《关于繁荣发展社会主义文艺的意见》，很好地归纳总结了习近平总书记关于"用文艺弘扬中国精神"的有关论述要点，把它具体到"聚焦中

---

① 习近平：《决胜全面建成小康社会　夺取新时代中国特色社会主义伟大胜利——在中国共产党第十九次全国代表大会上的报告》（2017年10月18日），人民出版社2017年版，第23页。

国梦的时代主题""培育和弘扬社会主义核心价值观""唱响爱国主义主旋律""传承和弘扬中华优秀传统文化"这样几个方面,并对当代文艺工作提出了更加切实的要求。[①] 围绕《在文艺工作座谈会上的讲话》《在中国文联十大、中国作协九大开幕式上的讲话》这两个指导当前及今后我国文艺工作的重要文献中的有关论述,结合习近平总书记其他重要讲话以及中共中央发布的《关于繁荣发展社会主义文艺的意见》,联系新时代我国文艺工作的实际,认真领会"用文艺弘扬中国精神"这一命题的深刻内涵,是深入理解与把握习近平总书记关于文艺问题系列讲话的一个重要突破口。

一 弘扬社会主义核心价值观

(一)中国精神与社会主义核心价值观

在习近平总书记的系列讲话中,中国精神与社会主义核心价值观之间,有着十分内在的联系。《在文艺工作座谈会上的讲话》这篇重要文献第四部分以"中国精神是社会主义文艺的灵魂"为题,重点讲的就是怎样通过文艺培育与弘扬社会主义核心价值观的问题。

核心价值观是一个民族赖以维系的精神纽带,是一个国家共同的思想道德基础,同时也是国家文化软实力的灵魂,文化软实力建设的重点。社会主义核心价值观的具体内容,被概括为"富强、民主、文明、和谐、自由、平

---

① 《中共中央关于繁荣发展社会主义文艺的意见》,人民出版社2015年版,第7—9页。

等、公正、法治、爱国、敬业、诚信、友善"这二十四个字，这实际上涵盖了当代中国从国家政权到社会组织，直至普通公民应该遵守的基本道德规范和价值准则。而支撑这些道德规范与价值准则的，是精神层面的东西，那就是中国特色社会主义所追求的政治理想、社会理想与公民个人的人格理想。这些共同理想既符合现代文明的趋势，也具有强烈的民族特色，中国精神是其内在的灵魂。一方面，文艺作品对社会主义核心价值观的弘扬，就是对中国精神的弘扬；另一方面，用文艺弘扬社会主义核心价值观，必须把握抽象的道德规范与价值标准背后的精神内容，透过这二十四个字的概念硬壳，"将艺术审美视界与价值伦理视界融合，还原它的形象气韵和生命神髓，体现核心价值观的情感共鸣"①。

社会主义核心价值观的中国特色，集中体现在它与中华民族精神传统十分内在的联系上。中华文明绵延数千年，有其独特的价值体系。诸如自强不息、敬业乐群、扶正扬善、扶危济困、见义勇为、孝老爱亲、诚实守信等个人道德修养，以及建立在个人道德修养基础上的以德治家、以德治国、以德服天下的思想，都在社会主义核心价值观中得到了表现。中华传统美德植根在中国人内心，潜移默化地影响着中国人的思想方式和行为方式。社会主义核心价值观把中华传统美德作为根基，不但保证了其内在生命力和社会影响力，同时也保证了当代中国精神与中国

---

① 张江等：《中国精神是文艺之魂》，《人民日报》2015年1月16日第24版。

传统文化精神的一脉相承。在文艺作品中，将中华传统美德作为文化底蕴，努力塑造既符合这些传统美德，又具有当代精神内涵的人物形象，在文艺叙事中体现与维护中华优秀传统道德的立场，既是一个艺术家对民族精神的传承应当承担的义务，也是文艺作品具有鲜明的中国特色、中国风格、中国气派的重要体现。

文艺作品生动形象，具有很强的感染力，能够以其独特的方式对核心价值观的培育与弘扬发挥十分重要的作用。在《在文艺工作座谈会上的讲话》中，习近平总书记一方面重申了核心价值观的重要性，认为"如果没有共同的核心价值观，一个民族、一个国家就会魂无定所、行无依归"[①]；另一方面，又对广大文艺工作者提出了更加具体的要求，希望他们"高扬社会主义核心价值观的旗帜，充分认识肩上的责任，把社会主义核心价值观生动活泼、活灵活现地体现在文艺创作之中，用栩栩如生的作品形象告诉人们什么是应该肯定和赞扬的，什么是必须反对和否定的，做到春风化雨、润物无声"[②]。习近平总书记还要求广大文艺工作者，尤其是知名的艺术家，不仅要通过自己的文艺创作宣传社会主义核心价值观，而且还要在思想道德修养上追求卓越，身体力行地践行社会主义核心价值观，努力做到"言为士则、行为世范"。在《在中国文联十大、中国作协九大开幕式上的讲话》中，习近平总书记再次强

---

① 习近平：《在文艺工作座谈会上的讲话》，人民出版社2015年版，第22页。

② 同上书，第23页。

调,"广大文艺工作者要把培育和弘扬社会主义核心价值观作为根本任务,坚定不移用中国人独特的思想、情感、审美去创作属于这个时代、又有鲜明中国风格的优秀作品"①。

(二) 把爱国主义作为主旋律

习近平总书记在系列讲话中,尤其是涉及文艺工作时,十分强调社会主义核心价值观背后包含的爱国主义内容。他说,爱国主义是社会主义核心价值观中"最深层、最根本、最永恒"的内容,爱国主义文艺作品是"常写常新的主题",要求文艺工作者要把爱国主义作为文艺创作的主旋律。②

在中国,家国同构、家国一体的观念由来已久,深入人心。爱国主义既是中华民族十分重要的精神特质之一,是中国精神最集中、最鲜明的体现,也是历来文学艺术作品反复书写与颂扬的重要母题。许多文学作品的精神力量,许多艺术家的人格力量,都与对爱国主义这一母题的成功表现有着直接的关系。许多优秀的爱国主义作品作为艺术经典超越时空,历久弥新,被一代又一代中华儿女反复吟唱,成为中国人自强不息、奋斗不止的强大精神支柱,在中华民族的历史进程中发挥了重要而积极的作用。

---

① 习近平:《在中国文联十大、中国作协九大开幕式上的讲话》,人民出版社2016年版,第8页。
② 习近平:《在文艺工作座谈会上的讲话》,人民出版社2015年版,第24页。

当然，爱国主义的内涵与表现形式也是随时代不断变化发展的。封建时代家国一体的观念当中，既有把个人命运与国家民族命运联系在一起，以国为家、为国分忧、舍家为国的大局观念、忧患意识与献身精神，也渗透着落后的臣子意识与王权思想。而在现代民族国家建立的过程当中，爱国主义的内涵已经发生了重要变化。一方面，随着人们个体意识的觉醒，家国一体的观念不再以儒家天地君亲师为终极目标，不再以效忠帝王为旨归，而是以主权在民的民族国家为认同对象；另一方面，中国社会的现代化进程，实际上是与近代以来中国人民反抗帝国主义侵略，追求民族独立解放的奋斗历史联系在一起的，爱国主义因此也就表现为个人能够自觉地把自己的命运与民族的存亡、国家的兴衰、社会的文明进步联系在一起。近代以来无数次革命、战争的艰苦考验中，爱国主义精神往往转化为极为英勇、壮烈的英雄气概。这种具有深刻时代内涵的爱国主义精神，在中国20世纪许多文艺作品中得到了呈现，许多文艺经典、许多感人的艺术形象就是伴随着这种爱国主义精神的书写产生的。因此可以说，爱国主义的内涵会随时代发生变化，但爱国主义作为一种民族精神，却代代相传，并不断在文学艺术中得到生动的体现。"在中国文学史上，家国情怀既穿越古今，一以贯之，又常写常新，五彩斑斓。这造就了家国情怀母题极大的张力和丰富的蕴涵。"①

---

① 张江等：《家国情怀与文学书写》，《人民日报》2015年2月13日第24版。

第五章　文艺要弘扬中国精神

然而，习近平总书记在关于文艺问题的系列讲话中之所以反复强调艺术家在自己的创作中要体现爱国主义精神，也与近些年来，在后现代主义思潮以及一些错误观念的影响下，某些文艺作品对国家民族的情感表现得十分淡漠，甚至出现"调侃崇高、扭曲经典、颠覆历史，丑化人民群众和英雄人物"等不良倾向有关。习近平总书记多次强调，要通过文艺作品弘扬爱国主义，就必须正确看待中华民族的历史、中国共产党的历史以及中国当代社会正在发生的巨大变革。他在文艺工作座谈会上发表讲话时说，"中华民族5000多年的文明进步，近代以来中国人民争取民族独立、人民解放的浴血斗争，中国共产党领导人民进行的革命、建设、改革的伟大历程，古老中国的深刻变化和13亿中国人民极为丰富的生产生活，为文艺创作提供了极为肥沃的土壤"[①]，要求文艺工作者在创作中珍视这一历史传统。在《在中国文联十大、中国作协九大开幕式上的讲话》中又说，"历史给了文学家、艺术家无穷的滋养和无限的想象空间，但文学家、艺术家不能用无端的想象去描写历史，更不能使历史虚无化"，"戏弄历史的作品，不仅是对历史的不尊重，而且是对自己创作的不尊重，最终必将被历史戏弄。只有树立正确历史观，尊重历史、按照艺术规律呈现的艺术化的历史，才能经得起历史的检

---

① 习近平：《在文艺工作座谈会上的讲话》，人民出版社2015年版，第21页。

验,才能立之当世、传之后人"。①《中共中央关于繁荣发展社会主义文艺的意见》也重点强调,提倡爱国主义,首先应当坚持唯物史观,认为"不管历史条件发生任何变化,凡是为中华民族作出历史贡献的英雄,都应得到尊敬、受到颂扬,被人民记忆、由文艺书写";要求文艺界组织和支持爱国主义题材文艺创作,大力讴歌民族英雄,倾诉家国情怀,弘扬集体主义精神,不断增强做中国人的骨气和底气。正确反映中华民族五千多年文明史、中国人民近代以来斗争史、中国共产党奋斗史、中华人民共和国发展史、当代中国改革开放史。②

实际上,表现历史真实,反映历史前进的规律,鼓舞人们积极进取,创造新的生活,是马克思主义文艺理论的精髓。对于优秀的文艺作品而言,强烈的历史意识,以及从整体上把握历史的能力,是必不可少的。更进一步讲,尊重本民族的历史传统,特别是尊重那些推动民族历史发展的杰出人物与社会力量,在文学作品中正面反映他们,热情颂扬他们,是一个严肃的、具有强烈历史责任感与民族自信心的文学艺术家应有的基本态度。一部文学作品的深刻与厚重,大多与此相关。

然而,在过去一段时间里,国内文艺界却存在一种"去历史化"的观点与创作倾向。有些艺术家在自己的作

---

① 习近平:《在中国文联十大、中国作协九大开幕式上的讲话》,人民出版社2016年版,第9—10页。
② 《中共中央关于繁荣发展社会主义文艺的意见》,人民出版社2015年版,第8—9页。

品中，声称要以个人化、性别化、家族化、地域化的"小历史"视角，消解民族、国家、启蒙、革命等"大历史"叙事，这种主张也得到了一些批评家与理论家的呼应。还有一些作品，打着"玄幻""穿越""戏说"或者是"青春写作"的旗号，将历史主观化、碎片化、虚无化、荒诞化，变成一片废墟。正如有学者尖锐地指出的那样，上述对待历史的虚无主义态度，其实质是"有意阉割历史"，"通过历史的碎片化否定历史发展规律和中华民族的基本诉求；或以偏概全，即抓住片面和细节否定全面和整体，丑化、抹黑历史人物；甚至有意张冠李戴、以讹传讹，以达到歪曲历史之目的"①。尤其是当一些作品对历史的"颠覆"主要针对民族历史上著名的革命领袖、民族英雄时，其负面的影响更是不容低估。任由这种倾向发展下去，将会对中华民族的自信心起到瓦解的作用。

（三）展现内在的道德力量

用文艺弘扬社会主义核心价值观，还要求文艺工作者通过文艺创作，积极参与中国当下的道德建设。

习近平总书记强调，倡导社会主义核心价值观，是进行道德建设，以德治国的重要举措，文艺工作者不可放弃自己在道德建设中的责任，而应当通过自己的创作，积极为道德建设作出自己的贡献。

在2014年5月4日同北京大学师生座谈时，习近平总

---

① 张江等：《文学不能"虚无"历史》，《人民日报》2014年1月17日第24版。

书记就明确指出,"核心价值观,其实就是一种德,既是个人的德,也是一种大德,就是国家的德,社会的德。国无德不兴,人无德不立"①。在《在文艺工作座谈会上的讲话》中,习近平总书记对中国当下的道德状况及其产生的后果表现出了极大的忧虑。他说:"我国社会正处在思想大活跃、观念大碰撞、文化大交融的时代,出现了不少问题。其中比较突出的一个问题就是一些人价值观缺失,观念没有善恶,行为没有底线,什么违反党纪国法的事情都敢干,什么缺德的勾当都敢做,没有国家观念、集体观念、家庭观念,不讲对错,不问是非,不知美丑,不辨香臭,浑浑噩噩,穷奢极欲。现在社会上出现的种种问题病根都在这里。这方面的问题如果得不到有效解决,改革开放和社会主义现代化建设就难以顺利推进。"② 正是基于这一判断,习近平总书记对文艺工作者提出了通过文艺作品参与当代中国社会道德建设的要求:"我们要通过文艺作品传递真善美,传递向上向善的价值观,引导人们增强道德判断力和道德荣誉感,向往和追求讲道德、尊道德、守道德的生活。只要中华民族一代接着一代追求真善美的道德境界,我们的民族就永远健康向上、永远充满希望。"③

习近平总书记在文艺工作座谈会上的重要讲话,不仅表达了对当下中国道德状况及其产生的不良后果的担忧,

---

① 习近平:《习近平谈治国理政》第1卷,外文出版社2014年版,第168页。

② 习近平:《在文艺工作座谈会上的讲话》,人民出版社2015年版,第22—23页。

③ 同上书,第25页。

而且还对有些文艺作品在社会道德滑坡过程中推波助澜提出了尖锐的批评。他所批评的有些文艺作品"调侃崇高、扭曲经典、颠覆历史,丑化人民群众和英雄人物";"是非不分、善恶不辨、以丑为美,过度渲染社会阴暗面";"搜奇猎艳、一味媚俗、低级趣味,把作品当作追逐利益的'摇钱树',当作感官刺激的'摇头丸'";"胡编乱写、粗制滥造、牵强附会,制造了一些文化'垃圾'",[①]凡此种种现象,其实大多都与作家自身的道德修养不够,或者是在利益引诱下丧失道德立场有关。而且,这类作品公开发表后,不仅对文艺是一种伤害,对整个社会的精神更是一种污染,是导致当今社会价值观混乱与伦理道德失衡的一个重要因素。

在文艺作品中出现这种乱象,一方面与一些人过度夸大文艺市场化、娱乐化的性质,单纯追求商业利益,不顾作品的社会效益有关;另一方面也与文艺界曾经一度流行的"去道德化"主张有关。这种"去道德化"的主张在审美的名义下,反对中国文学中"文以载道"的传统,把作家的道德修养与应当对社会道德建设承担的责任与义务,看成是对作家个性、作家创作自由的一种束缚;把突破道德底线,看成是文艺家的一种"勇气";把在作品中集中展示丑陋、渲染暴力说成是思想内容的深刻或艺术风格上的创新,其对文艺、对社会的负面影响的确应当引起重视。

文艺与道德之间的关系问题,是一个涉及艺术本质的

[①] 习近平:《在文艺工作座谈会上的讲话》,人民出版社2015年版,第9页。

问题。否定了艺术与道德的关联，否定了艺术家对社会的道德建设所应当承担的责任，艺术便很难健康发展，艺术活动存在的价值也将大打折扣。如果说艺术创作行为可以表现为一种孤独的精神历险，带有个体性特征的话，那么艺术作品一旦发表，就完全进入了公共领域，具有了强烈的公共性。一个真诚而有良知的艺术家，一方面要通过创作活动满足自己精神探索与自我表达的需要，另一方面又要使自己的表达与他人的存在具有相关性，并帮助他人更好地生存，这就要求艺术家在把自己的作品交给公众时，必须考虑可能给社会带来的后果。一部艺术作品的道德境界，代表着一个艺术家的胸怀、视野。缺乏内在道德力量的作品，很难真正地打动读者；创造了这些作品的艺术家，当然也就很难像许多公认的艺术大师那样，在读者心目中树立起伟大的道义形象。因此，有学者说："文学要想表达对人性的理解，需要有强大的道德伦理构建力，文学与道德密不可分。企图在文学中消解道德，是对文学的社会功能的背离，也在根本上瓦解了文学。对于一个民族而言，文学这门艺术的文化选择，审美或审丑，与民族的道德伦理取向是一致的。消解道德，就消解了美，消解了文学自身。"①

正因为文艺活动与一个社会的道德建设之间有着密不可分的联系，所以习近平总书记在文艺工作座谈会上讲话时反复强调，文艺工作者"不仅要在文艺创作上追求卓

---

① 张江等：《文学不能消解道德》，《人民日报》2014年1月28日第14版。

越,而且要在思想道德修养上追求卓越",要创作出"能够启迪思想、温润心灵、陶冶人生,扫除颓废萎靡之风"的作品,"用栩栩如生的作品形象告诉人们什么是应该肯定和赞扬的,什么是必须反对和否定的,做到春风化雨、润物无声"①。《中共中央关于繁荣发展社会主义文艺的意见》也强调,要"大力支持文艺单位和作家艺术家从社会生活、当代人物中挖掘题材,讴歌真善美,贬斥假恶丑,彰显信仰之美、崇高之美,引导人们向往和追求讲道德、尊道德、守道德的生活"②。这些要求,值得每一个文艺工作者认真领会,自觉践行。

二 讲好中国故事

(一) 彰显当代中国特色

当代的文艺工作者不仅承担着培育中国精神的使命,更承担着阐释中国精神、传播中国精神的使命。文艺作品对中国精神的阐释与传播,不是通过枯燥的概念和生硬的说教完成的,而是借助于塑造生动的艺术形象,讲述引人入胜的故事完成的。因此,习近平总书记要求文艺工作者通过自己的作品"讲好中国故事、传播好中国声音、阐发

---

① 习近平:《在文艺工作座谈会上的讲话》,人民出版社2015年版,第23页。

② 《中共中央关于繁荣发展社会主义文艺的意见》,人民出版社2015年版,第8页。

中国精神、展现中国风貌"①。

而要做到这一切,就要求我们的文艺作品首先要具有鲜明的中国元素与中国特色。

向古代优秀的文学艺术传统与文化传统寻求灵感是当代文艺作品体现中国元素与中国特色的重要途径,然而,对当代文艺创作而言,体现中国特色,更重要的还是要能够真正触及当代中国经验,进入当代中国人真实的精神世界,表现当代中国社会的变迁。这实际上是对当代艺术家创造能力更大的考验。应该看到,在这方面,有相当一批作家,进行了积极探索,也取得了许多可喜的成就,产生了一批优秀作品。像路遥的《平凡的世界》,贾平凹的《秦腔》等作品,就对特定历史时期、特定地理空间里生活的当代中国人的奋斗历程、人生理想、精神状态进行了十分典型化的呈现,同时也全方位地展示出特定历史条件下中国社会的各种矛盾、各种复杂的人物关系,以及具有强烈地域特色的风土人情。

然而,整体来看,对于当代的艺术家而言,怎样使当代中国特色真正进入故事的叙述、人物性格的塑造、审美意境的营造、艺术语言的运用等更深的层面,而不是让它停留在生硬地贴一些标签符号的层面,仍然是一个难题。而在进行艺术创作时,完全把西方艺术作为模仿和学习榜样的现象还相当普遍。更有一些文学作品与影视作品,写的是当下中国发生的故事,然而从人物活动的场景、服

---

① 习近平:《在文艺工作座谈会上的讲话》,人民出版社2015年版,第15页。

装、用具甚至自然环境方面去看，完全像是发生在外国，甚至人物的情感方式、话语方式、工作方式、生活方式，都有明显的"去中国化"特征。

正因为如此，习近平总书记在文艺工作座谈会上的重要讲话对一些作品中存在的"以洋为尊""以洋为美""唯洋是从"，"把作品在国外获奖作为最高追求，跟在别人后面亦步亦趋、东施效颦"的创作倾向也进行了批评。

中国现代文艺无论是形式还是内容，都曾经受到西方文艺十分深刻的影响。20世纪80年代以后，中国文艺界许多人更是把模仿西方现代主义、后现代主义各流派的创作风格，当成走向艺术成功的灵丹妙药，而放弃了对自己民族文艺传统的研究与借鉴，放弃了对艺术活动至关重要的文化主体性。一味地模仿西方艺术给中国当代艺术带来很多负面影响，其最为直接的后果就是使得一些文艺作品的人物、故事、背景、语言、结构、风格完全脱离了中国社会，脱离了中国人的生活经验，脱离了中华民族的审美习惯。这些作品不仅不能被多数中国的受众所接受与认可，而且其艺术价值也大打折扣。有学者在对中国文学中的这一现象进行反思时十分深刻地指出，"拾人牙慧解决不了中国文学走向世界的问题。追随和摹仿，即便达到了同步和逼真的效果，充其量也只能是再造一部中国版的西方文学。提供不了新的经验和启示，这样的文学对世界没有意义。在此过程中，本土文学的鲜明特征反而日渐淡漠。其结果，不但未能实现'从边缘到中心的位移'，反而是更加严重地被边缘化"，作家们"唯一可以秉持的是民族性的文学和文学的民族性。丧失了民族性，迎合想象中的他者趣味，不仅会在文学中丧失了自我，也不可能真正地走进世界。民族性才是中国文学登上国际舞台的独特资本，是中国文学在世界文坛畅行无阻的通行证"①。

其实，不仅文学如此，各种艺术也都如此。一方面，中国当代艺术家有责任用自己的作品去记录当代中国人的生活、情感与梦想；另一方面，也只有深入当代中国社会内部、体现中国精神、具有中国特色的艺术品，才能够代表中国走向世界，被其他国家的受众所接受，并受到应有的尊重。"去中国化"对艺术家而言意味着失去自己的艺术个性，在艺术上是没有出路的。

（二）全面反映时代风貌

习近平总书记说："古今中外，文艺无不遵循这样一条规律：因时而兴，乘势而变，随时代而行，与时代同频共振。"② 对文艺创作而言，我们正在进行的中国特色社会主义建设的伟大实践，正在开启的民族振兴的宏业，就是震古烁今的壮举，是当今最激动人心的"中国故事"。讲好中国故事，首先要求文艺工作者直面这个时代，准确把握这个时代的脉搏，全面反映这个时代的风貌，用充满时代精神的作品激励人民更好地参与这场伟大实践。这是中国当代文艺工作者应该为这个时代承担的责任。

---

① 张江等：《重建文学的民族性》，《人民日报》2014年4月29日第14版。

② 习近平：《在中国文联十大、中国作协九大开幕式上的讲话》，人民出版社2016年版，第7页。

第五章 文艺要弘扬中国精神

一个国家特定历史时期的文艺作品，应该能够反映这个国家特定历史时期物质生活与精神生活的基本风貌。文艺作品的重要价值之一，就在于它以自己独特的方式，真实而具体地呈现出了不同地域、不同历史时期人类生活的面貌。像巴尔扎克、托尔斯泰、曹雪芹这样的文学大师，同时也是自己时代忠实的"书记员"，恩格斯曾经赞扬巴尔扎克的小说，甚至在经济细节方面让人所学到的东西，也要比所有的职业历史学家、经济学家、统计学家那里学到的还要多。而在人类历史上，一个大变革、大发展的时代，对文艺创作而言，往往构成难得的契机。敏锐的艺术家，往往能够精准地把握住时代脉搏，创作出惊心动魄的伟大作品。中国艺术发展史上恢宏的"汉唐气象"，正是繁荣强盛的汉唐王朝的折射。改革开放以来，在短短四十年的时间里，中国人的经济活动方式、社会组织方式、人际交往方式、情感表达方式乃至最深层的思想价值观念都发生了深刻的变化，这一变化，即使放在中华民族五千年的文明史长河中去观察，也称得上波澜壮阔。正如习近平总书记所言，"这是一个风云际会的时代，也是一个英雄辈出的时代"[①]。通过文艺作品反映中国社会过去几十年发生的重大变化，展示中华民族未来的发展前景，既是中国当代文艺工作者义不容辞的伟大历史使命，也是中国文艺发展与繁荣的千载难逢的机遇。因此，习近平总书记一再强调文艺与时代之间的紧密联系，告诫文艺工作者关注自

[①] 习近平：《在中国文联十大、中国作协九大开幕式上的讲话》，人民出版社2016年版，第3页。

己的时代，创作出无愧于自己时代的伟大作品。

就当下的文艺创作而言，相对于历史题材的作品，现实题材少得可怜；在以当下社会生活为背景的作品中，还有相当一部分作品或者流于表面，对现实的呈现浮光掠影，缺乏思想深度；或者逃向个人的内心，拘囿于私人生活的表现，缺乏社会生活的广度；或者片面偏激，荒诞灰暗，难以起到凝心聚力的社会效果。能够深刻反映当代中国社会的巨大变迁，全面展示当代中国社会发展进程，很好地阐释中国精神与中国道路，极大地鼓舞全国人民斗志，凝聚中华民族力量的鸿篇巨制，在近几十年来的文艺创作中还比较少见。

著名批评家白烨先生曾说："我记得前些年，在一些研讨会和座谈会上，理论批评界想举出一些相对完整地追踪与记述改革开放三十多年历史发展进程，并具有较高文学性与较大影响力的小说作品，但想来想去，举出的作品都不甚理想。我们还缺少与这个伟大时代相称的精品力作，确是不争的事实。"[①] 中国当代文艺之所以会出现习近平总书记所说的"有'高原'缺'高峰'"现象，这应当是重要原因之一。

因此，中共中央发布的《关于繁荣发展社会主义文艺的意见》号召文艺工作者投身当代中国的文化建设，"聚焦中国梦的时代主题"，"深入开展中国梦主题文艺创作活动，生动反映改革开放和社会主义现代化建设的伟大实践，全面展示中国特色社会主义发展前景，着力书写人们寻梦的

---

① 张江等：《写出时代的史诗》，《人民日报》2014年10月31日第24版。

理想和追梦的奋斗，汇聚起同心共筑中国梦的强大精神力量"，① 推出更多无愧于民族、无愧于时代的文艺精品。

（三）讲好老百姓身边的故事

讲好中国故事，不仅要求文艺工作者通过文艺作品将一个正在前进的中国全面客观地展现出来，让人民看到民族复兴事业的光辉前景，而且还要走进老百姓的生活，讲好老百姓身边的故事。只有这样，文艺作品讲述的中国故事才能更感人，更有温度。

习近平总书记指出："实现中华民族伟大复兴的中国梦，就是要实现国家富强、民族振兴、人民幸福。"② 在这里，习近平总书记通过"中国梦"这个概念，把国家的追求、民族的向往、人民的期盼融为了一体。按照这种理解，中国梦所体现出的，实际上是中华民族同中国人民的整体利益，表达的是每一个中华儿女的共同愿望，是家国情怀、民族情怀、人民情怀的统一。在文艺工作座谈会上的重要讲话中，习近平总书记进一步讲道，文艺要"深深融入人民生活，事业和生活、顺境和逆境、梦想和期望、爱和恨、存在和死亡，人类生活的一切方面，都可以在文艺作品中找到启迪"③。因此，"优秀作品并不拘于一格、

---

① 《中共中央关于繁荣发展社会主义文艺的意见》，人民出版社2015年版，第7页。

② 习近平：《习近平谈治国理政》第1卷，外文出版社2014年版，第39页。

③ 习近平：《在文艺工作座谈会上的讲话》，人民出版社2015年版，第8页。

不形于一态、不定于一尊,既要有阳春白雪、也要有下里巴人,既要顶天立地、也要铺天盖地。只要有正能量、有感染力,能够温润心灵、启迪心智,传得开、留得下,为人民群众所喜爱,这就是优秀作品"①。

国家、民族其实都是由一个个具体的人组成的,中国梦,归根结底是每一个中国人的梦想。文艺作品中表现的中国梦,既应该涉及民族复兴、国家强盛这样的"宏大叙事",也应该涉及作为一个中国人具体的梦想,反映这个时代普通中国人的追求。而对一个普通的中国人而言,中国梦可能具体到上学就业、住房的改善、医疗的保障、生活的尊严、事业的成功、人生价值的实现,等等。因此,讲好中国故事,需要艺术家深入一个个中国人的具体生活中,了解普通中国人的心灵世界,反映普通中国人的生活愿望,表现这个时代普通中国人为实现自己的人生梦想而奋斗的历程与不懈追求的精神。

习近平总书记在谈到他对河北作家贾大山的印象时,曾深情地讲,"文艺工作者要想有成就,就必须自觉与人民同呼吸、共命运、心连心,欢乐着人民的欢乐,忧患着人民的忧患,做人民的孺子牛"②。有作家也指出,贾大山的成功,正在于他多年来深深扎根于基层,扎根于群众生活,"这使他的写作洋溢着人民性,在日常化的细节描写中折射世情百态与社会万象,同时又以幽默的情趣表达臧

---

① 习近平:《在文艺工作座谈会上的讲话》,人民出版社2015年版,第7—8页。

② 同上书,第18页。

否","这样的文学,以群众喜闻乐见的方式,反映人民的心声与时代的情绪,正是人民所需要和喜欢的"。① 贾大山的成功证明,作家离地面越近,离泥土越近,离百姓越近,他的创作就越容易找到力量的源泉。

而在我们一段时期以来的文艺创作中,有不少作品要么充斥着艺术家本人自恋的话语,要么醉心于展示"中产阶级趣味";有些作品靠乱伦、偷窥、阴谋、仇杀等极端叙事吸引眼球,还有的作品则追求脱离自身民族传统、脱离读者的技术性实验与文字游戏。有些文艺作品中也会出现普通的农民、工人形象,以及农村、工厂、家居等日常生活劳动场景,但却往往流于概念化、表面化,故事情节也基本上是闭门造车的产物,距离普通人的生存状态与真实的生活十分遥远,最终沦为类型化、娱乐化的文化泡沫。艺术家这样去从事文艺创作,不仅使自己的作品缺乏大胸怀、大视野、大境界,而且也缺乏真情,缺乏温度,缺乏令人感动的细节,缺乏优秀文艺作品应该具有的内在道德力量。习近平总书记要求文艺工作者在书写中国梦时,关注普通人的生活与命运,正是为了克服当前文艺作品中存在的这种现象。一个艺术家也只有眼睛向着人类最先进的方面注目,同时真诚直面当下中国人的生存现实,才能为人类提供中国经验,同时,我们的文艺也才能为世界贡献特殊的声响和色彩。

---

① 张江等:《文学的筋骨和民族的脊梁》,《人民日报》2014年12月30日第23版。

（四）向世界传播中国声音

将中国故事传播到世界各地，让世界上更多的人听到中国的声音，了解中国文化，认同中国文化的核心理念，理解中国道路，是习近平总书记赋予当代文艺工作者的另外一项使命。

从中华民族伟大复兴的角度讲，当今国际社会国家与民族之间的竞争，不仅体现在经济实力与科学技术水平的竞争上，同时也体现在文化软实力的竞争上。而一个国家的文化软实力，集中体现为是否有一套为本国人民所认同、遵循，为世界人民所接受、所尊重的话语体系、价值理念、思维方式、生活方式等。可以说，文化软实力体现的是一个国家由共同的文化形成的凝聚力和生命力，以及由此而在国际社会所能够产生的吸引力和影响力。而文化软实力的吸引力与影响力，是需要通过文化的海外传播实现的。一方面，文艺作品承载着一个国家、一个民族的生活状态、情感方式与文化基因，代表着一个国家和民族的形象，文艺作品的质量，是一个国家文化软实力的重要体现；另一方面，文艺作品在向世界传播当代中国话语体系、价值理念、思维方式、生活方式等方面，具有不可替代的作用。对于中国国家形象的推广而言，光靠正规的新闻发布、官方介绍是远远不够的，靠外国民众来中国亲自了解、亲身感受是很有限的。而一部小说，一篇散文，一首诗，一幅画，一张照片，一部电影，一部电视剧，一曲音乐，都能给外国人了解中国提供一个独特的视角，都能以各自的魅力去吸引人、感染人、打动人。因此，通过文艺作品，以生动形象、引人入胜的中国故事传播中国形象,对中国文化软实力的提升、国家形象的推广具有重要意义。当代的文艺工作者有责任"让外国民众通过欣赏中国作家艺术家的作品来深化对中国的认识、增进对中国的了解","向世界宣传推介我国优秀文化艺术,让国外民众在审美过程中感受魅力,加深对中华文化的认识和理解"。①

习近平总书记指出:"提高国家文化软实力,要努力提高国际话语权。要加强国际传播能力建设,精心构建对外话语体系。"② 因此,文艺作品向海外的传播,不但需要我们的作品具有艺术上的高度,成为艺术精品,能够为不同国家的人民所接受与欣赏,需要我们的作品具有自己民族的特色,真正体现中华民族自身的文化底蕴与艺术风格,成为推广中国的文化名片;而且还需要我们有组织、有计划地在国际上进行推广,充分利用各种媒体手段,各种文化交流的机会,将真正具有艺术价值,具有中国特色的优秀作品译介出去,宣传出去。

三　结合时代精神融会传统资源

(一) 继承文化传统的血脉

书写时代精神与体现文化传承一直是习近平总书记思

---

①　习近平:《在文艺工作座谈会上的讲话》,人民出版社2015年版,第15页。

②　习近平:《习近平谈治国理政》第1卷,外文出版社2014年版,第162页。

考文艺问题时两个不可分割的向度。在 2014 年 10 月召开的文艺工作座谈会上，习近平总书记就指出："文艺创作不仅要有当代生活的底蕴，而且要有文化传统的血脉。"①在 2016 年 11 月召开的中国文联十大、中国作协九大开幕式上发表讲话时，习近平总书记又十分辩证地把继承中华优秀传统文化与当代文艺创新问题联系起来，强调优秀传统文化是文艺创新的重要资源，要求文艺工作者"加强对中华优秀传统文化的挖掘和阐发，使中华民族最基本的文化基因同当代中国文化相适应、同现代社会相协调，把跨越时空、超越国界、富有永恒魅力、具有当代价值的文化精神弘扬起来，激活其内在的强大生命力"②。

在创造新文艺的过程中，如何对待本民族过去已经形成的文化传统与艺术经验，是马克思主义文艺理论必须面对的一个重大理论问题，习近平总书记在中国文联十大、中国作协九大开幕式上的讲话中关于优秀传统文化与当代文艺创作关系的论述，是在新的历史条件下对这一理论问题作出的新的思考。对此，我们只有结合马克思主义文艺理论在中国的发展历程，以及中国文艺在当代新的历史使命，才能够有更加深入的领会。

历史地看，习近平总书记关于传统文化与当代文艺创作关系的论述，实际上是对中国马克思主义文艺理论固有

---

① 习近平：《在文艺工作座谈会上的讲话》，人民出版社 2015 年版，第 25 页。

② 习近平：《在中国文联十大、中国作协九大开幕式上的讲话》，人民出版社 2016 年版，第 15 页。

立场的继承。

对早期的国际共产主义运动而言，在创立无产阶级新文艺的过程中，如何对待本民族的传统文化，不同的马克思主义文艺理论家有不同的理解。而且，在不同的历史时期，面对不同的现实语境，无产阶级政党也会对传统文化采取不同的态度。

中国共产党领导下开展的左翼文艺运动，形成于20世纪二三十年代。这一文艺运动一方面受到"五四"文艺精神的直接影响，包含了"五四"文艺科学、民主、启蒙的主旨；另一方面也试图以"革命文学"等口号为引导，超越"五四"文艺传统。在这一时期，文艺的阶级性、大众化及其宣传功能，是左翼文艺家们关注的重点。无产阶级文艺与传统文化的关系问题，基本上还没有进入中国马克思主义文艺理论家的视野。到了20世纪30年代中期以后，随着民族危机的加剧，在建立抗日民族统一战线的过程中，中共领导下的左翼文艺阵线内部开始就文艺的民族形式问题展开了一场十分热烈的讨论。在这一讨论过程中，强调利用与改造旧的民族形式，以超越过于西化的"五四"文艺的声音，最终占据了上风。

在关于文艺的民族形式的讨论中，中国的马克思主义文艺理论家们明确指出，民族形式的问题，就是"中国民族旧文艺传统的继承与发扬的问题"[1]。这显然是一种与"五四"时期差异很大的文艺观念。在这里，新文

---

[1] 艾思奇：《旧形式利用的基本原则》，《文艺战线》第1卷第3号，1939年4月16日。

艺与旧文艺之间，不再是断裂的、相互取代的、你死我活的关系，而是一种继承、改造、转化的关系。这种对待传统文化的态度，意在保证民族文化传统的一脉相承，并使文艺的受众以文艺作品为中介获得民族身份的认同感，使文艺工作在抗日民族统一战线的形成中发挥积极的作用。

毛泽东同志的文艺思想，也是在这一时期开始形成的。然而，与当时许多参与文艺民族形式讨论的左翼理论家相比，毛泽东同志的深刻之处在于，他并不仅仅把文艺民族形式的提倡，当成为建立抗日民族统一战线，动员民众抗战而采取的临时性文化策略，而且一开始就把它上升到了在中国要建立什么样的"新文化"这一高度。在《新民主主义论》中，他强调新民主主义文化应该是"带有我们这个民族的特性"的文化[1]；《在延安文艺座谈会上的讲话》又进一步明确地提出要利用过去时代的文艺形式，并对旧形式加以改造，加进新的内容，使之"变成革命的为人民服务的东西"[2]。之后，毛泽东同志又提出以"人民性"为标准，对传统文化进行鉴别分析，以便"去其糟粕，取其精华"，批判性地加以利用。

可以看出，习近平总书记对当代文艺创作与优秀传统文化关系的强调，与之前中国马克思主义文艺理论家对于

---

[1] 毛泽东：《新民主主义论》，载《毛泽东选集》第2卷，人民出版社1991年版，第706页。

[2] 毛泽东：《在延安文艺座谈会上的讲话》，载《毛泽东选集》第3卷，人民出版社1991年版，第855页。

这一问题的思考，是一脉相承的。他在论述文艺问题时所使用的"中国精神"这一概念，以及对当代文艺创作提出的"体现中华文化精神、反映中国人审美追求"的要求，与毛泽东同志关于文艺要有"中国作风与中国气派"的思想之间，更是有着明显的继承关系。

同时，习近平总书记关于传统文化与当代文艺创作关系的论述，也是结合新的国内、国际形势，在中华民族发展的新的历史阶段，对中国马克思主义文艺理论的创造性发展。

当初，在提倡文艺的民族形式的左翼理论家看来，"五四"文艺存在的问题，不仅仅包括其所采用的文艺形式是外来的，缺少中国自己的特色，同时还包括它过于文人化，脱离了大众的审美趣味与欣赏水平。因此，在试图纠正"五四"新文艺存在的问题时，民族化与大众化两个视野是叠加在一起的。这种叠加，使得中国的左翼理论家们不可能无保留地赞同与接受主要由文人士大夫阶层的创作构成的古典文艺主流传统。因此，20世纪三四十年代对文艺民族形式的提倡，最后落实到了对传统民间文艺与通俗文艺形式的改造与利用之上。毛泽东同志虽然指出"我们这个民族有数千年的历史，有它的特点，有它的许多珍贵品"，"从孔夫子到孙中山，我们应当给予总结，承继这一份珍贵的遗产"；[①] 在文艺问题上，对包括中国古典诗词在内的主流文艺传统更多持肯定的态度，但他其实主要着

[①] 毛泽东：《中国共产党在民族战争中的地位》，载《毛泽东选集》第2卷，人民出版社1991年版，第534页。

眼于民族自身固有的文艺形式的利用。而当习近平总书记思考当代文艺创新与传统文化的关系时，则十分重视对包括中华民族特有的哲学智慧、美学精神、传统美德等在内的传统文化核心内容的继承与发扬。

习近平总书记的这一文化立场，是从中国优秀传统文化对当今中国发展的重要意义，以及中华民族怎样向世界贡献中国智慧这样的角度出发提出的，体现出的是一种对自身民族文化传统更加坚定的自信。在中国文联十大、中国作协九大开幕式上的讲话中，习近平总书记强调"中华民族生生不息绵延发展、饱受挫折又不断浴火重生，都离不开中华文化的有力支撑"[①]，并把坚定文化自信提高到事关国运兴衰、文化安全、民族精神独立的高度，强调对文艺创作来讲，"没有文化自信，不可能写出有骨气、有个性、有神采的作品"[②]。

（二）发扬中华美学精神

值得注意的是，在《在文艺工作座谈会上的讲话》中，习近平总书记在谈到用文艺作品传承与弘扬中国优秀传统文化的同时，还涉及文艺活动中如何发扬中华美学精神这一更为具体的问题。

对于中华优秀传统文化与中华美学精神这两个概念，习近平总书记在他的系列讲话中都有论述。他对中华优秀

[①] 习近平：《在中国文联十大、中国作协九大开幕式上的讲话》，人民出版社2016年版，第4页。

[②] 同上书，第6页。

传统文化的总结，涉及中华民族在长期发展过程中形成的包括生活方式、行为规范、道德伦理、思维方式、理想信念等在内的许多内容，这些文化传统是基于本民族的自然条件与社会状况，融汇了多种文化、思想和智慧形成的，曾经在过去几千年的时间里，维持着中华民族文化的独特性、丰富性及内在统一性，为持续推进中华民族的发展发挥了积极作用。中华美学精神不仅是中华民族优秀传统文化的重要组成部分，也是中华优秀传统文化艺术性的呈现。

习近平总书记把中华美学精神的核心概括为"讲求托物言志、寓理于情，讲求言简意赅、凝练节制，讲求形神兼备、意境深远"[①]。对于这一概括，有学者认为它"提摄了中华美学精神的主要内核，有着深刻的内在逻辑关联"，具体地讲，"讲求托物言志、寓理于情，是中国的文学艺术创作中审美运思的独特方式"；"讲求言简意赅、凝练节制，是中国的文学艺术创作中审美表现的独特方式"；"讲求形神兼备、意境深远，是中国的文学艺术作品审美存在的独特方式"。[②]

从表现形态上看，中华美学精神的存在要远远超出艺术的领域，涉及从艺术到政治、从哲学思维方式到日常行为方式、从社会理想到对自然的观照等各个领域、各个层

---

① 习近平：《在文艺工作座谈会上的讲话》，人民出版社2015年版，第26页。

② 张晶：《三个"讲求"：中华美学精神的精髓》，《文学评论》2016年第3期。

面。可以说，对中国人而言，"小到个人修为，大到齐家治国，近至一草一木，远至星系宇宙，都被审美化了，都蕴含着中国人的美学思维、美学精神"①。因此，中华美学精神已经深深地融入民族的血液之中，成为中国精神的核心内容之一。

然而，中华美学精神的内容却并非是凝固不变的，随着中华民族历史的发展，它也不断获得新的发展。在中华美学精神不断丰富与发展的过程中，文学艺术家发挥了主导性的作用。中华美学精神不是存在于抽象的概念中，也不是通过抽象的概念演绎与逻辑思辨发展的，而是通过一个个生动的艺术形象得到呈现，并在新的艺术形象的创造中得到传承与发展的。从《诗经》的温柔敦厚之美，到汉赋的弘丽之美；从魏晋人物画中体现的名士风流，到唐代龙门石窟造像中呈现的雍容气度；从宋明白话小说浓厚的世俗生活气息，到笼罩《红楼梦》这部清代小说的空灵与悲凉，一代又一代艺术家，把自己的创作才华融入新的时代精神当中，创作出了一部部惊世骇俗的文艺作品，展示了中华美学精神的丰富内涵与蓬勃的生命力。

当代文艺作品对传统文化的继承，很重要的一个方面就是能够在作品中体现出中华美学精神的独特韵味，这是当代艺术作品民族性的一个重要标志，同时也是一部作品独特艺术魅力的体现方式。艺术作品的民族性，当然可以通过题材的民族化、哲学观念的民族化，以及一些具有强

---

① 张江等：《展现中华审美风范》，《人民日报》2015年3月9日第20版。

烈民族特征的文化符号体现。但是，在更深的层面上，还是要通过富有民族特色的审美风格、审美趣味、审美理想体现出来。只有真正体现中华民族自己的审美风格、审美趣味、审美理想的作品，才能经得起时间的检验，具有长久的艺术生命力。而且，从艺术价值的角度讲，那些达到一定的艺术高度，真正具有艺术魅力的作品，也往往是很好地诠释了中华美学精神，切合了民族自身审美心理的作品。从这个意义上讲，习近平总书记对中华美学精神的强调，既要求文艺工作者打通当代文艺与民族文化传统的关系，为中华传统文化的继承与发扬作出自己的贡献；也体现着习近平总书记对当代文艺作品从艺术价值的角度提出的要求，为艺术家们创造文艺精品，树立文艺高峰提供了一条富有启发性的思路。

（三）继承传统要结合当代实际

习近平总书记十分重视优秀传统文化对当代文艺创新的滋养作用，但同时也强调传统资源只有经过创造性的转化，与当代精神相结合，才能够具有鲜活的生命力。他说，中华文化既是历史的、也是当代的，对传统文化，"既需要薪火相传、代代守护，也需要与时俱进、推陈出新"。因此，他要求文艺工作者"加强对中华优秀传统文化的挖掘和阐发，使中华民族最基本的文化基因同当代中国文化相适应、同现代社会相协调"[①]，认为真正优秀的文

[①] 习近平：《在中国文联十大、中国作协九大开幕式上的讲话》，人民出版社2016年版，第15页。

艺作品，要既能够反映中华文化精髓，反映中国人的审美追求，同时也能够传播当代中国价值观念，符合世界进步潮流。

实际上，习近平总书记关于传统文化与当代文学创新关系的认识，就是结合中国文艺当下发展的实际作出的判断。

中国当代文艺是在"五四"新文艺的基础上发展起来的。"五四"新文艺对传统文化采取了比较激烈的批判立场，这与当时中国文化急需摆脱传统羁绊、实现革新的要求有关。然而，"五四"新文艺因此也具有了很大的历史局限性，制造了古典与现代的二元对立，并将文艺的现代性寄托于对西方文艺形式的简单移植，结果导致"五四"以来的中国文艺在许多时候都存在过度"西化"的倾向，与中国自身的文化传统和艺术传统之间形成了十分明显的"断裂"。这使得在"五四"新文艺基础上发展起来的20世纪新文艺与有着几千年历史的民族文学传统的对接，始终存在障碍。在"五四"新文艺已经存在百年的今天，中国当代文艺要获得新的发展，就必须重新思考其发展方向，打破新与旧的二元对立，使当下的文艺创作不仅与"五四"新文艺的优秀传统对接，而且使它能够越过"五四"传统，与中国古典文学的优秀传统对接，将中华优秀传统文化作为今天文学创新的重要资源。只有这样，才能够创造新的辉煌。而且，在今天，对中华民族几千年来优秀传统文化的肯定，也是文化自信的体现。一个国家的人民在实现了民族独立、物质生活水平逐渐得到提高之后，提高文化品位，提升对自己民族文化的自信心，获得强烈的民族自豪感，必然成为一种内在的精神需要。

然而，借鉴传统也必须要立足当代，服务于当代。一方面，当代中国精神要建立在吸纳融化中华优秀传统文化的基础上；另一方面，文艺创作对包括中国古典文艺传统、中华美学精神、中华传统美德等在内的传统资源的吸纳，也主要表现为在当代语境中激活这些传统资源，赋予这些传统资源以鲜活的时代内涵，对传统资源进行创造性转化。中华民族在过去几千年的时间里所创造的诗词歌赋、音乐绘画、建筑雕塑，等等，其艺术成就是辉煌的，这些艺术成就既代表着中华民族曾经达到的艺术高度与精神高度，也是中华民族对世界文明的重要贡献。当代艺术家从事艺术创作必须面对这一文化传统与艺术传统，这是当代中国艺术走向新的辉煌，得到世界认可的重要基础。但是，正如一味地模仿西方是没有出路的一样，一味地模仿古人的创作，对于当代艺术家而言，也是没有出路的。一个时代有一个时代的社会生活，一个时代有一个时代的审美理想。当代中国艺术，既应该是中国过去几千年优秀文化传统与艺术传统的传承与延续，也应当是当代社会生活与当代人的审美理想的反映。优秀的民族文化传统与中华美学精神，必须经过创造性的转化，与当代中国人的社会生活与审美理想结合，才具有生命力。因此，习近平总书记要求，在强调传统文化与中华美学精神的继承时，一定要找出那些"跨越时空、超越国界、富有永恒魅力、具有当代价值的文化精神"，并"激活其内在的强大生命力"，只有这样，才能"让中华文化同各国人民创造的多彩文化一道，为人类提供正确精神指引"①。

　　习近平总书记的系列讲话中有关文艺问题的观点，特别是在《在文艺工作座谈会上的讲话》以及《在中国文联十大、中国作协九大开幕式上的讲话》中对文艺问题的深刻论述，是当代中国马克思主义文艺理论的指导性文献。如果说"坚持以人民为中心的创作导向""党的领导是社会主义文艺发展的根本保证"等观点，更多体现的是习近平总书记在文艺观念上对中国共产党一贯方针路线的继承的话，"让中国精神成为社会主义文艺的灵魂"的要求，以及对文艺与中华优秀传统文化、中华美学精神、中华民族传统美德之间关系的论述，则更多地体现了对中国马克思主义文艺理论的发展与创新。从毛泽东同志提出以"民族形式"为核心的"中国作风与中国气派"，到习近平总书记提出要弘扬包含了中华优秀传统文化、中华美学精神、中国传统美德、当代中国人的中国梦、社会主义核心价值观等内容的"中国精神"，马克思主义文艺理论在中国化的过程中，朝着与中国的历史传统与社会现实相结合的方向又迈出了关键性的一步，步入了一个新的历史阶段。其对中国当前及以后相当长一段时间内的文学艺术的发展，将产生巨大影响。

---

　　① 习近平：《在中国文联十大、中国作协九大开幕式上的讲话》，人民出版社2016年版，第15—16页。

第六章

文艺不能当市场的奴隶

习近平总书记关于文艺的系列讲话，就新时代中国特色社会主义语境下文艺与市场的关系问题，从历史唯物主义和辩证唯物主义的角度出发，站在历史和美学的高度，给出了富有创见的指导性意见。其核心观点有：（1）文艺发展要充分尊重市场规律，市场是当代文艺的基本处境，文艺发展离不开市场；（2）文艺要坚持应有的艺术标准，不能在市场经济大潮中迷失方向，不能当市场的奴隶，不能被市场牵着鼻子走；（3）文艺发展要兼顾经济效益和社会效益，但当文艺的经济效益与社会效益发生冲突时，要将社会效益放在首位；（4）社会主义文艺是为人民的文艺，要发挥文艺的审美教育和社会教育作用。这就要求我们必须正确认识和处理文艺与市场的关系，在实践中既要坚持形而上的美学批判视野和科学的评价尺度，也要不断完善文艺创作的相关管理机制和保护机制，为中国当代文艺向"高峰"挺进创造条件。

一 市场是当代文艺的基本处境

习近平总书记讨论文艺与市场关系问题的现实基础

是，市场经济已经成为当前中国经济的主导模式，市场是当代文艺发展面临的基本处境，"许多文化产品要通过市场实现价值，当然不能完全不考虑经济效益"①。市场的建构力量已经介入文艺的生产、流通、评价和价值的生成过程之中。市场就其本身而言，既非文学的主宰，亦非其奴仆。"作家只是生活在一个市场原则占据重要比例的经济环境之中。……市场不是人格化的事物，不是一个立在对面的对手，而只是一个人的生存环境。市场就像足球比赛的赛场一样。球员不是球场的主人，也不是球场的奴隶，他打不赢球场，也无法输给球场，球员只是在球场中踢球而已。作家也是如此，生活在市场中，市场是其生活的环境。"② 正如球员要适应球场的规则一样，作家也要遵循市场规律。无论他们的意愿如何，都必须将自己的作品投入到市场中，通过与其他作家的竞争来获取消费者给予的声望和经济收益。任何文艺作品，若是不能进入市场，就无法为消费者获取，也就无法真正获取其作品身份，更遑论有什么文艺价值和社会效益。市场虽然是隐形的，却无时无刻不在对作家、艺术家发挥着影响。这种影响既是制度上的，也是观念上的。具体而言，市场改变了文艺的生产方式、评价准则，并使得雅俗分化更加细化。

---

① 习近平：《在文艺工作座谈会上的讲话》，人民出版社2015年版，第20页。

② 高建平：《文学在市场中的生存之道》，《文学评论》2014年第6期。

(一) 市场改变了文艺的生产方式

在市场的作用下,文艺的生产方式由主要依赖个人才能的创造转变为依赖劳动分工的产业化集体生产。虽然从本体论意义上讲,艺术是一种集体生产的产物。但是,特定艺术作品的完成却依赖于具体艺术家的艺术活动。在市场繁盛之前,若不考虑艺术创作依赖的生产资料和流通环节,艺术家如同工匠,凭一己之力,可以完整地生产一件艺术作品。艺术家的个人才能是一件艺术作品能否顺利完成、具有怎样的艺术品质的关键,而且艺术家在创作艺术作品的时候,并没有明确的市场意识。他们的创作要么是自娱自乐的消遣,要么是为特定的赞助人制作的;他们会将艺术价值放在首位,而不考虑作品是否在市场上受欢迎。其竞争多存在于同行之间艺术品质上的比较,而不是作品价格上的高低。这一时期的美学家,无论康德、席勒,还是其后的浪漫主义者,都十分推崇"天才"观念。他们认为艺术家是"天才",能够无中生有地创造艺术典范,是人类卓越精神力量的体现。资本市场兴起之后,艺术生产方式发生了悄然而全面的转变,亦即由个体主导的生产转变为生产环节分工更为明确的集体生产。马克思、恩格斯早已指出,艺术家的艺术活动绝非闭门造车的自我活动,而是社会整体分工以及艺术生产活动的具体分工的一部分:"莫扎特的'安魂曲'大部分不是莫扎特自己作的,而是其他作曲家作的和完成的;而拉斐尔本人'完成'的壁画却只占他的壁画中的一小部分……和其他任何一个艺术家一样,拉斐尔也受到他以前的艺术所达到的技术成就、社会组织、当地的分工以及与当地有交往的世界各国的分工等条件的制约。像拉斐尔这样的个人是否能顺利地发展他的天才,这就完全取决于需要,而这种需要又取决于分工以及由分工产生的人们所受教育的条件……由于分工,艺术天才完全集中在个别人身上,因而广大群众的艺术天才受到压抑。"① 在资本逻辑的驱动下,社会分工日趋细化,艺术领域内的分工亦趋于精细。当代文艺生产具有鲜明的集体生产的印迹,艺术家的个人能力虽然在文学和绘画这类传统艺术门类中的地位仍举足轻重,但是在更为依赖市场化运作的新兴艺术门类(比如影视业)中,已然处于次要地位。现代艺术,尤其是与市场关系更为密切的电影、电视剧、流行音乐等艺术门类内的分工,已扩大到了生产和流通的各个环节。这一点已鲜明地体现在各类影视作品片尾的致谢名单中。②

这一转变的原因在于,市场经济时代的文艺生产具有很强的资本依赖性和不确定性。与个体化的艺术生产不同,产业化生产需要消耗大量的物力和人力资源,需要大量的资本投入。即便如此,因为消费者的趣味是不断变化和难以预测的,所以产业化的艺术生产就必须十分合理地调配资源,来规避市场风险。在文化产业的关键部门,如出版、影视、音乐和视觉艺术行业,绝大部分产品都以亏

---

① [德] 马克思、恩格斯:《德意志意识形态》,载《马克思恩格斯全集》第3卷,人民出版社1960年版,第458—460页。
② 参见 [美] 霍华德·S. 贝克尔《艺术界》,卢文超译,译林出版社2014年版,第11页。

损收场。如此，为了保证投资的成功和资金安全，市场化时代的文艺生产，就必须根据市场逻辑作出一系列的策略性布局：通过过量生产，由少数成功作品弥补其他作品的失败；复制已然成功的作品，通过混搭、"重组程式"等手段，将两个或多个成功作品中的要素组合为一个新作品；依赖宣传和炒作来推介自己的产品，制造风潮和时尚等。若是文化产品不能唤起市场需求，那么投资者就会根据市场变化及时作出调整，舍弃不受市场欢迎的艺术风格和题材。这也造成了文艺市场在一定时段内出现如下状况：特定类型的文艺产品的泛滥、同质化现象严重；广告宣传铺天盖地又往往夸大其词；作品内容和形式一味趋新骛奇，那些能吸引受众眼球的庸俗、媚俗和低俗之作大行其道，具有探索性的优秀作品因为企业的避险意识却难以获得支持，等等。能否盈利，成为评价文艺作品成功与否的重要条件。

（二）市场改变了艺术的评价规则

习近平总书记在《在文艺工作座谈会上的讲话》中谈到，优秀的文艺作品不仅要受到人民和专家的认可，还要经得起市场的检验。[①] 亦即说，市场已经是艺术评价不可或缺的要素之一。在市场成为调节文艺生产的主要力量之前，艺术评价主要由艺术圈内的专业同行和批评家依据共享的艺术标准作出，经济价值在艺术评价中的

---

① 参见习近平《在文艺工作座谈会上的讲话》，人民出版社2015年版，第20页。

权重是次要的。准确地讲，此时文艺作品的经济价值要以其艺术价值为基础。也正因为精英阶层掌握了艺术评价的话语权，更为推崇需要大量文化知识才能读解和欣赏的雅文化，以此来排斥大众群体的文化权利，并使得大众文化在较长时间内无法获得艺术身份，更无法参与艺术评价活动。但在市场经济条件下，资本要素成为文艺生产与消费的重要调节要素，资本的再生产离不开大众的参与。随着大众识字率和购买力的提高，他们在艺术评价上具有了更多的话语权，其审美趣味也逐渐影响了文化的整体形态。阅读和评价主体的变化，悄然改变了文艺的生态体系。一件文艺作品，能否赢得大众的青睐，往往决定了其经济效益如何，并会影响其社会评价。虽然在市场经济条件下，艺术作品的经济价值仍以艺术价值为基础，但悖反现象常有发生：艺术价值高的作品不见得能够获得公众的认可，而风行的作品却往往品质庸俗。作品经济价值如何，甚至反过来成为人们衡量其艺术价值的主要参数。真正的艺术是无价的，无法用金钱衡量，但是过于追求艺术价值，就会使得作品曲高和寡，丧失受众，难以获得基本的经济收益。艺术家若想赚钱，就要搁置或降低自己的艺术追求，去创作通俗小说、写专栏或剧本。如果说在市场成为制导文艺生产的主要力量之前，文艺作品发挥着传播精深思想、弘扬崇高道德情操、针砭社会弊病、追求恒久的美学品质的功用的话，那么在此之后，文艺作品则越发成为迎合特定趣味（尤其是低俗趣味）的消费品，生产过程越发模式化，越来越失去了其应有的思想力量和文化责任，躲避甚至消解崇高，从通俗走向低俗，从娱乐滑向享乐。①

（三）市场引起了文艺雅俗分野的细化

如前所述，在文艺市场兴盛之前，文艺的主要评价标准是其艺术品质之高低。据此，人们将文化领域区分为雅文化和俗文化两个大的板块，而俗文化也主要指民俗文化而非现代意义上的商业化的通俗文化。雅俗的分野，在市场作用下渐渐分化为：纯粹艺术，它朝向文化精英和艺术同行，奉行艺术自律原则，坚持艺术的审美价值和艺术追求，在艺术形式和内容上锐意创新，挑战公众的审美趣味和道德观念；正统艺术，它朝向有较高文化修养的审美意义上的社会中上层，坚持既有艺术理念和道德观念，并将其精致化，追求崇高的精神和道德境界，往往受到统治阶层的认可与赞助；通俗艺术，它朝向有一定艺术修养的消费意义上的文化大众，重视作品的观赏性、娱乐性和消遣性，虽有一定的艺术含量，但更加追求经济价值而非艺术品质；低俗艺术，它朝向文化修养和艺术品位不高的社会大众，旨在通过唤起和满足读者的感官欲望来获得收益，艺术格调低俗、品质低劣，内容千篇一律，套路化痕迹明显。② 在文化市场中，通俗艺术和低俗艺术占据了大部分份额，但二者有着本质区别。正是因为在市场作用下文

---

① 参见张江等《文学不能依附市场》，《人民日报》2014 年 3 月 28 日第 24 版。

② 参见赵炎秋《学科视野下的文学与市场》，《文学评论》2014 年第 6 期。

艺领域发生了上述分化，因而习近平总书记所讲的"优秀作品"也并非单一的为满足精英趣味而写的高深作品，而是分布广泛、形态多样的。诚如他所言："优秀作品并不拘于一格、不形于一态、不定于一尊，既要有阳春白雪、也要有下里巴人，既要顶天立地、也要铺天盖地。"① 只要是坚持一定的艺术品位，坚持人民利益优先的作品，都是可取的。

（四）市场中的文艺作品是一种特殊商品

艺术创作是集物质性的生产劳动和精神性的生产劳动于一体的生产活动。换言之，资本条件下的艺术生产，既受制于基本的物质生产规律，又受制于特殊的精神生产规律，具有相对独立性。对此，马克思有着清晰阐述。他在《1844年经济学哲学手稿》中首次将艺术纳入"生产"范畴，指出艺术作为一种特殊的生产，不仅受生产的普遍规律支配，而且也有其自身的特殊规律，是生产的普遍规律和特殊规律的有机统一："宗教、家庭、国家、法、道德、科学、艺术等等，都不过是生产的一些特殊的方式，并且受生产的普遍规律的支配。"② 在《1857—1858年经济学手稿》的"导言"中，马克思第一次明确地把此特殊性概括为"艺术生产"，且阐明了物质生产和艺术生产的基本

---

① 习近平：《在文艺工作座谈会上的讲话》，人民出版社2015年版，第7页。

② ［德］马克思：《1844年经济学哲学手稿》，中共中央马克思恩格斯列宁斯大林著作编译局译，人民出版社2000年版，第82页。

关系，以及两者之间的不平衡性，特别强调了艺术生产的特殊性。① 然而，并非任何艺术活动或劳动，都是艺术生产。马克思以密尔顿、无产者作家以及卖唱的歌女为例阐明了这一问题：

> 密尔顿创作《失乐园》得到5镑，他是非生产劳动者。相反，为书商提供工厂式劳动的作家，则是生产劳动者。密尔顿出于同春蚕吐丝一样的必要而创作《失乐园》。那是他的天性的能动表现。后来，他把作品卖了5镑。但是，在书商指示下编写书籍（例如政治经济学大纲）的莱比锡的一位无产者作家却是生产劳动者，因为他的产品从一开始就从属于资本，只是为了增加资本的价值才完成的。一个自行卖唱的歌女是非生产劳动者。但是，同一个歌女，被剧院老板雇用，老板为了赚钱而让她去唱歌，她就是生产劳动者，因为她生产资本。②

亦即，在资本主义生产条件下，艺术家的活动如果不是出自天性而是为他人生产资本和商品，那么这种劳动就是生产劳动，作者就是一个具有雇佣劳动性质、创造剩余

---

① 参见［德］马克思《1857—1858年经济学手稿》，载《马克思恩格斯全集》第30卷，人民出版社1995年版，第51页。

② ［德］马克思：《剩余价值理论》，载《马克思恩格斯全集》第26卷第1册，人民出版社1972年版，第432页。

价值的生产者。① 如此，在市场环境中，文艺作品是一种特殊的商品。它既有超功利的审美属性，又有意在谋取利润的商品属性；前者指文艺作品的艺术价值，后者则指其实用价值。"实用价值只是文艺的衍生价值，或者说是副产品，而不是主要价值，更不是文艺之为文艺的根本属性。并且，实用价值恰恰是通过审美价值来实现的，没有审美价值，实用价值也必然落空。"② 在市场经济条件下，文艺作品要以能否转化为经济效益为衡量自身是否成功的标准之一，若全然不顾经济效益的得失，艺术生产终会无以为继；同样，若文艺作品绕过艺术的审美属性，片面追求经济价值，那么它们将不仅在艺术上是拙劣的，而且在经济上也必然是失败的。从现实角度而言，不存在无审美的文艺产品，也不存在无商品性的文艺作品。理解艺术作品的二重性问题，亦即要充分理解并处理好"文艺的社会效益和经济效益、文艺的审美属性和商品属性、文艺的审美属性和功利属性、文艺的文化品位和文化利益的关系问题"③。唯有如此，才能真正实现文艺的经济效益和社会效益的双丰收。

文艺面向市场就是在面向时代的核心命题。习近平总书记在《在文艺工作座谈会上的讲话》中指出："推动文

---

① 参见张永清《历史进程中的作者》下，《学术月刊》2015年第12期。

② 张江等：《文艺不是"摇钱树"》，《人民日报》2016年7月8日第24版。

③ 陆贵山：《文艺批评的"四大观点"：马克思主义文艺理论新发展》，《中国文艺评论》2015年第1期。

艺繁荣发展，最根本的是要创作生产出无愧于我们这个伟大民族、伟大时代的优秀作品。"① 我们这个时代最为鲜明的特色就是，全球化进程仍在持续，国际市场经济体系仍在拓展，中国社会主义市场经济蓬勃发展与繁荣。中国的文艺作品不仅要在国内市场一决高下，而且还要在国际市场逐鹿群雄。开放的市场是竞争的市场，"没有竞争就没有生命力"。竞争促进创新，创新提升品质，品质保证效益。当前，文艺面向市场，在竞争中提高品质，就是在回应时代的重要命题。如上所述，在市场经济条件下文艺生产的各个环节都已出现了一些新变化。文艺工作者唯有充分认识和把握这些新变化，才能真正把准文艺市场的脉搏，创作出市场认可度高、符合时代要求的文艺作品。

二 文艺发展与市场关系密切

习近平总书记在文艺工作座谈会上指出："优秀的文艺作品，最好是既能在思想上、艺术上取得成功，又能在市场上受欢迎。"② 这是在充分认识社会主义市场经济条件下文艺的发展规律的基础上提出的真知灼见。文艺工作者若要让承载主流价值观的文艺作品更好地占据市场，就必须花大力气去研究、分析文艺市场，更好地认识市场，把握市场发展规律，如此才能正确地将市场作为建构当代文

---

① 习近平：《在文艺工作座谈会上的讲话》，人民出版社2015年版，第7页。

② 同上书，第20页。

艺发展的有生力量，引领市场发展，而不是盲目地将文艺与市场对立起来，错失良机。文艺排斥市场，只会导致主流文化的式微，丧失应有的受众群体。习近平总书记在文艺的系列讲话中关于此问题的论述自然并非凭空而来，而是在充分吸收了古今中外的作家、艺术家和理论家关于市场与文艺的相关思想的基础上作出的。概言之，这些思想经历了由拒绝排斥到接受利用的过程。

（一）市场促进了文艺发展

不同作家面对市场，有着不同的境遇，也有着不同的态度，其中较为典型的是将市场视为败坏艺术品质的洪水猛兽。这种观念古已有之。古罗马诗人贺拉斯曾如此评价精于算计、醉心于经济事业的罗马人："当这种铜锈和贪得的欲望腐蚀了人的心灵，我们怎能希望创作出来的诗歌还值得涂上杉脂，保存在光洁的柏木匣里呢？"① 他的这句话可以说较早地阐明了艺术与金钱之关系，并将以谋利为目的的艺术视为拙劣的。英国浪漫主义诗人华兹华斯曾担忧市场使得文艺趋于庸俗，而批评家马修·阿诺德则担忧市场催生的大众文化会损害本应是"美善同一"的文化统一体。就现代思想家而言，法兰克福学派的几位学者，尤其是霍克海默和阿多诺，对市场败坏艺术的作用的批判最为激烈。他们认为，在以资本逻辑为根本运作模式的"文化工业"

---

① ［古罗马］贺拉斯：《诗艺》，载［古希腊］亚里士多德、［古罗马］贺拉斯《诗学·诗艺》，罗念生、杨周翰译，人民文学出版社1962年版，第141页。

第六章　文艺不能当市场的奴隶

的作用下，艺术作品在金钱的作用下，变得浅薄低俗、千篇一律，毫无个性可言。① 中国文人长期以来都认为，为了金钱而创作是有损个人人格和声誉的事情。晚清龚自珍的那句"著书都为稻粱谋"的牢骚，可谓直指以谋生为目的的艺术创作的诛心之论。上述观念在资本市场不断扩大之后，也得到了放大，成为在文艺界影响颇大的价值观。

然而，回顾中西方文艺发展史可以发现，文艺与市场并非相互妨害的对立关系，而是相辅相成的互惠关系。文艺创作比较活跃、优秀的文艺作品密集涌现的时期，也往往是商品经济繁荣的时期。文艺作品的审美性和商品性不可偏废，只能在具体条件下有所偏重。市场的发展不仅不会带来文艺的衰落，反而会为文艺发展提供更为广阔的空间。文艺会随着市场走向成熟而逐渐确立起自己的规则，发育成熟。概言之，市场为艺术家提供了更多的受众、更为宽广的收益来源，这进而使他们获取人格独立，艺术亦获得更多自主性。

在中国，早在晋宋甚至汉代，文人作文"受谢"即已存在。唐代文人为他人作文（往往是墓志铭）更是普遍接受"润笔"费，且数额不菲。南宋时期，苏杭一带经济发达，形成了以杭州为中心的文人结社活动与诗词创作群体。市场逐渐成为官方意识形态要求和文人评议之外，制约文艺发展的重要机制之一。明清时期，商品经济进一步发展，

---

① 参见［德］马克斯·霍克海默、西奥多·阿道尔诺《启蒙辩证法》，渠敬东、曹卫东译，上海人民出版社2006年版，第107—152页。

> 实现新时代中国特色社会主义文艺的历史使命

文艺作品也呈现出多重面貌，除了文人阶层喜好的诗、文之外，为市民阶层创作的白话通俗作品如言情小说、公案小说等亦盛行开来。文学艺术中的雅俗对立，在市场的作用下日趋融合，形成了面向市场的通俗文艺。清末民初，资本市场的发育和科举制度的废除，使得大量的文人到文艺市场中卖文（画）谋生，文艺市场空前发展。现代报刊业的快速发展和稿酬制度的确立，催生了最早一批面向市场的"职业小说家"。报纸是当时的主要传播媒介，而报纸要生存就需要争取到广告赞助，如此就对刊发在报纸上的文艺形式提出了要求。"在晚清，并非所有的文艺创作（如诗、文）都能拿到稿费，只有小说创作因得到广大读者欢迎、发行量大，出版商有利可图，才付给稿费。"[1] 那么是否意味着刊发在报纸上的作品都是文艺品质低劣的作品呢？不尽然。虽然在当时此类作品在总体上也受到不少批评，但时过境迁，以今日的艺术标准来看，当时刊登的诸多作品，如刘鹗的《老残游记》、吴趼人的《二十年目睹之怪现状》、李伯元的《官场现形记》、徐枕亚的《玉梨魂》等，都有不俗的艺术品质，已成为文学经典。

现代时期，尤其是20世纪30年代前后，中国的民族资本主义得到了长足发展，文艺市场也更加繁荣，涌现出了诸多经典作家。无论是鲁迅、郭沫若、茅盾，还是巴金、老舍、曹禺，都是在现代文艺市场中占有重要地位的作家，更不用说张恨水等以市场为导向的"鸳鸯蝴蝶派"作家。

---

[1] 陈平原：《中国现代小说的起点》，北京大学出版社2010年版，第79页。

这一时期，精英文人倡导的"雅文学"，以及更为市场化的官场谴责小说、公案小说、言情小说以及武侠小说等通俗文学，都得到了长足发展。更为关键的是，明清以来文艺市场的发育，使得中国文人逐渐摆脱了"倡优蓄之"的附庸地位，可以偏离科举为官或做幕僚的人生路径，经济上不再依附于达官贵人，思想上也可以离经叛道，不再以朝廷的旨意、官方的意识形态俯首是听。① 他们在创作上逐渐放弃了"文以载道"的创作取向，转向市场，以匿名读者的"口味"为准则，在人格和艺术上获得独立。

中华人民共和国成立以后，文艺市场化趋势一度中断，文艺家进入单位体制内，以政府提供的工资作为经济来源，文艺创作的政治因素和社会效用是不可或缺的评价标准，甚至以行政命令和文件来要求作家创作，虽然其间也有优秀的文艺作品面世，但就整体而言，文艺活力衰退明显。因而，改革开放初期，文艺制度改革首先要解决的就是文艺创作的内在动力问题，而要解决此问题就要给文艺松绑，还作家以创作自由。邓小平同志在1979年10月30日发表的《在中国文学艺术工作者第四次代表大会上的祝词》中谈道："写什么和怎样写，只能由文艺家在艺术实践中去探索和逐步求得解决。在这方面，不要横加干涉。"② 为文艺创作松绑，加上不断完善的社会主义市场经济制度，为文

---

① 陈平原：《中国现代小说的起点》，北京大学出版社2010年版，第87页。

② 邓小平：《在中国文学艺术工作者第四次代表大会上的祝词》，载《邓小平文选》第2卷，人民出版社1994年版，第213页。

艺市场的繁荣提供了基础，也引发了文艺制度的相应变革。随着改革开放的深入，国家机关和事业机构改制，一些文艺机构被推向市场，一部分作家和艺术家由国家公职人员转变为自由职业者或文艺生产者，面临着从市场中盈利谋生的现实。他们就必须处理好个人艺术风格和市场需求之间的关系。即便留在体制内的文艺生产者，也同样受此影响。市场逐渐再次成为调节文艺生产活动的主导手段。

（二）市场促生了自律艺术

市场对文艺生产的调节作用，在西方尤其是欧洲表现得更为明显。在古典时期和中世纪，艺术家要么为皇帝、贵族进行创作，要么受制于教会，通过获取"赞助"与"年金"来维系生计、延续艺术生命，因而在创作时就要以赞助人的审美趣味和艺术要求为准则，无法进行自由探索。但就其整体而言，任何经济好转、艺术市场走向兴盛的时期，都是文艺活动增加，诗人和艺术家经济状况改善、社会地位上升的时期。[①] 随着市场规模的不断扩大、现代资本市场体系的建立，艺术生产的经济模式由"城市经济"转变为"国民经济"。随之，艺术家逐渐摆脱了对封建宫廷的依附，不再以订单为准，按照雇主（贵族或教会）的个人喜好进行创作，而是为市场中的匿名公众进行创作，通过售卖自己的作品获得收益。由此，艺术家获得了更大的创作自主权。但是，随着艺术与市场的融合日

---

① 参见［德］阿诺尔德·豪泽尔《艺术社会史》，黄燎原译，商务印书馆2015年版，第三、四、五章相关论述。

深，艺术家们发现市场不仅剥夺了他们头上的神圣光环，而且对他们的创作提出了约束性的要求。迎合市场还是拒绝市场，就成为文人和艺术家不得不思考并作出回应的现实问题。在市场逻辑的约束下，没有了"年金"作为生计来源的艺术家们，不得不向市场妥协。

为了区别于那些为市场进行创作的"媚俗艺术"，一些艺术家开始主张"为艺术而艺术"，提倡艺术自律，将艺术自身的发展规律视为最高准则，拒绝外部要素尤其是经济对艺术领域的干预。他们厌恶资产阶级的实用主义和拜金主义价值观，拒斥商品逻辑对艺术领域的侵蚀，逐渐构建起一个自律的艺术领域，奉行一套与资本逻辑相颠倒的经济逻辑：受众面广、经济上成功的艺术作品，很难得到专业同行的认可，也就难以获得文化资本；富于探索精神、艺术价值高的艺术作品，虽然在圈内口碑甚高，却很难获得大众的认可，经济收益相形见绌。① 受此影响，西方现代艺术在很长一段时期内，都将批判市场作为自己的内在价值支撑和重要主题，甚至以自己的作品受到大众认可、变得流行为耻。艺术家们高扬艺术理想，不断进行激进的形式创新，更新艺术领域的规则，拓展艺术边界，创作出了很多艺术精品。在此，"艺术"代替了宗教，"艺术被设想为是对真理和美——本质上是对道德和精神的神圣服务"②。

---

① 参见［法］皮埃尔·布迪厄《艺术的法则》，刘晖译，中央编译出版社2011年版，第40页。

② ［美］利奥·洛文塔尔：《文学、通俗文化和社会》，甘锋译，中国人民大学出版社2012年版，第66页。

自律艺术虽然激烈反对市场，却依然无法摆脱市场。"将文学与市场对立起来，只是浪漫主义时代的一种反资本主义市场及其精神孑遗的姿态而已，实际上，那些以最凌厉的语言攻击市场的诗人，可能是在市场上获得最大成功的文人。"[①] 对一些深谙市场和艺术圈规则的艺术家而言，坚持艺术自律也是一种营销策略：在艺术上获得成功、得到同行认可、获得声望的作品，在未来会得到更为可观的受众，就可以顺理成章地将声望转化为更丰厚而持久的经济收益。此即艺术领域独特的"声望经济学"。例如在19世纪晚期，"印象派"和"后印象派"艺术家，虽然在观念上反对市场，却已在事实层面介入市场颇深，创立了"前卫艺术家＋经营者"的模式来推销自己的画作。再如，虽然文森特·威廉·梵·高的画作在他有生之年未能获得公众认可，但曾经做过画商的他深切地认识到，绘画经销商对绘画事业的作用是积极的。现代主义艺术大师毕加索，虽然高呼"绘画经销商是艺术家的敌人"，却与他们紧密合作，不仅在有生之年获得了极高的艺术声誉，而且还获得了丰厚的经济收益。在艺术自律原则成为艺术场域的主导原则并逐渐为公众认可之后，拒绝和咒骂市场，亦是艺术家推销自身的一种行之有效的市场策略。如果说西方艺术在发展初期与市场是一种欲拒还迎、暗通款曲的暧昧关系的话，那么在20世纪40年代之后，以"波普艺术"为代表的西方艺术开始明确地与市场结合，艺术

---

① 程巍：《文学与市场，或文人与商人》，《文学评论》2014年第6期。

家们积极介入艺术市场，制定和改变艺术市场规则，利用市场逻辑为自己盈利、创造声望。"当评论家、收藏家和馆长们加入到艺术家和经销商当中以界定和赋予艺术家地位时，正是市场这个熔炉铸就了艺术家个人的声望。"① 艺术市场已然成为重塑艺术领域的重要力量，20 世纪中叶以来，在美国勃兴的抽象表现主义、波普艺术、极少主义等艺术流派，都与美国艺术市场的繁荣、收藏家和投资人的增多密切相关。在繁盛的艺术市场的助力下，艺术中心逐渐由欧洲向美国转移。可以说，在当代世界，艺术市场发达与否，是衡量一个国家艺术事业繁盛与否的重要指标。

溯往知今。对艺术发展史的考察，是为了更好地认识和理解当前的文艺发展逻辑。由此也可以看出，习近平总书记关于文艺的系列讲话所体现出的精神主旨与其治国理政的文化逻辑是一致的，亦即对古今中外的有益思想兼收并蓄，"古为今用，洋为中用"。由此，我们必须充分认识到，中国经济要获得长足发展离不开世界市场，然而中国经济要在世界立足，就必须坚持自主性和独立性；同理，中国文艺要获得更好的发展，也离不开市场机制，然而中国文艺要在市场中保持健康态势，在世界文化之林发出声音，也必须坚持自主性和独特性。同时，对既往思想成果的参照与吸收，也体现了习近平总书记对伟大艺术的召唤和期待，从中深刻阐发了在文艺创作与社会化大生产融会互动的市场条件下文艺的发展策略。其核心，即文艺应在市场

---

① ［美］迈克尔·C. 菲茨杰拉德：《制造现代主义》，冉凡译，王建民校，广西师范大学出版社 2010 年版，第 4 页。

中坚持自主性，做自己的主人，拒绝被市场牵着鼻子走。

三 文艺不能被市场牵着鼻子走

虽然习近平总书记指出了市场对于文艺发展的重要作用，但是他更为旗帜鲜明地强调了文艺"不能被市场牵着鼻子走"。文艺发展离不开市场，要接受市场的检验，但是这并不意味着一切以市场为导向，让文艺沦为市场的奴隶，沾满铜臭气。诚如习近平总书记所言："人类文艺发展史表明，急功近利，竭泽而渔，粗制滥造，不仅是对文艺的一种伤害，也是对社会精神生活的一种伤害。"[①] 就中国的文艺生产环境而言，目前是中华人民共和国成立以来的最佳时期。经济的繁荣，为文艺发展带来了前所未有的发展契机，产生了大量脍炙人口的作品。但是近年来，国内文艺市场一度唯剧院票房、图书码洋、影视收视率等经济数据是瞻，较少关注作品的思想内容和艺术品位，甚至哗众取宠，文艺风格低劣。究其原因，这并非市场本身不利于文艺发展，而是市场发育不完全、市场规则不规范、缺乏必要的监管和调控所致。对此，习近平总书记有着清晰而准确的认识，对文艺市场中的种种不良趋向作出了严厉批评。这也要求文艺工作者，在充分认识文艺市场规律和独特性的基础上，坚守艺术品位和审美理想，抵御市场逻辑对艺术独立性的侵蚀，自觉地"讲品位、讲格调、讲

---

① 习近平：《在文艺工作座谈会上的讲话》，人民出版社2015年版，第9—10页。

责任，抵制低俗、庸俗、媚俗"①。

（一）艺术品质是文艺发展的保证

在市场经济条件下，艺术活动既是一种特殊的精神活动，也是一种受制于市场规律的物质生产活动。艺术劳动在市场中变成了雇佣劳动，艺术作品成了商品，艺术家需要出售自己的智力和产品来取悦市场、获得生计。对于无形市场和匿名公众，他们既爱又憎。艺术作品虽然具有商品特性，但其审美意识形态属性又使得它不同于商品。艺术生产可以带来金钱收益，但是艺术家不能仅仅为了金钱创作，拜倒在金钱的石榴裙下。若不然，本身应是最为自由的精神活动的艺术创作，就会沦落为一种"异化"劳动。这不仅会使其作品丧失独特的艺术风格，还会使其丧失创作乐趣，透支艺术生命。艺术领域若是弥漫着拜金之风，就会充满浮躁气息，使得"一些人觉得，为一部作品反复打磨，不能及时兑换成实用价值，或者说不能及时兑换成人民币，不值得，也不划算"②。他们沉溺于"孔方兄"的陷阱，机械复制、粗制滥造、急功近利、竭泽而渔，通过恶俗的自我炒作提高作品关注度，甚至雇用"水军"刷高网站评分、言语恶毒地攻击批评者，片面追求发行量、收视率、点击率、票房等量化指标，用低俗代替通俗，用欲

---

① 习近平：《决胜全面建成小康社会　夺取新时代中国特色社会主义伟大胜利——在中国共产党第十九次全国代表大会上的报告》（2017年10月18日），人民出版社2017年版，第43页。

② 习近平：《在文艺工作座谈会上的讲话》，人民出版社2015年版，第9页。

望遮蔽希望，将精神快乐混同于感官享乐，这"不仅会误导创作，而且会使低俗作品大行其道，造成劣币驱逐良币现象"①。对此，习近平总书记指出，要合理设置反映市场接受程度的量化指标，"既不能忽视和否定这些指标，又不能把这些指标绝对化，被市场牵着鼻子走"②。

实际上，正是那些坚守艺术品位，不被市场牵着鼻子走的艺术作品，既获得了市场认可，又收获了口碑。影视业因为自身对资本的依赖，以及资本本身的逐利本性，必然要求其产品在制作环节就考虑市场的需求，故事情节和氛围渲染都要根据观众需要来精心设计，如此也就不难理解为何有的电影会充满低级趣味的情节和语言。但是，这并不意味着影视作品就要无条件地迎合市场。优秀的影视作品总是在满足市场基本需求的同时培养自己的潜在市场，对艺术品质的追求也是一部电影能否真正获得受众认可的关键。单纯依靠炒作，只会使得特定导演和公司的作品透支市场份额。唯有尊重市场、尊重艺术、精心制作的作品才能取得真正的成功。例如，王家卫执导的每一部作品都精雕细琢，为制作电影《一代宗师》，筹备了13年，仅拍摄就耗时3年多。徐克为重拍《智取威虎山》反复雕琢剧本，实地勘察环境，在东北的严寒冬季辗转多地，"慢工出细活"的创作态度让他们收获了成功与荣誉。2016年国庆期间，精心制作的主旋律电影《湄公河行动》

---

① 习近平：《在文艺工作座谈会上的讲话》，人民出版社2015年版，第9—10页。

② 同上书，第20—21页。

第六章 文艺不能当市场的奴隶

在诸多影视大片的夹击中逆势上扬,依靠观众的口口相传收获了市场,获得社会效益和经济效益的双丰收。该片的成功也充分说明,主流价值观、正能量,与市场利益、观众喜好并不矛盾,只要故事精良、演绎合理,就会受到民众的喜爱。

针对浮躁的文艺市场状况,习近平总书记指出,唯有保证艺术品质、创作文艺精品,才能真正获得市场认可。快餐文化风行的时代,要求每个文艺工作者都像曹雪芹那样"披阅十载,增删五次",对作品精雕细刻,显然已不现实,但若是出于投机目的,为了金钱而粗制滥造、东拼西凑,虽然可能一时牟利,却终究无法获得长远的市场和忠实的观众。一个有理想的文艺工作者应该时刻以较高的文艺标准要求自己,在追求市场效益的同时,也要保证文艺作品具有较高的艺术品质,唯此才能真正实现作品蕴含的艺术价值和经济效益。"古往今来,文艺巨制无不是厚积薄发的结晶,文艺魅力无不是内在充实的显现。凡是传世之作、千古名篇,必然是笃定恒心、倾注心血的作品。"[①] 是否具有不俗的艺术品质,是艺术作品能否获得长久经济效益和恒久艺术声誉的关键。低俗的艺术作品虽然可以获得一时的经济收益,但却必然会在受众的评议中走向没落。优秀的作品,会凭借"口碑"自然而然地聚拢起自己的忠实受众。例如,路遥的长篇小说《平凡的世界》,既以生动的笔触描画了改革开放初期的社会历史图景,也

[①] 习近平:《在文艺工作座谈会上的讲话》,人民出版社2015年版,第10页。

以饱满的人物形象传达了奋斗不息的自强精神，自面世以来就成为一代代读者尤其是青年读者的精神食粮，行销不衰。但是，这部作品并未得到更加注重形式探索和艺术性的文学史著作的重视，它的传播更多地依赖于读者的口耳相传。它不是写在书本中的沉寂的经典，而是活在读者心目中、走进他们生命的活的经典。显然，在市场经济条件下，艺术作品要获得经济效益和市场效益的双赢，就必须在艺术作品的品质上下功夫，既不要曲高和寡、一味先锋，使得作品无人问津；也不要趣味低级、一味迎合，使得作品低俗、媚俗甚至恶俗。由此也可以看出，主流的正面价值观的传播、广泛而良好的社会效益、读者喜闻乐见的艺术形式和持久的经济效益，是可以兼顾的。

（二）发展文艺要尊重艺术规律

习近平总书记已然点明，在市场经济条件下发展文艺，既要遵循市场规律，更要尊重艺术规律。以市场为导向的艺术作品，亦可兼顾其艺术价值。在古今中外的文艺发展史中，从来不乏意在获得经济收益而经过时间洗礼成为文化经典的作品。例如，今人高度赞扬的莎士比亚的剧作，起初主要是为剧院创作、意在争取票房的通俗文化作品；著名作家左拉、莫泊桑等人，更是有着明确的为市场和金钱进行创作的意图。他们的作品之所以会成为文学史中的经典，不是因为他们靠作品换得了金钱，更不是因为他们的作品迎合了一些人的低俗趣味，而是因为他们在面向市场的同时不放弃艺术追求，靠高超的艺术技法和不俗的艺术品位在激烈的文化市场竞争中赢得了大众和文学史家的认可。在艺术市场中，大众并非完全被动的消费者。艺术家不能为了金钱自我放逐，而应像习近平总书记要求的那样，将高尚的情操、娴熟的艺术手法、鲜明的担当意识和明确的市场意识有机结合起来，创作人民群众喜闻乐见的艺术作品。

习近平总书记肯定艺术的独立价值，但是他反对将艺术自律绝对化。在市场经济条件下，艺术家既要坚持艺术自律进行形式的探索，也要有明确的社会担当意识。坚持艺术自律，能够促进艺术的形式探索和多样化，尤其是保证艺术应有的审美品格。但若是将艺术自律绝对化，将艺术评价标准片面地设定为是否在形式和技巧层面取得了突破的话，就会使得艺术凌空蹈虚，"热衷于所谓'为艺术而艺术'，只写一己悲欢、杯水风波，脱离大众、脱离现实"[1]，成为无悲欢的"零度"讲述、没有听众的歌声。这最终会扼杀艺术的生命力，使得艺术生产无以为继。社会主义文艺是为人民服务的文艺，在形式与内容的辩证关系中更为注重艺术的内容要素："一切创作技巧和手段最终都是为内容服务的，都是为了更鲜明、更独特、更透彻地说人说事说理。背离了这个原则，技巧和手段就毫无价值了，甚至还会产生负面效应。"[2] 若作家在创作上躲进"象牙塔"，忘记了人民是艺术创作之源，就会使得文艺成为无根之木、无源之水。因而，在为文艺创作松绑，给予

---

[1] 习近平：《在文艺工作座谈会上的讲话》，人民出版社2015年版，第9页。

[2] 同上书，第19页。

艺术家更多的创作自由的同时，也要让更多的艺术家认识到他们自身应该担负的社会责任，鼓励他们积极介入社会生活，反映人民在新的社会历史条件下的生活境况和情感结构，寓教于乐，以人民喜闻乐见的艺术作品，抢占文艺市场，引领审美趣味。社会主义文艺的根本宗旨与党的宗旨是一致的，即为人民服务。"把握了这个立足点，党和文艺的关系就能得到正确处理，就能准确把握党性和人民性的关系、政治立场和创作自由的关系。"[①]

创新是市场的灵魂，是文艺的生命。诚如习近平总书记所言："文艺创作是观念和手段相结合、内容和形式相融合的深度创新，是各种艺术要素和技术要素的集成，是胸怀和创意的对接。要把创新精神贯穿文艺创作生产全过程，增强文艺原创能力。"[②] 一些作家，投机性地模仿已经在市场内成功的作品，导致作品思想内容浅薄化、故事情节套路化、人物性格模式化，不仅毫无新意可言，甚至加入迎合观众低级趣味的欲望、色情和权术等恶俗内容。这种现象不仅存在于谍战剧、宫斗剧、帝王剧泛滥的影视领域，也存在于反复消费特定题材（如反腐、底层等）的小说领域。没有创新，艺术就会走向低端的互相抄袭和无效的自我重复。然而，"这种同质化写作，无疑消弭了作家的创新能力，也折射出作家对某些混乱的生存秩序和灰色的人生质地，有着一种不拒绝的理解、不认同的接受，甚

---

① 习近平：《在文艺工作座谈会上的讲话》，人民出版社 2015 年版，第 27 页。

② 同上书，第 11 页。

至是不内疚的合谋"①。文艺工作者的作品要在文艺发展史中留得下来，就必须具有不同于前人的创新与超越之处。这需要艺术家充分把握艺术的演进规律，掌握娴熟的创作技巧，以超拔的艺术精神，苦心孤诣地创作优秀作品。这种创新不是舍弃传统的盲目创新，而是在吸收传统精华要素的基础上，结合时代精神和作家个性进行创新。习近平总书记指出："创新贵在独辟蹊径、不拘一格，但一味标新立异、追求怪诞，不可能成为上品，而很可能流于下品。要克服浮躁这个顽疾，抵制急功近利、粗制滥造，用专注的态度、敬业的精神、踏实的努力创作出更多高质量、高品位的作品。"②唯此才能克服国内文艺生产"有数量缺质量、有'高原'缺'高峰'"的问题。

（三）以完善的制度促进文艺发展市场

作为当前调节经济生产和收益分配的主要手段，市场是文艺要走近大众的必要中介，但这并不意味着文艺工作者只能顺从市场，将市场法则作为文艺经营自身的法则。真正的文艺是趋义不趋利的，市场不应是文艺创作的出发点和归宿。受众通过市场选择文艺作品、影响作者，但文艺同样不能放弃对市场的培育和对读者的引领。"文学要有勇气，引导市场，引导消费。时代的美学风尚不能只是

---

① 张江等：《从高原到高峰，障碍何在》，《人民日报》2015年7月21日第14版。
② 习近平：《在中国文联十大、中国作协九大开幕式上的讲话》，人民出版社2016年版，第16—17页。

市场消极选择的结果，而应是文学创造的结果。"① 在此情况下，要解决好文艺与市场的关系、规范和促进文艺生产，就需在充分把握艺术规律和市场规律的基础上，"深化文化体制改革，完善文化管理体制，加快构建把社会效益放在首位、社会效益和经济效益相统一的体制机制"②，以此来调节和引领文艺市场。

首先，健全市场动态调控体制，通过完善市场机制和政府的文化政策，调控文化产品的市场配比。习近平总书记批评市场经济条件下的诸种文艺弊病，并非要把文艺体制拉回到计划经济时代，而是要求文艺工作者和管理者更好地理解市场规则，把握并遵循市场逻辑。③ 与经济市场相似，在文艺市场中行政命令虽然可以解决一时的急迫问题，但是"治标不治本"，而且有时会掩盖问题的本质，使得事情更加糟糕，长远来看弊大于利。政府的文艺政策要取得良好效果，就需要在市场框架中运作。正如政府是经济和市场的宏观调控者那样，政府也不宜直接介入文艺生产的微观层面。市场经济时代的文艺调控，可以通过引导资本走向来引领文艺发展方向。

其次，发挥文艺批评的甄选作用，激浊扬清，让拙劣

---

① 张江等：《文学不能依附市场》，《人民日报》2014年3月28日第24版。

② 习近平：《决胜全面建成小康社会 夺取新时代中国特色社会主义伟大胜利——在中国共产党第十九次全国代表大会上的报告》（2017年10月18日），人民出版社2017年版，第44页。

③ 参见习近平《在文艺工作座谈会上的讲话》，人民出版社2015年版，第20页。

恶俗之作丧失市场空间。习近平总书记十分重视批评的艺术功用和社会价值，反对"大花轿，人抬人"的赞扬式批评。"文艺批评褒贬甄别功能弱化，缺乏战斗力、说服力，不利于文艺健康发展。"① 市场经济环境下，文艺批评已经不同于既往以阐释文艺作品的思想价值和艺术特色为重心的审美鉴赏范式，而开始兼顾市场价值。文艺批评愈发独立于文艺创作，成为独立的文艺市场要素。它不仅主导了文艺作品的艺术评价，也往往会影响文艺作品在文艺市场中的收益。这些都足可见出文艺批评在当代文艺市场中的重要性。但是在市场经济条件下，一些文艺批评简单地用商业标准替代艺术标准，把文艺作品等同于普通商品，成了"向钱看"的"吹鼓手"，场内唱"赞歌"，场外拿"红包"。文艺批评不是"吹喇叭""抬轿子"，更不是作品的推销员，真正有效的文艺批评是文艺健康发展的"良药"，是文艺市场发展的"啄木鸟"与"风向标"。对此，习近平总书记指出，文艺批评必须是真批评，"不能用简单的商业标准取代艺术标准，把文艺作品完全等同于普通商品，信奉'红包厚度等于评论高度'"②。

最后，摸索建立优秀作品涵育机制，合理设置量化指标，以优越的制度促进有社会情怀的"高峰"作品的涌现。有些作家创作低俗文艺作品并非出于本心，而是迫于经济压力。文艺作品不同于实用商品，其文艺价值

---

① 习近平：《在文艺工作座谈会上的讲话》，人民出版社2015年版，第29页。
② 同上。

越高往往越难直接获得丰厚的经济收益。带有精英色彩的文艺作品虽然为专业人士津津乐道,却受众狭小,即便如莫言的作品,在获得诺贝尔文学奖之前也是销量不佳。在此情况下,就需要探索既可以保障文学艺术家的创作自由和独立性,又可以为他们提供应有的物质条件的动态保障体制。

四 社会主义文艺要把社会效益放在首位

如果说习近平总书记关于文艺发展离不开市场的相关论述,是对中西方文艺发展经验的精辟总结的话,那么他关于当前中国文艺市场出现的诸多弊端的批评论述,则是为中国文艺发展把脉,指明方向。他关于社会主义市场经济条件下文艺的"社会性"和"人民性"内涵的相关论述,与马克思、恩格斯等经典作家关于商品经济条件下人类的生活、思想形态和文艺生产等因受制于资本逻辑而发生"异化"的相关思考,一脉相承,具有深厚的理论内涵和时代特色。

(一)文艺的市场价值要服从社会价值

习近平总书记指出,在市场经济条件下发展社会主义文艺,在平衡好文艺的社会效益和经济效益的同时,应凸显社会效益:"在发展社会主义市场经济的条件下,许多文化产品要通过市场实现价值,当然不能完全不考虑经济效益。然而,同社会效益相比,经济效益是第二位的,当两个效益、两种价值发生矛盾时,经济效益要服从社会效

第六章 文艺不能当市场的奴隶

益,市场价值要服从社会价值。"① 所谓文艺的社会效益,是指文艺作品对社会人心的正面引导作用。文艺的经济效益,是指文艺作品在市场中获得的经济收益。这两种效益并不矛盾,是相辅相成的。文艺的社会效益和经济效益的一个共同基础是艺术作品有足够的受众面。作品的受众越多,经济效益就越大,其社会影响也就会越大,但影响大不代表效益就好。效益并非影响,影响有好有坏,效益则主要指正面价值。很多文艺作品本身就是拙劣之作,那么就无法指望它们产生什么积极的社会影响。比如,一些文艺作品,在价值观上戏说无度、消解历史、崇洋媚外,宣扬拜金主义、虚无主义和攀比思想等;在剧情上粗制滥造,不是依靠人物的性格以及情理逻辑推动故事发展,而是设置各种不合情理的奇遇、巧合来拉动故事发展,甚至充斥着裤裆藏雷、手榴弹炸飞机、步枪八百里外一发毙命、手撕鬼子、包子炸弹等匪夷所思、毫无逻辑的情节,更有甚者依靠暴力和色情情节来吸引观众。这类影片的经济效益越好,其社会影响就越糟。市场是盲目的,它的趋利性会促使文艺作品迎合一些受众的低级趣味,在创作中选取那些低俗的题材,炮制更加套路化的艺术形式。一旦文艺生产将经济利益放在首位,就必然会"在市场经济大潮中迷失方向",因资本逻辑而走向"物化",亦即文艺产品与文艺的本质发生悖反,成为金钱的俘虏,无法做到思想性、艺术性和观赏性的有机统一。导致这些问题出现

---

① 习近平:《在文艺工作座谈会上的讲话》,人民出版社2015年版,第20页。

的原因是多种多样的,但最根本的问题在于对社会主义文艺的地位和作用,对文艺工作的指导思想,以及对作品的效果和价值导向等问题还存在着诸多偏颇乃至错误的认识。就此,习近平总书记认为,文艺工作者"要珍惜自己的社会形象,在市场经济大潮面前耐得住寂寞、稳得住心神,不为一时之利而动摇、不为一时之誉而急躁,不当市场的奴隶,敢于向炫富竞奢的浮夸说'不',向低俗媚俗的炒作说'不',向见利忘义的陋行说'不'"①。

(二) 社会主义文艺要有社会担当意识

针对当前的文艺状况,习近平总书记反复强调,社会主义市场经济条件下的文艺,要处理好义利关系,"要遵循言为士则、行为世范,牢记文化责任和社会担当,正确把握艺术个性和社会道德的关系,始终把社会效益放在首位,严肃认真考虑作品的社会效果"②。社会主义文艺说到底是为人民的文艺,是为大众服务的文艺,但是这并不是说文艺就要迎合大众的趣味。在市场经济条件下,文艺不但不能放弃,还要坚持的重要职能是教育。诚如习近平总书记所言:"举精神之旗、立精神支柱、建精神家园,都离不开文艺。"③ 发挥文艺的审美教育作用,是历史唯物主义的必然要求。在马克思主义思想体系中,作为上层建筑重要组

---

① 习近平:《在中国文联十大、中国作协九大开幕式上的讲话》,人民出版社 2016 年版,第 19 页。

② 同上。

③ 习近平:《在文艺工作座谈会上的讲话》,人民出版社 2015 年版,第 6 页。

成部分的文艺，虽然从根本上受限于社会经济条件，但也并非完全消极的要素。它与上层建筑中的其他精神要素，以及社会经济条件之间，是相互影响的关系。恩格斯在给一个大学生的信中谈道："政治、法、哲学、宗教、文学、艺术等等的发展是以经济发展为基础的。但是，他们又都互相作用并对经济基础发生作用。并非只有经济状况才是原因，才是积极的，其余一切都不过是消极的结果。这是在归根到底总是得到实现的经济必然性的基础上的互相作用。"① 文艺无法舍弃自己的社会属性。文艺总是其所在时代的社会现实、时代精神的反映，也总是希望通过恰当的审美形式"批判假恶丑，弘扬真善美"来介入具体的社会历史进程。虽然在市场经济环境下，文艺工作者和人文学者已经丧失了社会话语的中心地位，滑向"边缘"，但这并不意味着文艺工作者就要自甘寂寞甚至自甘堕落，以"媚俗"为业、以"牟利"为志，制造无意义的笑料和欢歌，"娱乐至死"。这不仅有悖于人文工作者应有的人文精神，而且也从根本上不利于文艺市场的长久发展。

（三）社会主义文艺要发挥社会交往作用

习近平总书记十分重视文艺的社会交往作用。他在《在文艺工作座谈会上的讲话》中意味深长地讲道："文艺是最好的交流方式"，在社会交往方面"可以发挥不可替

---

① ［德］恩格斯：《致瓦·博尔吉乌斯》（1894年1月25日），载《马克思恩格斯选集》第4卷，人民出版社1995年版，第732页。

代的作用"。文艺是反映社会现实的镜子,但是文艺也会反过来影响并塑造大众的精神世界。孔子曾言,"《诗》可以兴,可以观,可以群,可以怨","不学《诗》,无以言",这些都是在强调文艺的认识论价值和社会伦理功用。艺术中蕴含着丰富的人类经验,借助艺术可以教化百姓,使民风淳厚,也可以消除隔阂,使人与人的社会交往更加通畅。在西方社会,著名作家和文艺理论家席勒在《审美教育书简》中也明确指出,艺术是现代人进行社会交往、建构具有相似价值观的社会共同体的必要中介。在市场经济时代,人与人的交往远不如在计划经济那种有机组织形式中紧密。人在社会中更多的是一种彼此孤立的原子化生活状态,而艺术中汇聚的人类的共通经验则能起到增进社会交往的纽带作用,亦即成为人们共同的谈资、思想和情感资源。习近平总书记曾多次谈到他自己读《浮士德》的故事:"那时候,我在陕北农村插队,听说一个知青有《浮士德》这本书,就走了30里路去借这本书,后来他又走了30里路来取回这本书。"[①] 他在出国访问期间再次回顾了这次经历,借助文学艺术开展外交工作。在他看来,"一部小说,一篇散文,一首诗,一幅画,一张照片,一部电影,一部电视剧,一曲音乐,都能给外国人了解中国提供一个独特的视角,都能以各自的魅力去吸引人、感染人、打动人"[②]。诚如他所言:"谈文艺,其实就是谈社会、

[①] 习近平:《在文艺工作座谈会上的讲话》,人民出版社2015年版,第8页。

[②] 同上书,第15页。

谈人生,最容易相互理解、沟通心灵。"① 若文艺领域充斥着诸如"宁坐在宝马里哭,不在自行车上笑"的拜金主义价值观,以"爱情至上"为介入他人家庭生活的婚外恋张目,以"爱国主义"的名义编排各种逻辑混乱、情节夸张的"抗日神剧",那么它们最终导致的是民族价值观的堕落,社会伦理的解体和公众思想能力的弱化。艺术的教育功能的发挥,需要"寓教于乐"。主流的正面价值观能否通过艺术作品发挥教育作用的关键在于艺术作品是否具有感染力。有的艺术作品,一味地进行道德观念和政治思想的说教甚至灌输,忽略了艺术作品的艺术性维度,变得枯燥乏味,不仅无法起到教育作用,还会使观众对特定观念产生逆反情绪,结果适得其反。艺术要产生更佳的社会效益,不仅要在思想内容上下功夫,更要注重对恰切的艺术形式的探索。艺术家要"讲品位,重艺德,为历史存正气,为世人弘美德,为自身留清名,努力以高尚的职业操守、良好的社会形象、文质兼美的优秀作品赢得人民喜爱和欢迎"②,这并非是以艺术自律为准则的艺术的自说自话,而是在艺术与社会的关联视域中的创新。

(四)社会主义文艺要主动提升受众审美水平

文艺生产遵循物质生产的一般规律。在物质生产中,生产与消费互为中介:"生产中介着消费,它创造出消费

---

① 习近平:《在文艺工作座谈会上的讲话》,人民出版社2015年版,第8页。
② 同上书,第12页。

的材料，没有生产，消费就没有对象。但是消费也中介着生产，因为正是消费替产品创造了主体，产品对这个主体才是产品。产品在消费中才得到最后完成。"① 特定文艺风格的流行总是受到文艺生产和文艺消费的双重影响，而且文艺生产与文艺消费亦会相互影响。文艺生产者具有怎样的襟怀、境界和品位，决定了他们能否抵御金钱诱惑、提供优质的文艺作品，进而决定了消费者的消费层次和审美趣味；文艺消费者的审美趣味和消费需求，又会反过来影响文艺生产者的生产趋向。在市场经济条件下，文艺无论是要获得经济效益还是要获致社会效益，都离不开受众的认可。文艺作品的受众面越广，其经济效益和社会效益就越明显。市场经济条件下的文化经济亦可视为"粉丝经济"，受众的参与性和主动性日渐提高，在作品评价环节的作用日益明显。他们的审美品位如何，往往决定了文艺市场的总体水平。消费者的艺术趣味是参差不齐的，有人喜欢阳春白雪，有人喜欢下里巴人。不同的审美趣味并行不悖，无可非议。但是，近年来因为市场监管缺位，在资本的逐利本性的驱动下，许多艺术生产者的艺术操守失陷，参与到文化市场的投机之中，一味迎合受众，大量创作语言粗鄙、情节粗糙、品位低下的烂俗作品，文艺界劣币驱逐良币现象严重，导致一段时间内文艺市场俗不可耐，这更是会损害民众的精神生活。社会主义文艺是为人民的文艺，但是这并不是说文艺就要无条件地迎合民众的

---

① ［德］马克思：《1857—1858年经济学手稿》，载《马克思恩格斯全集》第30卷，人民出版社1995年版，第32页。

喜好。因而，要提高文艺市场的品格，就需要监管部门在端正创作者的创作态度的同时，主动介入文艺消费环节，提高受众的审美水平。作为文艺市场的引领者，广大文艺工作者更要像习近平总书记要求的那样，树立正确的义利观，"做真善美的追求者和传播者，把崇高的价值、美好的情感融入自己的作品，引导人们向高尚的道德聚拢，不让廉价的笑声、无底线的娱乐、无节操的垃圾淹没我们的生活"[①]。监管部门虽然无法直接改变受众的审美趣味，但是却可以改变艺术作品的市场结构，在文艺的生产和流通环节下功夫，从文艺政策上予以引导，压缩"三俗"作品的市场空间，进而间接影响受众的文艺品位。

在新的历史起点上，习近平总书记关于文艺的系列讲话，为中国社会主义文艺的发展指明了方向。他就文艺与市场关系的论述，尤其是要求"文艺不能当市场的奴隶"的见解，是在新时代对马克思主义文艺理论的最新发展，具有十分鲜明的时代特色和十分强烈的现实针对性。这要求文艺工作者必须充分认识到，市场对于文艺存在或显或隐，或利或弊的影响，在文艺创作中明晰利弊、扬长避短，既不能臣服于市场，为了金钱牺牲文艺品质，拼凑"三俗"之作，污人耳目、浊人心灵；也不能一味拒绝市场，片面追求所谓的"纯粹审美"，甚至忘记了民生疾苦、民众需求和文艺的审美教育功能。习近平总书记关于文艺的系列讲话从文艺作品的理想形态出发批评了目前文艺领

---

① 习近平：《在中国文联十大、中国作协九大开幕式上的讲话》，人民出版社2016年版，第17页。

域存在的诸多问题，但这并非是要将文艺发展引回到改革开放前的计划时代，更不是要拒绝市场对文艺生产的调节作用，代之以行政命令，而是意在引导文艺更好地适应市场逻辑，规避市场因缺乏必要监管而可能给文艺带来的负面影响，在更为合理有序的市场竞争环境中多出精品之作，实现文艺创作的社会效益和经济效益的双丰收。在市场经济条件下发展社会主义文艺，必须充分把握和尊重市场规律和文艺规律，善于利用市场和资本，调控文艺市场，平衡文艺的艺术价值和经济价值，实现文艺的社会效益最大化，引领文艺发展方向。唯有如此，才能激发市场活力，激活民众的文化创造力，"发展面向现代化、面向世界、面向未来的，民族的科学的大众的社会主义文化，推动社会主义精神文明和物质文明协调发展"①，增强文化自信，提升国家软实力，稳步推进社会主义文化强国建设。

---

① 习近平：《决胜全面建成小康社会　夺取新时代中国特色社会主义伟大胜利——在中国共产党第十九次全国代表大会上的报告》（2017年10月18日），人民出版社2017年版，第41页。

第七章

弘扬讲话主旋律，凝聚网络正能量

21世纪以来，中国的经济发展速度举世瞩目，互联网技术突飞猛进，在不少领域处于国际领先地位。在此背景下，中国文艺也相应出现了两次具有划时代意义的重大转向，即市场转向和网络转向。尤其是在网络技术的推动和影响下，当代文艺正在经历一场革命性的巨变。我们注意到，互联网和新媒体技术不仅改变了文艺的传播和接收方式，催生了新的文艺类型，也带来了文艺观念和文艺实践的深刻变化。习近平总书记的《在文艺工作座谈会上的讲话》《在网络安全和信息化工作座谈会上的讲话》等一系列重要讲话，都对网络发展给予了高度好评，寄予了殷切期望，对包括网络文艺在内的网络文化中的"显著进步与成绩"深感欣慰，对其存在的不少"短板和问题"极为关切。习近平总书记系列重要讲话在网络文艺生产、传播和消费领域引起了巨大反响，并必将在相关理论研究和学术批评领域产生深远的影响，它不仅对当前网络文艺创作与实践具有极为重要的指导意义,而且为网络文艺理论与批评确立了目标,厘清了思路,指明了方向。

一 习近平总书记文艺讲话与网络文学基本问题

习近平总书记在文艺工作座谈会上的讲话,作为当代马克思主义文艺观创新与发展的最新成果,从文化战略的高度将中华文化繁荣兴盛与实现中华民族伟大复兴紧密地联系在一起。其中有关网络文艺的论述,主要有以下原则:以马克思主义文艺观为指导,确保网络文艺与文化建设的正确方向,以网络文化建设中的问题为突破口,确保网络文化建设的实效性;以实现中国梦为价值取向,确保网络文化建设的精神动力机制。习近平总书记指出:"互联网技术和新媒体改变了文艺形态,催生了一大批新的文艺类型,也带来文艺观念和文艺实践的深刻变化。由于文字数码化、书籍图像化、阅读网络化等发展,文艺乃至社会文化面临着重大变革。要适应形势发展,抓好网络文艺创作生产,加强正面引导力度。近些年来,民营文化工作室、民营文化经纪机构、网络文艺社群等新的文艺组织大量涌现,网络作家、签约作家、自由撰稿人、独立制片人、独立演员歌手、自由美术工作者等新的文艺群体十分活跃。这些人中很有可能产生文艺名家,古今中外很多文艺名家都是从社会和人民中产生的。我们要扩大工作覆盖面,延伸联系手臂,用全新的眼光看待他们,用全新的政策和方法团结、吸引他们,引导他们成为繁荣社会主义文艺的有生力量。"① 这段话涉及网络文艺的本质特征、表现形式、发展动向等重要理论问题,并对网络文艺工作者提出了殷切期望,体现了习近平总书记论网络文艺的核心思想和基本精神。

(一) 习近平总书记论网络文化与文艺

习近平总书记对互联网技术和网络文化一向极为重视,党的十九大报告中八次提到互联网。在党的十九大报告中习近平总书记指出:"加强党对意识形态工作的领导,党的理论创新全面推进,马克思主义在意识形态领域的指导地位更加鲜明,中国特色社会主义和中国梦深入人心,社会主义核心价值观和中华优秀传统文化广泛弘扬,群众性精神文明创建活动扎实开展。公共文化服务水平不断提高,文艺创作持续繁荣,文化事业和文化产业蓬勃发展,互联网建设管理运用不断完善,全民健身和竞技体育全面发展。主旋律更加响亮,正能量更加强劲,文化自信得到彰显,国家文化软实力和中华文化影响力大幅提升,全党全社会思想上的团结统一更加巩固。"② 他还说:"加强互联网内容建设,建立网络综合治理体系,营造清朗的网络空间。落实意识形态工作责任制,加强阵地建设和管理,注意区分政治原则问题、思想认识问题、学术观点问题,旗帜鲜明

---

① 习近平:《习近平总书记重要讲话文章选编》,中央文献出版社、党建读物出版社2016年版,第190页。

② 习近平:《决胜全面建成小康社会 夺取新时代中国特色社会主义伟大胜利——在中国共产党第十九次全国代表大会上的报告》(2017年10月18日),人民出版社2017年版,第4—5页。

反对和抵制各种错误观点。"①

习近平总书记有关网络文化与网络文艺的讲话充满正能量，令人欢欣鼓舞。尤其是对互联网时代中国文艺与文化变革的论述，可谓言简意赅，高屋建瓴。他对网络时代文艺繁荣与发展的动因和愿景的分析，全面而又深刻，富有远见卓识，既为相关研究提供了一个宏阔深邃的文化背景，也为网络文艺创作实践提供了行动指南。习近平总书记敏锐地注意到，网络技术改变了"文艺形态"，"文艺乃至社会文化面临着重大变革"②。这一有关网络文艺与文化发展之宏观动向的论断，具有划时代的意义。

正是在互联网和新媒体的影响和推动下，网络文艺，尤其网络文学的崛起，极大地改变了文艺生产、传播和消费的方式。文艺乃至社会文化呈现出快速变化和不断更新的趋势。其中最有代表性的文艺新现象是网络小说的异军突起。近年来网络小说呈现爆发式增长态势，作品数量空前增多，生产规模急剧扩大，成为受众面广、关注度高、社会影响巨大的文学新领域。

今天，数字化生存已成不可阻挡之势，文字数码化改造成果卓著，书籍图像化艺术日趋完美，阅读网络化潮流不可阻挡，文艺观念和文艺实践也相应地发生了深刻变化，文艺乃至社会文化都静悄悄地发生着革命性的升级与换代。

---

① 习近平：《决胜全面建成小康社会　夺取新时代中国特色社会主义伟大胜利——在中国共产党第十九次全国代表大会上的报告》（2017年10月18日），人民出版社2017年版，第42页。

② 习近平：《在文艺工作座谈会上的讲话》，人民出版社2015年版，第12页。

"新技术平台,为人们提供了一种观察世界的新窗口,拓展了新的视野和新的思维。传统的文艺生态和表现形式在新技术力量的引领下,被革新、拓展甚至颠覆。为今天的文艺超越传统、形成新的格局提供了无限可能性。"①

也正是在这种时代背景下,以网络文艺为主要关注对象的新媒介文化研究,尤其是网络文化与文学研究,相应地呈现出风生水起之势:形形色色的媒介学会纷纷成立,花样百出的媒介平台与网络期刊遍地开花,"媒介转型""媒介创新"等短语在各种学术研讨会的词频统计表中高居榜首,"网络""媒介"等关键词是近几年博士、硕士学位论文中最热门的词汇。从中国知网检索的年度学术论文数量看,与新媒介文论与批评相关的学术文章,也呈现出一种有增无减的上升势头。

在网络媒介与数字艺术理论研究方面,新观念、新范畴、新方法可谓层出不穷。就具体的文艺创作与接受情况而言,网络文学和网络艺术可谓春风得意,势头正健,尤其是日新月异的数字艺术,其智能化、交互性、织造性、游牧化、沉浸性等审美特征与艺术取向,使传统文论话语纷纷失效,艺术研究者正在从媒介大师如英尼斯、麦克卢汉、墨顿等人的著作中寻找理论资源,以期与时俱进,创立新说。部分西方学者如莫尔、瑞安、霍尔等人给当代文论赋予了虚拟化、激进化和流动化色彩,也为当代文论创新提供了可资借鉴的材料。从宏观的视角看,当前的新媒

---

① 中共中央宣传部编:《习近平总书记在文艺工作座谈会上的重要讲话学习读本》,学习出版社2015年版,第47页。

介文化的理论研究、学术批评和译介工作，虽然已经取得了可观的实绩，但还远远不能满足当前文艺创新和网络文化发展的现实需求。要与时俱进地建构与新型"文艺形态"和新生"文艺群体"同步发展的文艺理论与批评话语体系，我们显然还有很长的路要走。

值得注意的是，2015年10月3日，新华社全文发布了《中共中央关于繁荣发展社会主义文艺的意见》，该"意见"共25条，其中第16条全文如下："大力发展网络文艺。网络文艺充满活力，发展潜力巨大。坚持'重在建设和发展、管理、引导并重'的方针，实施网络文艺精品创作和传播计划，鼓励推出优秀网络原创作品，推动网络文学、网络音乐、网络剧、微电影、网络演出、网络动漫等新兴文艺类型繁荣有序发展，促进传统文艺与网络文艺创新性融合，鼓励作家艺术家积极运用网络创作传播优秀作品。充分发挥新媒体的独特优势，把握传播规律，加强重点文艺网站建设，善于运用微博、微信、移动客户端等载体，促进优秀作品多渠道传输、多平台展示、多终端推送。加强内容管理，创新管理方式，规范传播秩序，让正能量引领网络文艺发展。"[①] 执政党和政府管理部门要"大力发展网络文艺"，这无疑会为新媒介文化尤其是包括网络文学在内的网络文艺的发展，带来巨大的积极影响。新媒介文化研究者理当顺应时代发展潮流，振奋时代责任意识和历史使命感，为包括网络文学在内的新媒介文化的繁

---

① 《中共中央关于繁荣发展社会主义文艺的意见》，人民出版社2015年版，第12—13页。

荣和发展，作出无愧于时代的理论贡献。

（二）新媒介视域中的网络文学

习近平总书记指出："古今中外，文艺无不遵循这样一条规律：因时而兴，乘势而变，随时代而行，与时代同频共振。在人类发展的每一个重大历史关头，文艺都能发时代之先声、开社会之先风、启智慧之先河，成为时代变迁和社会变革的先导。"① 新媒介视域中的网络文学，正是这种"因时而兴，乘势而变"的文艺新式样。在这个被称为"数字化生存"的"信息社会"，"信息及媒介"，"媒介造时势"，媒介文化渗透到了我们日常生活的每一个角落，新媒介成为时代变迁和社会变革的先知先觉者。即便中央电视台这样的主流媒体，在重要节目最后，总不忘提醒观众："如果您想获得更多资讯，请关注央视微博微信客户端。"新媒介对信息社会的重要意义，由此可见一斑。

据中国互联网协会《中国互联网发展报告2016》发布的资料表明，截至2015年年底，我国网民规模达6.8826亿人，普及率为50.3%。2015年新增网民3951万人。手机网民新增6303万人，规模达6.1981亿人，占网民总数的90.1%。② 单就文学网站的发展状况看，

---

① 习近平：《在中国文联十大、中国作协九大开幕式上的讲话》，人民出版社2016年版，第7—8页。
② 参见中国互联网协会《中国互联网发展报告2016》，电子工业出版社2016年版，第3—4页。

我国文学网站众多，有商业性质的原创文学网站，也有政府和文学文化类社团的公益性文学"官网"，还有门户网站、其他企业类网站的文学板块和文化频道，以及论坛、资源下载类文学网站和一些有影响的个人文学主页等。其中影响最大的主要是商业性质的专业文学网站，其次是公益性的文学网站。据统计，目前我国的商业性文学网站不下500家，其中能保持经常更新、具有一定经济效益并产生较大影响的原创文学网站有200余家，纳入中国作协管理（如全国网络文学重点园地联席会议网站）的50余家。

如今，移动互联网的兴盛已成不可阻挡之势，文化产业的众筹模式在艺术生产领域获得了巨大成功，以大数据、云计算为依托的微文化迅速演化为文艺领域的新生力量，网络文学在新媒介文化产业中占据着举足轻重的地位。网络文学可以制作成视频，也可以成为手游的故事背景，而手游的线索也可以被拓展为文学故事，或拍成网络剧。"事实上，网络文学作为IP源头之一，在资本市场中越来越受到关注，近来，游戏和影视公司争抢网络小说IP，版权价飙升。优质IP非常紧缺，在市场上供不应求。在网络文学领域，腾讯已经收购了盛大文学。百度也开辟了'百度文学'业务。网络文学成为了互联网的热门业务。网络文学得到了互联网企业的如此钟爱，是因为网络文学是一种原创的文化内容，原创的内容就意味着核心竞争力，这些原创内容可以延伸到游戏、视频等各种各样的领域。在网络文学这一产业链上，网络文学作为上游，通过授权的方式，可以根据文学内容推出游戏、动漫、影视等一系列衍生产品。"[①] 在 IP 改编热潮中，《何以笙箫默》《花千骨》《芈月传》《寻龙诀》等都获得了超高的市场关注度。其中由天下霸唱的《鬼吹灯》改编的电影《寻龙诀》票房达到 16 亿元，这些超乎寻常的网络文艺新现象，需要以新眼光来看待，需要用新方法去探究。

　　从文艺形态类型上看，随着互联网尤其是移动终端的广泛使用，各种文艺形态载体和手段，借助这些平台不断融合，催生了一批新的网络文艺形态，像网络文学、网络音乐、网络评书、网络动漫、网络游戏，微电影、微广播、微小说、微动漫、微摄影、微设计等微艺术以及数码艺术等新的文艺类型，实体文艺创作与虚拟艺术创作之间的界限模糊，互相转换，网络小说可以变为实体图书，传统出版物可以转换为数字化形态。从文艺创作生产过程上看，在互联网等新媒体环境下创作，具有鲜明的开放性与互动性，每一个人都可以在这些平台上成为作者，推出自己的作品。作者和读者之间的界限被打破，随时交流信息，及时介入互动。就创作群体而言，既有大量个人自创的作品，也有国内门户网站、文艺网站和网络群体组织的作品，可谓百花齐放，异彩纷呈，传播渠道更是穿越古今，通达四海，分流合众，雅俗咸宜。大数据、全媒体、超文本、人工智能、赛博空间、人机交互的人类数字化生存的新方式，网络为电子图书、动漫游戏、多媒体广播、电视等网络载体的运用，提供了更便捷广阔的传播空间，

　　[①] 陈少峰等主编：《中国互联网文化企业报告》，华文出版社 2015 年版，第 7—8 页。

极大拓展了文艺传播途径的多样化。比如现在虚拟的数字世界已然是一种真实的仿像,通过网上虚拟博物馆,大众可以随时随地欣赏到世界各地各类艺术品而不必花费高昂的旅费。比如一些网络歌曲、网络视频、微电影等,点击量少则几十万,多则几亿,这是传统文艺传播渠道难以想象的。

总体上看,"互联网等新媒体对文艺的影响还在不断变化、尚未定型、还未成熟,未知远远大于已知。文艺工作者要充分把握这种新态势、大趋势,适应形势发展。要切实把网络文艺纳入创作生产和引导管理范畴,充分利用、充分发展,打破传统范式、丰富文艺样态,助推文艺创作生产方式转变,拓宽文艺传播渠道,提升文艺创新空间,让互联网和新媒体成为文艺创新的新舞台。应该看到,互联网和新媒体中还存在一些消极落后的内容和无序失范的现象。在大力抓好创作生产、繁荣网络文艺的同时,还要加强和改进网络文艺管理,加大正面引导力度,引导创作出更多主题鲜明、内容积极向上的优秀网络文艺作品,唱响网上文艺主旋律"[①]。

(三)网络文艺的守正与创新问题

文化是民族的血脉,是人民的精神家园,是民族生存和发展的重要动力。习近平总书记明确指出:"古往今来,中华民族之所以在世界上有地位、有影响,不是靠穷兵黩武,不是靠对外扩张,而是靠中华文化的强大感

---

① 中共中央宣传部编:《习近平总书记在文艺工作座谈会上的重要讲话学习读本》,学习出版社2015年版,第49页。

召力和吸引力。"① 他还说："中华文化既坚守本根又不断与时俱进，使中华民族保持了坚定的民族自信和强大的修复能力，培育了共同的情感和价值、共同的理想和精神。"② 坚守传统，"不忘本来"，但同时还必须"与时俱进"。正如习近平总书记所强调的："'诗文随世运，无日不趋新'，创新是文艺的生命。"③ 毫无疑问，新兴网络文学必然要经受"守正与创新"的考验。

毋庸讳言，新媒介文化的迅猛发展，在为传统文学艺术带来生机与活力的同时，也相应地带来了许多新问题，除了数据化生存带来的非理性舆情浪潮、信息日渐"碎片化"与"反思空间"渐趋消逝等不良趋势外，还衍生了许许多多与之直接或间接相关的问题，如产权侵害严重、虚假信息滥用、技术陷阱密布、网络监管乏力等都已成为网络文化健康持续发展的重大阻力，与此形成鲜明对照的是，相关研究无论在理论理路还是方式方法方面，也都存在着严重的缺失，远远未能形成理论与实践和谐共进的局面。尤其在网络文学研究方面，这些问题表现得尤为突出。我们注意到，近年来网络文学研究对象大多聚焦于像痞子蔡、慕容雪村、安妮宝贝、李寻欢等这样一些网红式作家，以及如《第一次亲密接触》《此间的少年》《天堂向左，深圳往右》《悟空传》《甄嬛传》《步步惊心》《成

---

① 习近平：《在文艺工作座谈会上的讲话》，人民出版社2015年版，第3页。
② 同上书，第5页。
③ 同上书，第11页。

都,今夜请将我遗忘》等作品。研究与创作两不相顾的现象尤为严重,不少学者用陈旧的文学理论体系来衡量新媒介文学,特别是早期评论家对网络文学甚为不屑,或是视为无物,或是等同垃圾。在这种情况下,自由而自负的写手们对这类研究者嗤之以鼻也就毫不奇怪了。

我们认为,新媒介文化研究破解困局之路只有一条,那就是继承优秀传统,坚持理论创新。在这里,我们就网络文艺理论研究的理论创新有针对性地谈几点具体而微的看法。

第一,理论创新必须有"告别学术熟语圈、开辟思想新天地"的创新精神,要有一股"雄关漫道真如铁,而今迈步从头越"的英雄气概。如果我们以坚持传统为借口死守教条,不能与时俱进地进行理论创新,那么,当新媒介文化迅猛袭来时,我们就根本无法应对既有话语全面失效的尴尬局面。事实上,新媒介文化研究的上述种种危机与病象,大多与当前新媒介理论创新乏力密切相关。在以网络为代表的新媒介崛起之初,人们对新媒介文化还不够了解,甚至缺乏必要的媒介基础知识,依靠既有理论模式考察新生事物,虽是无奈之举,也算得上权宜之计。例如,一些有关网络文学研究的文章完全沿用传统文论意识形态说、典型化理论来阐发和理解修仙、盗墓与玄幻等作品,即便其理论思维不乏魅力,但那充其量也无非是光昌流丽的话语空转而已。当然,也有些人热衷于使用后现代主义、消费文化和狂欢化等看似新潮的理论来解剖新兴媒介文化,但这些理论与以网络为代表的媒介革命可交集处甚微,其理论契合程度更是差强人意。因为当前的新媒介革命不仅改变了文化形态,而且也催生了新的文化类型,文化观念和文化实践都面临着前所未有的变革需求和发展潜力。凡是那些不适应形势发展的固有模式和陈旧观念,注定将要在新文化洪流中被分流、被淘汰、被抛弃。

第二,及时跟进新媒介文化实践步伐,"从上网开始,从阅读开始",首先使自己成为一个真正的新媒介文化人,注重"眼处心生",避免"暗中摸索"。不做隔岸观火的局外人,不写隔靴搔痒的空头文章。我们注意到,与上述新媒介文化研究种种怪象相关的另一大缺失是宏观研究重复较多,具体问题的具体分析较少。这一方面与网络媒介文化产品自身质量普遍不高有关,同时与批评家对网络文化产品如网络文学、网络电视和网络音乐的普遍轻视也密不可分。例如,在不少批评家心目中,新媒介文化研究还算不上真正的学术研究,重要的学者与批评家很少将自己的精力花在新媒介文化的文本解读上。即便是进行媒介文化研究,也往往是采取一种宏观的视角对媒介文化进行整体评估,关注的焦点多是新媒介文化存在的合法性问题、媒介文化的特征问题、媒介文化生产的缺陷问题等。"新闻无学""媒介无文"的固执偏见在一些人脑海里挥之不去,在这些人看来,网络上根本就无法产生真正的文化人和学问家。

第三,新媒介文化研究者不仅要积极参与新媒介文化活动,还要在相关实践中努力发挥理论的引导作用。面对新媒介文化批评难以跟进文化生产现实的问题,针对"理论失语""批评乏力"的现状,文化研究者有责任调动积极因素,引导新媒介文化产业界采取适当的商业化运作措施，以此刺激或激发文化批评的潜在活力。事实上，新媒介研究者在这方面已经看到了一些可贵的尝试。例如，2013年，盛大文学云中书城推出百位白金书评人招募活动，吸引了数千网友提交书评，尽管此举引来了批评与质疑，即有人担忧为稿费写作的书评人，是否具有真正的批评能力，这种以广告形式招募的"书托"，对书评事业有无助益，但盛大此举的良好愿望还是得到了多方面的理解与支持。招募书评人旨在引领网络文艺创作，提升网络文化生产的水平，新建网络文化评价体系，这毕竟是"唱响网络主旋律"的当务之急。

  在这个以网络文学为例的个案中，我们注意到，在当前的稿费制度的限制下，写书评成本太高、回报太低，盛大文学招募书评人活动让书评人生存状态再度被媒体关注。盛大文学有的放矢地从稿费着手改善书评人待遇，使签约书评人不仅有一定数额的月收入保障，而且还会运用适当的分成模式帮助书评人增加收入。招募书评人对于整个行业具有贡献，现在的媒体书评几乎全部针对传统作家、传统小说进行，网络作家和网络小说被书评人集体忽略了，网络文学缺乏评价体系，在一定层面上形成了信息隔膜，导致公众对网络文学的偏见无法消除，在网络文学已经成功转化为无数热点影视剧之后，现在开始建立网络文学评价体系的时机已经成熟。盛大文学还呼吁媒体、评论家、书评人给予网络文学以更多的关注。[①]

[①] 参见赵洁《盛大文学回应质疑：招募书评人重点在于新建网络文学评价体系》，《出版参考》2012年第18期。

第七章 弘扬讲话主旋律，凝聚网络正能量

二 深入领会讲话精神，深化网络文艺改革

习近平总书记有关文化文艺的论述，无疑具有多方面的指导意义。就泥沙俱下的新兴网络文艺而言，他对"正能量"的强调，具有极为迫切的现实针对性。在2014年的"文艺讲话"中他明确指出："只要有正能量、有感染力，能够温润心灵、启迪心智，传得开、留得下，为人民群众所喜爱，这就是优秀作品。"① 在2016年"作代会"和"文代会"的讲话中，他赞扬文艺工作"取得丰硕成果，主旋律更加响亮，正能量更加强劲，为人民提供了丰富精神食粮，向世界展示了中华文化魅力"②。并进一步指出："只有牢固树立马克思主义文艺观，真正做到了以人民为中心，文艺才能发挥最大正能量。"③ 2016年在《在网络安全和信息化工作座谈会上的讲话》中，他更为具体地指出："做到正能量充沛、主旋律高昂，为广大网民特别是青少年营造一个风清气正的网络空间。"④

当然，习近平总书记也没有回避文艺工作中的"短板

---

① 习近平：《在文艺工作座谈会上的讲话》，人民出版社2015年版，第7—8页。

② 习近平：《在中国文联十大、中国作协九大开幕式上的讲话》，人民出版社2016年版，第2—3页。

③ 习近平：《在文艺工作座谈会上的讲话》，人民出版社2015年版，第13页。

④ 习近平：《在网络安全和信息化工作座谈会上的讲话》，人民出版社2016年版，第9页。

和问题"。对此，网络文学及其批评迫切需要解决好引导和如何引导的问题。在这方面，不少专家学者都提出了富有建设性的意见。例如。吴振在《对网络文学要加强引导》一文中指出，当下的网络文学的确有点鱼龙混杂、泥沙俱下，这也是很多新生事物普遍存在的特点。针对网络文学存在的种种问题，我们是一棍子将其打死，还是加强引导培育以推动网络文学走上健康的发展道路？显然，后者更为可取。自产生以来，网络文学已经获得数以亿计的粉丝拥趸，成为互联网时代重要的文学形式。尊重网络文学，既是尊重新的文艺形式，也是尊重网民们的文化需求。事实上《中共中央关于繁荣发展社会主义文艺的意见》已鲜明提出，"网络文艺充满活力，发展潜力巨大""促进传统文艺与网络文艺创新性融合"，这事实上在顶层设计层面，为我们如何对待网络文学，提供了行动指南。[①]

（一）文艺"数据化生存"的喜与忧

1995年，尼葛洛庞帝（N. Negroponte）出版了著名的《数字化生存》（*Being Digital*）一书，一时间，"数字化生存"似乎成了一个划时代的标志语。二十多年后的今天，我们却进入一个"数据化生存"的时代，地铁、超市、车站、工厂等无处不在的摄像头，全天候地对人类与非人类的一切进行数据化采集，所有人的上网痕迹，都会被记录下来作为可资利用的分析数据，大有"万物聚散于数据"

[①] 参见吴振《对网络文学要加强引导》，《光明日报》2015年10月31日第9版。

第七章　弘扬讲话主旋律，凝聚网络正能量

的意味。这是机遇也是挑战，虽然从"数字化"到"数据化"是一个必然的过程，现实世界的数据化不断挑战传统行业，可是其中也存在着风险，当我们的隐私被泄露的时候，数据化这把双刃剑就显示出与"令人欣喜"相反的一面，各种可怕的风险所带来的深深隐忧，足以让"数据化诗意栖居"的理想蓝图黯然失色。

数据化生存的标志之一是《大数据时代》成为热门话题。该书作者纵观全局，着意前瞻，宣称大数据带来的信息风暴正在变革我们的生活、工作和思维，大数据开启了一次重大的时代转型。就像望远镜让我们能够感受宇宙，显微镜让我们看清微生物一样，大数据要改变的是我们生活的方方面面以及理解世界的方式。比如，谷歌通过全球搜索分析，比国际疾病控防中心更早更准地预测了流感爆发。作者明确指出，大数据时代最大的转变就是，放弃对因果关系的渴求，而取而代之关注相关关系。也就是说只要知道"是什么"，而不需要知道"为什么"。这就颠覆了千百年来人类的思维惯例，对人类的认知和与世界交流的方式提出了全新的挑战。①

在大数据带来的各种转型中，原本状况堪忧的文化生态也必将受到更强大的冲击，其中，正在接受网络文化大洗礼的学术生态也在快速发生变化。我们注意到，当代学术界一系列的恶风陋习已到积重难返的程度，学院体制改革

---

① 参见［英］维克托·迈尔－舍恩伯格、肯尼斯·库克耶《大数据时代》，盛杨燕、周涛译，浙江人民出版社2013年版，第19—21页。

中的盲目躁动,学术写作中的蓄意失范,学术出版业的生存艰难,知识生产体系的"造血"乏力,以及通识教育的无根漂浮等,这些"被污染和被损害的"学术生态问题所指向的,无一不是当代中国知识界的"重污染源"。① 这种被污染与被损害的学术生态,使新媒体文化研究领域也不同程度地受到"污染"与"损害"。与学术领域相比,教育界、书画界、影视界的混乱情况更是令人担忧,过去局部存在的问题,在整个网络文化领域也都有相应的表现。

以网络文学的传播为例。众所周知,网络的强交互性和弱可控性使去中心化与双向交流成为网络文学的主要特征。从实际效果看,网络传播的自由性开拓了文化生存与发展的空间,网络链接实现了精神产品的非线性组织,多媒体技术赋予文艺作品图文并茂、声光并作的魅力,网上的双向交互建立了灵活开放的对话与交流模式,引发文化意义的内爆。但这种"多元混杂"的对话与交流也导致了本体缺失和主体混乱,以网络为代表的新媒介文化生态呈现出良莠不齐、鱼龙混杂的景象。由是,不少专家学者呼吁新媒介文化的发展迫切需要正确的观念引导和学理阐释,但眼下的网络文化研究还远远滞后于新媒介发展的实际需求,就既有的研究成果看,研究对象隔膜和研究重心偏失等问题不容忽视。

媒介文化,日新月异。譬如说,2012 年,马云呼唤大数据并构思阿里数字媒介生态圈时,许多人一笑置之,随

---

① 参见龙瑜宬《读〈我们的学术生态:被污染与被损害的〉》,《中华读书报》2012 年 11 月 18 日第 20 版。

着淘宝魔方、阿里全息大数据模型等浮出水面，阿里巴巴与淘宝的结合，人们才惊异于一种新兴市场体系的耀世绽放。新媒介背景下的大数据资产，由集团化大市场发展成为一个生机勃勃的新文化产业生态系统，新媒介资本的强大动力喷薄而出，这种力量将给新的经济生态文化带来什么样的影响或许难以预测，但可以肯定的是，这种基于大数据的媒介生态文化已成不可阻挡之势。在这种相关关系凸显、因果关系淡出的大数据新媒介文化背景下，网络文学生产与传播究竟会发生什么样的变化，这显然是一个我们希望却尚未能来得及关注、更遑论深入探究的问题，大数据背景下的许多新问题，来如飘风、去如闪电，我们尚未来得及作出应对策略就已倏尔而逝，而更新的问题又雪片般地纷至沓来，令我们目不暇接，不知所措。

就以大数据、云计算为代表的新媒介文化而言，这场爆发于世纪之交的文化生态革命，给当代文学乃至整个中国文化带来了气势如虹、蔚为大观的万千气象，但相关研究还相对薄弱和沉寂。事实上，新媒介文化产生的时代背景、身份认同和资质接纳等一系列理论和实践问题，目前还缺乏应有的深入探讨和研究。尤其是大数据背景下的网络文艺理论与批评将何去何从，究竟如何实现从"数字化生存"到"数据化生存"的理论范式转换，这个直接关系到网络文化与文学能否健康持续发展的根本性问题，目前还基本处于一种待开发状态。

关于新媒介文化理论对现实跟进迟缓、观念滞后、研究乏力等，是人文学科比较普遍存在的现象。研究对象过于单一，研究方法缺乏创新，就既有研究成果而言，综述评介性的文字较多，专注于学理化的分析太少。在研究方法上存在着盲目移植和挪用后现代理论、生搬硬套传统文化研究模式的现象。必须说明的是，在"数字化"转向"数据化"的过程中，传统的文化传播模式遭到了更深入的变革，人人之间、人机之间真正实现了对话的畅通无碍，人类历史上从未出现过如此方便快捷的交流方式，信息的传播与接收真正超越了时空的局限。这一切神奇的变化，无疑会给文化与文学生态带来革命性冲击和暴风骤雨式的洗礼。因此，关注数字化时代的文化生态，明确厘定网络文学的价值取向，重构数据化生存时代的精神家园，无疑是当前亟须学术界大力探讨的迫切问题。

（二）关于信息"碎片化"的审思

互联网是最快捷而简单的信息传递，我们接受的信息，特别是资讯类的信息，其真实性往往是要大打折扣的，因而其权威性也必然要大打折扣。而且"每一个信息所提供的都是一个碎片，对于每一个事件的真相，是在一个压着一个的碎片式传递过程中解构对世界的整体感知"[①]。由于这些碎片来得太快，清洗得也太快，我们根本就来不及对这些"碎片"进行有效的拼接，因为这些暴风雨一样的碎片信息侵占了我们的"独立思考"空间。

信息碎片化，数量多，体积大，对每个人对信息的消化能力形成了严峻的考验。由是之故，现实生活中一桩鸡

---

① 韩少功、龚曙光：《数字化时代的文化生态与精神重构》，《芙蓉》2013年第3期。

毛蒜皮的小事，可能给事主带来一场不亚于车祸的突发变故，如某官员下意识的一个微笑，某明星饭桌上的一句活跃气氛的"戏词儿"，一经网络聚焦，都有可能引发人生道路戏剧性的逆转，这不禁让人联想到一位著名笑星主演的一部电视剧——《鸡毛蒜皮没小事》。尤其是某些原本微不足道的小事也会被炒作为表征性新闻，它们或因精心策划，或因机缘巧合，被强制性放大，使某一种情绪瞬间地、同步地、呈极大倍数地放大，鸡毛蒜皮的事也会造成出人意料的轰动效应。

数字化语境下的各种隐患都与网络强大的引擎搜索功能有关，例如"人肉搜索"，对于单个网民而言，"人肉"是令人闻之色变的"无影剑"，其能量足以铄金销骨，因此有人把它说成是"诛心无影""杀人无形"的利器。尤其是那些无辜的"人肉搜索"的受害者，"铄金销骨"的说法，似乎一点也不夸张。对此，文雨的小说《搜索》为我们提供了一个精彩的例证。

文雨的这篇网络小说，曾经三易其名，这也为信息碎片化提供了一个注脚。2007年，文雨在晋江网上首发《请你原谅我》，这是文雨这篇小说的第一个名字。2010年小说获得鲁迅文学奖时更名为《网逝》，小说被陈凯歌拍成电影后，就有了第三个名字《搜索》。作者自称"潜伏"网络社区多年，媒体认为小说以旁观者的眼光敏锐地捕捉到了网络社会中的市井百态。较好地描述了网络信息之"蝴蝶效应"对文化生态的冲击。作品深度刻画了网络社会的现实病症，对人肉搜索、媒体底线、网络暴力等数字化时代的文化生态问题，表现出了悲天悯人的关切。

这篇小说，提出了许多与数字化时代相关的文化生态问题，如当传统的人性遭遇网络这个假面舞会式的随意挥洒时，会以何种样态呈现出来？《搜索》由一个报道引发的连锁悲剧，深刻反映出网络时代中人性的浮躁。作者紧抓时代脉搏，围绕媒体暴力这一随网络发展而兴起的现象勾勒市井小人物的起伏命运，其中人肉及其后果等看似戏剧化的虚构事件，实则是一幅近乎赤裸的时代社会生活的真实剪影。[①] 这是一部立足于都市情感话题的现实主义文学作品，是对当下网络浮躁现象的一次呐喊，饱含着作者对社会现实的尖锐质疑与深刻思考。小说主题冷酷深刻，网友评价此书能"让人找回早已丢失的平和内心，反思自己在网络上的激烈言论"。

有一种意见认为，每一个人对一个事件的情绪是分时间、层次去消解的。在网络上，哪怕每一个人轻轻地"嘘"一声，上亿个人同时发出这个声音，这是一种什么样的力量？对每一个人而言只是经意与不经意地嘘一声而已，但对于广大网民来讲，亿万嘘声就能爆发出排山倒海般的力量。所以，一个良善人的网络嘘声有可能最终会形成媒介暴力，或者形成对某个事件的不恰当评价或无意伤害。互联网确实是把每一个人的道德正义，全部集中在一起，虚幻地变成了整个社会的道德正义，其结果往往大大超出人们的想象，某些匪夷所思的雷人雷语，经过类似于原子裂变与聚变的方式在网络上形成了一种令人恐惧的嘘声，这种"媒介嘘声"对传统道德与秩序的破坏作用之巨

---

① 参见文雨《搜索》，湖南人民出版社2012年版，封底。

令人咂舌。如今，互联网把一些很小的事情变为了重大新闻的例子可谓俯拾即是，一条微信所产生的蝴蝶效应往往会对某些当事人，甚至某种社会风尚造成巨大影响。例如，青年演员王宝强的一条宣布离婚的短信，居然一夜之间让四年一度的奥运新闻风头尽失。

此外，互联网导致了人际关系的远近变化，譬如说，平时跟爹妈打个电话或是用短信沟通就代替了面对面的探视，由此造成的感情欠缺，积累到春节就变成了思乡之情的大爆发。从这个意义来讲，虽然春运的人流很可怕，但同时也让我们看到了，中国未来不管是社会重建还是精神重建，可能有一个很重要的重建就是基于家庭和乡土的伦理重建。在重视乡土乡情的基础上，让互联网深入到每一个村落、每一片乡土，让传统中国的道德秩序在构建一个"完整社会""秩序社会""均衡社会"的过程中，与时俱进地发挥其应有的作用。利用网络优势重建乡村、乡土、乡情，这无疑也是文化生态系统建设的一个重要方面。正如龚曙光所指出的，"如何重建中国的乡村、乡土和乡愿，这是中国社会建设的重大问题，这个问题建设好了，就可以把我们的身体安顿好，进而把心灵安顿好。……使我们个人在互联网急速推进时精神不失衡，文化不失重；使我们民族在这个扁平的世界里精神不失身，文化不失语"[①]。习近平总书记《在网络安全和信息化工作座谈会上的讲话》的"第一个问题"便是讨论如何"推动我国网信事业发展，让互联网造福人民"。

---

① 韩少功、龚曙光：《数字化时代的文化生态与精神重构》，《芙蓉》2013年第3期。

他指出:"我们从来没有像今天这样离实现中华民族伟大复兴的目标如此之近,也从来没有像今天这样更有信心、更有能力实现中华民族伟大复兴。这是中华民族的一个重要历史机遇,我们必须牢牢抓住,决不能同这样的历史机遇失之交臂。这就是我们这一代人的历史责任,是我们对中华民族的责任,是对前人的责任,也是对后人的责任。"①

(三)重建网络批评观:"褒优贬劣,激浊扬清"

习近平总书记指出:"要加强和改进文艺理论和评论工作,褒优贬劣,激浊扬清,更加有效地引导创作、推出精品、提高审美、引领风尚。"② 网络时代,人们的日常生活和文化环境都在经受着大河改道式的巨变。在举头"云端"、抬手"终端"的数据化生存语境下,有人惊呼"事实已不再是事实!"以事实为基础的知识大厦在虚拟世界非线性"相关"条件下已轰然倒下。知识爆炸、信息冗余,资讯超载,现代人已变成了深不可测的知识海洋中不知何去何从的小鱼。众声喧哗却又不知所云的网络批评,在这种背景下,更是遭遇了前所未有的"标准"危机。

1. 大数据语境下,评判标准变得飘忽不定,必须加强价值观的引导。众所周知,"事实胜于雄辩"是传统文学批评的一条重要原则。讲事实、摆道理是文学批评最常用的方

---

① 习近平:《在网络安全和信息化工作座谈会上的讲话》,人民出版社2016年版,第3页。

② 习近平:《在中国文联十大、中国作协九大开幕式上的讲话》,人民出版社2016年版,第21页。

法。但是，在数据化生存语境中，这个基本原则发生了根本性动摇。因为，在"什么都是数据说了算"的数据化海洋里，所谓"网络事实"，已不再是印刷时代那种"被视为社会基石的事实"，"我们正在见证牛顿第二定律的事实版本：在网络上，每个事实都有一个大小相等、方向相反的反作用力。这些反作用的事实可能错得彻头彻尾"。① 事实决定数据的原则在"数据化生存"过程中出现了逆转，因为我们新的信息技术设施恰好是一个超链接的出版系统，它将我们"眼见的事实"链接到一个不受控制的网络之中。

任何事实都不再"确切地"拥有人们"各是其是"的"真相"，人们遭遇的大量信息都是已经被数据化处理过的碎微化的"网络事实"。至于我们所关注的作家、作品以及与此相关的文论与批评，也都毫无例外地相应启动了脱胎换骨的"数据化"程序。在这个"相关关系"替代了"因果关系"的大数据语境中，那些以文学史实/事实为根基的传统文学观念，也都相应地发生了不同程度的变化，在一系列的变化中，"用事实说话"的文学批评最先受到冲击。

从表面上看，网络批评似乎并不违背以事实为准绳的原则，但在"事实已不再是事实"的情况下，批评的标准则往往会被"沉默的螺旋"所左右。当评判标准变得飘忽不定时，批评的可靠性就必然要大打折扣。尤其是对文学艺术这样复杂的精神现象作出评判时，标准至关重要。如果评判者"随其嗜欲""准的无依"，其结果必然是美丑

---

① ［美］戴维·温伯格：《知识的边界》，胡泳、高美译，山西人民出版社2014年版，第62页。

不分、褒贬失据。大数据语境下微批评失据的混乱状况尤为突出，微博微信中的"莫言批评"就是一个典型例证。

2. 在网评的喧嚣声中，偏离实情越远，收获点赞反而越多，这一现象不能听之任之。不言而喻，莫言获得诺贝尔文学奖是中国当代文坛的一件大事，由诺奖引发的"莫言热"对当代文学批评产生了巨大影响。百度"莫言吧"、新浪读书频道、天涯社区，以及各种移动终端上形形色色的相关评论，形成了一道"网评莫言"的大数据文化风景线。

我们注意到，博客、微博，尤其是微信，五光十色的"网评莫言"一再被夸大，经过反反复复的剪切、复制、粘贴和无休止的戏拟和模仿，"顺理成章"地构成了一系列"自相矛盾"且"分崩离析"的"网络事实"。从当时井喷式的"网评莫言"的众多说法看，莫言被演绎成了一个如同"诺奖神话"一样的传奇人物。"挺莫派"微友说，莫言获诺奖是"实至名归"，"早该如此"。"倒莫派"则认为，莫言获奖是又一件"皇帝的新装"，甚至还出现过"莫言获奖是诺贝尔奖的耻辱""莫言是中国文学的耻辱"这类"雷人热帖"。有微友因莫言的"汪洋恣肆"拍案叫绝，也有网评为其"泥沙俱下"而吐槽拍砖。在作家李洱看来，莫言写得比曹雪芹还要好；但王安忆则认为，莫言往往写得非常糟糕……这一类评论通常出自"标题党"和"口号派"的炒作，看上去熠熠生辉，实则严重缺乏其应有的含金量。争议原本是批评的应有之义，但令人疑惑的是，在网评莫言的喧嚣声中，往往是偏离实情越远，收获点赞反而越多！这种情形显然有违批评常识了。如何理解这股非理性的"网评"浪潮，如何对其有效施加价值导向方面的引导，传统理论思维，显然难以奏效。笔者认为，应以大数据思维探索"网络事实"的内在规律，因势利导，倡导新理性批评，与时俱进地重建批评新标准。若能如此，或许有望使"微批评"逐渐从"准的无依"的混乱状态中摆脱出来。

微友"但以理"的微博短论认为，莫言小说构造出了独特的主观感觉世界，他那天马行空的叙述，魔法式的陌生化想象，神秘超验的对象化呈现，凡此种种，无不带有明显的"幻觉/魔幻"色彩。诺奖评委们以"幻觉/魔幻"相标，确乎有画龙点睛之妙。更为有趣的是，鱼龙混杂的网络媒体在轰炸莫言的过程中，制造了大量令人晕眩、令人产生"幻觉"的文本狂潮，这也从另一个方面让我们见识了"幻觉/魔幻现实主义"的厉害，见识了莫言的厉害，也见识了网评的厉害。

3. 回到常识，重建大数据时代"微批评"的价值观。值得一提的是，十多年前，莫言曾一语惊人："人一上网就变得厚颜无耻，马上就变得胆大包天，我之所以答应在网上开专栏，就是要借助网络厚颜无耻地吹捧自己，胆大包天地批评别人。"[①] 有趣的是，莫言"厚颜无耻"地"落网"不久，其"网态"出现了180度的逆转：莫言不仅自嘲《人一上网就变得厚颜无耻》是"歪船野马，偏激文章"，而且热情著文盛赞"网络文学是个好现象"！[②] 更

---

① 莫言：《莫言散文新编》，文化艺术出版社2010年版，第164页。

② 莫言：《网络文学是个好现象》，《人民日报》2008年12月1日第15版。

为出人意料的是，他甚至欣然出任"中国网络大学"首任校长。

莫言在谈论创作经验时说，他曾经努力尝试"把坏人当好人写"或"把好人当坏人写"。例如《丰乳肥臀》，就是既要考问出罪恶背后的善良，也要考问出善良背后隐藏的罪恶。对此，有人认为这是莫言小说叙事之"人性美学"的精彩表述，是文学大师的"写作秘诀"。但也有人认为，这是"历史虚无主义"的自我暴露，是"调扭颠丑"的"反面教材"。所谓"调扭颠丑"，即"调侃崇高，扭曲经典，颠覆历史，丑化人民群众和英雄人物"的缩略语。网评针锋相对，究竟谁是谁非，不能一言以蔽之。但莫言只有一个，网评千差万别，我们究竟应该相信谁呢？观点可以不同，但必须坚持"褒优贬劣，激浊扬清"的价值标准。

和网评莫言一样，莫言的网络言论，在网评语境中具有极大的争议性，但值得注意的是，即便是他那些调侃与反讽之语，也没有打破常识底线，与"语不惊人死不休"的"雷人雷语"相比，莫言的随笔与批评文字，尤其是他获奖后的一些言论，明显具有一种回归常识的趋向。或许，我们应该向莫言学习，回到常识，重建大数据时代"微批评"的价值观。

三　繁荣新媒体文艺，唱响网上主旋律

网络文学经历了二十多年的发展变迁，在当代中国文坛已经形成了"三分天下有其一"的局面。但与网文迅猛

发展的势头相比，相关理论研究与批评却明显处于滞后状态，即便如此，在当代文论与批评领域，在网络文学的研究与批评方面，仍有不少热点问题值得关注。就近些年网文研究的统计资料看，网络文学的审美导向问题、网络小说的精品意识问题、网站编辑管理机制问题、网文市场主体培育问题、网文评论引导问题都算得上热点论题的一时之选，在有关网文影视改编、产业开发、政策扶持、人才培养、行业自律等方面的文章与专著也不在少数。但相较而言，下面几个方面的问题，受到了学术界更为持久的关注或更为深入的研究：一是如何推动网络文学的健康发展；二是当前网文研究与批评的缺失及其对策；三是网络文学的 IP 热与泛娱乐化问题。

（一）"要让网络空间清朗起来"

习近平总书记指出："做好网上舆论工作是一项长期任务，要创新改进网上宣传，运用网络传播规律，弘扬主旋律，激发正能量，大力培育和践行社会主义核心价值观，把握好网上舆论引导的时、度、效，使网络空间清朗起来。"① "要本着对社会负责、对人民负责的态度，依法加强网络空间治理，加强网络内容建设，做强网上正面宣传，培育积极健康、向上向善的网络文化，用社会主义核心价值观和人类优秀文明成果滋养人心、滋养社会，做到正能量充沛、主旋律高昂，为广大网民特别是青少年营造

---

① 《总体布局统筹各方创新发展　努力把我国建设成为网络强国》，《人民日报》2014 年 2 月 28 日第 1 版。

一个风清气正的网络空间。"①

不少研究者注意到,中国网络文学已经产生世界性的影响,业已成为与美国好莱坞大片、日本动漫和韩国偶像剧并驾齐驱的"四大文化奇观"之一,"从全球看,以中文写作的网络文学在活跃程度、读者数量、影响力和鲜明特色等方面,都是其他语言的网络文学难以匹敌的。这和阿里巴巴、微信等一样,都是具有本土特色的网络文化的创新产物。许多网络作品也为影视改编提供了素材,不少喜闻乐见的影视剧都来自网络改编。当然,网络文学的质量还良莠不齐,有不少粗制滥造之作,但社会和公众以及传统文学界需要对十多年来中国网络文学的发展予以高度重视,也需要对它的未来持续关注"②。

事实上,网络文学如何健康发展是其诞生至今一直颇受关注的重要问题。2014年年底,国家新闻出版广电总局甚至出台专门文件隆重发布"指导意见",为此后的网络文学发展起到了定调作用。众所周知,网络文学迅速发展,已成为中国数字出版产业的重要组成部分和网络文艺的重要类型,广受众多文学爱好者及青少年喜爱。但同时也存在数量大、质量低,有"高原"缺"高峰",抄袭模仿、内容雷同,机械化生产、快餐式消费以及片面追求市场效益,侵权盗版屡打不绝,市场主体良莠不

---

① 习近平:《在网络安全和信息化工作座谈会上的讲话》,人民出版社2016年版,第9页。
② 张颐武:《中文网络文学追上世界脚步》,《中关村》2015年第4期。

齐，管理规则不健全，市场监管不完善等突出问题。在上述背景下，国家新闻出版广电总局印发了《关于推动网络文学健康发展的指导意见》，并提出了多项推动网络文学健康发展的保障措施。"意见"强调，网络文学要"坚持为人民服务、为社会主义服务的根本方向，紧跟时代发展，把握人民需求，始终把创作生产优秀作品作为中心环节……坚持百花齐放、百家争鸣方针，提倡体裁、题材、形式、手段充分发展；把社会效益和社会价值放在首位，实现社会效益与经济效益、社会价值与市场价值相统一……形成精品力作不断涌现、优秀人才脱颖而出的生动局面，构建优势互补、良性竞争、有序发展的产业格局"①。

这份有关网络文学如何健康发展的纲领性文件，高屋建瓴，内容广泛，在坚持"二为"方向和"双百"方针的前提下，提出了明确的发展目标："用3至5年时间，使创作导向更加健康，创作质量明显提升，陆续推出一批思想精深、艺术精湛、制作精良、深受群众喜爱的原创网络文学精品；使运营和服务的模式更加成熟，与图书影视、戏剧表演、动漫游戏、文化创意等相关产业形成多层次、多领域深度融合发展，在网络内容建设和文艺创新中的作用更加突出；培育一批原创能力强、投送规模大、覆盖范围广、管理有章法的网络文学出版和集成投送骨干企业，打造一批具有市场竞争力的品牌，为弘扬社会主义先进文

---

① 国家新闻出版广电总局：《关于推动网络文学健康发展的指导意见》，《文艺报》2015年1月12日第2版。

化、丰富人民群众精神文化生活,推动数字出版和文化产业繁荣发展发挥重要作用。"①

我们注意到,作为一种新的文艺样态和样式,网络文学扮演着越来越重要的角色,在日渐延伸的网络文艺产业链中,网文被公认为创意产业的活水源头。近年来出现了一大批改编成热门影视、游戏的网络文学作品,如反复重播的电视剧《亮剑》《甄嬛传》《杜拉拉升职记》等,炙手可热的网游《诛仙》《星辰变》《斗罗大陆》,广受关注的电影《失恋33天》《裸婚时代》《寻龙诀》等,这些作品在价值观念和审美趣味等方面都具有与时俱进的特点,客观上发挥着大众文化的整合功能,在文娱领域具有不可小觑的影响力。

(二)"网络空间天朗气清、生态良好,符合人民利益"

习近平总书记指出:"网络空间是亿万民众共同的精神家园。网络空间天朗气清、生态良好,符合人民利益。网络空间乌烟瘴气、生态恶化,不符合人民利益。谁都不愿生活在一个充斥着虚假、诈骗、攻击、谩骂、恐怖、色情、暴力的空间。互联网不是法外之地。利用网络鼓吹推翻国家政权,煽动宗教极端主义,宣扬民族分裂思想,教唆暴力恐怖活动,等等,这样的行为要坚决制止和打击,决不能任其大行其道。利用网络进行欺诈活动,散布色情材料,进行人身攻击,兜售非法物品,等等,这样的言行

---

① 国家新闻出版广电总局:《关于推动网络文学健康发展的指导意见》,《文艺报》2015年1月12日第2版。

也要坚决管控，决不能任其大行其道。"① 毋庸讳言，人们所"不愿意看到"的网络乱象在网络文艺领域并不鲜见。

就网络文艺发展现状而言，相关理论与批评无疑是管理制度中的重要环节。我们注意到，相对于网络文学创作的海量，网络文学批评呈明显缺位滞后态势，明显存在着"单腿行走"、线上线下"两张皮"、脱离文本、针对性差、创作与批评缺乏良性互动等现象和问题。批评的镜子作用、良药作用未能得到较好发挥，因此要倡导网络批评家提前介入、跟读网络作品，敢于"剜烂苹果"，提高针对性影响力。要创新批评阵地，"网上来网上去"，充分利用网络开展批评，推动网站随同作品上线开通批评平台。要推动和鼓励传统文学评论家"华丽转身"，在网上发声，影响和引导网民阅读，提升网络文学评论水平。要注重从网络作家和网站编辑中发现培养网络文学批评家，逐步形成一支素质优良、熟悉互联网的网络文学批评家队伍。②

有学者希望学院派网络文学批评能够对具有精英倾向的作品进行深入解读，若如此，则有望在点击率、月票和网站排行榜之外，再造一个真正有影响力的精英榜，影响粉丝们的"辨别力"与"区隔"，那么就能真正"介入性"地影响网络文学的发展，并参与主流文学的打造了。③

---

① 习近平：《在网络安全和信息化工作座谈会上的讲话》，人民出版社2016年版，第8页。

② 参见陈鲁《谈谈网络文学的几个问题》，《文艺报》2015年1月28日第2版。

③ 参见邵燕君《媒介革命视野下的网络文学》，《名作欣赏》2015年第2期。

就网络文学当前状况及其发展态势而言,媒介、资本和制度是驱动网络文学变化的三股主要力量。三股力量各自发挥作用,也相互牵制。一方面,资本使技术得到广泛应用,使网络文学形成一个可持续发展的盈利模式;另一方面,资本的唯利是图本性又会束缚技术创新和文学生产利益之外的追求,此时,管理制度便在市场利益和技艺创新之间发挥调控作用。三者在相互博弈和制衡中形成合力,共同驱动网络文学健康发展。不难看出,"管理制度"有如保障车辆安全行驶的制动器,具有维护网络文艺健康发展的重要作用。

习近平总书记指出:"依法加强网络空间治理,加强网络内容建设,做强网上正面宣传,培育积极健康、向上向善的网络文化,用社会主义核心价值观和人类优秀文明成果滋养人心、滋养社会,做到正能量充沛、主旋律高昂,为广大网民特别是青少年营造一个风清气正的网络空间。"[①] 习近平总书记针对网络领域从业者的这番讲话,对广大网络文艺工作者也同样具有重要指导意义,我们的作家、艺术家和批评家,都应该本着对社会负责、对人民负责的态度,为风清气正的网络文艺建设作出应有的贡献。

(三)"抓好网络文艺创作生产,加强正面引导力度"

中国网络文学已有二十多年的历史,从其产生、发展到如今已经基本被纳入商业化的轨道之中,从最初的自由

---

① 习近平:《在网络安全和信息化工作座谈会上的讲话》,人民出版社2016年版,第9页。

抒写到如今的资本深度介入，网络文学在其商业化蜕变过程中市场价值与审美价值的矛盾日渐凸显。网站的资本化运作在很大程度上改变了网络文学的格局。尽管网络文学的商业化是中国消费文化语境下文学与时代博弈的必然结果，但随着网站和写手们经济收益的不断增加，网文市场的规模不断扩大，网络文学生产的文化理念和价值导向也逐渐出现了过度商业化的偏差。其中"IP热"就是一个具有典型意义的新现象。

作为商业化产物的"IP开发"，近年来颇受网文批评界的关注。如今，IP（Intellectual Property，知识产权）已成为一个事关网络文学产业创新的关键词。当前的网文产业主要依托移动互联网技术，围绕IP版权开发，全方位打通行业壁垒，已是大势所趋。尤其是原创作品与IP开发的直接对接，已经成了网络文学发展的一种新时尚。相关研究资料表明，咪咕数字传媒有限公司（原中国移动手机阅读基地）2015年就已正式启动IP运营；类似的运营模式，还有掌阅科技推出的原创平台，阿里推出的内容渠道，中文在线的"汤圆创作"APP原创平台；在这些"IP"开发的竞争过程中，阅文集团的隆重挂牌，或许是最引人注目的战略重组之举，有研究者将网络文学产业发展概括为"跨界、调整、重组"[1]，这三大趋势的确是资本深度介入网文生产所带来的显著变化。

IP开发，为网络文学生产与消费增添了活力、开辟了

---

[1] 吴长青：《2015网络文学产业发展三大趋势：跨界、调整、重组》，《中国出版传媒商报》2015年12月22日第12版。

新路,但也带来了一些不利影响。例如,网络文学 IP 价格虚高,泡沫化严重,这就是一个值得密切关注的问题。资料显示,2012 年之前,一部网络小说的改编版权,用 10 万元左右便可买到。到了 2014 年,知名作家的作品可以突破百万元,2015 年,诸如南派三叔、天下霸唱、唐家三少等的一部作品的版权费更是达到千万元以上。但事实上,拥有优质 IP 并不等同于一劳永逸,并非毫不费力地就能创造不菲的市场价值。①

尤为值得注意的是,当前"泛娱乐"竟然被作为多家互联网公司的巨头写入战略规划并大力推进。随着明星 IP 价值不断上涨,网络文学在泛娱乐潮流中如鱼得水,BAT(百度、阿里、腾讯)加大在网络文学上的布局,新一轮的竞争即将引爆。但我们也应该看到,在泛娱乐大背景下,尤其是在"互联网+"的风口浪尖上,网络文学作为传统消费信息化转型的典型模式之一,其受众特点发生了巨大变化。众多网民在切实感受到网络文学所带来的知识获取途径变革的同时,网络文学的一些特点也给网民带来了不少困扰。

网络文学的泛娱乐化倾向引起了文论与批评界的高度关注。我们注意到,自 2012 年腾讯率先提出打造泛娱乐生态圈的概念后,以 BAT 为首的各大互联网公司纷纷及时跟进,在打造泛娱乐产业生态链方面大做文章,网友热捧的原创作品受到投资客的高度关注。"泛娱乐的发展理念

---

① 参见李丹凤《浅析泛娱乐背景下网络文学的 IP 价值》,《新闻传播》2015 年第 12 期。

也因此应运而生。网络文学不仅仅能够提供用户纯粹文学作品的阅读体验，还能通过由网络文学衍生出的网络游戏、影视作品等周边产品，为网民提供一系列的娱乐体验。……目前已经形成一条相当成熟的产业链。"[①] 但商业模式单一、精品内容稀缺等事实仍然是网络文学泛娱乐化颇遭诟病的难题。

必须指出的是，网络文学和相关视频的过度娱乐化已到了泛滥成灾的程度，"娱乐至死"已不再是一个与网络文学无关的概念，在这种背景下，如何以有筋骨、有道德、有深度的优秀作品来引领网络文学的发展方向，这是一个值得认真探讨的问题。尽管网络文学出现了令人欣喜的繁荣局面和快速发展的大趋势，但确实还存在着有数量、缺质量，有"高原"缺"高峰"的现象，抄袭模仿、千篇一律的问题仍然比较严重。如何下大气力扭转这种局面，有学者提出了网络文学要深入创新创优，适度遏制娱乐化的设想，网络文学理论研究与学术批评也要注意提升质量，多出精品，充分发挥理论引导作用，为网络文学创作与传播的"正导向、讲格调、提品质"作出应有的贡献。

---

① 盛海刚、王荨亦：《泛娱乐背景下网络文学发展的几点思考》，《商》2015 年第 9 期。

第八章

重塑文艺批评精神

习近平总书记在文艺工作座谈会上的讲话在为我国今后的文艺创作指明方向道路的同时,也深刻阐述了文艺批评的重要作用,要求高度重视和切实加强文艺评论工作。在讲话中,他对当下批评存在的诸多问题直言不讳,并提出了文艺批评的新的标准。此种情形下,广大的文艺工作者们对批评的现状和原则的反思无疑成为一个至关重要的问题。本章尝试在对习近平总书记的讲话进行分析论述的基础上,为理解其关于文艺批评的重要论述提供一种思考的视角。

关于批评,清代袁枚这样评价,"作诗者以诗传,说诗者以说传,传者传其说之是,而不必尽合于作者也"[1]。袁枚指出阐释或批评的语言不是重复作者的意志,在一定程度上可以理解为,批评并非创作的附庸。应该说在中国文学批评史上,袁枚第一次肯定了文学批评的独立的精神文化价值。在西方,爱尔兰唯美主义者王尔德将评论视为

---

[1] (清)袁枚:《程绵庄〈诗说〉序》,载王英志主编《袁枚全集·小仓山房文集》卷二十八,江苏古籍出版社1993年版,第495页。

一种艺术，宣称批评家就是艺术家。美国文学理论家韦勒克在《20世纪文学批评的主潮》一文中总结道："18、19世纪曾被人们称作'批评的时代'。实际上，20世纪才最有资格享有这一称号。"[①] 至20世纪，文艺批评特别是文学批评获得了一种崭新的真正意义上的自我意识，第一次试图与自己的分析对象也即文学作品分庭抗礼。其时在西方产生的马克思主义文学批评、精神分析批评、形式主义的批评、神话批评等几条基本的潮流已经绵延至21世纪。

与创作一样，批评本身就存在着有价值的思想和知识结构。批评家力求解答的问题看似都不是异常复杂的，比如，如何读一首诗？这次的阅读体验比那次的阅读体验好在哪里？观赏画作时为什么会不自觉地厚此薄彼？以什么方式去聆听音乐才能领略最有价值的片刻？只不过诸如此类的问题一旦深入探究下去，便开启了知识探索与理论架构的无限可能。当然，文艺批评的最本质的作用，如习近平总书记在文艺工作座谈会上所言，还在于它是"文艺创作的一面镜子、一剂良药，是引导创作、多出精品、提高审美、引领风尚的重要力量"[②]。

一 文艺批评对于文艺发展的重要作用

"批评是揭示文学艺术作品的美和缺点的科学。它是

---

① [美] 勒内·韦勒克:《批评的诸种概念》，罗钢等译，上海人民出版社2015年版，第317页。

② 习近平:《在文艺工作座谈会上的讲话》，人民出版社2015年版，第29页。

以充分理解艺术家或作家在自己的作品中所遵循的规则、深刻研究典范的作品和积极观察当代突出的现象为基础的。"[①] 普希金的这段话从一定程度上揭示了批评与文艺活动之间的紧密联系。众所周知，文艺活动的格局由作家、作品、读者、社会构成，这四个构成环节之间既相互独立又相互依存，文学批评的功能正表现在对上述环节的影响和作用上，诚如习近平总书记在讲话中所归纳的，"引导创作、多出精品、提高审美、引领风尚"。

（一）引导作者创作

一般情况下，作者要深刻地认识自己，迅速提高自己，离不开读者和批评家的帮助。与作家相比，批评家的思维更加客观化、理性化，甚至科学化，对艺术经验的总结和艺术规律的认识更加专业和系统。因此，他们对一部作品的理解，就有可能比作家本人的理解更加全面、深刻和清晰，深文隐蔚，很多杰出的批评家都能够发掘出潜藏在作品内部的尚未被作家本人以及读者意识到的文本意义。同时，批评家还能够帮助阐述文艺创作中的优缺点，总结一段时期内艺术创作的潮流。这一切足以帮助作家艺术家对自己的创作进行理性审视，反省并调整今后的创作方向和创作行为，提高作品的艺术和思想水平，从而促进创作的发展和文艺精品的诞生。

---

① ［俄］普希金：《论批评》，载北京师范大学中文系文艺理论教研室编《文学理论学习参考资料》（下），春风文艺出版社1982年版，第1245页。

纪昀《四库全书总目提要》谓"诗文评"的功能就在于"讨论瑕瑜，别裁真伪，博参广考，亦有裨于文章欤"①。虽然有的作家对批评不屑一顾，放言从不看关于自己的批评，甚至将批评家斥为寄生在文学界的物种，但绝大部分作家对待批评的态度还是颇为恭谨的，这其中便包括诺贝尔文学奖得主莫言。对于批评，莫言十分大度，他在接受视频采访时曾直言"挺我或者批评我都是帮助"。早在1988年9月，莫言就曾跟国内五十多位专家学者一道聚首其老家高密，召开了为期三天的莫言作品研讨会。从会议尾声，莫言在听取各方批评意见后围绕"农民意识问题""丑的问题""自我拯救问题"②所做的发言来看，批评的确启发了他对于自身创作的很多积极的思考。

（二）提高读者审美

批评家作为专业的读者仅仅成为作家艺术家的知音，只对创作予以关注是远远不够的，批评家还肩负着对大众读者的审美感知进行开导和启迪的责任。明代袁无涯刻本《忠义水浒全书》卷首"发凡"云："书尚点评，以能通作者之意，开览者之心也。"③苏联美学家卡冈在谈到读者

---

① （清）永瑢等撰：《四库全书总目提要》（三十九），商务印书馆1931年版，第92页。

② 房赋闲：《莫言创作研讨会综述》，《文史哲》1989年第1期。

③ （明）李贽：《忠义水浒全书发凡》，载黄霖、韩同文选注《中国历代小说论著选》（上），江西人民出版社1982年版，第206页。

对待批评家的态度时说:"这些群众以批评家为审美领袖,因此倾听批评家的声音,按照他的意思来校正自己的感觉,他们还向他学习熟练地知觉、理解、分析、评价艺术作品。"① 可见,读者用以打开艺术大门的钥匙往往是从批评家的手中接过来的。

比如,在 20 世纪 80 年代,文学批评成功地对"朦胧诗"予以了命名。这次命名,使广大读者认识到了戴望舒和李金发的创作价值,人们开始重视诗歌意象的生成,懂得品位象征、抽象等诗歌创作手法的运用。又如对"寻根文学"的命名,寻根文学所包括的乡村文化的再现、国民性的再批判、中华民族的根本精神以及农民的精神重负和心灵裂变等,令中国最优秀的乡土文学传统得以一览无遗。这些成功的文学命名,为读者更新文学观念提供了十分积极的现实影响。受批评指引的读者,或在潜移默化中受到这些欣赏标准的影响,或者自觉地以它们为典范,举一反三,指导自己今后的阅读。这样读者的审美趣味和赏析能力便在不知不觉中得以提高。

(三) 引领社会风尚

文艺批评通过对作家作品的分析与评价表达出特定的价值观念与理想,由此对社会产生直接或间接的影响。实际上,文艺批评如同文艺作品一样,也是反映、认识和评价社会生活的一种特殊方式。文艺批评经常体现着批评家对

---

① [苏联]卡冈:《美学和系统方法》,凌继尧译,中国文联出版公司 1985 年版,第 145 页。

社会现实的态度,显示着批评家对社会现象的分析与评价。

马克思、恩格斯对法国作家巴尔扎克的评价想必无人陌生,一致认为其《人间喜剧》描绘了一部法国社会特别是巴黎"上流社会"的卓越的现实主义历史。通过对巴尔扎克等一批现实主义作家作品的分析,恩格斯总结出"典型环境中的典型人物"① 这一现实主义创作原则,对同时代及后来的作家创作影响深远。有的时候,一部优秀的艺术作品的价值很难及时地被人们了解。当代著名电影导演冯小刚就曾抱怨过,他随便拍的电影一周卖了 4 个亿,认真拍的电影《1942》却没人看。某些媒体人辩解说,这是因为大众文化时代降临,太严肃的片子不适合大众口味。然而,真实的情况却是,在这些操纵着媒介这一批评重镇的早已商业化的媒体人心中,只有大众,没有文化。这也是当前文艺批评存在的主要问题之一。真正的批评家的任务便在于挖掘这些被埋没的优秀文艺作品的价值,引导大众,尽全力扭转已经扭曲的社会风尚。

二 值得当前文艺批评家反思的主要问题

2014 年 10 月 15 日,习近平总书记发表文艺讲话,他指出:"文艺批评要的就是批评,不能都是表扬甚至庸俗吹捧、阿谀奉承,不能套用西方理论来剪裁中国人的审美,更不能用简单的商业标准取代艺术标准,把文艺作品

---

① [德]恩格斯:《致玛格丽特·哈克奈斯》(1888 年 4 月初),载《马克思恩格斯全集》第 37 卷,人民出版社 1971 年版,第 41 页。

完全等同于普通商品，信奉'红包厚度等于评论高度'。文艺批评褒贬甄别功能弱化，缺乏战斗力、说服力，不利于文艺健康发展。"① 这段话除了提到上段所讲的文艺批评采用简单的商业标准这一问题之外，还概括了当前批评存在的另外两大主要问题，简言之，即"去批评化"的批评和套用西方理论。

（一）"去批评化"的批评

这类批评无力履行褒贬甄别的职责，从本质上说，是无效的批评。具体包括以下情况，首先是简单化，也就是不对事物的复杂性做充分认识，以简单的非此即彼观念来进行价值判断和做结论。其次是极端个人化，所谓的个人化，就是凭着自己的主观感受，以个人的好恶偏见来品评事物。文艺批评带有一定的个人色彩并不足怪，但是，极端个人化则是对文艺批评的伤害，因为强烈主观色彩的评价本身会有损批评的公正性。就像当前文艺圈中盛行的酷评、人情批评等。这些批评空话连篇，其中有一些堂而皇之的臆说，七言八语的揣测，许多尖锐而不连贯的意见，林林总总的偏见和虚妄之谈，即便在好一点的情况下，都鲜有一鳞半爪的灵感和浮光掠影的管见，也难怪会招致作家艺术家们的强烈反感了。《人民日报》"文学观象"专栏这样总结："无原则的热捧与意气的指责，不但对创作无益，而且有害。批评的核心在于切中要害，调动作家思

---

① 习近平：《在文艺工作座谈会上的讲话》，人民出版社2015年版，第29页。

考,推动创作,这是批评赢得作家尊重的关键。"①

20世纪末开始,许多报刊文章都投入对新时期文艺批评的回顾与反思之中。集束性的笔谈、对话、争鸣和相关文章在各地报刊大量刊发。一些刊物还开辟了"自我批判"专栏,如《上海文学》的"批评家俱乐部"、《广州文艺》的"先锋批评"、《作家报》"关于批评的批评"等专栏都探讨了批评的自身问题,开始了对文学批评的"自我"重新认识。大致认为,20世纪80年代,文学与文艺挣脱了政治对它长期以来的束缚和捆绑,艰难地回到了自身。这一时期,文艺批评家通过批评对社会进行思想启蒙,以高扬文学中的"人性"为起点,大力倡导"人的文学",从哲学本体层面对文艺本质属性进行思索。但是好景不长,20世纪90年代以后,文艺批评饱受市场化浪潮的冲击。在追求极端吸睛、炫奇博眼球效果的商业化运作下,极端个人化和简单化的文艺批评不仅不被质疑,反而还会受到积极的支持乃至大力推崇。在当前文艺批评界,就不乏具有类似特点而获得媒体和市场青睐的批评家。

(二)采用简单的商业标准

20世纪末,市场经济的洪流汹涌袭来,几乎裹挟了一切。知识界显得异常被动,手足无措,几乎完全丧失了对社会变化的理解能力,丧失了判断力和洞察力。在此之前,人们心目中的偶像是诗人、哲人、政治家,而在此之

---

① 张江等:《批评为什么备受批评》,《人民日报》2014年7月15日第14版。

后，富翁豪宅、金钱豪车成了大众艳羡的对象。批评家、思想家们往日的那些慷慨的沉思与日幻灭，在市场规律的调节下，文艺批评出现了许多新的情况，其中最重要的就是将市场的需求纳入批评的考量中。本来，批评家们合理、适度地谋求职业所能带给自身的利益和价值倒也无可厚非，可久而久之，很大一部分批评的主体不再按照文艺规律开展批评实践，而是迎合依托各类大众媒介将批评变成了充满金钱拜物精神的商品，被高薪买断的各种炒作，使包装式批评用语充斥在批评话语中。经济秩序替代了文学秩序，可以说，丧失了文化特征和审美追求的批评彻头彻尾地沦为了金钱的奴仆。《中共中央关于繁荣发展社会主义文艺的意见》点评道："文艺评论存在'缺席'、'缺位'现象，对优秀作品推介不够，对不良现象批评乏力，文艺评论辨善恶、鉴美丑、促繁荣的作用有待强化。"[①]

当然，除了依托大众媒介、自觉向市场靠拢的批评家外，也依然还有一部分固守书斋的学院批评家。不过，无论哪一路批评家，其成果都要通过物态化的方式发表出来，即需要附着于一定的物质载体。就大学学院、高等研究机构而言，批评的主要物质载体是各种专门性的文艺学报、学刊，这些刊物是批评家们发表成果的重要阵地。自新中国成立后，政府实施文化管理政策以来，它们可以得到各级文化管理部门的拨款，而随着市场经济体制的逐步确立，它们也被推入市场。因此，学院批评的写作与接

[①] 《中共中央关于繁荣发展社会主义文艺的意见》，人民出版社2015年版，第3页。

受,尽管圈子狭小,也需参照一般产品的生产和消费机制。这类批评家一方面要保有学者姿态,不愿意毫无廉耻地与市场需求同流合污;另一方面又不能完全不顾及接收量、影响因子的问题。那他们的出路又在哪里呢?当然有,那就是,理论猎奇。

(三) 套用西方理论

20世纪,西方文学批评的发展迅速且多元化,成为一个前所未有的批评的时代。由于人们对传统的知识论范式以及以作者研究为中心的批评方法产生了疑问,于是文艺批评的方法也经由实证主义批评和印象主义批评而发展出心理分析批评、形式主义批评、西方马克思主义批评、结构主义批评、读者反应批评,以及后来的文化研究批评、女性主义批评、后殖民主义批评等。西方学界多种方法相继盛行并存,形成了多元化的现代文学批评理论园地。这一切对于经历了20世纪的深重苦难、嗷嗷待哺的中国文艺界来说,是令人耳目一新、亟待汲取的。于是中国古籍《淮南子》中"因时制宜"的规训皆被抛诸脑后,西方谁的理论新奇,国内就译介谁。

的确,追溯历史,伟大的罗马文化是"希腊化"的结果,汉唐盛世恰恰得益于中原文化与西域文化的交融,从而使他们在政治、经济、语言、文学和艺术等方面获得繁荣与新生。但目前,国内文艺批评特别是学院批评对西方理论的套用已经达到了无以复加的地步,"复调""狂欢""解构""酷儿"如是种种的一大波理论术语被拿来分析莫言、余华、阎连科、贾平凹、王安忆、郭敬明等作家的作品，而文章最后结论的落脚点却未超越这些理论概念本身。叔本华在论述文学艺术时曾指出，"每一个平庸无奇的作者都试图用一副面具来掩饰自己的自然风格"，"他们的目的是把自己的作品装饰得仿佛十分博学深邃"。① 这正是对国内当下批评界这一怪现象的绝佳写照。

如果说自发地无节制地套用西方理论客观上体现出了中国批评界在面对西方理论大山时的焦虑，那么二十多年过去了，也是时候将自发的理论临摹转变为自觉的理论创新了。还是鲁迅那句名言说得好，"明哲之士，必洞达世界之大势，权衡较量，去其偏颇，得其神明，施之国中，翕合无间。外之既不后于世界之思潮，内之仍弗失固有之血脉，取今复古，别立新宗，人生意义，致之深邃，则国人之自觉至，个性张……"②

三 运用"四个观点"评判和鉴赏作品

中国古代其实不乏优秀的文艺批评理论，从《诗经》《尚书》《国语》《左传》中所反映的文学观念，到孔孟老庄的美学立言，再到魏晋南北朝《文心雕龙》《诗品》《画论》等专门性文艺批评专著的成书；从唐宋《二十四诗品》《沧浪诗话》《书谱》，到明清《太和正音谱》《曲律》

---

① ［德］叔本华：《叔本华论说文集》，范进等译，商务印书馆2000年版，第319—320页。

② 鲁迅：《坟·文化偏至论》，载《鲁迅全集》第1卷，人民文学出版社2005年版，第57页。

《文史通义》，再到近代《饮冰室诗话》《人间词话》，等等，我国古代的文艺批评著述可谓硕果累累。只可惜相对于西方而言，发展迟缓。由于欧洲在文艺复兴时期出现了一场前所未有的"科学革命"，科学得以从哲学派系的斗争中挣脱了出来，随后的几个世纪，天文学、医学、生物学、化学、物理学、地理学等这些自然科学以数学为基础得到了充分的发展，反过来再次影响了哲学门类的分化，至19世纪社会科学应运而生。西方自然科学以及哲学社会科学的研究方法与理论在为人文学科开启全新视角的同时，也在敦促着人文学科的进步，20世纪的西方文艺批评理论之所以一发而不可收拾不足为怪。我国近代学者王国维渴望把中西美学思想熔为一炉，"境界说"可被视为其在这一美学思想的最高成就，"境界说"的显著特点是在借鉴以叔本华"直观说"为代表的西方美学传统的基础上，将中国古代的"兴趣说""神韵说"融会其中，由此把西方美学引进中国古代诗学领域，从而带来了中国古典诗学思想的重大变革。现代著名美学家朱光潜于新中国成立后系统地接触到了马克思主义，他经过对自己以前的唯心主义美学思想的批判，提出了美是主客观的辩证统一的美学观点，他还以马克思主义的美学的实践观点不断丰富和发展自己的美学思想，形成了一个颇有影响的美学流派。这些对中国当下浮躁的文艺批评理论氛围都是有益的启示。

习近平总书记指出，当下的文艺批评"要以马克思主义文艺理论为指导，继承创新中国古代文艺批评理论优秀遗产，批判借鉴现代西方文艺理论，打磨好批评这把'利器'"，并进一步明确了要"运用历史的、人民的、艺术的、美学的观点评判和鉴赏作品"①。这一重要论述，是对马克思主义文艺批评标准的富有时代特色的新阐发。

（一）对马克思主义文艺批评标准的新阐发

恩格斯在《致斐迪南·拉萨尔》一文中对拉萨尔的剧本《格兰茨·冯·济金根》进行评论时说道："我是从美学观点和历史观点，以非常高的、即最高的标准来衡量您的作品的，而且我必须这样做才能提出一些反对意见。"②恩格斯倡导用"美学的、历史的观点"来评价文艺，即要尊重文艺的审美属性，关注文艺的历史内容，把作品放到一定的历史范围内、历史背景下、历史过程中加以审视和评论。普列汉诺夫指出，"只有那种兼备极为发达的思想能力跟同样极为发达的美学感觉的人，才有可能做艺术作品的好批评家"③。应该说，马克思主义文艺批评所秉持的"美学的历史的标准"，较为全面地涵盖了人类在评价文学艺术作品时所不能舍弃的艺术本体维度和历史人文维度。但是当文人批评家在遵循这个标准时，难免产生弊端：阳春白雪、曲高和寡。对批评家自己来说，也容易有坐而论道，甚至是徒托空言的挫败感。我们知道，从美学

---

① 习近平：《在文艺工作座谈会上的讲话》，人民出版社2015年版，第30页。

② ［德］恩格斯：《致斐迪南·拉萨尔》（1859年5月18日），载《马克思恩格斯全集》第29卷，人民出版社1972年版，第586页。

③ ［苏联］普列汉诺夫：《车尔尼雪夫斯基的美学理论》，吕荧译，《文艺理论译丛》1958年第1期。

的视角考察一部文艺作品，可以谈及的内容有很多，具体的方面如音乐的旋律、韵味，雕刻的线条、比例，戏剧的情节、冲突。美学研究的方法更是多元，既可以采取哲学思辨的方法，也可以借鉴当今其他相关学科的研究方法，比如心理分析的方法、人类学的方法、语言学的方法等。且不谈中国传统美学中的"兴观群怨""穷通思变""比兴明性"之类的理论，西方美学史上不少理论大家的名字，托马斯·阿奎那、斯宾诺莎、夏夫兹博里等，没有专业背景的人可能都知之甚少。从历史的角度评价文艺作品，也需要具有"较大的思想深度和意识到的历史内容"①，也就是说必须掌握广博丰富的历史知识与理论。如此看来，学院派的批评家、理论家与大众的隔阂难以消除，与此不无关系。

举个例子，央视科教频道于2001年盛大开播的《百家讲坛》栏目，该栏目的宗旨设定为"让专家、学者为百姓服务"。开播之初曾邀请过学术界众多知名专家学者讲评中外文化，当时首屈一指的英国科学家霍金的讲座《膜的新奇世界》也是经由这个节目面向全国播出的。那时候，求知若渴的学生群对该栏目钟爱有加。然而，与周星驰的喜剧、好莱坞的动作片相比，《百家讲坛》明显过于精义深奥，受众狭小，收视并不理想。直至刘心武揭秘《红楼梦》、易中天品《三国》、于丹释《论语》，《百家讲

---

① ［德］恩格斯：《致斐迪南·拉萨尔》（1859年5月18日），载《马克思恩格斯全集》第29卷，人民出版社1972年版，第583页。

坛》才红极一时，逃过了差点被停播的命运。有人议论说，易中天是上电视说书的，于丹是给大众灌心灵鸡汤的，他们对经典的讲评虽然深受人们喜爱，但是学术硬伤一箩筐，闹出的笑话比比皆是。期刊《咬文嚼字》2008年第1期"品评"的是于丹，集中辨析了8个典型的语文差错，如将儒家的"舍生而取义"说成"杀生而取义"，将佛教词语"三界"（欲界、色界、无色界）误解为"三生"（前生、今生、来生）。《百家讲坛》的话题在学术领域屡屡引发争议，易中天、于丹等都处在一个有趣的位置，作为知识分子和学术研究者，他们首先被学术界质疑，频频被自己研究领域内的同侪批判，而跟他们的研究并没有关系、对他们的错误也无力辨别的大众老百姓，这时却成了他们学术讲评的拥护者。

究其原因在于，《百家讲坛》的制片人和编导们为了拯救收视率，在竞争激烈的市场机制中生存发展，以学术之名，推动该栏目向娱乐化转型。他们开始强调节目的大众化，要求主讲人淡化学术味道，高度关注讲稿的故事性、悬念性、戏剧性，甚至是主讲人的表演性。客观地说，他们立足于人民大众的角度对讲评形式所做的这些探索是颇具成效、值得肯定的。老百姓喜闻乐见，当时，也造就了多位名利兼收的学术明星。关键问题出在，当时他们没能及时地对学者讲评的内容进行严格把关。经典毕竟是经典，对经典作品不严谨的讲解和批评会误导人们对经典的认知。而且，当这类曲解经由大众媒介迅速发酵，越发地有恃无恐时，那么经典之为经典的独到的艺术魅力将在很大程度上被消解。

第八章 重塑文艺批评精神

如何在这个大众文化来临的时代防范文艺作品与批评"有人民、无艺术"的局面的产生？习近平总书记在重提文艺批评应采用"历史的、美学的观点"的基础上，及时且同时增加了"人民的、艺术的观点"。结合习近平总书记所讲的当前文艺批评存在的问题来分析，运用这四大观点来评判和鉴赏文艺作品，在笔者看来，至少给予了批评家两方面的有益提示。

1. 批评不应局限于精深高妙的表述，特别是不需要故作高深地去直接套用西方某些诡谲晦涩的理论来裁剪中国人民大众的审美，而应该尽可能地让人民大众读得懂、信得过。文学艺术本身是生动的、鲜活的，如果批评只是一味地依赖理论术语，"生搬硬套地解读文本，将生动的文本肢解成毫无生命的碎片"①，这样的批评只会适得其反，被大众读者拒绝。就像一开始的《百家讲坛》虽然希望构建一座由专家通向老百姓的桥梁，但是象牙塔里的学术讲评始终难以走进观众的视线。习近平总书记的讲话中还说道："近些年来，民营文化工作室、民营文化经纪机构、网络文艺社群等新的文艺组织大量涌现，网络作家、签约作家、自由撰稿人、独立制片人、独立演员歌手、自由美术工作者等新的文艺群体十分活跃。这些人中很有可能产生文艺名家。"② 但不可否认，这些人中很可能有相当一部

---

① 张江等：《批评为什么备受批评》，《人民日报》2014年7月15日第14版。

② 习近平：《在文艺工作座谈会上的讲话》，人民出版社2015年版，第12页。

分人并未抑或不愿接受规范的学院教育。据此，批评家在对他们的作品作出评价引导时更应牢记这一点，深入浅出，否则就难免有浮文巧语、徒陈空文之嫌了。

2. 当下的批评在看重人民大众的接受度的同时，不应被名利金钱左右，而应该尽可能地摆脱现实的功利考量，重塑批评的公信力。批评是关于文学艺术的观点和理论，只有观照文学艺术作品本身，并最终指向文艺实践，批评才有意义。目前，大众读者对文艺作品的选择基本上是由商业性的宣传、炒作来完成的，这当中的危害自不待言，哲学家利奥塔一语破的，"艺术家、画廊主、批评家和公众共同沉浸在'随心所欲'之中，这是松懈萎靡的时刻。然而这种'随心所欲'的现实主义，却不过是金钱的现实主义"[1]。因此，我们今天更加需要一种批评，即"像医生治病一样的诊断性批评。这主要指不带任何外在的意图，只是面对作品本身实话实说、发现问题、揭示病症的批评"[2]。像大众传媒平台在编排、制作、播出文艺讲评栏目时，更应该下决心狠刹娱乐炒作之风，探索如何吸纳优秀的专业批评家团队参与到栏目各个环节的运作中，为文艺批评的质量把关，从而为大众提供真正有益的艺术精神食粮。

综上，当前的文艺批评活动应当自觉运用历史的、人民的、艺术的、美学的观点评判和鉴赏作品，努力发

---

[1] ［法］马克·吉梅内斯：《当代艺术之争》，王名南译，北京大学出版社2015年版，第83页。

[2] 张江等：《批评为什么备受批评》，《人民日报》2014年7月15日第14版。

挥批评主体的创造性，表现批评家的独特发现和深刻见解，同时竭力避免当前批评存在的主要问题，从而将讲话中的要求落到实处，开创文艺批评的新局面。可见，习近平总书记所提的运用"历史的、人民的、艺术的、美学的观点"评判和鉴赏作品，四大观点之间互为补充、相得益彰，联珠合璧、应景对时，是对马克思主义文艺批评标准的新阐发。

（二）体现了批评的意识形态性与审美性的辩证统一

习近平总书记关于文艺批评的重要论述体现了批评的意识形态性与审美性的辩证统一。苏联文艺理论家与批评家巴赫金多次谈到意识形态环境这个概念，认为人生活于其中，人的文化创造活动理所当然也是在意识形态的环境中展开的。不过，根据马克思主义的辩证观，虽然文化艺术作为以想象和幻想为重要内容的意识形态形式，受到经济基础和社会历史条件的制约，但同时又具有极大的相对独立性。诚如法国马克思主义哲学家阿尔都塞强调的："每一件艺术作品，都是由一种既是美学的又是意识形态的意图产生出来的。"① 文艺作品如此，文艺批评亦然。习近平总书记所提的"运用历史的、人民的、艺术的、美学的观点评判和鉴赏作品"，这句话中包含了文艺批评应达到意识形态性（历史的、人民的）与审美性（艺术的、美

---

① ［法］阿尔都塞：《抽象画家克勒莫尼尼》，杜章智译，载陆梅林选编《西方马克思主义美学文选》，漓江出版社1988年版，第537页。

学的）的辩证统一的要求。一个批评文本，只有在与历史的、人民的、艺术的、美学的交会点上，才能对所批评的艺术作品加以观照，揭示作品的意义，从而走向与作者、读者以及其他批评家的对话。

文艺批评应该包含意识形态性与审美性的辩证统一，并不是个人性的突发奇想，它是在当前特定的文化语境下提出来的，它的问题意识是非常鲜明的。习近平总书记在讲话中对文艺批评还提出了如下一段话："在艺术质量和水平上敢于实事求是，对各种不良文艺作品、现象、思潮敢于表明态度，在大是大非问题上敢于表明立场，倡导说真话、讲道理，营造开展文艺批评的良好氛围。"① 所谓"大是大非问题"便是涉及中国特色社会主义、中国共产党的领导、社会主义核心价值观的意识形态方面的问题，批评是一把利器，在对待这样的大是大非问题面前，容不得半点含糊其词。意识形态作为一个国家、一个社会价值观的最高最集中的体现，它的功能是动员社会成员，凝聚人民大众的力量，为实现共同的目标而进行奋斗。对主流意识形态的捍卫，任何国家、任何社会都不可能超然物外。比如，丹麦著名文学评论家勃兰克斯的《十九世纪文学主流》主要建构的是一种欧洲文学精神；美国文学理论家布鲁姆的《西方正典》则试图在文化研究的语境中捍卫"伟大的英语文学传统"。有人认为，意识形态体现的只是统治者的意志，但请别忘了，亚里士多德说过的话，人的

---

① 习近平：《在文艺工作座谈会上的讲话》，人民出版社2015年版，第30页。

社会性决定了"人天生是一种政治动物"①，没有任何统治者是凭空产生的，特别是在求和平求发展的年代，意识形态在很大程度上同样是社会人民大众意志的体现。

2012年11月29日，习近平总书记在参观《复兴之路》展览讲话时首次提出"中国梦"。五年多来，总书记在多个场合多次提及"中国梦"。"中国梦归根到底是人民的梦，必须紧紧依靠人民来实现，必须不断为人民造福。"② 习近平总书记的这番重要讲话，阐明了中国梦的核心价值，中国梦就是人民的幸福梦。而要实现这项伟大的事业，习近平总书记说："文艺的作用不可替代，文艺工作者大有可为。广大文艺工作者要从这样的高度认识文艺的地位和作用，认识自己所担负的历史使命和责任。"③ 李泽厚在《美学四讲》中谈到审美形态时，将之分为"悦耳悦目""悦心悦意"和"悦志悦神"。④ 在李泽厚看来，即便是与人的感知相关的愉悦耳目器官的生理反应也是与社会性的性能相交织的。毋庸讳言，对于这种生理反应与社会性的性能相交织的过程而言，文艺批评具有举足轻重的

---

① ［古希腊］亚里士多德：《政治学》，秦典华编译，载苗力田主编《古希腊哲学》，中国人民大学出版社1992年版，第585页。

② 习近平：《在第十二届全国人民代表大会第一次会议上的讲话》（2013年3月17日），《人民日报》2013年3月18日第1版。

③ 习近平：《在文艺工作座谈会上的讲话》，人民出版社2015年版，第6页。

④ 李泽厚：《美学四讲》，广西师范大学出版社2001年版，第189页。

作用。总之，在当前的形势下，批评家应该有所担当，不臣服于市场，像萨义德所说的那样，"小心衡量不同的选择，选取正确的方式，然后明智地代表它，使其能实现最大的善并导致正确的改变"①。

（三）对当前批评标准多元化下的乱象的反拨

习近平总书记关于文艺批评的重要论述也是对当前批评标准多元化下的乱象的反拨。20世纪80年代以来文艺批评的政治标准消隐以后，批评的多元格局产生，西方各式各样的批评思潮先后涌入，多元语境的活跃导致了批评标准和话语的混乱及虚浮现象。特别是在市场经济体制改革目标的推动下，文艺市场化、商业化的道路已经势不可当。评价电视以收视率为标准，评价电影以票房为标准，评价报刊用发行量当标准，评价网络媒体只看点击率，如此等等，这促使那些描写欲望、展示流行、强调媚俗的文化形态肆意扩张开来。进入21世纪后，网络在人们的生活中占据了尤为重要的角色，由于互联网信息的即时性、覆盖的广泛性，消费主义和大众文化急剧发展，疯狂地拆解着中国人传统的审美范式，而这时期的某些商业化的批评正起到了推波助澜的作用。撇去传统的"道德""习惯""法律"的"模糊地带"恰好印证了当下文艺审美与批评标准的一种临时性和相对性，而人们却一直在为这种临时性和相对性支付金钱、时间甚至理性。习近平总书记在中国共

---

① ［美］爱德华·W. 萨义德：《知识分子论》，单德兴译，陆建德校，生活·读书·新知三联书店2002年版，第86页。

产党第十九次全国代表大会上的报告中强调文艺队伍建设："倡导讲品位、讲格调、讲责任，抵制低俗、庸俗、媚俗。"① 习近平总书记提出的文艺批评的"四大观点"旨在引导文艺批评由社会功利走向审美自律，这对于文艺批评的健康发展无疑具有重要的意义。

四 文艺批评家应该坚持的品行

唐弢在为其《晦庵书话》初版所写的序言里表达过，曾竭力想把每段《书话》写成一篇独立的散文，可以是随笔，可以是札记，也可以是带着一点絮语式的抒情。美国著名文艺批评家兰色姆曾以"房子"为喻来讲述批评分析一首诗的价值时可以采用的办法，他说，与房子一样，"一首诗有一个逻辑的构架（Structure），有它各部的肌质（Texture）"②。这里的"肌质"指的便是诗歌的语言艺术，就如同房子墙皮上涂抹的东西，糊的纸，挂的画幔，是属于架构外的装修陈设的部分。兰色姆认为，一首诗的各部"肌质"和它的逻辑架构同等重要。其实，对于在20世纪就已经争取到艺术地位的文艺批评而言，又何尝不是如此呢？在一篇文艺批评文章中，语言表述的魅力与逻辑分析

---

① 习近平：《决胜全面建成小康社会 夺取新时代中国特色社会主义伟大胜利——在中国共产党第十九次全国代表大会上的报告》（2017年10月18日），人民出版社2017年版，第43页。

② [美]兰色姆：《纯属思考推理的文学批评》，张谷若译，载赵毅衡编选《"新批评"文集》，中国社会科学出版社1988年版，第97页。

的能力一样不可偏废。习近平总书记在文艺讲话中要求文艺作品文质兼美,特别是精品,更应做到"思想精深、艺术精湛、制作精良"①,但在文末提到文艺批评时没有明确提出相关要求,不过我们必须知道,要成为一名优秀的文艺批评家,首先就必须坚持批评写作自身的艺术性,这样才能让读者乐读。

(一)坚持批评写作自身的艺术性

在这里,也可以品一品李健吾在其《咀华集》中点评沈从文的《边城》的例子。李健吾写道:"作者的人物虽说全部良善,本身却含有悲剧的成分。唯其良善,我们才更易于感到悲哀的分量,这种悲哀,不仅仅由于情节的演进,而是自来带在人物的气质里的,自然越是平静,'自然人'越显得悲哀:一个更大的命运影罩住他们的生存。这几乎是自然一个永久的原则:悲哀。这一切,作者全叫读者自己去感觉。他不破口道出,却无微不入地写出。他连读者也放在作品所需要的一种空气里,在这里读者不仅用眼睛,而且五官一起用——灵魂微微一颤,好像水面粼粼一动,于是读者打进作品,成为一团无间隔的谐和,或者,随便你,一种吸引作用。"②这段文字不仅一语道破了作家的艺术独创性,而且文字本身也是曼妙有致,引人赏

---

① 习近平:《在文艺工作座谈会上的讲话》,人民出版社2015年版,第10页。

② 刘西渭(李健吾):《咀华集》,文化生活出版社1936年版,第74—75页。

第八章 重塑文艺批评精神

读的。

英国牛津大学的教授柏拉威尔在研究伟大的思想家马克思的著作时,认为《资本论》有意地模仿了文学结构,该书中的象征、隐喻、颠倒反衬、滑稽模仿等写作手法俯拾皆是。"在《资本论》第一卷中,除了上述那些附带提到文学作品、类比、隐喻的情况之外,还有直接引用《圣经》、维吉尔、尤维纳利斯、贺雷西的作品的话;直接引用莎士比亚《亨利四世》上篇的话;直接引用莫尔的《乌托邦》,巴特勒的《胡迪布腊斯》和伏尔泰的《老实人》的话——而且通过暗喻,引用了恐怖故事,德国的民间文学、流行歌谣、歌曲小调、传说、童话、神话、谚语。"① 可想而知,即使在《资本论》这样的分析批判资本主义社会的生产、分工、商品流通、"拜物教"等的理论大作中,马克思的心目中也从来没有脱离艺术和美学上的考虑。

将批评视为"创作中的创作"的王尔德在其《作为艺术家的批评家》一文中指出,"最高的批评,它批评的不仅仅是个别的艺术作品,而且是美之本身"②。在王尔德看来,批评是将要处理的原材料也即艺术作品转化成一种新颖又可喜的形式,从荷马、埃斯库罗斯一直到莎士比亚和济慈,这些伟大的艺术家也不尽然是从生活中直接寻找题

---

① [英] 希·萨·柏拉威尔:《马克思和世界文学》,梅绍武等译,生活·读书·新知三联书店1982年版,第462页。
② [爱尔兰] 奥斯卡·王尔德:《谎言的衰落——王尔德艺术批评文选》,萧易译,江苏教育出版社2004年版,第130页。

材，而是取材于神话、传奇，以及古代故事，在这些原材料的基础上予以创作创新，而批评家也是这样。尽管批评发展至当下，有脱离艺术本身被理论湮没的倾向，但仍不乏诸多优秀的批评大家始终在坚持着批评写作自身的艺术性，理论分析与文字的表现力并不相互抵牾，例如西方著名的马克思主义文艺批评家瓦尔特·本雅明、弗雷德里克·詹姆逊、特里·伊格尔顿等人。在国内，当我们阅读某些著名文艺批评家、美学家的著作时，同样能感受到他们在基于艺术作品分析的基础上对理论的得心应手的驾驭，使读者感受到某种清新舒适的"颇富质感的'轻阅读'的氛围"。这些都是值得广大的批评工作者思索和实践的。此外值得一提的是，大众传媒平台在编排文艺讲评栏目时，同样应该自觉追求讲评内容与形式的艺术性传达，前文提到的《百家讲坛》栏目对传统曲艺的借鉴倒也不失为一种可喜的探索。

（二）坚持"真理越辩越明"

习近平总书记在讲话中明确提到这一点，倡导文艺批评要说真话、讲道理，提出"坚持百花齐放、百家争鸣的方针，发扬学术民主、艺术民主，营造积极健康、宽松和谐的氛围，提倡不同观点和学派充分讨论，提倡体裁、题材、形式、手段充分发展，推动观念、内容、风格、流派切磋互鉴"[①]。

[①] 习近平：《在文艺工作座谈会上的讲话》，人民出版社2015年版，第11页。

21世纪以来，随着媒介网络的迅猛发展，不仅是坚守书斋的学院批评家、媒介网络的专职批评工作者，甚至普通读者都可以直接参与到批评中来。不得不承认，文艺批评的空间已经被极大地扩展，批评主体的身份也越来越多样。某些在网络连载的文艺作品，由于艺术家本人能够与批评者通过网络进行实时互动，批评者的意见有时可能直接左右甚至改变文艺文本的创作走向。面对这样的现象，不少持文化精英观的批评家本能地感到忧心忡忡，总觉得普通读者的批评缺少深度，没有灵魂，是批评的一种堕落。其实大可不必，限制参与辩论的主体有违社会的民主精神，更何况真理总是越"辩"越明的。论辩是一种思想的交流、碰撞活动，通过与他人辩论，参与者的思想能够得到积极的引导和启发，逻辑得到锻炼，知识得到增长，见解也得到升华。可见，通过论辩反而有助于在批评家和大众之间建立一种新型的主体间的、参与性的关系网络，这也能在很大程度上抵制肤浅的消费文化对大众的不良影响。伊格尔顿作为马克思主义批评家，曾明确要求自己，积极投身并帮助指导大众的文化解放。[1] 他十分看重论辩的技艺，认为大众文化解放的真正实现意味着社会会产生更多的论辩，并因此那时候的社会在某种程度上比现在的社会更复杂，也即孔子所言的"君子和而不同"。应该说，辩中求理，格物致知，每一场有理有据有节、可圈可点的论辩都是在

---

[1] Terry Eagleton, *Walter Benjamin or Towards a Revolutionary Criticism*, London: Verso, 2009, p. 97.

以杯水之力促民主，以求是之心启民智。

（三）努力发展中国当代文艺批评理论

刘勰在《文心雕龙》中多处讲到，作家诗人要随着时代生活创新，以自己的艺术个性进行创新。例如一般认为，至唐代，诗歌发展已达艺术的巅峰，严羽在《沧浪诗话·诗辨》中评价道："诗者，吟咏性情也。盛唐诸人惟在兴趣，羚羊挂角，无迹可求。故其妙处透彻玲珑，不可凑泊，如空中之音，相中之色，水中之月，镜中之象，言有尽而意无穷。"到了宋代，面临前人盛极难继的局面，宋人在批判借鉴的基础上另辟蹊径，"以文字为诗，以才学为诗，以议论为诗"，走出了一条新变之路。① 又如中国绘画，宗白华认为，传统绘画以书法为基础，并且往往以有形有限的景物呈现无穷的宇宙空间；丰子恺认为，传统绘画与文学关系密切，主要表现为"引诗入画"，将远近不同的景物置于同一平面上观看。现当代的中国画家，像林风眠、李可染、贾又福等人，他们返本开新，依靠借鉴西方绘画转化了中国画之前对于平面空间的单一理解，并尝试继续保留在画作中呈现宇宙空间的无限性以区别于西方绘画。

诗人里尔克的诗歌喜用"敞开者"一词，德国哲学家海德格尔研究指出，对于敞开者，是指允许把某物带到自身面前来，但这种被带来的东西是按照敞开者的意愿"在

---

① （宋）严羽：《沧浪诗话》，载（宋）严羽著，郭绍虞校释《沧浪诗话校释》，人民文学出版社1983年版，第26页。

有意贯彻对象化的意图的意义上的制造"①。通俗些来说也就是，敞开者允许进入，但这种允许进入绝不意味着解构自我，失去自我本真的特质，而是批判汲取之后的改革创造和新生。中国现当代文艺经过一代优秀文艺家们的努力，已经具备了一定的与全球艺术家角逐世界级声誉的能力，这也从侧面说明了中国现当代文艺批评家并非碌碌无为，只要坚持继承创新中国古代文艺批评理论优秀遗产，批判借鉴现代西方文艺理论，运用历史的、人民的、艺术的、美学的观点评判和鉴赏作品，重塑当下文艺批评精神，努力发展中国当代的文艺批评理论，如鲁迅所言，"国人之自觉至，个性张"，相信具有中国特色的现当代文艺批评理论体系的形成当指日可待。

---

① ［德］马丁·海德格尔：《林中路》，孙周兴译，上海译文出版社2008年版，第261页。

第九章

建构新时代中国文论话语体系

习近平总书记在中国共产党第十九次全国代表大会上的报告中指出:"实践没有止境,理论创新也没有止境。世界每时每刻都在发生变化,中国也每时每刻都在发生变化,我们必须在理论上跟上时代,不断认识规律,不断推进理论创新、实践创新、制度创新、文化创新以及其他各方面创新。"① 在中国特色社会主义文艺进入新时代的重要阶段,我国的文艺理论话语体系建设也必须跟上时代,与当下我国文艺的发展实践相一致,不断进行理论创新。在着力构建中国特色的哲学社会科学问题上,习近平总书记指出,"要按照立足中国、借鉴国外,挖掘历史、把握当代,关怀人类、面向未来的思路","在指导思想、学科体系、学术体系、话语体系等方面充分体现中国特色、中国风格、中国气派"②。这一论述内涵丰富、层次清晰,全面科学客观地总

---

① 习近平:《决胜全面建成小康社会 夺取新时代中国特色社会主义伟大胜利——在中国共产党第十九次全国代表大会上的报告》(2017年10月18日),人民出版社2017年版,第26页。

② 习近平:《在哲学社会科学工作座谈会上的讲话》,人民出版社2016年版,第15页。

结了从事人文社会科学工作所必需持守的学术精神与必须坚持的方法原则,既明确了发展思路,又确立了指导原则;既强调了中国立场,又拥有了世界视野;既注意观照历史,又着眼于发展当代;既有终极考量,又有人文关怀。可以说这些方法与原则也是建构新时代中国特色社会主义文艺理论学科体系、学术体系、话语体系的方法与原则,我们只有以此为准绳,才能真正建起具有中国风格、中国气派,既服务于当代中国,又被世界广泛接受的文艺理论新体系。

一 坚持马克思主义文艺理论的指导地位

习近平总书记指出:"当代中国哲学社会科学是以马克思主义进入我国为起点的,是在马克思主义指导下逐步发展起来的。"[①] 这就是说,没有马克思主义就没有当代中国哲学社会科学,马克思主义的指导是中国哲学社会科学存在的前提,我们片刻不能离开或丢掉马克思主义。马克思主义的理论指导,就是我国当下文艺理论建构的特色所在。整个20世纪,我国文艺理论发展的基本轨迹就是马克思主义文艺理论逐渐占据主体并居于指导地位的过程。事实证明,今天我们只有坚持马克思主义的理论指导,并在实践中使之不断丰富和发展,才能保持马克思主义理论指导的持久活力。党的十八大以来,习近平总书记关于文艺工作的一系列论述,"与我们党的文艺思想一脉相承又

---

① 习近平:《在哲学社会科学工作座谈会上的讲话》,人民出版社2016年版,第5—6页。

与时俱进，充分体现马克思主义认识论和方法论"①，继承并发展了马克思主义文艺理论。

（一）新时代文艺的重要论述与马克思主义文论一脉相承

马克思主义经典作家为我们留下了大量有关文艺的理论论述。马克思、恩格斯在《德意志意识形态》中提出了"语言是思想的直接现实"②的观点，作为以文字为工具的文学，自然也就成为传达思想表现情感的重要渠道。在《德意志意识形态》这一标志着马克思、恩格斯所创立的历史唯物主义趋于成熟的著作以及马克思后来撰写的《政治经济学批判》"序言"中，马克思、恩格斯反复申说了这样一种思想："不是意识决定生活，而是生活决定意识"③，"不是人们的意识决定人们的存在，相反，是人们的社会存在决定人们的意识"④。马克思、恩格斯所要表达的这种思想具体到现实社会中，所指的意思就是，"物质生活的生产方式制约着整个社会生活、政治生活和精神生活的过程"⑤。

---

① 中共中央宣传部编：《习近平总书记在文艺工作座谈会上的重要讲话学习读本》，学习出版社2015年版，"前言"。

② ［德］马克思、恩格斯：《德意志意识形态》，载《马克思恩格斯全集》第3卷，人民出版社1960年版，第525页。

③ 《马克思恩格斯选集》第1卷，人民出版社1995年版，第73页。

④ 《马克思恩格斯选集》第2卷，人民出版社1995年版，第32页。

⑤ 同上。

或者说是,"宗教、家庭、国家、法、道德、科学、艺术等等,都不过是生产的一些特殊的方式,并且受生产的普遍规律的支配"①。由此来看,包括文学在内的艺术,作为上层建筑的一部分的"意识形态的形式"②,在马克思、恩格斯所发现的"经济基础"与"上层建筑"的关系框架中,被安置在一个合适的位置并发挥着重要作用,这也成为判定是不是马克思主义文艺观的标准和出发点。从19世纪四五十年代《神圣家族》中对欧仁·苏《巴黎的秘密》的创作观念与创作倾向的分析,《德意志意识形态》中对文艺创作"出发点"的确立,《政治经济学批判》"序言""导言"中关于物质生产与艺术生产发展关系的论述,以及在《致斐迪南·拉萨尔》的信中关于"艺术真实""悲剧"等问题的探讨,乃至19世纪八九十年代《致敏·考茨基》《致玛格丽特·哈克奈斯》《致保尔·恩斯特》等人的信中对于典型的塑造、倾向性与真实性的关系、现实主义、艺术使命等问题的论述与分析来看,马克思、恩格斯对于文艺创作、文艺思潮、文艺规律的思考与阐释从没有停止,逐渐形成了马克思主义文艺理论的思想体系。在这一基本体系中,虽然他们所提出的文艺见解针对的对象不同、研究的问题有别,但他们始终把无产阶级的"自由"与"解放"放在首位,并希望文艺为无产阶级

---

① [德]马克思:《1844年经济学哲学手稿》,中共中央马克思恩格斯列宁斯大林著作编译局译,人民出版社2000年版,第82页。

② 《马克思恩格斯选集》第2卷,人民出版社1995年版,第33页。

的革命事业摇旗呐喊。

恩格斯曾经提出文艺创作的"倾向性"概念，虽然他认为"倾向应当从场面和情节中自然而然地流露出来，而无需特别把它指点出来"，但他"决不反对倾向性本身"①。在《诗歌和散文中的德国社会主义》一文中，他提出了文学应该"歌颂倔强的、叱咤风云的和革命的无产者"②的看法。而接续这一文艺"倾向性"思想的指导，列宁完成了其著名的《党的组织与党的出版物》这一光辉著作，提出了"写作事业应当成为整个无产阶级事业的一部分"③的观点。通过对以往马克思主义文艺思想的理论继承，在《在延安文艺座谈会上的讲话》中，毛泽东同志认为，"作为观念形态的文艺作品，都是一定的社会生活在人类头脑中的反映的产物"④。他明确提出了"我们的文学艺术都是为人民大众的，首先是为工农兵的"⑤主张，并且认为，做好这种服务"必须站在无产阶级的立场上，而不能站在小资产阶级的立场上"⑥。由此，作为马克思主义文艺理论的重要命题，即"为什么人的问题"和"如何

---

① ［德］恩格斯：《致敏·考茨基》（1885年11月26日），载《马克思恩格斯选集》第4卷，人民出版社1995年版，第673页。

② ［德］恩格斯：《诗歌和散文中的德国社会主义》，载《马克思恩格斯全集》第4卷，人民出版社1958年版，第224页。

③ 《列宁全集》第12卷，人民出版社1987年版，第93页。

④ 毛泽东：《在延安文艺座谈会上的讲话》，载《毛泽东选集》第3卷，人民出版社1991年版，第860页。

⑤ 同上书，第863页。

⑥ 同上书，第856页。

服务的问题",便一直成为我们判断文艺"倾向性"与文艺作品存在价值的重要标杆。新时期之后,我们党提出的文艺"为人民服务、为社会主义服务"的方针,以及在坚持这一方针的前提下,进一步提出的"以人民为中心的创作导向"的思想,作为马克思主义历史唯物主义精神在文艺工作中的具体落实与表现,非常清楚地阐明了新时代中国特色社会主义文艺的根本性质与特征,以及社会主义文艺所载负的使命与责任。

习近平总书记关于文艺的重要论述与马克思主义文艺理论一脉相承,如他提出的"文艺不能在市场经济大潮中迷失方向,不能在为什么人的问题上发生偏差"的问题,与恩格斯的文艺"倾向性"以及列宁和毛泽东同志提出的文艺为谁服务的问题相关联;在《在文艺工作座谈会上的讲话》中,他立足于"全球化"视角,多次谈到通过文艺加强各国的认同和理解的问题,这既是全球化时代的必然要求,也与马克思在《共产党宣言》中所表达的关于形成一种"世界的文学"[①]的观点相吻合;而强调"用现实主义精神和浪漫主义情怀观照现实生活"的主张则是马克思主义文艺创作现实主义方法的创新性运用;在文学批评方面,他强调"要以马克思主义文艺理论为指导",并提出文学批评标准的"历史的、人民的、艺术的、美学的观点",则直接是对恩格斯所提出的"美学的、历史的"标准的继承与发展;在探讨"坚持以

---

① [德] 马克思、恩格斯:《共产党宣言》,载《马克思恩格斯选集》第1卷,人民出版社1995年版,第276页。

人民为中心的创作导向"这一问题时，他引用列宁、毛泽东同志、邓小平同志等人的论述以深刻阐述社会主义文艺与人民的关系，不仅把人民作为文艺表现的主体，把人民生活作为文艺创作的源头活水，视人民群众为文艺创作者的老师和先生，而且将文艺作品好坏的评判权也交给了人民，如此等等。这些都充分证明：习近平总书记关于文艺的重要论述结合我国文艺的现实状况、现实问题，立足于决胜全面建成小康社会、进而全面建设社会主义现代化强国、实现民族伟大复兴"中国梦"的奋斗目标，是对马克思主义文艺理论在继承前提下的进一步发展，是有关文艺问题的新思想、新理念、新战略、新实践。在《在庆祝中国共产党成立95周年大会上的讲话》中，习近平总书记指出："中国共产党之所以能够完成近代以来各种政治力量不可能完成的艰巨任务，就在于始终把马克思主义这一科学理论作为自己的行动指南，并坚持在实践中不断丰富和发展马克思主义。"[①] 他这样讲了，也是这样做的。

（二）辨析批判错误思潮，警惕纠正糊涂认识

马克思主义文艺理论在其发展过程中形成了诸多流派，坚持马克思主义，就是要在实践中对这些流派有所辨析与甄别，对它们的不足与危害有所警惕。在新时代中国文艺理论话语的建构过程中，我们还要面临各种错误的文

---

① 习近平：《在庆祝中国共产党成立95周年大会上的讲话》，人民出版社2016年版，第8页。

艺思潮、文艺主张，对此我们也必须保持清醒的头脑，及时批判，及时揭露；除此之外，我们还要处理和解决好一些在马克思主义认识和使用上的糊涂认识。只有这样才能更好地坚持马克思主义的理论指导，不断推进马克思主义文艺理论向前发展。

要科学客观地对待各种西方马克思主义思潮。新时期以前，国内学术界对于"西方马克思主义"的了解一直比较少，"文化大革命"时期曾经译过几篇"西马"的文章，但那时的译介主要是为批判之用，并没有引起太多的注意。新时期之初，当"西方马克思主义"再次译介进来并开始被众多学者关注的时候，对它的质疑与反质疑就一直未断。从20世纪80年代末直到21世纪初，国内学者关于西方马克思主义所引发的讨论，主要就是围绕"'西马'非马"而展开，在争论中各抒己见，虽然澄清了不少问题，但各方对"西马"的基本判断却并没有达成一致。这场主要发生在哲学领域的理论论争，对文艺理论界有关"西马"的认识产生了重大影响，虽然文艺理论界也开展了一些对话和讨论，但基本观点仍然是围绕"'西马'非马"展开，没有实质性突破。进入21世纪第二个十年后，针对"西马"文艺批评理论的局限性等问题，《湖南社会科学》和《天津社会科学》分别发表了两组文章，对中国学界存在的"西马化"倾向问题进行了批判。从学术史的角度看，有关"西马化"倾向的提出和讨论，实际上是对国内自20世纪80年代以来发生的"审美意识形态论"和"实践存在论美学"两场论争的一种继续。正如讨论的发起人董学文在文章中所说:"目前的文学理论'西马化'模式,主要表现在文学审美论、意识形态泛化、实践本体论化或实践存在论等多个方面。这些方面实际上多是从西方马克思主义文论那里袭用来的。"① 这就是说,如果没有那两次理论论争,也就不大可能出现关于"西马化"倾向的讨论。不过,就学术本身看,新时期以来,我国文论家所存在的"西马化"模式与"西马化"倾向问题,的确是值得我们警惕的。无论是"'西马'非马"还是"西马化"倾向,两次讨论所反映出的都是国内学者对"西马"文论进入中国之后的一种警惕与担忧。

对"西马"文论的担忧当然并不多余,如果说"'西马'非马"等论争是国内学者对于西马文论态度的显性表现,那么在"西马"研究中一直存在的对"西马"文论的极度推崇与赞赏则是一种隐性的表现,关于这一点,可以从研究的论著数量、硕博研究生的选题兴趣等看出来。"西马"理论家对艺术与美学的兴趣、对人性与人的解放的分析、对既有社会深刻的批判精神、对未来美好社会的向往与构建,等等,所有这些的确令无数青年学子和研究者怦然心动,尊敬之心油然而生。"西马"理论家就像是一个个精神导师,批判着当下社会的问题,引领人们走向未来人类解放与幸福的美好前景。难怪有学者指出:"西方马克思主义文论与美学各个流派为我们提供的研究资料和理论路径能够批判地分析与改变我们当前的文化形

---

① 董学文:《文学理论研究"西马化"模式的反思》,《天津社会科学》2011年第3期。

态，发展一种具有实践性的社会批评理论和新的文论研究路径。"① 客观地说，新时期之后，"西方马克思主义"文论对我国学术界的影响的确是不可小觑的，我国马克思主义文艺理论的构建也确实无法离开"西马"文论的学术资源。但反过来说，难道不正是由于新时期之后，我国学者把目光与精力大都放在了"西马"等西方文论那里，才造成了国内马克思主义文艺理论研究人力资源匮乏、建树不多的吗？

客观地说，今天具有中国特色的社会主义文论话语体系的确立与形成至少拥有以下四种理论资源。一个是包括俄苏文论在内的经典马克思主义文艺理论，一个是经过两千多年历史发展的中国古代文艺理论，一个是在中国新民主主义革命和社会主义建设中逐渐形成并发展起来的中国马克思主义文艺理论，一个是中国长期以来尤其是在新时期之后在与西方交往过程中引进来的包括"西马"文论在内的西方现当代文艺理论。20世纪以来的百余年间，由于历史原因，这四种文论资源在不同的历史时段，发展是不平衡的，受重视程度也是不一样的。从新时期以后四十年的时间来看，我们一直重视对西方文论的引介、学习与研究，而对我国古代文论传统却有所忽视，缺乏创新性研究，对经典马克思主义文艺理论以及在社会主义革命和建设中发展起来的中国马克思主义文艺理论同样重视不够，缺乏有创见性的成果。如果说新时期之前，我国文论呈现

---

① 马驰：《我国当代文论与"西马"的不解情缘》，《社会科学报》2010年4月29日第5版。

出较明显的"政治化"倾向，那么新时期之后，我国文论则表现出了更为明显的"去政治化"特征，而这种"去政治化"又是通过文论的"西化"来实现的。今天西方文论在我国高校和科研机构中占有绝对的话语优势，拥有绝对多的学习者、研究者和崇拜者，有学者甚至认为，不懂英文写作，没有英文论著发表，就将很快被学界边缘化，甚至于有被淘汰的可能。这种以运用什么样的语言来衡量学术标准的看法显然有些不伦不类，但透过这种观点，我们所看到的则是我国文论"崇洋媚'西'"的严重程度。

新时期之后，向国外学习是我们走出以往较为封闭的文论生产的重要途径。包括"西马"文论在内的各种西方文艺思潮的引入，对我国文论发展起到了重要的推动作用。然而今天，当西方各种文艺思潮已经被我们引介研究了四十年之后，当我们静下心来准备建构我们自己的文艺理论话语体系的时候，就必须走出"他者"文论的思想阴影。关于"西马化"倾向这一问题的讨论，谁是谁非或许并不重要，重要的是这一讨论让我们看到了中国学者开始去反思外来理论的一种自觉意识。其实我国文艺理论界早已意识到了新时期以来我国文艺理论存在的过度追逐西方的片面化问题，2005年前后，国内就有学者提出了"西方文论的中国化"这一命题。最近几年，对西方文论的反思与批判文章更是日渐多了起来，这些都是我国学术界更加理性、更加务实、更加有问题意识的表现。因此，面对当前我国文论存在的诸多问题，冷静审视当下我国文论发展的基本状况、基本格局以及世界文论发展的基本趋势，尽快扭转以往过于"西化"的学术倾向，重视我国古代文论、当代中国马克思主义文艺理论研究，就是摆在理论界的一件重要任务。

除以上所论外，坚持马克思主义理论指导还需要解决与处理好以下一些问题。一是马克思主义的"中国化"问题，二是对马克思主义要真懂真信，三是对待马克思主义不能采取教条主义和实用主义态度。这三个问题有其内在关联性。马克思主义"中国化"，实际上就是要求将马克思主义理论与我国的社会现实与问题有机结合起来，走理论与实践相结合的道路，做到有的放矢，解决问题。马克思主义文艺理论"中国化"的提出，既是马克思主义文艺理论在中国发展的现实要求，同时也是在中外学术交流不断增强的背景下，中国学术走向世界的必然选择。"理论在一个国家实现的程度，总是决定于理论满足这个国家的需要的程度。"[①] 今天我们比任何时候都更需要马克思主义，今天我们比任何时候也更需要发展马克思主义。我们给世界所展示的不仅仅是我们所高举的马克思主义这面大旗，更应该是21世纪中国马克思主义理论的最新成果，这是一项艰巨的任务，它需要一代甚至几代学人的努力与探索。要解决好马克思主义的中国化问题，就要解决好对马克思主义真懂真信的问题。正如习近平总书记在《在哲学社会科学工作座谈会上的讲话》中所指出的，"坚持以马克思主义为指

[①] 《马克思恩格斯选集》第1卷，人民出版社1995年版，第11页。

导,是近代以来我国发展历程赋予的规定性和必然性"①。马克思主义是正确的世界观和方法论,是历史和实践都已证明的正确结论,马克思主义文艺理论在我国也已经走过近百年的传播发展,经过数代人的努力与奋斗才最终成为指导我国文艺前进的方针与指南,今后我们依然要以它为指导,繁荣发展新时代中国特色的社会主义文艺,不断加强对其基本原理的学习,做到真懂真信,用马克思主义的世界观、方法论观察和解释自然界、人类社会和人类思维的各种现象,揭示蕴含在其中的规律性认识。最后,一定要解决好态度问题,对待马克思主义不能采用教条主义和实用主义态度。马克思主义文艺理论不是教条,而是活的理论,我们一定要善于根据变化了的文艺现实,不断丰富与发展马克思主义文艺理论,使其更好地引导文艺健康发展。那些不顾现实情况,认为只要在工作或文章中引用了马克思、恩格斯等经典作家的话就站在了真理一边的想法是错误的。那些认为马克思主义已经过时了、马克思主义只是一种意识形态的说教等说法,也是我们必须廓清的一些模糊甚至错误的认识。

"马克思主义具有鲜明的实践品格,不仅致力于科学'解释世界',而且致力于积极'改变世界'。"② 坚持马克思主义的指导,最终要落实到怎么用上来。习近平总书记

---

① 习近平:《在哲学社会科学工作座谈会上的讲话》,人民出版社2016年版,第9页。

② 同上。

指出,"新形势下,坚持马克思主义,最重要的是坚持马克思主义基本原理和贯穿其中的立场、观点、方法。这是马克思主义的精髓和活的灵魂。"① 以此为准绳,我们一定要以马克思主义文艺理论为指导,坚定学术信念,坚守学术理想,根据新时代中国文艺实践不断发展马克思主义,建立具有中国特色的文艺理论话语体系。

二 坚守文论话语体系的中国立场

习近平总书记讲,中国特色哲学社会科学应该具有三个方面的特点,一是继承性、民族性,二是原创性、时代性,三是系统性、专业性。② 关于文化建设和文艺繁荣,习近平总书记则一向强调"不忘本来、吸收外来、面向未来"的原则。这些论述,对建构新时代中国文论话语体系具有重要的启示意义。习近平总书记指出:"文化自信是更基本、更深沉、更持久的力量。历史和现实都表明,一个抛弃了或者背叛了自己历史文化的民族,不仅不可能发展起来,而且很可能上演一场历史悲剧。"③ 他在中国文联十大、中国作协九大开幕式上的讲话中进一步强调,"坚定文化自信,是事关国运兴衰、事关文化安全、事关民族

---

① 习近平:《在哲学社会科学工作座谈会上的讲话》,人民出版社2016年版,第13页。
② 同上书,第16—22页。
③ 同上书,第17页。

精神独立性的大问题"①。在党的十九大报告中,习近平总书记更是明确指出"没有高度的文化自信,没有文化的繁荣兴盛,就没有中华民族伟大复兴"②,深刻阐释了文化自信决定文艺发展,文艺繁荣影响民族复兴的逻辑关系。由此可见,立足自我,切实坚持我国文论发展的中国特色,坚守我国文论建构的中国立场,是我国文论话语体系建设的根本出路。

(一) 汲取中华优秀传统文论智慧

在中国传统的文学观念中,文学艺术从来都不是一个独立的存在,而总是被文人们赋予诸多的任务与使命。如,在被认为保存着中国最早的诗学观念的《尚书·尧典》中记载着帝舜与夔论"乐"的文字,"命汝典乐"的直接目的是"教胄子",也就是使这些身负重任的帝王或贵族子孙们通过音乐的陶染"直而温,宽而栗,刚而无虐,简而无傲",如此才能塑造出传统的理想人格,才能担负邦国治理的大任。这也就意味着,文学艺术在发生之初,它就肩负着"教育"的使命。关于这一点,孔子也有类似的表达。孔鲤两次"趋而过庭",孔子都分别交代了学习任务,即"不学诗,无以言"和"不学礼,无以立",于是孔鲤"退而学诗","退而学礼"。(《论语·季

---

① 习近平:《在中国文联十大、中国作协九大开幕式上的讲话》,人民出版社2016年版,第6页。

② 习近平:《决胜全面建成小康社会 夺取新时代中国特色社会主义伟大胜利——在中国共产党第十九次全国代表大会上的报告》(2017年10月18日),人民出版社2017年版,第41页。

氏篇》）这一典故成为当时及后世文人们效仿的对象，"兴于诗，立于礼，成于乐"也成为判断古代男子人格修养的标准。由此可以看出，在这一时期，文艺是个体的人走向社会、成为"社会人"的一座必不可少的桥梁，担负着"化人"的重任，或者说一个出身高贵的人，必须经过诗礼乐的熏陶之后才是一个完整的人，才是一个有素养的人。在此之后，文人们还注意到了文艺在宣泄情感、舒缓压力方面的功效。亚里士多德将文艺的这种效用称为"卡塔西斯"，即"净化"，而用我们东方的术语则为"陶冶"。"净化"在西方语境中既可以指创作主体也可以指欣赏主体，而"陶冶"所针对的则主要是欣赏者，这就是二者在东西语境下所表现出的不同之处。司马迁的"发愤著书说"，让人们首次注意到了文学在育人之外，其实也关涉着创作个体的生命情感。这一点钟嵘在《诗品》序中作了更为详细的说明，所谓"嘉会寄诗以亲，离群托诗以怨"[1]。失掉了家国的臣子、命丧沙场的孤魂、负戈外戍的征人、远离故土的行人和那望眼欲穿的闺中之人，"非陈诗何以展其义？非长歌何以骋其情？"[2] 面对人生的离合与自我的悲欢，似乎只有诗歌才能使人获得暂时的解脱。但不得不说的是，钟嵘这里既注意到了诗歌在人们抒发情感方面的重要意义，但又远非如此纯粹，因为紧跟其后，他又引用孔子的话说："故曰：'诗可以群，可以怨。'使穷

---

[1] （南朝梁）钟嵘：《诗品》，中华书局1991年版，第11页。
[2] 同上书，第12页。

>> 实现新时代中国特色社会主义文艺的历史使命

贱易安,幽居靡闷,莫尚于诗矣!"① 这样,宣泄情感的目的最终又和"可以怨""易安"和"靡闷"相关联,实质上又引向通过诗歌的导泄可以使不满现状的人消除苦闷,使处于贫贱的人安于贫贱这一诗歌的"化育"作用上去了,与前段所论文艺的"化人"是一致的。

当然文艺的作用还远不止这些,汉魏时代曹丕在《典论·论文》中提出了"盖文章,经国之大业,不朽之盛事"的观点,从而将文学的作用和地位提高到了治理国家的伟大功业、流传不朽的盛大事业这样一个前所未有的高度,对于之前人们只将文章("立言")放在"立德、立功"之后的思想传统有了颠覆性的突破。唐代白居易所提出的"文章合为时而著,歌诗合为事而作"的口号,从写作内容上进一步将文学与时代和社会现实结合了起来。白居易的观点看似与曹丕的文学"不朽"没有多少联系,但在一定程度上补进了曹丕所没有谈到的"如何不朽"这一内容,即文学作品只有为时事而写、为现实而作,只有把文学与历史、现实联系起来,才能经得起时代的考验,才能永传后世。可以说,白居易的"为时而著""为事而作"的思想包含了作者自己对所处时代的关注,对现实社会生活的关切,饱含了作者对于文艺改造社会、促进社会进步的一种责任感和使命感。

正是由于前人对于文艺作用的以上认识,又经唐代韩愈等古文运动家提出的"文以贯道""文以明道"等思想的过渡,宋代理学家周敦颐最终提出了"文以载道"的主

---

① (南朝梁)钟嵘:《诗品》,中华书局1991年版,第12页。

张，至此关于文艺作用的看法，在我国已基本成熟和定型。后世文人虽对"道"有不同的理解和阐释，但基本都没有离开"文以载道"这一文艺作用的基本框架。"文以载道"观以"文"喻车，以"道"喻车上所载之物，十分形象地说出了"文"与"道"的关系，也真正讲出了"文"的作用与价值。虽然将"文"作为传播"道"的手段和工具，似乎有重"道"轻"文"之意，但"文以载道"观顺应社会发展和时代需要，对我国古代社会长期保持文明进步、繁荣昌盛起到了重要作用。与西方文艺思想更多关注创作者个人的情感得失不同，我国的"文以载道"观偏于文学的化育目的，个人与社会、时代、国家、集体不可分割的紧密联系是这种文艺观的重要特征。

近代以来，随着中国逐渐沦为半殖民地半封建社会，民族觉醒与民族解放的意识呼之欲出。与之相适应，如何发挥文艺的作用使之为思想启蒙服务，就成为许多先进知识分子的革新之途，他们提出了许多有价值的文艺观点，无论在当时还是在后世，都产生了很大的社会影响。这其中比较有代表性的就是戊戌变法主将之一梁启超在1902年所提出的"小说界革命"和新文化运动的领袖人物陈独秀于1917年所提出的"文学革命论"。梁启超在《论小说与群治之关系》中，提出了"今日欲改良群治，必自小说界革命始，欲新民，必自新小说始"[①]的口号，而陈独秀则在《文学革命论》中提出了"今欲革新政治，势不得不

---

① 饮冰（梁启超）：《论小说与群治之关系》，《新小说》1902年第1期。

革新盘踞于运用此政治者精神界之文学"①的主张。两人的政治理想与思想观念虽然不同,但在通过文学教育人民、变革社会方面却有相同之处,可以看成我国古代"文道"观在近代的赓续与发展。

习近平总书记关于文艺的重要论述与深厚的中国传统文学观念有着内在的思想关联,他历来重视对中华优秀传统文化的学习继承,及其在当代的创造性转化和创新性运用。2013年11月26日,习近平总书记到山东曲阜孔府和孔子研究院参观考察时指出:"一个国家、一个民族的强盛,总是以文化兴盛为支撑的,中华民族伟大复兴需要以中华文化发展繁荣为条件。"② 2014年2月24日,他在十八届中共中央政治局第十三次集体学习时的讲话中认为:"培育和弘扬社会主义核心价值观必须立足中华优秀传统文化。"③ 在党的十九大报告中,习近平总书记立足于新的时代背景,进一步明确指出"深入挖掘中华优秀传统文化蕴含的思想观念、人文精神、道德规范,结合时代要求继承创新,让中华文化展现出永久魅力和时代风采"④ 的新

---

① 陈独秀:《文学革命论》,《新青年》第 2 卷第 6 号,1917 年 2 月 1 日。
② 《认真贯彻党的十八届三中全会精神 汇聚起全面深化改革的强大正能量》,《人民日报》2013 年 11 月 29 日第 1 版。
③ 习近平:《培育和弘扬社会主义核心价值观》(2014 年 2 月 24 日),载《习近平总书记重要讲话文章选编》,中央文献出版社、党建读物出版社 2016 年版,第 119 页。
④ 习近平:《决胜全面建成小康社会 夺取新时代中国特色社会主义伟大胜利——在中国共产党第十九次全国代表大会上的报告》(2017 年 10 月 18 日),人民出版社 2017 年版,第 42 页。

要求。善于从优秀传统文化中汲取营养，寻求治国理政的思想资源，是习近平总书记系列重要讲话的风格之一，表现出了鲜明的中国特色和深厚的中华传统文化思想根基。习近平总书记对传统文化尤其重视，2014年在《在文艺工作座谈会上的讲话》中他所讲的第一个问题就是"实现中华民族伟大复兴需要中华文化繁荣兴盛"。而在具体论述中，他谈到了我国优秀传统文化"为中华民族提供了丰厚滋养"，"为世界文明贡献了华彩篇章"，谈到了中华民族强大的"文化创造力"，以及在重要关头所起到的"为亿万人民、为伟大祖国鼓与呼"的历史作用，谈到了中华文化使中华民族"保持了坚定的民族自信和强大的修复能力，培育了共同的情感和价值、共同的理想和精神"[①]这一强大的凝聚力量。而2016年他的《在中国文联十大、中国作协九大开幕式上的讲话》给广大文艺工作者所提出的四点希望，第一个讲的就是"希望大家坚定文化自信，用文艺振奋民族精神"，对传统文化的思想价值作出了更为深刻完整的阐述。

习近平总书记关于文艺的重要论述深植于中国古代文论的土壤之中，在其有关文艺的讲话中，他引用《论语》《毛诗序》《文心雕龙》中的句子，引用白居易、黄庭坚等许多古代文人的诗词歌赋，以及很多的古代谚语、成语、俗语等，以论证文艺与时代和生活的关系、与人民的深厚情怀，文艺的创新精神，文艺如何反映生

[①] 中共中央宣传部编：《习近平总书记在文艺工作座谈会上的重要讲话学习读本》，学习出版社2015年版，第5页。

活以及文艺的化人育人作用等，体现出了鲜明的中国文论的文化诗学特征与诗学智慧。这些充分证明，习近平总书记关于文艺的重要论述的根与魂和我国古代文学思想的基本理念一脉相承，具有鲜明的中国特色和民族继承性。

（二）坚持文论构建的"民族性"标准

"民族性"是习近平总书记所总结的中国特色哲学社会科学应有特点中的一个，对民族性的强调在今天显得非常必要。世界经济市场的日益融合，交通工具的飞速发展，已经将世界各民族强制性地卷入这个"全球化"体系当中。现在几乎没有哪一个事件是专属于某一民族的，发生在世界各地的哪怕是最偏远的地方的任何一个事件也从未像今天这样受到全世界的关注。这样，"民族的"既仿佛要慢慢消亡而成为"世界的"，同时，又好像要焕发青春去赢得更多的风头，无论是民族文化，还是民族事件都是如此。

应该说，经济全球化的确造成了世界各民族的劳动产品在相互交往中成为全世界共同的产品，而后现代思潮下的"民族想象"理论，即认为民族是"一种想象的政治共同体"[①]，也使"民族"存在几乎"被消亡"，那些过去属于"民族"群体的个别特点似乎随之自行消解；然而，事实真是这样吗？我们看到，斯大林所认为的形成民

---

① 参见［美］本尼迪克特·安德森《想象的共同体》，吴叡人译，上海人民出版社2003年版，第6页。

族的几个条件——"有共同语言、共同地域、共同经济生活以及表现于共同文化上的共同心理素质的稳定的共同体"①——在今天似乎并没有改变,民族也没有消亡。不仅没有消亡,而且在席卷世界的"全球化"过程中,人们越来越多地看到民族间的文化冲突日益尖锐,对地域性的破坏与摧毁,也正引起各国知识界、政府机构、民族问题研究者们的加倍重视。今天,地域性的政治文化结盟组织的日益增多与文化人类学研究的持续升温很好地说明了这一点。

同时,经济的"全球化"虽然有利于市场经济的深化与生产的良性发展,推动社会进步;但是,文化与文学艺术的"全球化",如果不是仅仅指其产品或作品的广泛传播,那么这种"全球化"的实现就必然是对文化或文学艺术本身的一种宰割,是不会利于文学艺术的进步与健康发展的。当然,从文化艺术全球化需要的必然条件看,这种全球化实际上也是不可能的。其原因不仅仅在于各民族地域间的语言差异,更在于各民族在各自不同的历史演进中,所形成的各具差异性的民族习惯、民族情感、民族心理、民族文化、政治意识以及不同的民族思维方式等,这些都将成为文化全球化不可攀越的高墙壁垒。因此,今天,如果不能在"全球化"潮流中,保持一种冷静而理性的态度,一厢情愿地将各种问题,尤其是文化、艺术、民族等一起装到"全球化"这个框子里,违背事实臆造

---

① [苏联]斯大林:《马克思主义和民族问题》,载《斯大林全集》第2卷,人民出版社1953年版,第294页。

出一些所谓的"理论"替"全球化"呐喊助威,将注定是行不通的。

另外,中国在经济上属于发展中国家,同时中国又有着悠久的文明历史和丰富的传统文化。因此,中国在现代化进程中尊重与守护自己的民族立场与尊严就尤为重要。一国之文学乃一国之政治、经济、文化、社会等诸因素的综合反映,如此,中国文学的民族属性就应该成为我国文学创作与评价的重要标尺。中华民族是伟大的,又是多灾多难的。既有秦皇汉武唐宗宋祖时代的辉煌,又有鸦片战争以来所遭受的屈辱,以及今天我们正奋力实现民族复兴的远大理想。文学作为所有这些历史事实的记录者和重要载体,必然有其重要的民族特征,而文论作为一种文学的理论也必然是展示民族文化与民族精神的重要形式。因此,在新的历史条件下,强调文论的"民族性",就既是时代的必然要求,也是现实的客观需要。对文论"民族的"强调并不是为了对抗经济"全球化"潮流可能给文学艺术等精神文化领域带来的冲击,而是在全球化语境中,对文学艺术自身发展规律的必要守护,是对全球各民族历史文化传统的切实尊重。

另外,这里还需要指出的是,新时期以后,西方各种文化思潮已经深入中国社会的方方面面,中国人的生活方式、处世原则、理想信念等都受到西方价值观的影响,在文学理论方面,当代西方文论的影响,也构成了"一边倒"的情况,西方当代文论在中国构成了话语霸权,言必称西方的现象非常严重,人们对西方理论知识的接受,几乎成为一种自觉的习惯,而对本民族文化,却缺乏研究,缺乏自信,中国古代文论处于失语状态,马克思主义文艺理论在一些学科中失语,在教材中失踪,在论坛上失声的现象非常严重,因此,对于当下中国的文论发展而言,对民族性的强调就成为必要而及时的,是符合时代要求的。如何立足于本民族的文论传统,以及当下的文艺现实,以我为主,而不是跟在当代西方文论的后面,这对于构建中国特色的文论话语体系、学术体系、学科体系都是极其重要的。

(三) 强调文论建构不可或缺的世界视野

全球化时代,我们需要国际视野。不同文论之间互相凝望、欣赏、借鉴,是十分必要的。习近平总书记指出:"强调民族性并不是要排斥其他国家的学术研究成果,而是要在比较、对照、批判、吸收、升华的基础上,使民族性更加符合当代中国和当今世界的发展要求,越是民族的越是世界的。解决好民族性问题,就有更强能力去解决世界性问题;把中国实践总结好,就有更强能力为解决世界性问题提供思路和办法。这是由特殊性到普遍性的发展规律。"[1] 习近平总书记活用马克思主义基本理论,对"民族性"问题的最终方向和目标作出了明确的阐释。这就是说,一要总结好中国的实践,为中国的发展服务,二要通过对中国问题和实践的理论总结,从而为世界发展、人类未来提供方案、思路和办法,表现出了大国领袖的世界视

---

[1] 习近平:《在哲学社会科学工作座谈会上的讲话》,人民出版社2016年版,第18页。

野与宽阔胸怀。今天任何国家或民族，都不可能像过去那样关起门来搞建设，也不可能关起门来搞文化。2016年，习近平总书记多次在外交场合阐述"人类命运共同体"这一解决国与国之间关系、面向人类未来发展的重要理念。在党的十九大报告中，他站在全球化视野中呼吁各国人民"要尊重世界文明多样性，以文明交流超越文明隔阂、文明互鉴超越文明冲突、文明共存超越文明优越"[①]，为构建人类命运共同体厘清了思路、提供了方案。世界视野或对人类共同命运的关注，已然成为我们从事任何国家事务的题中之意，认识不到这一点，也就从根本上关闭了自己发展的大门。因此，建构新时代中国特色文论话语体系，也必须具有世界视野，心存天下，在与世界各国学术界的交流对话与融合碰撞中发展自己，从而最终为世界文学艺术的发展贡献力量。

当然，在全球化时代，所谓的世界视野并不是让我们跟在别国的后面，亦步亦趋，丧失自身主体性，而是要更好地坚定对自身民族文化的自信，深入挖掘民族文化与文论传统，围绕我国和世界发展面临的重大问题，科学总结新时代中国文化艺术发展的特征和规律，以我们繁荣文化艺术的丰富思想理念，解决文艺问题的智慧和实践，提出能够体现中国立场、中国智慧、中国理念的文论方案。正如张江教授所指出的那样："在汇入世界

---

① 习近平：《决胜全面建成小康社会 夺取新时代中国特色社会主义伟大胜利——在中国共产党第十九次全国代表大会上的报告》（2017年10月18日），人民出版社2017年版，第59页。

文学版图的过程中，中国文学拿什么来走向世界？唯一可以秉持的是民族性的文学和文学的民族性。丧失了民族性，迎合想象中的他者趣味，不仅会在文学中丧失了自我，也不可能真正地走进世界。民族性才是中国文学登上国际舞台的独特资本，是中国文学在世界文坛畅行无阻的通行证。"① 文学如此，文论也是如此。只有这样，才能实现习近平总书记对广大哲学社会科学工作者的期盼，即"不仅要让世界知道'舌尖上的中国'，还要让世界知道'学术中的中国'、'理论中的中国'、'哲学社会科学中的中国'"②。最后，要建构中国文论话语体系的中国特色，解决中国的问题，体现我国文论建构的原创性、时代性，提出解决人类问题的中国方案，还"要坚持中国人的世界观、方法论"③，"以我为主、兼收并蓄。推动国际传播能力建设，讲好中国故事，展现真实、立体、全面的中国，提高国家文化软实力"④，不断提高包括文论在内的我国哲学社会科学在国际舞台的话语权和影响力。

---

① 张江等：《重建文学的民族性》，《人民日报》2014年4月29日第14版。

② 习近平：《在哲学社会科学工作座谈会上的讲话》，人民出版社2016年版，第17页。

③ 同上书，第19页。

④ 习近平：《决胜全面建成小康社会　夺取新时代中国特色社会主义伟大胜利——在中国共产党第十九次全国代表大会上的报告》（2017年10月18日），人民出版社2017年版，第44页。

三 建构文论话语体系的基本思路

如前文所述,中国古代文论、经典马克思主义文艺理论、中国马克思主义文艺理论和当代西方文论是新时代我国文论建设的几种主要理论资源,它们构成了中国特色社会主义文论体系的现实基础和依靠条件。正确对待这几种理论,是我们成功建构中国文论的必然之路。当然,新时代文论话语体系的建构,还必须面向新时代中国的文艺现实、文艺实践,在解决新时代文艺问题的过程中逐步完成和实现,这是建构中国特色文论提供世界方案最为关键的一环。由于本章第一节对马克思主义文艺理论已有论述,而中国马克思主义文艺理论又是在马克思主义经典作家思想指导下形成的,且时下它们对建构我国文论话语体系的重要意义人所共知,不言而喻,因此这里不再多论。以下重点对我国古代文论、当代西方文论及文艺现实实践在我国新时代文论建设中的作用及其价值等作出较为详细的阐述。

(一)继承中国古代文论优秀传统

有一种观点认为,西方文论以其思辨的严密、科学和系统为特色,而我国古代文论则以直观感悟的思维方式为特点,多是描述性、比喻性的阐述,很难有理论上的系统建构。实际上,我国古代文论不仅拥有丰硕的理论成果,而且以一种独特的创造模式形成了自己的文艺理论体系,在创作论、文体论和鉴赏论等多方面都有系统的理论阐述。就创作论而言，我国古代文论形成了以心物感通的感兴论为主线的创作论理论体系。如《礼记》较早提出的"人心之动，物使之然也"，陆机《文赋》中论述灵感时强调的"若夫应感之会，通塞之际，来不可遏，去不可止；藏若影灭，行犹响起"，刘勰《文心雕龙·物色》篇谈到的"物色之动，心亦摇焉"，"情以物迁，辞以情发"，钟嵘《诗品序》中提出的"气之动物，物之感人"，等等，这些都是对情感很好的表达和阐释，它们共同构成了我国古代文论创作体系的基本内容。另外从更具体的层面看，如在创作的主体要求方面，我国古代文论也有着非常清晰的论述和阐发，如创作主体方面的"文气"说（刘勰、曹丕等）、作为诗歌创作重要关节的"妙悟"说（严羽等）、关于作家的主体能力的"才、识、胆、力"说（叶燮等），以及强调作家学养积累的"神思"、作为创作主体综合因素的"胸襟"等，历来文论家都有非常详细的论述与总结。这些观点与有关创作的其他命题一起，构成了我国古代关于创作原理比较完整的理论体系。

由此来看，我国古代文论的体系性不是由某一个理论家，而是由许多理论家共同完成的，理解我国古代文论的体系性必须以对我国古代文论发展历史的整体考察为前提。对于中国古代文论的体系性理解，不能以西方的标准来衡量，西方的美学家和文艺理论家都是自成体系，自成一格的。如我们非常熟悉的柏拉图、亚里士多德、康德、黑格尔、谢林、海德格尔、德里达、福柯等，他们都有系统的哲学观点，都以独树一帜的体系性理论著称。但对于我国古代文论而言，个人的体系性远不如西方文论家那样明显，或者说个人体系常常是很难存在的。中国哲学、美学以至于文艺理论的体系性，是以中国文化大背景为根基，"体现在两千多年来的文艺思想的诸家论述和流变之中的"[①]。这就是说，我国古代的文论（美学）范畴并不是某一个人创造或建构的，而是多由个人或某一思想流派提出概念，而后再经由后代文论家、艺术家不断运用，不断丰富，从而逐步形成具有活力的理论范畴、理论体系。就整体而言，中国的传统思想主要以儒、道、释三家为主，同时兼有玄学、理学和心学等思想派别的影响，这样才形成了与之相对应的比较系统的文论传统。

　　当然，我国古代文论的体系性并不是单一的粗线条的，而是多元多样、多方向多层次的。不同的体系之间既有外部的相互关联，又有内部的范畴交叉，或者说每个体系的理论叙述都是我国古代文论整体中的某一方面、某一部分，同时透过这任何一个方面或一个部分又能窥探到我国古代文论所应有的整体性特征。与西方理论追求理论的个体自洽性不同，我国古代文论则具有整体自洽性特征，这一特性与中国文化固有特征又是分不开的。欧美文化重视科技与理性，强调二元对立，重视发展，强调对自然的征服，等等；而"中国文化中有教无类的观念与民胞物与

[①] 张晶：《中国古代文论的当代价值及其实现》，《文学理论前沿》2005年第2辑。

的思想,则有极大的包容性"①,这就使中国文化同西方文化相比,具有更大的宽容性和柔韧性,对问题的看法更加灵活和辩证。正是从这一点看,中国文化对于未来世界的发展必将产生更大的作用,因为西方急功近利的发展模式越来越让人们看到它对世界和平与稳定所带来的威胁,而中国文化所强调的"天人合一"以及其自身内部趋于文化成熟之境的"高度妥当性与调和性"②,加之中国人在长期文化影响下所形成的"平静而受到庇佑的心态"③等,都是由技术理性主导的当代社会所缺乏的。文化如此,文论也如此。"中国古代文论家和艺术理论家,基本上本身都是诗人、作家或艺术家,都有颇为丰富的创作实绩,他们对文学艺术的论述,很少有纯然的理论思辨,大多数都是在对文学艺术作品的审美感悟中,直接感发的,带有非常强的原生态性质和审美体验性。"④因此,我国古代文论强烈的人文精神,对文艺规律的尊重,以及总体辩证观等都是西方文论所无法比拟的。西方文论和美学理论,往往在一个元范畴或命题之下作出非常周延而细致的论述,使读者感到玄奥难懂,这就造成西方很多的文艺理论或美学著

---

① 许倬云:《中国文化与世界文化》,广西师范大学出版社2006年版,第223—224页。

② 梁漱溟:《中国文化的命运》,中信出版社2010年版,第33页。

③ 辜鸿铭:《中国人的精神》,李晨曦译,上海三联书店2010年版,第45页。

④ 张晶:《中国古代文论的当代价值及其实现》,《文学理论前沿》2005年第2辑。

作都以深奥费解著称，其所建构起的理论体系在实践运用中难免要大打折扣。

正因为我国古代文论并不追求那种突出个人创造以及具有很强的体系性的逻辑论证，而是靠多朝多代多人共同努力才完成的，因此，如"气韵""情景""风骨""言不尽意""性灵"等这些范畴，虽然都有其最初的提出者及相应的意义阐释，但其意蕴往往并不止于初始时的范围，而是在其千百年的传承和运用中不断地被增添进许多新的内涵，这样也就大大拓宽了我国古代文论的适用界域和时间跨度，也使它显示出极强的大众化特性，较之西方文论而言，具有明显的开放性、延展性、阐释力，具有强大的造血功能和生成性质，更加易于进行当代性转换，更加易于同当下的文艺现实相结合。因此，今天我们必须重视和加强对我国传统文论的研究，使其优秀的部分得到更好的传播与推广，焕发出活力，这样不仅可以更好地继承和弘扬民族精神，提升民族自信，使古代文论更好地为当代服务，丰富当代文论的理论资源，同时努力发掘我国古代文论的优秀部分，让它在未来世界文化艺术理论中占有一席之地，并为世界文论提供有价值的中国方案。2014年3月27日，习近平主席在联合国教科文组织总部的演讲中说："中国人民在实现中国梦的进程中，将按照时代的新进步，推动中华文明创造性转化和创新性发展，激活其生命力，把跨越时空、超越国度、富有永恒魅力、具有当代价值的文化精神弘扬起来，让收藏在博物馆里的文物、陈列在广阔大地上的遗产、书写在古籍里的文字都活起来，让中华文明同世界各国人民创造的丰富多彩的文明一道，为人类提供正确的精神指引和强大的精神动力。"① "让中国传统文论活起来"就既是对习近平总书记这一理念的真正落实,同时也是建构中国特色社会主义文论话语新体系的时代要求。

(二) 批判借鉴西方文论

"哲学社会科学要有批判精神,这是马克思主义最可贵的精神品质。"② 新时期之后,我国文论出现了非常明显的"西化"倾向。今天,在高校课堂上,在学术会议中,在学术论文撰写和毕业选题等方面,我们所看到、所听到、所熟悉的基本上都是西方文论。可以说,在当下我国文艺理论界,西方文论已经完全构筑起了它的话语霸权,它在包括中国古代文论和马克思主义文艺理论在内的中国文艺理论研究苑地中赢得了一家独大的地位。然而,西方文论毕竟是来自西方的理论,它有着与中国文艺实际截然不同的出生背景,无法也不能真正解决中国的问题。因此,以反思与批判的视角,重新审视新时期以来西方文论在我国所产生的学术影响,剖析其被过高看重的历史原因,对尽快扭转我国文论过于"西化"的不良倾向,切实推进我国当代文艺理论体系的早日形成,都是非常有价值与意义的。

---

① 习近平:《在联合国教科文组织总部的演讲》,《人民日报》2014年3月28日第3版。
② 习近平:《在哲学社会科学工作座谈会上的讲话》,人民出版社2016年版,第18页。

实现新时代中国特色社会主义文艺的历史使命

20世纪70年代以来,当代西方文论之所以会被大量地译介进来,并在我国形成狂热追捧与研究的局面,与长期以来我们对于外来文化的认识以及新中国成立后我国文艺理论的曲折发展是分不开的,有学者撰文对此做过较为详细的分析。在该文中,作者将新时期之后大规模引进西方当代文论的原因归结为以下几点:"中国百年来遭受曲折屈辱,文化长期处于弱势,试图走出自身文化低谷的必然选择";"文化大革命"之后"中国学者摆脱我国原有文艺理论单一僵化模式的热情使然";"90年代以后直至今天,西方当代文论仍然能够持续得到学界的关注则主要是基于全球化时代的到来以及文化消费主义的积极推进"。①

鸦片战争之后百余年时间里,频繁的战乱与外敌的入侵,使中国的政治、经济与文化都遭到了极大的摧残与打击,尤其是中国人的文化自觉与自信力。虽然经历了新文化运动以及中国共产党人在新民主主义革命时期与社会主义建设时期对于中华文化建设的重视与投入,然而中国人的文化自信、文化创造却一直没有得到很好的恢复。这不仅表现在新文化运动中对于传统文化精神的摒弃与否定,而且也表现在新中国成立后尤其是"文化大革命"时期对于外来文化的一概拒绝和排斥。对于传统文化精神的摒弃与否定,让我们看到了西方文化在中国社会现代化进程中所起到的巨大作用,而对外来文化的一概拒绝与排斥,则

---

① 丁国旗:《对引入和接受当代西方文论的理论反思》,《湖北大学学报》(哲学社会科学版)2015年第1期。

无疑引发了新时期之初对于西方文化的又一次热情的拥抱与学习。到20世纪90年代之后，电信互联网技术的迅猛发展，将世界上的各个角落都连在了一起，依靠技术上的优势，西方文化再次得以强势推进，迅速将我们引向全球文化一体化的进程之中。模仿与学习西方，成为许多人的人生追求。正是在这种多重原因的裹挟之下，当代西方文论也就乘兴而入，引发了研究与讨论的热潮。

新时期之初，大量西方文论的引入，其初衷恐怕也是为了解决我们自己存在的文艺痼疾与问题，事实上当时西方文论也确实为我们走出过去极"左"文艺思潮的阴霾提供了思想武器。然而西方文论后来的发展势头却出乎人们的意料，发展到今天，在学术界，除了现代后现代、新批评、心理分析、原型理论、结构主义、解构主义、语言学、叙事学、符号学、女性主义、后殖民、文化理论等这些西方当代文艺理论外，似乎大家不知有他物。如果有谁能对当代西方文论各家各派如数家珍，侃侃而谈，那他就一定会赢得学界的普遍尊重；如果有谁对当代西方文论知之不多，或者表示出不屑，那他就一定会首先遭到不屑与质疑。不仅如此，来自西方的当代文论或分析方法，很多都被不假思索地直接用于解读或评析我们自己的文学作品，甚至还带动了不少作家在创作上作出新的尝试。然而当代西方文论的引入，为人所诟病的恰恰也正是这些。在理论界所造成的乱象就是，盲目引介，一知半解，几乎全是"夹生饭"；而批评界的乱象则在于随意"套用"，佶屈聱牙，硬性解读中国作品。张江教授在2014年年底发表的《强制阐释论》一文中提出的"强制阐释是当代西方文论的基本特征和根本缺陷之一"①的观点,就一针见血地指出了这些乱象的本质所在,引发了国内学者的强烈共鸣。

在另一篇文章当中,张江教授还从文学批评入手,谈到了西方文论在中国被过分追捧的不正常现象。他认为,"在批评界,当代西方文论影响更为深远。翻检时下的批评文章,小到具体的概念、名词、术语,大到文艺批评切入的角度、阐释的方法、立论的逻辑,乃至文艺观念、文化立场、审美取向等,大多是西方的舶来品。中国批评家已经习惯于驾轻就熟地操持一整套西方话语,游刃有余地运用一系列西方评判标准。由此造成了一种奇怪的现象:一部作品好不好,中国自己的读者和观众没有发言权,中国的批评家说的也不算,而是要用西方的评判标准来衡量。中国文艺的话语权不在中国人的手中,而是掌握在西方理论家和批评家的手里"②。这一见解切中了批评界的要害。今天我们常常看到或听到,许多过去的中国古代经典作品、经典结论,用当代西方文论解析之后,常常与原来的认识大相径庭,相去甚远,有些简直就是重新改写或彻底颠覆。这方面的例子有很多,这里仅举一例,予以说明。中国学者以西方女性主义理论视角、精神分析的研究方法完成的著作《浮出历史地表——现代妇女文学研究》

---

① 张江:《强制阐释论》,《文学评论》2014年第6期。
② 张江:《当代西方文论:问题和局限》,《文艺研究》2012年第10期。

一书，在提到中国古代文学创作上的"拟女作"① 现象时，将其看成男性作者在"被阉割的心态下"的女性自喻，认为作品中的女性形象"不过是装填了他们'阴属'情感的载体而已"②。如此的见解，受西方当代文论的影响显然是极深的，这一点该书"绪论"也是不讳言的。然而，这一见解也着实让人感到费解。如果按照这种思考逻辑，莫非京剧大师梅兰芳的旦角表演也是在某种"被阉割的心态下"的女性自喻的结果不成？如果说外国学者用当代西方文论解评中国作品闹出笑话还情有可原，中国学者在其著作中这样看待中国文学特有的"拟女作"现象，实在是不应该的。由此可以看出，一方面当代西方文论对于解读中国文学作品存在许多局限与不足，不能强拉硬套；另一方面倘若不顾中西文化的差异以及本国文学艺术发展所具有的独特传统与艺术魅力，而将当代西方文论视作放之四海而皆准的理论，随意裁断中国作品，得出错误的结论不说，对学者自己的声誉或是学术研究的科学性，怕是都没有什么好处的。

因此，对于当代西方文论，我们必须有非常明确的反思与批判的态度，本书认为，在中国，西方文论只能作为一种知识，而不能作为一种理论。而之所以这样说，主要

---

① "拟女作"即"拟女性写作"，是指写作者本身是男性，但却假借女性的身份或口吻进行创作。这样的作品在我国古典文学创作中比较常见，具有特别的审美内涵。如曹植的《美女篇》，晚唐五代花间词人《花间集》中的一些作品等。

② 参见孟悦、戴锦华《浮出历史地表——现代妇女文学研究》"绪论"，中国人民大学出版社2004年版，第18页。

原因在于，当代西方文论毕竟是针对当代西方文学思潮与文艺实践的理论，它所针对的对象存在于西方，中国的文艺实践与这一理论并不相对应。实践是检验真理的唯一标准，一种没有现实社会基础的西方文论从其引入之后，注定是无法真正作为理论而存在的。中西文化存在差异，西方文论是另一套话语体系。西方是科学化、肢解分析式思维，中国为整体性、系统化思维；西方更重视求真，中国则更重视求善；西方文化强调"事物在先"，中国文化强调"心物相应"；如此等等。这些都使当代西方文论除了在思想上给我们启示外，实际上并没有太大的"用武之地"，而只能作为一种知识话语存在。当代西方文论之所以被称作知识包含着三层意思。第一，任何外来文化对于本土文化而言，它首先都是作为一种知识而存在，被本土民族引介或学习，借此提升发展自己。当代西方文论作为一种外来文化，对于中国而言，它必然首先也应该是一种知识性的存在。第二，当代西方文论，作为一种针对当代西方文艺与社会实践的理论，它对西方的文学作品、文化现象、文艺实践具有阐释力。随着大量西方文学、文化产品的引入，我们也需要将它们的理论一并引介进来，以帮助我们更好地理解这些引进来的文学作品与文化产品。从这一角度来看，这些被我们引进来的理论仍然是以知识形态而存在的，并不与我们自己的文学作品发生关系。第三，当代西方文论，作为一种解决西方文艺问题的理论，它的引介还有一种功用，这就是可以给我们带来启发，开阔我们的视野，提高我们的理论修养，提升我们的思维水平。也就是说，这些外来的理论对我们而言，仍然是"他者",是一种知识营养,而不是我们自身的一部分。当然,我们并不否认当代西方文论中确有拿来为我所用的理论因素,但这些因素只有在与中国文艺实践真正结合,并在实践中不断改造并得到印证之后,才能作为真正的理论而存在。

让当代西方文论回到一种知识性存在,在今天是十分必要的。在西方当代文论极其强势的语境中,拥有这样的认识与立场,将会使学界避免很多理论上的错用与误读,同时更为重要的是,在中西文化交流空前繁荣的今天,时刻警惕并认清摆在我们面前的外来文论的真正价值与作用,不仅是对外来文论的尊重,同时也给我们建构自己的文论话语留下了更多生存的可能和空间,是对我们自身文论历史的尊重,其最终也将为世界文论的健康发展作出贡献。

(三)提出自己的标识性概念及理论体系

文论要针对中国的文艺实践解决中国的问题。习近平总书记在《在哲学社会科学工作座谈会上的讲话》中认为,"要推出具有独创性的研究成果,就要从我国实际出发,坚持实践的观点、历史的观点、辩证的观点、发展的观点,在实践中认识真理、检验真理、发展真理"[①]。这就是说,任何理论的产生与形成,都必须针对具体的问题,在对具体问题的解决与阐释中发挥作用,具有价值,建构

---

① 习近平:《在哲学社会科学工作座谈会上的讲话》,人民出版社2016年版,第19页。

> 实现新时代中国特色社会主义文艺的历史使命

新时代中国文论话语体系也必须遵循这一原则。

改革开放以来，我国文论面临着许多新的问题。这一时期的文论特征既与中国传统文论有着必然的联系，与社会主义建设时期的文论无法分割，同时，这一时期的文论也是在全球化视野中，在与西方交流对话与碰撞当中慢慢生长起来的。这一时期，我国文论走出了自我的桎梏，具有了世界性的视野，在多元的发展当中适应了中国文艺的现实发展。这一时期的文论既众声喧哗、杂语共生，同时在各种理论思想的论争当中，也有许多理论突围的成果和许多新的理论创建，给我们留下了非常丰富的、发展新时代中国文论话语体系的理论资源。改革开放四十年来的文艺理论成就是中国特色社会主义文艺理论建设过程中留下的一笔宝贵的财富，对这笔宝贵精神财富的清点与梳理、总结与研究，是当下我国文艺理论话语体系建构最为迫切的任务，是时代的应然要求，是进一步提高我国文论话语地位与影响的重要环节。

就文艺的创作实践而言，各种创作观念，各种新的问题，以及新媒体文学的出现与发展都使新时期以来的中国文学较以往的中国文学有了巨大的变化与发展，新的文学实践和文学创作，呼唤着新的理论的产生。随着我国经济实力的不断增强，创作水平的不断提升，中国作家不断在世界级文学奖项中摘得大奖，中国的文艺作品越来越得到世界的认可，中华文化越来越得到世界各国人民的欢迎，中国人的文化自信也越来越强。所有这些，都需要我们进行理论上的阐释与总结。因此，对当前的中国文论发展而言，我们必须立足于中国的文艺实践，立足于已有的中国文论传统，针对当前存在的问题，进行理论探讨，以中国的话语方式、理论语言，探索中国艺术的发展规律，总结与创新中国文艺理论的话语体系。习近平总书记指出："当代中国的伟大社会变革，不是简单延续我国历史文化的母版，不是简单套用马克思主义经典作家设想的模板，不是其他国家社会主义实践的再版，也不是国外现代化发展的翻版，不可能找到现成的教科书。我国哲学社会科学应该以我们正在做的事情为中心，从我国改革发展的实践中挖掘新材料、发现新问题、提出新观点、构建新理论……"① 我们能否在文艺理论话语方面形成体系，拥有话语权，为世界提供解决文艺问题的中国思路、中国方案，归根结底取决于我们对于当下我国文艺问题的有效解决，对当下文艺规律的科学认识与得出的正确结论。当然正如习近平总书记所希望的，在整个理论建构的过程中，我们还"要善于提炼标识性概念，打造易于为国际社会所理解和接受的新概念、新范畴、新表述，引导国际学术界展开研究和讨论"②。这是摆在当前广大文艺理论工作者面前的艰巨的理论任务。理论要为时代需要服务，要为推动民族伟大复兴的伟大实践服务，广大文艺理论工作者在理论创新方面应该大有作为。

总之，要发展与形成具有中国特色的社会主义文论新体系，就必须在实践中正确处理经典马克思主义文艺理

---

① 习近平：《在哲学社会科学工作座谈会上的讲话》，人民出版社2016年版，第21—22页。

② 同上书，第24页。

论、中国古代文论、中国马克思主义文艺理论、当代西方文论这四种理论资源在今后我国文论发展中的定位与关系，就必须系统总结改革开放以来我国文论的最新成就。经典马克思主义文艺理论始终在我国文论建设中占有指导性地位，无论从思想资源还是从方法论意义上看都是如此。正如习近平总书记所说，"坚持以马克思主义为指导，是当代中国哲学社会科学区别于其他哲学社会科学的根本标志，必须旗帜鲜明加以坚持"①。古代文论是我国古代文艺理论家留给我们的宝贵财富，是我们构建社会主义文论新体系的根基与基础，我们必须改变过去对它视而不见的态度，重视它，研究它，发掘它，使其不断焕发新的活力，为今所用。中国马克思主义文艺理论是中华民族近百年来为争取民族独立与解放，为实现民族复兴与进步，在血与火的革命斗争与建设实践中，根据我国文艺的发展实际而逐渐建立起来的，是马克思主义文艺理论中国化的重要成果，要实现我国文艺文化的大发展、大繁荣，就必须坚定不移地高举马克思主义文艺理论这面大旗，以保证我国的文学艺术事业始终走在为人民服务这条正确的道路之上。经典马克思主义文艺理论、古代文论和中国马克思主义文艺理论，在我国具有深厚的历史基础和文化基础，它们早已深入人心，是今后我国文艺理论发展的根本支柱。新时期以来的中国当代文论，是在新的全球化语境中形成并发展起来的，它既有世界性的视野，也有民族性的根

---

① 习近平：《在哲学社会科学工作座谈会上的讲话》，人民出版社2016年版，第8页。

基；既有原创性的理论建树，也有值得反思的不足与教训。对四十年来我国当代最新文论成果及其进程的研究与总结，将会极大提升我们的理论自信、文化自信，对我们确立更加明确的发展方向与目标具有重要的价值和意义。至于现当代西方文论，由于它是对西方文艺实践或文艺思潮的理论总结，因此，我们绝不能过高估计西方文论在我国文艺理论建设中的价值与效用。另外，在东西意识形态冲突日益多变的今天，我们更应该对包括西方文论在内的西方文化思潮保持一份警惕，不能对其盲目崇信，唯命是从。

实现我国古代文论的创新与转化，开创马克思主义文艺理论中国化研究的新境界，总结当代我国文论的最新成果，对西方文论营养的批判借鉴，这是建构新时代中国特色社会主义文论体系的正确选择与必然途径。当然，就目前来看，我们的文论发展还存在多种理论资源与话语体系并存、彼此之间有隔绝甚至冲突的现象，这一问题的解决对合理利用各种资源，使其充分发挥在文论建构中的作用是有利的。对此，有学者提出了"有效整合"的思路，认为"与盲目的求新求异相比，我们的当务之急是进行文艺研究话语体系的整合"，"有效整合多重话语体系是对既有理论资源的消化吸纳，也是建设文艺研究中国话语的必要工作"。[①] 由此我们可以看出，学者们关于建构新时代中国文论话语体系的思考已经深入到问题的最深处。我们也由

---

① 张江等：《建设文艺研究的中国话语》，《人民日报》2016年1月8日第24版。

此相信，只要我们按照习近平总书记所指出的"立足中国、借鉴国外，挖掘历史、把握当代，关怀人类、面向未来的思路"[①]，按照《中共中央关于繁荣发展社会主义文艺的意见》中所提出的"坚持以马克思主义为指导，继承中国传统文艺理论评论优秀遗产，批判借鉴外国文艺理论，研究梳理、弘扬创新中华美学精神，推动美德、美学、美文相结合，展现当代中国审美风范"[②]的要求，以它们为建设我国文论话语的基本遵循，就一定能够牢牢把握我国文论发展的正确方向，确保新时代中国特色社会主义文论的学科体系、学术体系、话语体系建设的顺利完成，为实现民族伟大复兴的中国梦作出我们应有的贡献。

---

① 习近平：《在哲学社会科学工作座谈会上的讲话》，人民出版社2016年版，第15页。

② 《中共中央关于繁荣发展社会主义文艺的意见》，人民出版社2015年版，第12页。

参考文献

马列主义经典著作及中国国家领导人著作

《马克思恩格斯全集》第1卷，人民出版社1956年版。
《马克思恩格斯全集》第3卷，人民出版社1960年版。
《马克思恩格斯全集》第26、29卷，人民出版社1972年版。
《马克思恩格斯全集》第30卷，人民出版社1995年版。
《马克思恩格斯全集》第37卷，人民出版社1971年版。
《马克思恩格斯全集》第42卷，人民出版社1979年版。
《马克思恩格斯选集》第1—4卷，人民出版社1995年版。
［德］马克思：《1844年经济学哲学手稿》，中共中央马克思恩格斯列宁斯大林著作编译局译，人民出版社2000年版。
《列宁全集》第12卷，人民出版社1987年版。
《列宁全集》第17卷，人民出版社1988年版。
［苏联］列宁：《列宁论文学与艺术》，人民文学出版社1983年版。
《斯大林全集》第2卷，人民出版社1953年版。
《毛泽东选集》第1—4卷，人民出版社1991年版。
毛泽东：《毛泽东论文艺》，人民文学出版社1992年版。
《邓小平文选》第2卷，人民出版社1994年版。

习近平:《在文艺工作座谈会上的讲话》,人民出版社2015年版。

习近平:《在中国文联十大、中国作协九大开幕式上的讲话》,人民出版社2016年版。

习近平:《习近平总书记重要讲话文章选编》,中央文献出版社、党建读物出版社2016年版。

习近平:《在庆祝中国共产党成立95周年大会上的讲话》,人民出版社2016年版。

习近平:《在网络安全和信息化工作座谈会上的讲话》,人民出版社2016年版。

习近平:《在哲学社会科学工作座谈会上的讲话》,人民出版社2016年版。

习近平:《习近平谈治国理政》第1卷,外文出版社2014年版。

习近平:《决胜全面建成小康社会 夺取新时代中国特色社会主义伟大胜利——在中国共产党第十九次全国代表大会上的报告》(2017年10月18日),人民出版社2017年版。

习近平:《在第十二届全国人民代表大会第一次会议上的讲话》(2013年3月17日),《人民日报》2013年3月18日第1版。

习近平:《做人做事要力戒浮躁》,《浙江日报》2006年2月27日第1版。

专著、文集

[爱尔兰]奥斯卡·王尔德:《谎言的衰落——王尔德艺术

批评文选》，萧易译，江苏教育出版社 2004 年版。

［德］阿诺尔德·豪泽尔：《艺术社会史》，黄燎原译，商务印书馆 2015 年版。

［德］狄尔泰：《体验与诗》，胡其鼎译，生活·读书·新知三联书店 2003 年版。

［德］恩斯特·卡西尔：《人论》，甘阳译，上海译文出版社 1986 年版。

［德］哈贝马斯：《现代性的哲学话语》，曹卫东译，译林出版社 2004 年版。

［德］伽达默尔：《真理与方法》（上卷），洪汉鼎译，上海译文出版社 2004 年版。

［德］马丁·海德格尔：《林中路》，孙周兴译，上海译文出版社 2008 年版。

［德］马克斯·霍克海默、西奥多·阿道尔诺：《启蒙辩证法》，渠敬东、曹卫东译，上海人民出版社 2006 年版。

［德］叔本华：《叔本华论说文集》，范进等译，商务印书馆 2000 年版。

［俄国］别林斯基：《别林斯基选集》，满涛译，人民文学出版社 1958 年版。

［法］安托万·孔帕尼翁：《理论的幽灵：文学与常识》，吴泓缈等译，南京大学出版社 2011 年版。

［法］丹纳：《艺术哲学》，傅雷译，江苏文艺出版社 2012 年版。

［法］马克·吉梅内斯：《当代艺术之争》，王名南译，北京大学出版社 2015 年版。

［法］皮埃尔·布迪厄：《艺术的法则》，刘晖译，中央编

译出版社2011年版。

[古希腊] 亚里士多德、[古罗马] 贺拉斯:《诗学·诗艺》,罗念生、杨周翰译,人民文学出版社1962年版。

[美] M. H. 艾布拉姆斯:《镜与灯:浪漫主义文论及批评传统》,郦稚牛等译,北京大学出版社2004年版。

[美] 爱德华·W. 萨义德:《知识分子论》,单德兴译,陆建德校,生活·读书·新知三联书店2002年版。

[美] 本尼迪克特·安德森:《想象的共同体》,吴叡人译,上海人民出版社2003年版。

[美] 戴维·温伯格:《知识的边界》,胡泳、高美译,山西人民出版社2014年版。

[美] 霍华德·S. 贝克尔:《艺术界》,卢文超译,译林出版社2014年版。

[美] 勒内·韦勒克:《批评的诸种概念》,罗钢等译,上海人民出版社2015年版。

[美] 利奥·洛文塔尔:《文学、通俗文化和社会》,甘锋译,中国人民大学出版社2012年版。

[美] 迈克尔·C. 菲茨杰拉德:《制造现代主义》,冉凡译,王建民校,广西师范大学出版社2010年版。

[美] 勒内·韦勒克:《文学理论》,刘象愚等译,江苏教育出版社2005年版。

(南朝梁) 钟嵘:《诗品》,中华书局1991年版。

(南朝梁) 刘勰:《文心雕龙》,王志彬译注,中华书局2012年版。

(清) 王英志主编:《袁枚全集·小仓山房文集》卷二十八,江苏古籍出版社1993年版。

（清）叶燮等：《原诗·一瓢诗话·说诗晬语》，人民文学出版社1979年版。

（清）永瑢等撰：《四库全书总目提要》（三十九），商务印书馆1931年版。

（宋）李昉等：《太平御览》第4卷，河北教育出版社2000年版。

（宋）严羽著，郭绍虞校释：《沧浪诗话校释》，人民文学出版社1983年版。

［苏联］卡冈：《美学和系统方法》，凌继尧译，中国文联出版公司1985年版。

［苏联］高尔基：《论文学·续集》，冰夷等译，人民文学出版社1979年版。

（西汉）刘安辑，顾迁译注：《淮南子》，中华书局2009年版。

［匈牙利］卢卡奇：《历史与阶级意识》，杜章智等译，商务印书馆2014年版。

［意］葛兰西：《葛兰西论文学》，吕同六译，人民文学出版社1983年版。

［意］卡尔维诺：《为什么读经典》，黄灿然、李桂蜜译，译林出版社2006年版。

［英］梅内尔：《审美价值的本性》，刘敏译，商务印书馆2001年版。

［英］培根：《新工具》，许宝骙译，商务印书馆1984年版。

［英］维克托·迈尔-舍恩伯格、肯尼斯·库克耶：《大数据时代》，盛杨燕、周涛译，浙江人民出版社2013

年版。

［英］希·萨·柏拉威尔：《马克思和世界文学》，梅绍武等译，生活·读书·新知三联书店1982年版。

《景印文渊阁四库全书》第696册，台湾商务印书馆。

北京大学等：《文学运动史料选》第1册，上海教育出版社1979年版。

北京师范大学中文系文艺理论教研室：《文学理论学习参考资料》（下），春风文艺出版社1982年版。

蔡镇楚：《中国古代文学批评史》，岳麓书社1999年版。

陈平原：《中国现代小说的起点》，北京大学出版社2010年版。

陈少峰等主编：《中国互联网文化企业报告》，华文出版社2015年版。

龚鹏程：《中国文学批评史论》，北京大学出版社2008年版。

辜鸿铭：《中国人的精神》，李晨曦译，上海三联书店2010年版。

顾易生、蒋凡：《中国文学批评通史·先秦两汉卷》，上海古籍出版社1996年版。

郭绍虞等编：《中国历代文论选》（一卷本），上海古籍出版社1996年版。

郭绍虞主编：《中国历代文论选》，上海古籍出版社2007年版。

洪子诚：《中国当代文学史》，北京大学出版社1999年版。

黄霖、韩同文：《中国历代小说论著选》（上），江西人民出版社1982年版。

李泽厚：《美学四讲》，广西师范大学出版社 2001 年版。

梁漱溟：《中国文化的命运》，中信出版社 2010 年版。

刘西渭（李健吾）：《咀华集》，文化生活出版社 1936 年版。

《鲁迅全集》第 1 卷，人民文学出版社 2005 年版。

陆梅林选编：《西方马克思主义美学文选》，漓江出版社 1988 年版。

孟悦、戴锦华：《浮出历史地表——现代妇女文学研究》，中国人民大学出版社 2004 年版。

苗力田主编：《古希腊哲学》，中国人民大学出版社 1992 年版。

敏泽：《中国文学理论批评史》，人民文学出版社 1981 年版。

莫言：《莫言散文新编》，文化艺术出版社 2010 年版。

钱锺书：《谈艺录》，中华书局 1984 年版。

万丽华、蓝旭译注：《孟子》，中华书局 2006 年版。

文雨：《搜索》，湖南人民出版社 2012 年版。

许倬云：《中国文化与世界文化》，广西师范大学出版社 2006 年版。

张丹、王忍之编：《辛亥革命前十年间时论选集》第 3 卷，生活·读书·新知三联书店 1977 年版。

张江主编：《原点、焦点与热点——"文学观象"系列论评》，人民出版社 2015 年版。

赵毅衡编选：《"新批评"文集》，中国社会科学出版社 1988 年版。

中共中央宣传部编：《习近平总书记在文艺工作座谈会上

的重要讲话学习读本》，学习出版社 2015 年版。

《中共中央关于繁荣发展社会主义文艺的意见》，人民出版社 2015 年版。

中国互联网协会：《中国互联网发展报告 2016》，电子工业出版社 2016 年版。

周振甫译注：《文心雕龙选译》，中华书局 1980 年版。

Terry Eagleton, *Walter Benjamin or Towards a Revolutionary Criticism*, London: Verso, 2009.

期刊

[苏联] 普列汉诺夫：《车尔尼雪夫斯基的美学理论》，吕荧译，《文艺理论译丛》1958 年第 1 期。

陈独秀：《文学革命论》，《新青年》第 2 卷第 6 号，1917 年 2 月 1 日。

程巍：《文学与市场，或文人与商人》，《文学评论》2014 年第 6 期。

丁国旗：《对引入和接受当代西方文论的理论反思》，《湖北大学学报》（哲学社会科学版）2015 年第 1 期。

董学文：《文学理论研究"西马化"模式的反思》，《天津社会科学》2011 年第 3 期。

房赋闲：《莫言创作研讨会综述》，《文史哲》1989 年第 1 期。

高建平：《文学在市场中的生存之道》，《文学评论》2014 年第 6 期。

李丹凤：《浅析泛娱乐背景下网络文学的 IP 价值》，《新闻传播》2015 年第 12 期。

李小贝：《"观赏性"：新时代文艺工作的新要求》，《湖南社会科学》2015年第3期。

陆贵山：《文艺批评的"四大观点"：马克思主义文艺理论新发展》，《中国文艺评论》2015年第1期。

邵燕君：《媒介革命视野下的网络文学》，《名作欣赏》2015年第2期。

盛海刚、王荸亦：《泛娱乐背景下网络文学发展的几点思考》，《商》2015年第9期。

饮冰（梁启超）：《论小说与群治之关系》，《新小说》1902年第1期。

张江：《当代西方文论：问题和局限》，《文艺研究》2012年第10期。

张江：《强制阐释论》，《文学评论》2014年第6期。

张江：《作者能不能死》，《哲学研究》2016年第5期。

张晶：《三个"讲求"：中华美学精神的精髓》，《文学评论》2016年第3期。

张炯：《牢记文学艺术的真谛——学习习近平总书记在文艺座谈会上的重要讲话》，《文艺研究》2014年第11期。

张颐武：《中文网络文学追上世界脚步》，《中关村》2015年第4期。

张永清：《历史进程中的作者》（下），《学术月刊》2015年第12期。

赵洁：《盛大文学回应质疑：招募书评人重点在于新建网络文学评价体系》，《出版参考》2012年第18期。

赵炎秋：《学科视野下的文学与市场》，《文学评论》2014

年第 6 期。

鲁迅：《论睁了眼看》，《语丝》周刊第 38 期，1925 年 8 月 30 日。

艾思奇：《旧形式利用的基本原则》，《文艺战线》第 1 卷第 3 号，1939 年 4 月 16 日。

报纸

莫言：《网络文学是个好现象》，《人民日报》2008 年 12 月 1 日第 15 版。

马驰：《我国当代文论与"西马"的不解情缘》，《社会科学报》2010 年 4 月 29 日第 5 版。

龙瑜宬：《读〈我们的学术生态：被污染与被损害的〉》，《中华读书报》2012 年 11 月 18 日第 20 版。

国家新闻出版广电总局：《关于推动网络文学健康发展的指导意见》，《文艺报》2015 年 1 月 12 日第 2 版。

陈鲁：《谈谈网络文学的几个问题》，《文艺报》2015 年 1 月 28 日第 2 版。

吴振：《对网络文学要加强引导》，《光明日报》2015 年 10 月 31 日第 9 版。

吴长青：《2015 网络文学产业发展三大趋势：跨界、调整、重组》，《中国出版传媒商报》2015 年 12 月 22 日第 12 版。

梁鸿：《勘察世情发新语》，《人民日报》2016 年 12 月 2 日第 24 版。

索　引

A

爱国主义　8，66，120，168，171—174，235

C

创作导向　2，3，8，51，52，56，61，63，66，68，79，90，93，94，200，269，309，310

D

担当意识　225，232
邓小平　56，129，137，215，310

E

恩格斯　14，15，17，36，58，72，83，104，114，122，128，129，133，134，136，140，141，164，183，203，204，208，209，230，233，236，281，288，289，306—309，315，316

G

观赏性　91，128，136—139，165，207，231

J

经典　6，14，17，19，23，27，32，33，65，74，79，81，89，93，96，101，102，106，107，109，111，122，142，156—160，162—165，171—173，177，214，224，230，266，290，306，313，316，330，338，343，344

经济效益　90，138，139，201，202，206，210，223，224，228，230，231，236，238，246，269

精品　11，32，36，38—41，43，

46,48,49,60,67—69,72,74—76,79,80,85—87,89,92,101,103,107,111,112,127—129,131—136,138—150,152—160,163—165,184,185,189,197,217,223,238,244,262,267,269,275,277,278,298

剧中人　60,63,68,71,74,75,91

L

列　宁　15,58,71,82,208,307—310

M

马克思主义文艺理论　11,16,49,51,52,57,59,93,122,164,165,174,190—193,200,210,237,287,305—311,313,315—317,327,330,335,343—345

马克思　3,5,14,15,36,52,57,58,60,61,72,76,83,84,94,96,104,114,116,122,129,134,136,140,141,164,203,204,208,209,230,232,233,236,240,241,253,277,281,285,287—289,293,299—301,305—313,315—317,325,327,330,335,343,344,346

毛泽东　15,53,55,59,64,67,76,93,94,115,129,130,134,135,137,164,192,193,200,308—310

美学的　85,89,201,287,288,291—294,303,309,312

美学精神　8,18,167,194—197,199,200,346

民族复兴　1,45,47,49,78,185,186,318,326,344

P

评判者　53,80,87—90,92,93,263

S

社会效益　90,119,177,201,202,210,223,224,228,230—232,235,236,238,269

社会主义核心价值观　1,8,26,66,81,119,120,127,129,131,140,163,164,168—171,175,200,241,267,272,294,322

时代精神 12,14,19,22—24,29—31,43,50,63,69,70,73,74,76,96,104,105,107,113,122,124,126,144,156,159,182,189,196,227,233

市场经济 6,57,80,90,119,138,139,141,150,165,201,202,204,206,210,211,215,221,224,225,228—234,236,238,283,284,296,309,325

思想性 91,100,128,134,136,137,165,231

斯大林 208,307,324,325

W

网络文学 25,85,240,242—247,249—252,254,256—258,265—275

文艺高峰 5,74,89,140,197

文艺批评 11,54,137,210,228,229,276,277,280—288,291—298,300—303,311,338

X

先倡者 95,97,101,118—120,124,125

先觉者 95,97,101,103,106,107,113,117,125,245

先行者 39,95,97,101,107,108,110—112,117,125

Y

以人民为中心 2,3,8,51—53,56,59,61,63,66,68,79,90,92—94,114,200,253,309,310

艺术的真实 25,68

艺术性 91,100,128,135—137,165,195,224,231,235,298,300

Z

正能量 16,31,34,52,74,76,128,129,131,133,162,163,186,223,239,241,242,244,253,267,272,322

中国故事 10,87,166,179,182,185,186,188,189,329

中国精神 2,3,10,11,32,65,66,87,143,145,146,160,166—169,171,179,180,182,184,193,196,199,200

中国梦 5,12,42—45,48,49,76,127,143,160,164,166,

184—187，200，240，241，295，310，334，346

中国特色　1，3，4，6—13，18，23，25，31，39，41，42，45，50—52，56，60，66，74，79，82，84，95，96，126，127，141，145，156，160，165，167，169，170，179，180，182，184，189，201，221，228，238，241，242，294，297，303—305，309，313，316—318，322—324，327—330，335，342，343，345，346

主旋律　17，26，130，168，171，222，239，241，248，252，253，266，267，272

后　　记

在对习近平总书记关于文艺问题及其相关系列重要讲话的学习和研究过程中，我们始终坚守这样一个原则：把握习近平总书记关于文艺的重要论述的核心内容，提炼其精髓，并结合文艺基础理论和文艺现实实践进行深度分析，努力将习近平总书记关于文艺的重要论述的提出背景、深层内涵、重要价值等作出整体框架性梳理，同时也希望通过本研究，以习近平总书记关于文艺的重要论述为基础，试图对新时代中国特色社会主义文艺理论的学科体系、学术体系、话语体系建构作出尝试性研究与探讨。习近平总书记关于文艺问题的系列重要讲话，涉及文艺发展的方方面面，内容丰富，为解决当下文艺发展所存在的问题指明了出路，为实现新时代中国文艺的繁荣发展指明了方向，也为中国文论话语体系的最终构建提供了基本遵循。这是大家的研究共识。

本书为国家社会科学基金十八大以来党中央治国理政新理念新思想新战略研究专项工程项目"习近平治国理政新思想研究"（批准号：16ZZD001）的子课题有关文艺问题重要论述研究的最终成果。课题研究之初及在研究过程中，课题负责人中国社会科学院原副院长张江教授多次召集国内相关领域专家学者及课题组成员召开课题论证会，对课题的研究思路、研究价值、理论意义、研究定位等提出明确要求，以引起大家的重视；并在充分论证及征询专家意见的基础上，对研究内容、结构框架、章节安排等给出具体方案，从而使本课题研究能够在思路清晰、目标明确的前提下高速有效地顺利进行。课题初稿形成以后，张江教授又邀请专家学者及课题组成员，先后组织了三次课题改稿统稿会。课题组全体人员根据专家提出的具体意见，进行了反复修改，个别章节甚至几易其稿，多次调整。最后由张江教授审阅定稿。

参与本书撰写的主要有张江（导论）、李圣传（第一章）、范玉刚（第二章）、汪尧翀（第三章）、董希文（第四章）、泓峻（第五章）、常培杰（第六章）、陈定家（第七章）、贾洁（第八章）、丁国旗（第九章）。由于参与人员较多，大家学术背景不同，学术认知、学术视野都有一定的差异，整个研究过程中，虽然我们在语言表述、研究角度、文献使用等方面都事先做了非常详细的要求，最后在统稿过程中也把全书的连贯性与一致性作为重要内容进行了修改，但现有成果在这方面可能仍然存在问题，希望大家批评指正。

高建平研究员、丁国旗研究员作为课题联络人，在整个研究过程中付出了大量精力，中国社会科学出版社社长赵剑英、总编辑助理王茵、编辑张潜等，为本书的出版付出了不少心血，在此一并向他们致以真诚的谢意。

课题组
2019 年 2 月